DIE BÜCHERSÜCHTIGE BRAUT DES EARLS

JAYNE RIVERS

CORINNA VEXBORG

Für all jene, die
Die unpassende Braut des Herzogs
gelesen und mich davon überzeugt haben,
eine Serie daraus zu machen.

KAPITEL 1

London,
Oktober 1820

Andrew Drake, der Earl of Longley, hatte sich dieses Mal selbst übertroffen. Er saß auf seinem Bett und bewunderte die Halskette, die in ihrer Schatulle auf seinem Schoß lag, wobei die glitzernden Facetten der Rubine das Kerzenlicht auf ihn zurückwarfen.

Die war exquisit. Die Verarbeitung - einwandfrei. Die Edelsteine - makellos. Das Design - kühn, ohne übertrieben zu sein.

Florence würde begeistert sein, und wenn seine Geliebte zufrieden war, belohnte sie ihn auf alle möglichen kreativen und köstlichen Arten.

Er fuhr mit den Fingern um den Rand des größten Rubins, der in Silber gefasst und von kleineren, aber nicht weniger perfekten Exemplaren umgeben war, und stellte sich vor, wie die Kette an ihrem blassen, eleganten Hals aussehen würde. Vielleicht würde sie ihm erlauben, ihr alles auszuziehen, außer der Halskette, und ...

Ein Klopfen an der Tür unterbrach seine Überlegungen. Er runzelte die Stirn. Seine Bediensteten wussten, dass sie ihn in den Nächten, die er mit Florence verbrachte, nicht stören sollten. Vor allem, wenn er bald aufbrechen wollte, denn sie schmollte, wenn er zu spät kam.

»Was ist denn?«, wollte er wissen.

»Ein Mr. Harold Fisher ist im Salon, Mylord«, rief sein Butler, Boyden, durch die Schlafzimmertür. »Er möchte mit Ihnen sprechen.«

Andrew runzelte die Stirn. Der Name kam ihm bekannt vor, aber er konnte sich nicht genau erinnern, woher. Er legte die Halskette vorsichtig zur Seite, ging zur Tür und öffnete sie. Boyden, ein grauhaariger Mann unbestimmbaren Alters, straffte die Schultern und senkte gleichzeitig sein Kinn.

»Verzeihung, Mylord. Er ließ sich nicht abweisen«, sagte er.

Andrew winkte beschwichtigend mit der Hand. »Nicht Ihre Schuld. Sie machen nur Ihre Arbeit. Hat Mr. Fisher Ihnen gesagt, was er von mir will?«

»Nein, Mylord. Aber er gab mir seine Karte. Möchten Sie sie sehen?«

»Ja, bitte, Boyden.«

Boyden zog eine schlichte weiße Visitenkarte aus seiner Anzugtasche und reichte sie Andrew, der die in der Mitte aufgedruckten Angaben las.

Harold Fisher, Esq.

Smith & Fisher Co.

»Ah. Er ist der Geschäftspartner von Albert Smith. Ungewöhnlich, dass er mich aufsucht.« Mit einem Seufzer steckte er die Karte ein. »Bitte informieren Sie Mr. Fisher, dass ich bald bei ihm sein werde.«

Boyden verbeugte sich. »Sehr wohl, Mylord.«

Andrew verdrehte die Augen, als der Butler sich abwandte. Egal, wie oft er Boyden sagte, dass er ihn nicht jedes Mal mit »Mylord« anreden müsse, der Mann ließ sich nicht davon abbringen. Es reichte nicht aus, ihm ein- oder zweimal im Gespräch seinen Respekt zu erweisen - er musste es unaufhörlich tun.

Neugierig, was den Partner seines Verwalters nach Drake House geführt hatte, ging Andrew zurück zum Bett, wo er die Seide um die Halskette faltete, sie in die Schachtel legte und den Deckel schloss. Er überprüfte seine Kleidung in dem großen Spiegel neben der Garderobe und richtete sein Halstuch. Dann ging er die Treppe hinunter.

Boyden hatte Mr. Fisher in den blauen Salon geführt. Als Andrew sich näherte, sah er den kleinen, adrett gekleideten Mann steif vor einem leeren Schreibtisch stehen, die Hände über dem Unterleib gefaltet.

»Guten Abend«, sagte Andrew, als er eintrat. Er bot Mr. Fisher seine Hand an, die dieser kräftig schüttelte. »Ich habe gehört, dass Sie mich sprechen wollen.«

Mr. Fishers kleine braune Augen huschten nach links und rechts. »Ich bin mir nicht sicher, ob *wollen* der richtige Ausdruck ist, Mylord. Vielmehr *muss* ich mit Ihnen in einer dringenden Angelegenheit sprechen.«

Andrews Augenbrauen zogen sich zusammen, als er den anderen Mann musterte. Schweiß perlte an Mr. Fishers Haaransatz, und er war ziemlich blass.

»Geht es Ihnen nicht gut?«, fragte er. »Möchten Sie, dass ich uns Tee bringen lasse?«

Mr. Fisher trat von einem Fuß auf den anderen, und ein Schweißtropfen rann ihm über das Gesicht. Wirklich, das war sehr ungewöhnlich. Das Feuer war nicht angezündet, und die Luft im Salon war fast schon kalt.

»Nein, danke.« Mr. Fisher rückte den Kragen seines Hemdes zurecht und weitete ihn dabei dezent, als ob er Schwierigkeiten beim Atmen hätte.

Andrew trat einen Schritt zurück. »Na nun aber, Mann. Sind Sie krank?«

»Meine einzige Krankheit ist die des Herzens und der Seele«, sagte Mr. Fisher wehmütig.

Andrew warf einen Blick auf die große Standuhr in der Ecke, die die Sekunden heruntertickte. »Ich fürchte, ich kann nicht lange trödeln. Ich muss einen Termin einhalten.«

Mr. Fishers Kehle zuckte. »Dies hier könnte wichtiger sein, Mylord.«

Andrew gestikulierte ungeduldig. »Sagen Sie es mir.«

Wie schlimm könnte es sein? Vielleicht war Mr. Smith erkrankt, und sein Geschäftspartner war gekommen, um dem Grafen mitzuteilen, dass ein Teil seiner Besitztümer von jemand anderem verwaltet werden müsse. Der Mann würde doch nicht gestorben sein. Er war noch relativ jung, und als Andrew ihn das letzte Mal gesehen hatte, war er kerngesund gewesen.

»Es tut mir leid, Ihnen sagen zu müssen, dass Albert Smith gegangen ist.« Mr. Fisher presste seine Handflächen flehend zusammen.

Andrew neigte seinen Kopf zur Seite. »Wohin gegangen? Für wie lange?«

»Ähm ... auf unbestimmte Zeit, nehme ich an.«

Andrew rieb sich die Schläfen. »Bitte sprechen Sie Klartext.«

Mr. Fisher quietschte. »Mr. Smith ist seit einigen Tagen verschwunden, und niemand hat ihn seitdem gesehen.«

Andrew stockte der Atem. »Hat jemand bei ihm zuhause nachgesehen? Er könnte krank geworden sein oder einen Unfall gehabt haben.«

Mr. Fisher verlagerte sein Gewicht erneut. »Das war das Erste, was ich getan habe, als er den zweiten Tag in Folge nicht im Büro erschien, ohne mir den Grund mitzuteilen. Mein Assistent meldete zurück, dass sein Haus von persönlichen Gegenständen geräumt worden war. Ich habe das selbst überprüft.«

»Ist er umgezogen?« Denn Andrew konnte sich keine andere Erklärung vorstellen.

»Nicht innerhalb von London.« Mr. Fisher atmete tief ein und spannte sich sichtlich an. »Bei weiteren Nachforschungen fanden wir heraus, dass Mr. Smith offenbar ein Schiff nach Spanien bestiegen hat. Er ist außer Landes geflohen.«

Andrew schüttelte den Kopf. Das ergab keinen Sinn. »Warum sollte er fliehen müssen? Hatte er Schulden?«

Wenn möglich, erbleichte Mr. Fisher noch mehr. »Ich habe mir dieselben Fragen gestellt. Offensichtlich hat sich mein Geschäftspartner nicht so erfolgreich um die Angelegenheiten seines Kunden gekümmert, wie er es dargestellt hat.«

Ein mulmiges Gefühl machte sich in Andrews Bauch breit. Irgendwie wusste er, dass, was auch immer Mr. Fisher gleich sagen würde, dass das nicht gut war.

»Fahren Sie fort«, forderte er den Mann auf.

Mr. Fisher rang seine Hände. »Es scheint, dass Albert viel in ein Unternehmen investiert hat, das eine kleinere Dampflokomotive für den Individualverkehr bauen wollte. Leider ist das Unternehmen in Konkurs gegangen und das gesamte Geld, das er im Namen unserer Kunden investiert hat, ist verloren.«

Das Gefühl des Versinkens verschlimmerte sich. »Ich erinnere mich, dass er diese Erfindung erwähnt hat. Er sagte, es höre sich vielversprechend an. Ich glaube, ein Teil meines Vermögens wurde investiert.«

Mr. Fisher befeuchtete seine Lippen. »Ja, Mylord. Eine beträchtliche Summe. Mehr, glaube ich, als Sie zugestimmt haben. Er hat Genehmigungen für Investitionen gefälscht, die er für wertvoll hielt - vermutlich in der Annahme, dass ihn niemand in Frage stellen würde, wenn sie sich gut auszahlten. Aber das ist noch nicht alles.«

»Lieber Gott. Was denn noch? Und wie viel hat er über das hinaus investiert, was wir besprochen haben?« Hatte er genug Geld verloren, um die Auswirkungen zu spüren? Seine Familie war zwar nie so wohlhabend gewesen wie die seines engen Freundes, des Herzogs von Ashford, aber reich genug, um sich nie um ihre Finanzen sorgen zu müssen.

»Viel mehr.« Seine Schultern sackten zusammen, und er starrte auf seine Hände. »Und was nicht verloren war, hat Mr. Smith anscheinend mit sich genommen.«

Andrew starrte ihn an. »Wie bitte?«

Mr. Fisher hob sein Kinn. »Ich bedaure, Ihnen mitteilen zu müssen, dass das Drake-Vermögen fast vollständig verschwunden ist. Was nicht durch Fehlinvestitionen verloren gegangen ist, hat Mr. Smith gestohlen, um seine Reise ins Ausland zu finanzieren. Ich kann nur vermuten, dass er vorhat, lange auf dem Kontinent zu bleiben und einen üppigen Lebensstil zu führen.«

Andrew blieb der Mund einen Moment lang offen stehen, aber er schloss ihn wieder. Seine Gedanken kreisten wie wild, und er fühlte sich unwohl in seinem Magen. »Wie ist das passiert?«

Mr. Fisher wich einen Schritt zurück. »Wie ich schon sagte, Mr. Smith hat Genehmigungen von Kunden gefälscht. Er hat eine Kopie Ihres Siegels anfertigen lassen und Ihre Unterschrift nachgeahmt. Auf diese Weise schloss er ohne Ihr Wissen Geschäfte ab, investierte mehr, als er es hätte tun sollen, verschob Geld auf seine eigenen Konten und verkaufte zwei Ihrer Immobilien, die nicht an Ihren Titel gebunden sind.«

»Er hat zwei meiner Immobilien verkauft«, stotterte Andrew. »Das ist unmöglich!«

Die Rückseiten von Mr. Fishers Beinen knallten gegen den Schreibtisch. »Ich versichere Ihnen, das ist es nicht. Als es mit den Investitionen bergab ging, versuchte er, das Problem zu lösen, indem er Rosewill Cottage und das früher zum Anwesen Longley Manor gehörende Wohnhaus verkaufte.«

Andrews Herz hämmerte. Das war unfassbar. Das durfte nicht wahr sein.

Vor zehn Minuten hatte er noch die schönsten Juwelen bewundert, die man für Geld kaufen konnte, und jetzt wurde ihm gesagt, er sei fast pleite. Und nicht nur das: Sein ehemaliger Verwalter hatte die Häuser, die er für seine Mutter und seine Schwester für den Fall seines unerwarteten Ablebens unterhalten hatte, verkauft und seine Familie damit ohne Schutz zurückgelassen.

»Ist das Ihr voller Ernst?«, fragte er leise.

Mr. Fisher zog den Kopf ein. »Ich fürchte ja, Mylord. Ich bitte vielmals um Entschuldigung. Ich hatte keine Ahnung, was Albert tat, bis es bereits zu spät war. Ich verstehe natürlich, wenn Sie eine andere Firma mit der Verwaltung Ihres Vermögens beauftragen wollen, und ich kann nur beten, dass Sie es nicht für angebracht halten, mich für die Handlungen meines Partners zu bestrafen.«

Andrew kniff sich in den Nasenrücken, atmete tief ein und versuchte, sich zu beruhigen. Das alles geschah so schnell. Er brauchte Zeit zum Nachdenken.

»Ich habe einen Ermittler beauftragt, Mr. Smith zu finden«, fuhr Mr. Fischer fort. »Es besteht die Möglichkeit, dass Sie einen Teil Ihres Vermögens zurückerhalten. Solange wir ihn jedoch nicht nach England zurückgeholt haben, können wir nicht genau sagen, wie viel er besitzt.«

»In der Tat, er muss gefunden werden«, murmelte Andrew. »Wie viel Geld haben wir eigentlich noch?«

Mr. Fisher biss sich auf die Lippe. »Ich kann es Ihnen nicht aus dem Gedächtnis sagen, aber wir haben die Unterlagen in unserem Büro, falls Sie sie einsehen möchten. Leider sind Sie nicht der einzige von Alberts ehemaligen Kunden,

den ich heute besuchen musste, obwohl Sie mit Sicherheit derjenige sind, der die größten Verluste erlitten hat.«

Andrew stapfte zu einer Liege, die an der Wand stand, und ließ sich darauf fallen, wobei er sich wünschte, sie wäre nur ein wenig weicher. »Ich weiß es zu schätzen, dass Sie mir diese Nachricht überbringen, auch wenn sie unerwünscht ist. Ich melde mich bei Ihnen.« Sobald er Zeit gehabt hatte, das Ausmaß des Geschehenen zu begreifen. »Bitte lassen Sie sich von meinem Butler hinausführen.«

Mr. Fisher verbeugte sich tief. »Ich entschuldige mich aufrichtig. Ich versichere Ihnen, dass wir alles in unserer Macht Stehende tun, um meinen ehemaligen Geschäfts-partner aufzuspüren und das, was Ihnen geblieben ist, zu schützen.«

Er eilte hinaus, bevor Andrew etwas erwidern konnte, vielleicht weil er spürte, dass ihm das, was er zu sagen hatte, nicht gefallen würde.

»Mylord?«

Andrew blickte auf. Boyden stand in der Tür, seine Haltung tadellos, und sein Gesichtsausdruck verriet nicht, ob er ihr Gespräch mitgehört hatte.

»Bitte lassen Sie die Gräfinwitwe kommen, und Mrs. Baker soll uns Tee und Kekse bringen.«

Boyden nickte, ging hinaus und ließ Andrew in der Stille allein. Er stützte sein Gesicht in seine Hände. Er war hin- und hergerissen zwischen dem verzweifelten Wunsch, genau zu wissen, wie schlimm die Situation war, und dem Drang, den Kopf so lange wie möglich in den Sand zu stecken.

Leider konnte er es sich als Graf nicht leisten, im Dunkeln zu tappen. Seine Mutter und seine Schwester verließen sich darauf, dass er sie versorgte, ebenso wie die Dutzenden von Bediensteten, die die Familie Drake auf ihren Anwesen beschäftigte.

Er konnte sie nicht im Stich lassen.

Er starrte ausdruckslos an die Wand und lauschte

aufmerksam auf Schritte im Korridor. Die gemusterte Tapete in marineblauen und hellblauen Farbtönen schwamm vor seinen Augen. Die verschnörkelten Goldverzierungen, die so sorgfältig gearbeitet waren, verschwammen zu ununterscheidbaren Schnörkeln und Massen.

»Andrew? Was in aller Welt ist los?«

Er riss sich zusammen und blickte zur Tür, wo die alte Gräfin, Lady Drake, mit gerunzelter Stirn und merkwürdig verzogenen Mundwinkeln stand.

»Ich fürchte, ich habe gerade eine schlechte Nachricht erhalten«, sagte er und hörte sich dabei wie aus weiter Ferne.

Lady Drake bewegte sich weiter in den Raum herein, ihre Röcke - ein ähnlicher Farbton wie die Wand - raschelten um ihre Knöchel. »Hat es einen Todesfall gegeben?«

»Nein.« Obwohl es sich in gewisser Weise ähnlich anfühlte. Er konnte nicht glauben, dass er so unvorsichtig gewesen war, alles zu verlieren. Er war nicht der Einzige, der den Preis dafür zahlen würde. Seine Mutter hatte ihm vertraut, dass er für sie sorgen würde. Wie konnte er das tun, wenn er nur sehr wenig Geld hatte?

»Was dann?« Sie lachte ein wenig. »Du machst mir Sorgen.«

Er tätschelte die Liege neben sich. »Setz dich, Mutter.«

Sie nahm Platz, den Kopf hoch erhoben, trotz des graumelierten, kastanienbraunen Haars, das zu einer schwer aussehenden Frisur zusammengesteckt war. Ihre haselnussbraunen Augen leuchteten, aber ihre Mundwinkel waren angespannt. »Was ist denn?«,

Er nahm ihre Hand und wünschte sich nichts sehnlicher, als aufzuwachen und festzustellen, dass dies alles nur ein schrecklicher Traum gewesen war. Er wartete ein paar Sekunden, bevor er beschloss, dass das einfach nicht passieren würde.

»Mr. Smith, mein Verwalter, hat unser Geld in betrügerischer Absicht in ein Unternehmen investiert, das inzwischen bankrott ist.«

»Oh nein!« Ihre Hand flog zu ihrem Mund.

Andrew deutete ihr an, zu warten. »Das, was er nicht verloren hat, hat er sich offenbar unter den Nagel gerissen - einschließlich des Erlöses aus dem Verkauf von Rosewill Cottage und dem Witwensitz.«

Sie senkte ihre Hand, offensichtlich verwirrt. »Ich wusste nicht, dass wir sie verkauft hatten.«

Seine Nasenflügel bebten, aber er zügelte sein Temperament. »Ich auch nicht.«

»Oh.« Sie schaute sich im Raum um, ohne etwas zu bemerken. »Oh.«

Sie stand auf und schritt durch den Raum, ihr Rock flatterte um ihre schlanke Gestalt, während sie etwas vor sich hin murmelte, eine hektische Note in ihrem sonst so gelassenen Auftreten.

»Mr. Smiths Geschäftspartner versucht, ihn festnehmen und nach London zurückbringen zu lassen. Hoffentlich können wir von ihm etwas von unserem verlorenen Vermögen zurückerhalten. Ich glaube aber nicht, dass wir uns darauf verlassen sollten.«

Wenn Mr. Smith gewusst hatte, dass es mit ihm bergab ging, hatte er wahrscheinlich Schritte unternommen, um sicherzustellen, dass er untertauchen konnte, sobald er die Stadt verlassen hatte. Er musste gewusst haben, dass er mit dem Betrug an einem der prominentesten Mitglieder der Gesellschaft nur davonkommen würde, wenn er ein Geist wurde.

Lady Drake hielt inne. »Wie schlimm ist die Lage?«

Er stützte die Unterarme auf seine Oberschenkel. »Wir werden es morgen wissen. Aber so wie es sich anhört, können wir nicht viel erwarten.«

»Das ist nicht richtig.« Sie packte ihren Rock mit der

Faust und ballte und löste ihre Hände. »Damit darf er nicht durchkommen.«

»Hoffentlich tut er das nicht.« Andrew stand auf, seine Beine zitterten unter ihm. »In der Zwischenzeit müssen wir entscheiden, was zu tun ist, sollten wir unser Geld nicht zurückbekommen.«

Das Vernünftigste wäre, die Bediensteten aus ihren Verträgen zu entlassen, aber die meisten ihrer Leute arbeiteten schon seit Jahren, wenn nicht Jahrzehnten für die Drakes. Er wollte nicht dafür verantwortlich sein, dass sie in Not gerieten - schon gar nicht wegen seiner eigenen Unbedachtheit.

Hätte er besser aufgepasst und sich aktiver um ihre Investitionen und Finanzen gekümmert, wäre das vielleicht nicht passiert. Er war zu gleichgültig gewesen und hatte sie für sicher gehalten, weil all diese Generationen wohlhabender Drakes vor ihnen da gewesen waren.

»Ist das eine Möglichkeit?«, fragte die Witwe, während eine ihrer Hände unbewusst über ihren schlichten Dutt strich. »Dass wir nichts von dem wiedersehen, was er mitgenommen hat?«

Andrew presste die Lippen aufeinander und bemühte sich, nicht zu zeigen, wie viel Angst er hatte. »Wir müssen uns auf das Schlimmste vorbereiten.«

»Nun gut.« Sie nickte vor sich hin und tippte mit dem Zeigefinger gegen ihr spitzes Kinn. »Herr, es ist schwierig, in solch stressigen Zeiten zu denken. Ich nehme an, dass der schnellste und nahcliegendste Weg, um an Geld zu kommen, eine Heirat ist.«

Er keuchte auf. »Du schlägst doch wohl nicht vor, dass wir Kate verheiraten? Sie ist viel zu jung.«

Lady Drake schnalzte mit der Zunge. »Natürlich nicht.« Sie warf ihm einen vielsagenden Blick zu. »Selbst wenn Kate in einem heiratsfähigen Alter wäre, bräuchte sie eine Mitgift, die wir anscheinend nicht haben. Du aber brauchst keine

Mitgift, und ich weiß genau, dass es viele Mädchen aus wohlhabenden Familien gibt, die gerne die nächste Gräfin von Longley werden würden.«

Lieber Gott.

Sie wollte, dass *er* heiratete?

Er hatte gewusst, dass er dies irgendwann würde tun müssen, schon allein, um einen Erben für die nächste Generation zu sichern. Er hatte nichts gegen die Vorstellung, sich eine Frau zu nehmen, aber er war immer der Meinung gewesen, dass er dies tun würde, weil eine bestimmte Lady sein Interesse geweckt hatte, und nicht als Opfer auf dem Altar der Ehe, um das Vermögen seiner Familie wiederherzustellen.

Er verließ den Raum, ging den Korridor entlang und stieß die Tür seines Arbeitszimmers auf. Ohne sich umzusehen, ging er direkt zum Schrank, holte eine Flasche seines Lieblingsbrandys heraus und schenkte eine ordentliche Portion in ein Glas ein. Er kippte das Zeug herunter, zuckte zusammen, als der Alkohol in seiner Kehle brannte, und schenkte sich noch einen ein.

Verdammt, wenn er pleite war, war diese Flasche vielleicht die letzte, die er genießen könnte, bis sie ihr finanzielles Dilemma gelöst hätten.

Diesmal nippte er an dem Brandy, dann schenkte er nach kurzem Zögern seiner Mutter einen Sherry ein und trug beide Gläser zurück in den Salon. Er reichte ihr das Glas. Sie nahm es kommentarlos an und leerte das Glas fast ebenso schnell wie er das seine.

»Es muss einen anderen Weg geben«, sagte er mit panischer Angst in der Brust.

»Wir können darüber nachdenken«, sagte die Witwe und blickte missbilligend auf ihr leeres Glas. »Aber ich glaube, dass die Heirat einer Erbin mit einer beträchtlichen Mitgift der einfachste Weg ist, mehr Geld zu bekommen. Ich weiß, dass du nicht aus solch krassen Gründen heiraten willst, aber du kannst es noch nicht ausschließen. Denk einfach darüber nach. Vielleicht spricht dich eine der Erbinnen an.«

Er schnaubte. »Das wäre praktisch.«

Dies schien jedoch unwahrscheinlich. Selbst wenn er eine Erbin finden könnte, zu der er sich hingezogen fühlte, wie sollte er es rechtfertigen, sie unter Vorspiegelung falscher Tatsachen zu heiraten?

»Vernunftehen sind in der gehobenen Gesellschaft nicht ungewöhnlich«, murmelte seine Mutter, als hätte sie seine Gedanken gelesen.

»Normalerweise sind sich beide Parteien darüber im Klaren, worauf sie sich einlassen«, antwortete er. »Mir wäre es lieber, niemand im *ton* wüsste etwas von unserer veränderten Lage. Geht es dir da anders?«

Lady Drake rümpfte die Nase, und nach langem Zögern schüttelte sie den Kopf. »Nein.«

Die Uhr schlug zur vollen Stunde, und Andrew schreckte auf, als er sich an sein geplantes Rendezvous mit Florence erinnerte.

Verdammt, er würde seine Geliebte nicht mehr so halten können, wie sie es gewohnt war. Je nach dem Stand der Bücher, wenn er sie morgen überprüfte, könnte er es sich immer noch leisten, für sie zu sorgen, aber das würde eine erhebliche Verschlechterung ihrer Lebensumstände erfordern.

Florence würde das nicht dulden. Die meiste Zeit ihres Lebens hatte sie in Saus und Braus gelebt - zunächst als uneheliche Tochter eines Marquess und einer verwitweten Viscountess und später, nach deren Tod, als eine der begehrtesten Begleiterinnen der Herren der feinen Gesellschaft.

Sie würde nicht gut darauf reagieren, wenn er ihr weniger anböte. Es wäre besser, sie freizugeben, um anderswo Schutz zu suchen. Er sollte ihr die Kette als Abschiedsgeschenk geben, aber da er die finanziellen Verhältnisse seiner Familie nicht kannte und die Kette ein kleines Vermögen wert war, konnte er das einfach nicht rechtfertigen.

Vielleicht könnte er die Halskette verkaufen. Der Juwelier, bei dem er sie gekauft hatte, würde vielleicht bereit sein, sie zurückzukaufen, oder er könnte sie verpfänden - obwohl er, wenn er sie auf diese Weise veräußern würde, sicher weit weniger erhalten würde, als sie wert war.

»In Ordnung.« Er stellte sein Glas auf einen Tisch. »Morgen werde ich mich informieren, wie groß der Schaden für unsere finanzielle Lage ist. Wenn wir sofort Geld brauchen, können wir ein paar hochwertige Gegenstände verkaufen. Längerfristig werde ich die Möglichkeit einer Heirat in Betracht ziehen, während wir abwarten, ob Mr. Smith festgenommen wird und, wenn ja, wie viel - wenn überhaupt - von unserem gestohlenen Geld wir zurückerhalten können.«

Die Witwe nickte. »Ich werde eine Liste mit potenziellen Bräuten mit hoher Mitgift erstellen.«

Er warf ihr einen Blick zu. »Keine kleinen Mädchen.«

Sie schnaubte. »Als ob ich dich mit einem Kind zusammenbringen würde. Hab Vertrauen in mich, Andrew.«

Er versuchte zu lächeln, aber es gelang ihm nicht ganz. »Das tue ich immer.« Er wischte seine feuchten Handflächen an seiner Hose ab. Zeit, sich einer sehr unglücklichen Florence zu stellen. »Es gibt da noch etwas, das ich tun muss. Ich komme später nach Hause.«

Sie tippte sich an die Wange, und er küsste sie pflichtbewusst.

»Wir werden das schon schaffen«, murmelte sie.

Gott, er hoffte es.

Er verließ den Salon und rief nach einem seiner diskreten Wagen. Die Kutsche, die wenig später vor das Haus rollte, hatte schlichte schwarze Verkleidung und weiße Türen, die nichts über die Zugehörigkeit des Wagens verrieten. Perfekt für ein heimliches Treffen.

Ein Lakai öffnete die Tür, und Andrew kletterte hinein.

Er schaute durch das Fenster, während die Kutsche über die kopfsteingepflasterten Einfahrt zurück auf die Straße holperte.

Der Abend war völlig dunkel, bis auf die schwache Beleuchtung durch Öllampen. Als sie sich dem Rand von Mayfair näherten und in eine Seitenstraße einbogen, wurden die Lampen immer weniger.

Florence wohnte im zweiten Stock eines gepflegten Hauses in einer ruhigen Wohnstraße, die im Allgemeinen von Menschen am Rande der Gesellschaft bewohnt wurde. Sein Fahrer hielt vor dem Gebäude an, und Andrew wartete, bis der Lakai die Tür öffnete, bevor er ausstieg.

»Bitte warten Sie hier«, sagte er dem Fahrer. »Es wird nicht lange dauern.«

Die Miene des Mannes verriet nichts. »Ja, Mylord.«

Andrew schloss die Haustür auf - er hatte einen Schlüssel, weil er die Miete für Florence bezahlte - und nahm die Treppe in den zweiten Stock. Er klopfte an die schlamm-grüne Tür und wartete. Es dauerte eine gute Minute, bis er drinnen Bewegungen hörte.

Die Tür öffnete sich, und Florence' atemberaubendes Gesicht erschien im Spalt, ihre hohen Wangenknochen wurden durch das Spiel der Schatten auf ihrer Haut betont. Ihre vollen Lippen waren zu einem Schmollmund verzogen, und ihre dunkelblauen Augen verengten sich.

»Sie sind spät dran«, sagte sie säuerlich. »Ich bin mir nicht sicher, ob ich Sie hereinlassen sollte.«

Er zuckte zusammen. »Ich habe einen guten Grund.«

Sie wölbte eine Augenbraue in einer Weise, die deutlich machte, dass sie bezweifelte, dass seine Erklärung ausreichen würde. »Erzählen Sie.«

Er zog seine Unterlippe zwischen die Zähne. »Darf ich reinkommen?«

Sie legte den Kopf schief. »Das hängt davon ab, ob ich Ihre Entschuldigung für vernünftig halte.«

Also gut. Er nahm also an, dass er es hier und jetzt würde tun müssen.

»Leider habe ich heute die Nachricht erhalten, dass mein Verwalter mich betrogen hat und mit meinem gesamten Vermögen nach Spanien geflohen ist.« Er sprach leise, um nicht von neugierigen Nachbarn belauscht zu werden. »Sie werden verstehen, dass wir unseren Geldbeutel enger schnallen müssen.«

Sie öffnete die Tür weiter und verschränkte die Arme. »Sagen Sie mir nicht, dass Sie jetzt vorhaben, mich zu verlassen.«

Sein Magen wurde flau. »So ist es nicht. Ich kann für Ihre Unterkunft für einen weiteren Monat bezahlen. So haben Sie genügend Zeit, um eine alternative Regelung zu finden. Ich weiß, dass Sie viele Bewunderer haben.«

Sie verdrehte die Augen. »Andere Bewunderer sind mir egal. Ich will Sie, Mylord.« Sie wiegte sich näher, schlang ihre Arme um seinen Hals, und der blumige Duft ihres Parfums umwehte ihn. »Ich bin noch nicht fertig mit Ihnen. Ich bin zuversichtlich, dass wir zu einer Einigung kommen können.«

Zögernd löste er sich von ihr. »Ich fürchte nicht.« Seine Mutter und seine Schwester mussten an erster Stelle stehen. »Es besteht die Möglichkeit, dass ich werde heiraten müssen.«

»Sie wollen ein Glücksjäger werden?« Sie klang entsetzt.

»Wenn ich muss.« Angesichts ihrer offensichtlichen Abneigung nahm er an, dass die Sache damit erledigt sei, aber sie drückte sich wieder näher an ihn heran.

»Sie werden zurückkommen.« Ihre Finger fuhren seitlich an seinem Gesicht entlang. »Es macht mir nichts aus, wenn Sie die Mitgift einer naiven Debütantin für mich ausgeben. Nichts würde mich mehr begeistern, genaugenommen.«

KAPITEL 2

Licht strömte durch die Äste der Bäume vor ihr, und Jocelines Herz schlug höher. Sie kämpfte sich durch das Gestrüpp, angetrieben von dem verzweifelten Hunger, der an ihren Eingeweiden nagte.

Als sie näher kam, sah sie Gebäude und hörte das Summen von Stimmen.

Gott sei gnädig. Zivilisation.

Nachdem sie drei Wochen lang in der Wildnis eines fremden Landes gestrandet war, war sie endlich in Sicherheit.

Miss Amelia Hart steckte ihren Federkiel in die Halterung, und die Aufregung pulsierte in ihr. Der letzte Teil der Abenteuer von Miss Joceline Davies war abgeschlossen.

Schmetterlinge stiegen in ihrem Bauch auf, als sie den Federkiel wieder aus dem Halter nahm und »The End« unter den letzten Satz kritzelte.

Dort. Das war so viel befriedigender.

Sie erhob sich von ihrem Stuhl hinter dem schweren Holzschreibtisch im gelben Salon ihrer Eltern und streckte die Arme über den Kopf, um ihren Rücken zu entlasten.

Sie wanderte zu den großen Fenstern, die auf den Platz hinausgingen, und rollte dabei ihre Handgelenke hin und her. Sie hatte sich viel länger über den Schreibtisch gebeugt und hektisch geschrieben, als sie es beabsichtigt hatte. Wie immer, wenn sie sich dem Ende einer Geschichte näherte. Die Gedanken daran verzehrten sie, bis sie die letzten Worte aufschrieb.

Amelia schaute aus dem Fenster und beobachtete ein Frauenpaar, das mit einem Dienstmädchen im Schlepptau durch den Garten in der Mitte des Platzes schlenderte. Die letzten Sonnenstrahlen strömten durch das Glas und wärmten ihre Haut, und sie lächelte.

In welches Abenteuer würde sie Joceline als nächstes schicken?

Vielleicht könnte sie auf den Kontinent reisen und die Überreste einer verlorenen Zivilisation entdecken, oder in Amerika die neue Welt erkunden. Vielleicht würde Joceline näher an ihrem Heimatort bleiben und ein verstecktes Bauwerk in der Wildnis von Cornwall oder in den Weiten von Cumbria entdecken.

Es gab so viele Möglichkeiten.

Amelia wandte sich vom Fenster ab und durchquerte den Raum zu dem Bücherregal an der Innenwand. Die meisten Bücher des Hauses befanden sich in der Bibliothek, aber ihr Vater stellte die beeindruckendsten Bände im Salon aus, damit die Gäste sie bewundern konnten, und Amelia hatte im Laufe der Jahre diskret ein paar ihrer Lieblingsbücher hinzugefügt.

Sie zog einen in Leder gebundenen illustrierten Weltatlas hervor und trug ihn zum Schreibtisch, dann schob sie ihren Stapel handbeschriebener Blätter beiseite, um Platz zu schaffen, wobei sie darauf achtete, dass er geordnet blieb.

Sie blätterte durch die atemberaubenden Bilder und kunstvoll gezeichneten Karten im Inneren des Atlas und überlegte, wohin sie ihre Heldin schicken könnte, wobei sie jedes Mal innehielt, wenn ihr ein Bild ins Auge fiel. Der Amazonasdschungel hörte sich aufregend an. Oder vielleicht eines der einsamen, schneebedeckten Länder im Norden.

Die Tür flog auf, und Amelias Mutter, Mrs. Hart, marschierte in den Raum, ihre dunklen Augenbrauen zusammengezogen.

»Du siehst furchtbar aus.« Sie schüttelte den Kopf, und ihre hübschen Gesichtszüge verzogen sich. »Es ist eine Schande. Deine Hände sind mit Tinte verschmiert, und was hast du bloß mit dein Haar gemacht? Du siehst gewöhnlich aus.«

Amelia wurde flau im Magen, und ihre gute Laune schwand. Ihre Mutter hatte oft diese Wirkung auf sie.

»Ich bin in der Privatsphäre meines eigenen Zuhauses, Mutter. Es macht nichts, wenn ich etwas ungepflegt bin.« Um ehrlich zu sein, war Amelia in keinem wirklich schlechteren Zustand als sonst. Ja, vielleicht hatte sie ihr Haar nur zu einem lockeren Zopf gebunden, und vielleicht fiel es ihr um die Schultern, aber was machte das schon, wenn niemand sie sehen konnte?

Mrs. Hart schnaufte, und ihre vollen Lippen verzogen sich vor Verärgerung. »Mit dieser Einstellung wirst du nicht in den Adel einheiraten. Du solltest poliert werden. Du brauchst Raffinesse. Geh und mach dich sofort sauber.«

Amelia blickte zum Fenster und verbarg ihren Gesichtsausdruck vor ihrer Mutter. Sie wollte auf keinen Fall in den Adel einheiraten. Das war die Ambition von Mrs. Hart. Sie hatte unter ihrem eigenen Stand geheiratet und es seitdem bereut, aber jetzt war ihr Mann reich genug, um sich in eine noch exklusivere Gesellschaftsschicht einzukaufen als die, der Mrs. Harts Eltern angehört hatten, wenn Amelia nur kooperieren würde.

»Gehen wir irgendwo hin?«, fragte Amelia. Das Problem mit dem Plan ihrer Mutter war, dass Amelia keine Lust hatte, Mitglied des *ton* zu werden. Sie hatte es genossen, außerhalb der gehobenen Gesellschaft aufzuwachsen. Als Kind hatte sie durch die Lande streifen dürfen, und ihr Vater hatte ihre Schulbildung und ihr Interesse an Literatur gefördert.

Sie war glücklich gewesen. Zumindest solange, bis ihre Mutter beschlossen hatte, dass Amelia eine Herzogin oder eine Marquise werden sollte. Sie würde sich zweifellos damit zufrieden geben, wenn sie eine Gräfin oder Viscountess würde, aber alles darunter war einfach inakzeptabel.

Mrs. Hart blieb stehen und faltete ihre Hände über ihrem Rock. »Nein, aber wenn man verheiratet ist, muss man einen gewissen Standard pflegen. Ich traue dir nicht zu, dass du dich später an etwas so Wichtiges erinnerst, also ist es am besten, wenn wir es dir jetzt beibringen.«

»Ich bin aber noch nicht fertig«, protestierte Amelia.

Mrs. Hart warf einen flüchtigen Blick auf den Atlas. »Nichts ist wichtiger, als sich darauf vorzubereiten, eine aristokratische Ehefrau zu werden - und schon gar nicht dein albernes Geschreibsel. Tu, was ich sage.«

Mit einem Seufzer stand Amelia auf und ließ den Atlas liegen, wo er war. Sie traute sich nicht, ihn wegzupacken oder auch nur zu schließen. Das würde die Aufmerksamkeit ihrer Mutter darauf ziehen, die vielleicht beschließen würde, das Buch von einem Dienstmädchen ins Feuer werfen zu lassen, damit es nicht noch mehr von Amelias Aufmerksamkeit fordern würde.

Sie sammelte jedoch ihre Blätter ein und nahm sie mit aus dem Zimmer. Sie bewahrte ihre Arbeiten in einer verschlossenen Schublade des Schreibtisches in ihrem Schlafgemach auf. Sie befürchtete, wenn Mrs. Hart Zugang dazu hätte, dass sie es sich in den Kopf setzen könnte, Amelias harte Arbeit zu zerstören.

Sie hatte Jahre damit verbracht, ihr Handwerk zu verfeinern und zu lernen, wie man Geschichten auf eine Weise erzählte, die die Menschen interessierte. Ganz zu schweigen von der Zeit, die sie in die Erschaffung ihres fiktiven Alter Egos, Miss Joceline Davies, investiert hatte.

Joceline war all das, was Amelia sich wünschte, sein zu können. Abenteuerlich. Weltoffen. Und vor allem: unabhängig.

Wie sehr sehnte sich Amelia danach, dass ein entfernter Verwandter ihr ein Vermögen vererbte, wie es bei Joceline der Fall gewesen war. Dann müsste sie nicht mehr die Spiele des *ton* mitspielen oder sich auf das gesellschaftliche Getue einlassen, das sie nie ganz verstanden hatte.

Doch so reich ihr Vater auch sein mochte, Amelia hatte kein eigenes Geld. Sie musste sich also an die Regeln ihrer Eltern halten, und das bedeutete zuvorderst, dass sie sich einen aristokratischen Ehemann suchen musste.

Sie nahm die Treppe zum zweiten Stock und bog in den Westflügel ein, wo sich die Privatgemächer der Familie befanden. Sie ging in ihr Schlafzimmer, legte die Blätter auf ihren Schreibtisch, klingelte nach ihrem Dienstmädchen und blätterte die Seiten durch, während sie wartete.

Mary schwebte in den Raum und machte einen Knicks. »Wie kann ich helfen, Miss?«

»Kannst du bitte heißes Wasser und Seife in mein Zimmer bringen lassen?«, fragte Amelia und deutete auf ihre mit Tinte verschmierten Hände. »Ich habe den Befehl, mich zu säubern.«

Mary kniff die Lippen zusammen. »Ich werde dafür sorgen, dass es Ihre Spezialseife ist.«

»Danke, Mary.«

Das Dienstmädchen ging, und Amelia dachte darüber nach, wie glücklich sie sich schätzen konnte, Mary zu haben, die angesichts von Amelias Exzentrizitäten nicht mit der Wimper zuckte und sie manchmal sogar aktiv unterstützte.

Sie kehrte mit zwei Lakaien zurück, die eine Wanne mit heißem Wasser trugen, und wies sie an, sie aufzustellen. Amelia legte ein Kissen auf den Boden, kniete sich darauf und streckte ihre Arme aus, damit Mary ihre Finger schrubben konnte.

Das Seifenstück kratzte leicht, als sie damit über Amelias Haut strich, und duftete nach Pfefferminz. Sie hatte nie gefragt, was eigentlich drin war, aber sie wusste, dass es die Tinte besser reinigte als alles andere, was sie bisher ausprobiert hatte. Es gab einen Grund dafür, dass ihre Mutter nicht genau wusste, wie viel Zeit sie mit ihrem »dummen Gekritzel« verbrachte.

Als ihre Hände und Unterarme frei von Makeln waren, tupfte Mary sie mit einem Handtuch trocken.

»Möchten Sie sich jetzt zum Abendessen umziehen?«, fragte sie.

Amelia schaute aus dem Fenster. Die Sonne war unter den Horizont gesunken, und das Grau der Dämmerung war hereingebrochen. »Das sollte ich wohl besser tun. Das blassblaue Kleid, bitte.«

Es war zwar kein Abendkleid, aber das blaue Kleid passte zu Amelias Augen, was ihrer Mutter gefallen würde. Jede noch so kleine Möglichkeit, wie sie sich das Wohlwollen von Mrs. Hart sichern konnte, sollte am besten ausgenutzt werden, denn es gab noch viel mehr Möglichkeiten, wie sie sie nie haben würde.

Mary nahm das Kleid aus dem Schrank und legte es auf das Bett. Amelia drehte Mary den Rücken zu, und das Dienstmädchen öffnete schnell die Bänder, sodass ihr Tageskleid zu Boden fiel und sich um ihre Füße legte. Sie stieg zur Seite hinaus, nur mit Unterrock, Hemd und Korsett bekleidet, und bückte sich, um Mary zu helfen, das blaue Kleid über ihren Kopf zu ziehen.

Mary knöpfte den Rücken des Kleides mit geschickten Bewegungen zu. »Na also, Miss. Möchten Sie etwas mit Ihrem Haar machen lassen?«

Amelia seufzte. »Ja, bitte.« Sie zog die gepolsterte Bank am Fußende ihres Bettes hervor, setzte sich darauf und präsentierte Mary ihren Rücken.

Sie betrachtete die blaue Stickerei auf ihrer goldenen

Bettdecke, während sie darauf wartete, dass Mary mit einer Haarbürste und Zubehör zurückkam. Es war gut, dass sie Blau mochte, wenn man bedachte, dass Mrs. Hart es für angebracht gehalten hatte, sie ihr ganzes Leben lang mit der Farbe zu umgeben. Als Kind waren die meisten ihrer Kleidungsstücke blau gewesen, und auch ihre Schlafräume waren in diesem Farbton gehalten.

Amelia glaubte, dass es daran lag, dass ihre leuchtend blauen Augen sowohl der einzige Teil ihres Aussehens waren, den man ausschließlich ihrer Mutter zuschreiben konnte, als auch der bemerkenswerteste Teil von ihr.

Mit Ausnahme ihrer Augen war sie eher schlicht. Dunkles Haar, blasse Haut, ein durchschnittlicher Körperbau, der weder schlank genug war, um sie zerbrechlich erscheinen zu lassen, noch kurvenreich genug, um die Aufmerksamkeit der Männer auf sich zu ziehen. Sie war weder schön noch hässlich. Perfekt dazu gemacht, Teil des Hintergrunds zu sein.

Mary löste die Nadeln aus Amelias Haar und bürstete es. Amelia schloss ihre Augen und genoss das Gefühl. Es war schön, sich von jemandem die Haare bürsten zu lassen. Als junges Mädchen hatte sie sich oft eine Schwester gewünscht, damit sie sich gegenseitig die Haare frisieren könnten, aber die Harts waren nicht mit einem zweiten Kind gesegnet worden.

Als Mary ihr Haar aus dem Gesicht bürstete und begann, es hochzustecken, sprach Amelia.

»Ich habe heute Miss Davies' jüngstes Abenteuer fertig geschrieben. Möchtest du, dass ich dir nach dem Essen daraus vorlese?«

»Oh ja, bitte. Das wäre wunderbar.«

Amelia lächelte. Es konnte ja gut sein, dass Mary alles tat, was Amelia wollte, nur deshalb, weil sie dafür bezahlt wurde, aber Amelia zog es vor zu glauben, dass sie die Geschichten wirklich genoss.

»Die anderen Dienstmädchen werden gespannt sein, in

welche Schwierigkeiten Miss Davies als nächstes gerät«, fügte Mary hinzu. »Ich lasse sie immer wissen, was sie gerade macht, obwohl ich sicher nicht annähernd so gut erzählen kann wie Sie.«

Sie schob eine Nadel in Amelias Haaransatz. Amelia zuckte zusammen, als sie sie dabei kratzte.

»Tut mir leid«, murmelte Mary.

»Mach dir keine Sorgen«, sagte Amelia. »Und ich zweifle nicht daran, dass du viel besser schauspielern kannst als ich. Ich habe ein Faible für das geschriebene Wort, nicht für das gesprochene.«

Mary summte nachdenklich. »Ich glaube, Sie könnten in allem gut sein, was Sie tun.«

Amelia lachte. »Wie diplomatisch von dir.«

Sie schwiegen, während Mary Amelias Haar zu einem ordentlichen Knoten am Hinterkopf aufzog, mit einer lockeren Strähne auf jeder Seite ihres Gesichts. Als sie sich entfernte und die Bürste und die restlichen Haarnadeln auf einen Schrank legte, war es draußen schon fast dunkel. Zweifellos würde das Abendessen bald serviert werden.

Amelia bedankte sich bei dem Dienstmädchen, schloss ihre Papiere in ihrem Schreibtisch ein und ging die Treppe hinunter. Der Speisesaal war gut beleuchtet, mit Dutzenden von Kerzen, die in der Mitte des Tisches und an den Wänden angebracht waren.

Sie verdrehte innerlich die Augen über so viel Extravaganz. Es gab keinen Grund für die Familie, jede Mahlzeit im offiziellen Speisesaal einzunehmen, aber ihre Mutter bestand darauf, dass es »sehr angemessen« sei.

Amelia nahm den Platz links vom Kopf des Tisches ein. Einen Moment später kamen ihre Mutter und ihr Vater Arm in Arm in den Raum geschlendert. Ihr Vater zog ihrer Mutter den Stuhl am rechten Kopfende des Tisches zurück und wartete, bis sie Platz genommen hatte, bevor er sich selbst ans Kopfende setzte.

»Guten Abend, Mia«, sagte Mr. Hart mit einem herzlichen Lächeln. Er war ein etwas korpulenter Gentleman mit taubengrauen Augen und einem dicken grauen Schnurrbart.

»Walter,« tadelte Mrs. Hart. »Erinner dich an das, was wir besprochen haben.«

»Ah.« Er nickte. »Richtig. Ich bitte um Entschuldigung, Amelia. Ich vergesse manchmal, dass du nicht mehr mein kleines Mädchen bist.«

»Ich werde immer deine Mia sein«, antwortete Amelia und ignorierte den verzweifelten Seufzer ihrer Mutter. Es gab keinen Grund für die Familie, auf Formalitäten zu bestehen - schon gar nicht im Privaten.

»Bitte unterlasst es, solche Dinge vor potenziellen Bewerbern zu sagen«, sagte Mrs. Hart, während Lakaien mit Speisen beladene Platten hereinbrachten.

»Ich werde vor potenziellen Freiern den Mund halten«, antwortete Amelia pflichtbewusst.

Sie bezweifelte, dass es welche geben würde. Zumindest nicht, wenn sie keine Glücksritter waren. Dies war ihre zweite Saison, und es wäre eine Untertreibung zu sagen, dass die erste ein kläglicher Misserfolg gewesen war. Die einzigen Männer, die sie zweimal ansahen, waren diejenigen, die auf das Geld ihres Vaters aus waren.

Andere Herren schienen entweder von der Stellung ihrer Familie - also weit außerhalb des inneren Kreises des *ton* -, ihrem etwas schlichten Aussehen oder den offensichtlichen Ambitionen ihrer Mutter als Aufsteigerin abgeschreckt zu sein. Wenn sie das alles nicht abschreckte, dann schien die Tatsache, dass sie nicht in der Lage war, höfliche Gespräche zu führen, zu genügen.

»Ich habe recherchiert«, erklärte Mrs. Hart.

Sowohl Amelia als auch ihr Vater zuckten zusammen. Nichts Gutes kam jemals bei den Nachforschungen von Mrs. Hart heraus.

»Es gibt einen Herzog, einen Marquess und zwei Grafen,

die in dieser Saison Ehefrauen suchen.«

Mr. Hart griff nach dem Hammelbraten und schnitt eine Portion ab. Daraufhin servierte sich Amelia Kartoffeln, Erbsen, Bohnen und Hammelfleisch. Was auch immer als Nächstes kommen würde, wäre sicher am besten mit einem vollen Bauch zu ertragen.

»Möchtet ihr denn wissen, welche?«, fragte Mrs. Hart mit einer missbilligenden Furche zwischen ihren Augenbrauen, die verriet, dass sie mehr Interesse erwartet hatte.

»Natürlich, Liebes.« Mr. Harts Messer klirrte gegen das Porzellan, als er ein Stück Hammelfleisch zerschnitt. »Ich bin neugierig, wie du herausgefunden haben willst, dass diese Männer eine Frau suchen.«

»Sie haben Einladungen zum Wembley-Ball am Samstag angenommen.«

»Ich ... verstehe.« Das tat er eindeutig nicht.

»Einen Herzog in die Familie zu holen, wäre natürlich der beeindruckendste Coup.« Mrs. Hart wählte von jedem Gericht zierliche Portionen für sich aus. Sie war der Meinung, dass Frauen nicht viel mehr essen sollten als Vögel, und ihre schlanke, mädchenhafte Figur war der Beweis dafür. »Der Duke of Wight könnte jedoch das Alter überschritten haben, in dem er einen Erben zeugen kann.«

Amelias Kinnlade fiel herunter. »Der Duke of Wight muss mindestens siebzig sein!«

Mrs. Hart nickte. »Ergo, wenn du ihn heiraten würdest, würdest du schon viel früher verwitwet sein. Aber wie gesagt, wenn keine seiner drei früheren Frauen ihm einen Erben schenken konnte, müssen wir davon ausgehen, dass das Problem bei ihm liegt und dass du keinen Erfolg mehr haben würdest.«

»Drei frühere Ehefrauen?« Amelia war verblüfft. Wäre er nicht ein Herzog, wäre dieser Mann sicherlich ein abschreckendes Beispiel. Drei Ehefrauen konnten doch nicht alle eines natürlichen Todes gestorben sein.

»Die erste Frau starb an der Schwindsucht, die zweite bei einem Kutschenunfall, und die dritte sprang Gerüchten zufolge von einer Klippe, weil sie so untröstlich darüber war, dass sie keinen Erben gebären konnte«, erklärte Mrs. Hart.

Oder der gerissene alte Herzog hatte sie alle töten lassen.

Amelia äußerte diesen Verdacht nicht. Ihre Mutter würde dies als einen weiteren Beweis dafür ansehen, dass all ihre Lektüre und ihre Kritzeleien ihre Fantasie zu sehr beflügelten.

»Wie bedauerlich für ihn«, murmelte Mr. Hart.

Amelia zwang sich, ihr Hammelfleisch zu essen, bevor es kalt wurde. Das Kauen war anstrengend, und sie hatte einen sauren Geschmack im Mund.

Sie wollte keinen Aristokraten heiraten. Oder, so vermutete sie, nicht mehr, auch keinen anderen Mann. Aber sie wollte vor allem niemanden heiraten, der sie von einer Klippe werfen könnte, wenn sie nicht schwanger würde.

»In der Tat.« Mrs. Hart trank einen Schluck aus ihrem Wasserglas. »Der Marquess of Overton ist vielleicht die bessere Wahl. Er ist reich, hat einen Titel und ist jünger.«

Amelia stopfte sich ein Stück Kartoffel in den Mund und schaffte es, nicht zu antworten. Die Chancen, dass der Marquess of Overton sich für sie interessieren würde, standen mindestens schlecht.

»Und?«, wollte sie wissen, weil sie dieses Gespräch ebenso gut hinter sich bringen könnten.

Mrs. Hart lächelte, erfreut über ihre Kooperation. »Der Earl of Winn und der Earl of Longley.«

Amelia schaute auf ihr Essen hinunter, um ihre Grimasse zu verbergen. Der Graf von Winn war ein Lüstling und ein Säufer. »Ich glaube nicht, dass ich mit dem Earl of Longley bekannt bin.«

»Nein, das dürftest du nicht sein.« Mrs. Hart klang selbstgefällig, weil sie Informationen hatte, die ihre Tochter nicht kannte. »Er hat im letzten Jahr nur an einem Ball teil-

genommen, höchstens zwei, zusammen mit seinem Jugend-
freund, dem Herzog von Ashford.«

»Ah.« Amelia goss Wasser aus einem Krug in ihr Glas.
»Derjenige, der verlassen wurde und dann die Zwillingsschwester seiner ehemaligen Verlobten geheiratet hat.«

»Ganz genau.« Mrs. Harts kobaltblaue Augen funkelten
geradezu. »Wir alle wissen, dass Männer dazu neigen, sich in
Gruppen niederzulassen. Ashford hat dies im letzten Jahr
getan, und ich bin sicher, dass Longley in dieser Saison das
Gleiche vorhat. Vielleicht wirst du diejenige sein, die ihn
gewinnt.«

»Vielleicht.« Amelia schluckte, und ihre Kehle wurde eng.
Sie glaubte nicht, dass sie eine Chance haben würde, einen
anständigen aristokratischen Gentleman zu bekommen. Sie
musste einfach beten, dass ihre Mutter mit einem gleichalt-
rigen jüngeren Bruder oder, wenn sie Glück hatte, mit einem
Baron zufrieden sein würde.

Alles, was Amelia sich wünschte, war ein freundlicher
Mensch, der ihr erlaubte, ihre eigenen Interessen zu verfolgen. Und wenn der Mann selbst intellektuell wäre, wäre das
wünschenswert, aber man durfte ja nicht zu wählerisch sein.
In diesem Fall wären sie trotz ihres Reichtums in den Augen
des *ton* eher Bettler.

Sie beendeten ihre Mahlzeit, und dann zogen sie und ihre
Mutter sich in ihre Gemächer zurück, während Mr. Hart in
seinem Büro verschwand. Amelia holte ihre Unterlagen aus
dem Schreibtisch, schloss die Schublade hinter sich und ging
die Treppe hinunter, um an die Tür ihres Vaters zu klopfen.

»Herein«, rief er.

Sie drehte den Knauf und trat ein, ließ die Tür einen Spalt
offen und hielt ihre Papiere in einer Hand. »Hallo noch mal,
Vater.«

»Meine Liebe.« Seine Augenwinkel lächelten. »Was führt
dich hierher?«

»Ich habe heute ein Projekt abgeschlossen und würde

gerne deine Meinung dazu hören - wenn du Zeit hast, es zu lesen.

Er winkte sie zu sich. »Dann wollen wir mal sehen.«

Amelia trat an seinen Tisch und eichte ihm die Seiten, doch bevor er sie nehmen konnte, eilte ihre Mutter an ihr vorbei und schlug sie ihr aus der Hand. Amelia keuchte auf, als die Papiere völlig ungeordnet auf den Boden flatterten. Sie sank auf die Knie und sammelte sie krampfhaft auf.

»Es reicht!«, rief Mrs. Hart. »Schluss mit deinen Kritzeleien. Du wirst nie eine Verlobung mit jemandem aus dem Adel bekommen, wenn du dich weiter wie ein Blaustrumpf benimmst.«

Amelia schnappte sich das letzte Blatt Papier und erhob sich zittrig auf die Füße, wobei sie es fest an ihre Brust drückte, damit ihre Mutter es nicht noch einmal berühren konnte.

»Wenn ich veröffentlicht werden sollte ...«, begann sie leise.

»... dann würdest du Schande über den Namen Hart bringen«, schnappte Mrs. Hart. »Ich sage dir, niemand will einen Blaustrumpf zur Frau.«

Amelia, der die Tränen in die Augen stiegen, sah ihren Vater um Unterstützung flehend an. Sicherlich würde er eingreifen. Schließlich hatte er ihr in den Jahren ihrer Kindheit erlaubt, bei ihm zu sitzen, während er arbeitete. Er hatte ihr Geschäftskonzepte erklärt und ihr Bücher geschenkt, die ihren Horizont erweitert hatten. Er würde sie jetzt verteidigen.

Aber nein. In seinen Augen lag eine schweigende Entschuldigung, und doch sagte er nichts. Vielleicht hätte sie das erwarten sollen. So viel sie ihm auch bedeutete, er überließ seiner Frau stets die Entscheidungen über ihr Leben.

Er zuckte ein wenig mit den Schultern. »Es tut mir leid, Amelia. Deine Mutter weiß in diesen Dingen am besten Bescheid. Du solltest auf sie hören.«

KAPITEL 3

»Danke, dass du dich mit mir treffen willst. Ich muss sagen, ich bin überrascht, dich ohne deine Frau zu sehen«, sagte Andrew zum Duke of Ashford, als sie sich vor dem Eingang zum Regent trafen, dem Gentleman's Club, in dem sie beide Mitglieder waren.

Vaughan zog eine Grimasse, als der Türsteher den beiden die Tür aufhielt. »Ich wäre lieber nicht so kurz nach Lilians Geburt in London gewesen, aber ich habe da eine dringende geschäftliche Angelegenheit, um die ich mich kümmern muss. Ich werde so schnell wie möglich aufs Land zurückkehren.«

Sie legten ihre Mäntel ab und übergaben sie einem Angestellten.

»Ein Privatzimmer?«, fragte ihr Gastgeber und verbeugte sich tief.

Andrew schaute Ashford an. Für das Gespräch, das ihm vorschwebte, wäre es wahrscheinlich am besten, wenn sie unter sich wären. »Ja, bitte.«

Der Gastgeber führte sie durch das Foyer und einen Korridor hinunter. Er bog in den dritten Raum auf der linken Seite ein, in dem nur zwei gut gepolsterte Ledersessel und ein kleiner Getränketisch standen.

»Brandy?«, fragte er.

»Ja«, sagte Ashford. »Danke.«

Der Gastgeber nickte. »Eine Bedienung wird sich gleich um Sie kümmern.« Er verbeugte sich erneut und verließ den Raum.

Andrew ließ sich auf den Stuhl fallen, der am weitesten von der Tür entfernt war, um sicherzustellen, dass er jeden sehen konnte, der vorbeikam. Er wollte nicht, dass sich seine veränderten Lebensumstände herumsprechen würden.

»Wie geht es der schönen Emma?«, fragte er und gab seinem Freund ein Zeichen, sich zu ihm zu setzen. »Erholt sie sich gut von der Geburt?«

»Sie ist unglaublich.« Ashfords Mundwinkel zuckten nach oben. Bei jedem anderen wäre es kaum als Lächeln zu bezeichnen gewesen, aber für ihn war es praktisch ein Strahlen. »Sie kommt wunderbar mit Lilian klar, und sie ist bereits längst wieder auf den Beinen. Sie ist schon ein paar Mal draußen spazieren gegangen, aber ich habe sie gebeten, das nicht zu tun, wenn ich weg bin, damit ich mir keine Sorgen machen muss.«

Longley grinste. »Du bist hingerissen. Und das bei einem Mann, der nicht heiraten wollte.«

»Die Ehe passt zu mir«, sagte Ashford schlicht.

Ein Angestellter kam herein mit einem Tablett, auf dem eine Karaffe mit Brandy und zwei Gläser standen. Er stellte jedem von ihnen ein Glas vor die Nase und füllte es, dann zog er sich in die Ecke zurück, um auf weitere Anweisungen zu warten.

Andrew hob sein Glas und atmete den scharfen Duft von Brandy zusammen mit dem unterschwelligen Hauch von Zigarrenrauch ein, der das *Regent* immer durchdrang. Er trank einen Schluck und stellte dann das Glas ab. Und wappnete sich. Wenn jemand seine Situation - zumindest teilweise - verstehen konnte, dann war es Ashford.

»Ich hoffe, dass die Ehe auch zu mir passen wird«, sagte er und wartete auf eine Reaktion des Herzogs.

Ashford runzelte die Stirn. »Ich erinnere mich deutlich daran, dass du in der vergangenen Saison gesagt hast, dass du nicht vorhast, in nächster Zeit zu heiraten.«

»Ja, nun, die Umstände haben sich geändert.«

Ashford rollte sein Brandyglas zwischen den Handflächen. »Wie das?«

Andrew warf einen Blick auf den Lakaien, der an die Wand starrte und offensichtlich zuhörte, aber sein Bestes tat, um sich das nicht anmerken zu lassen. »Entschuldigen Sie«, sagte er.

Der Bedienstete schaute herüber.

»Sie sind entlassen. Bitte schließen Sie die Tür hinter sich.«

Sein Gesicht verzog sich vor Enttäuschung, aber er verbeugte sich kurz und ging hinaus.

»Das ist vertraulich«, murmelte Longley zu dem neugierigen Ashford. »Die einzigen, die davon wissen, sind meine Mutter und die Firma, die meine Angelegenheiten verwaltet. Ich habe fast unser gesamtes Vermögen verloren.«

Ashfords Augenbrauen flogen hoch. »Wie bitte? Wie kann das sein?«

Andrew zog eine Grimasse. »Wir stehen zwar noch nicht kurz vor dem Armenhaus, aber wenn ich keine drastischen Maßnahmen ergreife, müssen wir die meisten Angestellten des Longley-Anwesens entlassen und mit dem Verkauf unserer höherwertigen Güter beginnen.«

Er erläuterte kurz die Situation mit Mr. Smith und dessen schlecht verwalteten und veruntreuten Geldern.

»Ich habe mir die Unterlagen angesehen. Ich habe jedes Detail durchkämmt. Wenn Mr. Smith bei seiner Ankunft in Spanien nicht festgenommen werden kann und mein Geld noch in seinem Besitz ist, sind wir in Schwierigkeiten. Selbst wenn wir den Rest unseres Vermögens zurückbekommen würden, müssen wir die Art und Weise, wie wir den Nachlass verwalten, grundlegend ändern.«

Ashford rollte weiter das Glas zwischen seinen Handflächen. »Daher die Notwendigkeit zu heiraten. Also suchst du eine Erbin, nehme ich an?«

»Das tue ich«, bestätigte Andrew. »Mutter hat mir eine Liste mit geeigneten Optionen vorgelegt.«

Sie hatte das sogar ziemlich schnell getan. Er fragte sich, wie genau sie den Heiratsmarkt in den letzten Jahren beobachtet hatte. Vielleicht hatte sie gehofft, dass er sich dafür interessieren würde, und sie wollte bereit sein, wenn er es tat. Natürlich bezweifelte er, dass sie jemals erwartet hätte, das unter solch schlimmen Umständen tun zu müssen.

Ashford leerte sein Glas in einem Zug und stellte es auf den Tisch, dann streckte er die Hand aus. »Hast du die Liste dabei?«

Andrew holte das gefaltete Papier aus seiner Westentasche und reichte es weiter. Ashford faltete den Zettel vorsichtig auseinander und strich ihn auf dem Tisch glatt. Sein Blick schweifte über die Namen. Es waren insgesamt sechs.

»Ich glaube, sie hat sie nach der Höhe ihrer Mitgift geordnet.« Er hasste es, wie krass das klang, aber leider war es notwendig.

»Eines dieser Mädchen habe ich letztes Jahr kennengelernt.« Ashford blickte nicht einmal auf. »Lady Esther Bowling. Wenn ich mich recht erinnere, hat sie eine Vorliebe für kunstvollen Federschmuck fürs Haar.«

Andrew grinste. »Ja, ich erinnere mich auch an sie. Sie hat einen ziemlichen Eindruck hinterlassen.«

»Kennst du denn irgendeine der anderen?«, fragte Ashford.

»Miss Caroline Wentham ist recht hübsch.« Allerdings

erinnerte sie Andrew an einen Raubvogel. In ihren Augen lag immer ein hungriges Glitzern, das ihm das Gefühl gab, gejagt zu werden.

Ashford tippte auf das Papier. »Was ist mit dem Küken, das ganz oben auf der Liste steht? Miss Hart.«

Andrew zuckte mit den Schultern. »Ich habe das Mädchen nie getroffen. Ihr Vater ist im Bergbau tätig. Reich wie Midas und auf der Suche nach einem würdigen Ehemann für seine geliebte Tochter.«

»Stört dich denn die Herkunft seines Geldes?«, fragte Ashford.

»Nicht wirklich.« Andrew neigte zu der Ansicht, dass man Männer dafür loben sollte, dass sie erfolgreich genug waren, um sich über ihren Stand zu erheben. Allerdings sahen das nicht viele Mitglieder des *ton* so, und er stellte sich vor, dass die Einladungen der Harts zu gesellschaftlichen Anlässen eher spärlich ausfallen dürften. Die eher versnobten Leute der feinen Gesellschaft würden sich nicht mit einer solchen Bekanntschaft beschmutzen wollen.

»Lady Elizabeth Holden.« Ashford trommelte mit den Fingern auf das Holz. »Warum kommt mir der Name bekannt vor?«

»Sie heiratete jung einen sehr reichen älteren Herrn, der ihr den größten Teil seines Vermögens vermachte. Jetzt sucht sie einen Ehemann in ihrem Alter.«

Andrew rechnete sich keine Chancen bei Lady Elizabeth aus. Sie konnte es sich leisten, wählerisch zu sein, und irgendetwas sagte ihm, dass sie vielleicht keinen Gefallen an einem fast mittellosen Grafen finden würde, selbst wenn er einigermaßen gut aussah.

Lady Esther und Miss Wentham waren keine gesellschaftlichen Außenseiterinnen und waren auch noch nicht zu ewigen Mauerblümchen erklärt worden. Auch sie hatten Möglichkeiten - obwohl er sich bei ihnen bessere Chancen ausrechnete als bei Lady Elizabeth. Miss Hart hingegen würde nicht in der Lage sein, potenzielle Verehrer abzuweisen.

»Die anderen beiden?«, fragte Ashford. »Miss Cahill und Miss Carruthers?«

Andrew schüttelte den Kopf. »Ich habe keine von beiden kennengelernt. Ich weiß aus zuverlässiger Quelle, dass Miss Cahill eine Art Spitzmaus ist und dass dies ihre letzte Saison sein soll. Wenn sie keinen Ehemann findet, setzen ihre Eltern sie auf dem Land aus.«

Er hatte Mitleid mit dem Mädchen. Da er selbst eine jüngere Schwester hatte, wusste er, wie schwierig das Leben für Frauen sein konnte, die nicht heiraten konnten - oder wollten. Ihre Zukunft wurde fast immer von ihren männlichen Verwandten diktiert. Es war nur recht und billig, dass sich die Familie um die eigenen Angehörigen kümmerte, aber allzu oft schien »kümmern« nicht der richtige Ausdruck zu sein.

»Miss Carruthers ist die jüngste von sechs. Dies ist ihre erste Saison. Ihr Vater ist ein Cousin des Earl of Wembley, und sowohl er als auch ihr älterer Bruder sind unabhängig und wohlhabend. Sie haben große Besitztümer in Cumbria.« Er hatte noch nichts über ihr Temperament gehört, denn niemand, den er kannte, hatte die Kleine kennengelernt.

»Hast du denn auf der Grundlage dessen, was du mir gerade erzählt hast, eine Präferenz?«, fragte Ashford.

Andrew zuckte mit den Schultern. »Ich sollte sie kennenlernen. Wie üblich wurde ich mit Einladungen zu Bällen überhäuft. Leider musste ich weit mehr von ihnen akzeptieren, als ich es normalerweise tun würde. Wenn ich diese Frauen treffen will, ohne einfach vor ihrer Haustür aufzutauchen, dann muss ich mich blicken lassen.«

Ashford zuckte zusammen. »Es tut mir leid, dass ich nicht dabei sein kann. Es wäre nur recht und billig von mir, dir zur Seite zu stehen, so wie du es für mich getan hast, als ich mich entschied, mir eine Frau zu nehmen.«

Andrew winkte beschwichtigend mit der Hand. »Denk nicht weiter darüber nach, mein Freund. Ich war in London und hatte nichts anderes mit meiner Zeit anzufangen. Du hingegen hast eine Herzogin und ein Baby, die in Norfolk auf dich warten. Eine solche Häuslichkeit mag mir fremd sein, aber selbst ich erkenne ihre Bedeutung.«

Ashford legte den Kopf schief. »Warum hast du die Wahl einer Braut immer wieder hinausgezögert? Du bist gerne unter Menschen - im Gegensatz zu mir - und Frauen scheinen dich charmant zu finden. Warum der Widerstand?«

Andrew machte eine Pause, um mehr Brandy zu trinken. Eigentlich hätte er den Lakai bitten sollen, die Flasche stehen zu lassen. »Ich bin nicht gegen die Ehe. Bis vor kurzem hatte ich jedoch keinen Grund zur Eile, und ich möchte nicht mit einer Frau zusammen sein, die mir nicht gefällt. Ich dachte immer, die richtige Frau würde eines Tages einfach auftauchen.«

Ashford gluckste. »So funktioniert das nicht.«

»Nicht? Ist der Earl of Carlisle in deinen Büro aufgetaucht und hat einen Heiratsvertrag zwischen dir und Emma ausgehandelt oder nicht? Für mich klingt es so, als ob dir diese Gelegenheit in den Schoß gefallen ist.«

Er schnaubte. »Nur, weil ich mich zuerst um Violet bemüht habe, und weil ich es bei Emma nicht von Anfang an versucht habe ... Habe ich dann so viel wie möglich getan. Du weißt, dass ich sie nie als selbstverständlich ansehen werde.«

Andrew wurde weicher. »Ich weiß. Jeder im *ton* weiß, wie sehr du für diese Frau schwärmst.«

Er hatte einmal befürchtet, dass Emma und Ashford nicht zusammenpassen würden, da sie so unterschiedliche Dinge wollten, aber die süße, zurückhaltende Emma hatte sich als genau das erwiesen, was der mürrische Herzog brauchte.

»Vielleicht wird dich die Ehe überraschen«, sagte Ashford.

»Dich hat sie jedenfalls in einen Romantiker verwandelt.«

Ein kleines Lächeln umspielte Ashfords Lippen, und er schien sich nicht im Geringsten an dieser Einschätzung zu stören. »Das mag sein. Aber ich glaube, wir haben für heute die Grenze der Gesprächstiefe erreicht. Hast du Lust auf ein Kartenspiel?«

»Das sollte ich besser nicht tun. Ich habe kein Geld, das ich verlieren kann.« Er wollte sein Pech nicht noch verschlimmern, indem er das Wenige, das ihm geblieben war, verspielte.

Ashford zuckte mit den Schultern. »Dann spielst du eben mit meinem Geld.«

Andrews Herz drückte sich zusammen. »Danke, aber nein danke, mein Freund. Ich weiß das Angebot zu schätzen. Warum erzählst du mir nicht mehr über deine Tochter?«

»Lilian ist so ein süßes Baby. Gutmütig. Sie sieht ihrer Mutter so ähnlich.« Ashford blickte irgendwo über Andrews Schulter, sein Lächeln wurde dümmlich. »Sie ist so klein. Als ich sie das erste Mal gehalten habe, hatte ich Angst, ich könnte sie aus Versehen verletzen.«

»Aber das hast du nicht«, erinnerte Andrew ihn.

»Nein, habe ich nicht.«

Ashford schwärmte noch mehrere Minuten lang von seiner Tochter. Ihm zuzuhören war einfach. Andrew war froh, seinen Freund so glücklich zu sehen. Er war auch froh, dass Ashford nicht bestürzt war, dass Emma *nur* eine Tochter zur Welt gebracht hatte. Wenn man davon ausging, dass er sie nur geheiratet hatte, um einen Erben zu bekommen, war es möglich, dass er unzufrieden hätte sein können.

Aber nein, er liebte sein kleines Mädchen, und er und Emma würden es einfach noch einmal mit einem Erben versuchen, wenn sie wieder bereit war.

Als Ashford abbrach, kam Andrew ein Gedanke in den Sinn.

»Sag mal.« Er richtete sich in seinem Sitz auf. »Du hast

ein erfolgreiches Anwesen. Ich brauche einen neuen Verwalter. Hast du nicht irgendwelche Empfehlungen?«

Ashford summte nachdenklich. »Mein Anwesen wird anders verwaltet als deines. Ich habe einen Gutsverwalter für Ashford Hall - du erinnerst dich an Cal aus der Schule - und einen anderen, der unsere kleineren Betriebe verwaltet. Meine Vermögensverwalter mischen sich nicht in meine Investitionen oder Geschäfte ein, die nichts mit den Immobilien zu tun haben.«

»Hmm.« Vielleicht sollte Andrew in Erwägung ziehen, etwas Ähnliches zu arrangieren, auch wenn er jetzt dank Mr. Smith nur noch zwei Anwesen besaß: Longley Estate in Suffolk und Longley House in London. Aber er könnte einen Verwalter mit Sitz in Suffolk und eine weitere Person zur Überwachung seiner Finanzen einstellen.

»Willst du meine Meinung hören?«, fragte Ashford.

Andrew verdrehte die Augen. »Ich habe doch gefragt, oder?«

Ashford sah irritiert aus. »Du solltest lieber keine übereilten Entscheidungen treffen, solange der Verlust und der Verrat noch frisch sind. Du bist gerade emotional, und alle Entscheidungen, die du jetzt triffst, werden davon beeinflusst sein. Es wäre besser, ein oder zwei Wochen zu warten und dann einen Aktionsplan zu wählen, der sich an der Vernunft orientiert.«

Andrew neigte anerkennend den Kopf. »Gutes Argument. Ich werde das im Hinterkopf behalten.«

Sie unterhielten sich noch eine Weile, dann rief Andrew eine Kutsche, die ihn nach Hause bringen sollte, und Ashford machte sich auf den Weg zu einem Geschäftstermin.

Während Andrew durch sein Fenster die vorbeiziehenden Gebäude beobachtete, fiel ihm ein, dass er um diese Tageszeit normalerweise Florence besuchen würde. Sein Magen verdrehte sich. Jetzt wartete keine willige Frau auf ihn. Er hatte sie verloren, und das nur, weil er dumm genug gewesen war, der falschen Person zu vertrauen.

Die Kutsche bog von der Straße ab und fuhr durch das Steintor von Longley House. Sie hielten vor dem Haupteingang, und Andrew wartete, bis die Wagentür geöffnet wurde, dann stieg er aus. Nach einem kurzen Dankeschön an seinen Fahrer stapfte er die Treppe hinauf. Sein Lakai klopfte, und Boyden öffnete die Tür, ließ Andrew eintreten und schloss sie hinter ihm.

Die untere Etage war nur schwach beleuchtet. Er nahm eine Kerze und beleuchtete damit seinen Weg, als er die Treppe hinaufstieg und sich nach links zu seinem Schlafgemach wandte. Als er eintrat, blieb er beim Anblick seiner Schwester Kate, die auf seinem Bett saß, abrupt stehen.

Er stellte die Kerze auf den Schrank. »Was verschafft mir die Ehre dieses Überfalls?«

Sie setzte sich gerade hin, ihr helles, kastanienbraunes Haar fiel ihr über die Schultern, ihr Gesichtsausdruck war ungewohnt ernst. »Ist es wahr, dass wir pleite sind?«

Oh je.

Schweren Herzens setzte er sich auf die Kante der grau-blauen Bettdecke und beugte sich ihr entgegen. Er durfte das nicht vor ihr verbergen. Das wäre ein Bärendienst für sie. Ihre finanzielle Situation betraf seine Schwester genauso wie alle anderen.

»Wir sind nicht pleite, nein. Wir werden nicht verhungern. Aber wir haben fast unser gesamtes Vermögen verloren.« Schuldgefühle durchfluteten ihn. Er hätte sie besser schützen müssen.

Er hatte sie im Stich gelassen.

Sie biss sich auf die Unterlippe, ihr spitzes Kinn, das dem ihrer Mutter so ähnlich war, bebte, während sie sich sammelte. »Was bedeutet das für uns? Werde ich in der nächsten Saison trotzdem ein Debüt haben können?«

»Wir werden dafür sorgen«, versicherte er ihr und griff

nach ihrer Hand. Ihre Finger lagen schlaff in seinen. Sie erwiderte seine Geste nicht.

»Wenn ich nicht der Gesellschaft präsentiert werde, wie soll ich dann einen Ehemann finden?« Sie begegnete seinem Blick, und ihre Augen - grau wie die ihres verstorbenen Vaters und nicht haselnussbraun wie seine und die seiner Mutter - schimmerten vor Tränen. »Werde ich jemanden heiraten müssen, den wir bereits kennen? Oder werde ich eine alte Jungfer und verschwinde in einer Hütte im Nirgendwo?«

Er zuckte innerlich zusammen, als er an das Landhaus dachte, das er einst für sie gekauft hatte, falls sie es brauchen sollte, das ihr aber nicht mehr zur Verfügung stand.

»Nicht weinen«, murmelte er und wusste nicht, was er mit ihr machen sollte. Er mochte es, Frauen zum Lachen und Lächeln zu bringen, aber er wusste nicht, was er mit ihnen machen sollte, wenn sie verstört waren. »Was auch immer geschieht, ich werde dafür sorgen, dass du nicht unglücklich bist. Wenn du nächstes Jahr eine Saison in der Gesellschaft haben willst, dann sollst du sie bekommen.«

Er wusste noch nicht, wie. Sie würde eine Reihe von Kleidern, Schmuck und eine Mitgift benötigen. Aber er konnte es nicht ertragen, sie unglücklich zu sehen, also würde er einen Weg finden, um sicherzustellen, dass sie ihre Saison bekommen würde.

Er zog sie in eine Umarmung. »Mach dir keine Sorgen, Katie. Mutter und ich werden uns darum kümmern. Vertraust du uns?«

Sie nickte und wischte sich über ihre glänzenden grauen Augen. »Ja.«

»Dann glaub mir, wenn ich sage, dass alles gut werden wird. Sollen wir dich jetzt ins Bett bringen?«

Er stand auf und half ihr von seinem Bett. Sie hatte eine Laterne auf seinen Schrank gestellt und nahm sie jetzt herunter, um damit an seiner Seite den kurzen Weg von seinem Zimmer zu ihrem Zimmer zurückzulegen. Er wartete, bis sie sich unter ihrer pastellrosa Bettwäsche verkrochen hatte, bevor er die Tür leise hinter sich schloss.

Er lehnte seine Stirn an die Tür und schloss die Augen, denn jetzt, da sie ihn nicht mehr sah, war seine Tapferkeit dahin. Er hatte ihr viele Versprechungen gemacht. Wie sollte er die alle jemals halten?

Mit einem Stöhnen richtete er sich auf und schritt auf bleiernen Beinen zurück in sein Schlafgemach. Er griff nach der Whiskeyflasche, die er in der unteren Schublade seines Nachttischs versteckt hatte, zog den Korken heraus, trank einen Schluck und genoss das Brennen in seiner Kehle.

Bald würde es auch keinen geschmuggelten Whiskey mehr geben. Er stellte die Flasche zurück in ihr Versteck und ließ sich auf das Bett fallen.

Es gab keine andere Möglichkeit. Er würde einfach eine Frau mit einer hohen Mitgift finden müssen.

Morgen sollte die Jagd losgehen.

KAPITEL 4

Mary hielt ein salbeigrünes Kleid hoch, und Mrs. Hart schnalzte missbilligend mit der Zunge.

»Das nicht«, sagte sie. »Leg es zurück. Nimm das weiße mit den blassrosa Verzierungen.«

»Weiß passt nicht zu meinem Teint«, beschwerte sich Amelia. Wenn sie schon ertragen musste, dass ihre Mutter sie wie ein preisgekröntes Stutfohlen zur Versteigerung vorführte, dann wollte sie wenigstens so gut wie möglich aussehen. »Was ist mit dem blauen?«

Aber Mrs. Hart schüttelte den Kopf. »Nein, das Weiß bringt deine Reinheit zur Geltung. Das ist eine bessere Wahl.«

Großer Gott! Zu wissen, dass das Weiß ihren unberührten Status symbolisieren sollte, ließ sie sich irgendwie noch unbehaglicher fühlen, als wenn sie einfach eine unschmeichelhafte Farbe tragen würde.

Mary warf ihr einen mitfühlenden Blick zu und hängte das salbeigrüne Kleid zurück in den Schrank, dann sortierte sie die Auswahl, bis sie das weiße Kleid fand, auf das Mrs. Hart sich bezog. Als sie es herauszog, zog Amelia eine

Grimasse. Mussten Kleider wirklich so ... voller Rüschen sein? Sie zog die einfacheren Modelle vor.

Mrs. Hart winkte sie nach vorne. »Dann mal los. Wie sieht es an dir aus?«

Amelia schluckte einen Seufzer hinunter und schlüpfte in das Kleid. Sie wartete, während Mary es hochzog und am Rücken zuknöpfte. Die Passform war etwas eng, aber sie vermutete, dass das Absicht war. Ihre Mutter wünschte sich, dass sie weniger aß, und wie könnte man das besser erreichen als durch den Kauf von Kleidern, in denen sie nicht richtig atmen konnte, wenn sie nicht schlanker wurde.

»Dreh dich mal um«, befahl Mrs. Hart. »Hmm. *Ja.* Das ist perfekt für den ersten Ball der Saison.«

Während Mary es im Rücken zuschnürte, betrachtete Mrs. Hart den Schmuck, den sie auf dem Bett ausgebreitet hatte.

»Das Gute an Weiß ist, dass man jede Farbe von Schmuck dazu tragen kann«, sinnierte sie. »Wir können uns aber nicht mit irgendetwas zufrieden geben. Wir müssen etwas wählen, das unseren Reichtum angemessen zur Geltung bringt.«

»Ich bin überzeugt, die meisten Mitglieder des *ton* sind sich der Größe unseres Vermögens längst bewusst«, sagte Amelia trocken. Das war schließlich der einzige Grund, warum sie unter ihnen geduldet wurden. Das und die Tatsache, dass die Minen ihres Vaters mehreren wichtigen Mitgliedern der Aristokratie viel Geld eingebracht hatten.

»Dann sollten wir sie daran erinnern.« Mrs. Hart hielt eine Halskette aus Rubinen und Diamanten hoch, jeder einzelne klein, aber perfekt geformt. »Ich denke, das wird reichen. Das Rot der Rubine passt gut zu den rosafarbenen Verzierungen auf dem Kleid, und die Diamanten ... Muss ich dazu wirklich etwas sagen?«

»Ich werde es ihr anlegen, wenn sie fertig frisiert ist«, sagte Mary.

Amelia widersprach lieber nicht. Es war eine schöne

Halskette und weit weniger auffällig als andere, die ihre Mutter hätte wählen können. Amelia zog es vor, überhaupt keinen Schmuck zu tragen, aber bis sie ihr Schicksal selbst in der Hand hatte, würde sie sich fügen. Es war ja nicht so, dass sie keinen Schmuck mochte. Sie fand es einfach unangenehm, Aufmerksamkeit auf sich zu lenken, und Schmuck war nur zu diesem Zweck entworfen worden.

Mary ließ ihre Hände von der Rückseite des Kleides fallen und trat zurück. Amelia versuchte, tief einzuatmen, aber es gelang ihr nicht ganz.

»Setzen Sie sich bitte vor den Spiegel, Miss«, sagte Mary.

»Natürlich.« Sie ließ sich auf den Stuhl sinken, den Mary vor den Spiegel gestellt hatte, wobei sie darauf achtete, dass die Nähte des eindeutig zu engen Kleides nicht platzten.

Mary löste das Band, das Amelias Haar zusammenhielt, und bürstete es zügig über ihren Rücken aus.

»Benutze unbedingt die Schmucknadeln«, drängte Mrs. Hart.

»Ja, Ma'am.«

Als Mary anfing, Amelias Haare zu einem kunstvollen Knoten am Hinterkopf zusammenzuziehen, schwebte Mrs. Hart über Amelias Schulter, sodass sie im Spiegel Blickkontakt aufnehmen konnten.

»Weißt du noch, welche Herren wir beeindrucken wollen?«, fragte Mrs. Hart.

»Ja.« Amelia achtete darauf, ihren Kopf nicht zu bewegen. »Den Duke of Wight, den Marquess of Overton und die Earls of Winn und Longley.«

»Braves Mädchen.«

Amelia war versucht, zu bellen.

Mrs. Hart beobachtete sie mit einem unerschütterlichen Blick. »Erinnere mich daran, wie wir ihre Aufmerksamkeit erregen wollen.«

Amelia wiederholte die früheren Anweisungen ihrer Mutter. »Indem ich mich zurückhaltend verhalte, einen schönen Knicks mache und jede Einladung zum Tanz annehme.«

»Und vergiss nicht, deine fantasievollen Kritzeleien nicht zu erwähnen. Und du solltest auch keine Bücher erwähnen, die du vielleicht gelesen hast.«

Amelia runzelte die Stirn. »Was ist, wenn sie sich zuerst auf das Buch beziehen? Sie fragen mich vielleicht, ob ich ein bestimmtes Werk gelesen habe.«

Mrs. Hart lachte. »Meine Liebe, ich kann dir versichern, dass kein Gentleman dich nach deinen Lesegewohnheiten fragen wird.« Sie erschauderte, als sie den Satz aussprach, als wäre er schmutzig und würde sie durch die Assoziation beflecken.

Amelia nahm an, dass sie, nachdem sie ihre erste Saison ohne jede Diskussion über Bücher überstanden hatte, kein Opfer bringen würde, wenn sie versprach, dies wieder zu tun. Ihre Mutter hatte ja schließlich Recht. Kein Gentleman schien jemals eine Lady für ihren Witz oder ihre Fähigkeit, Latein oder Französisch zu lesen, zu bewundern.

»Ich werde keine Fiktion in irgendeiner Form erwähnen«, stimmte sie zu.

»Danke.« Mrs. Hart berührte leicht ihre Schulter. »Es ist das Beste. Wir werden keinen Titel erhalten, wenn du es nicht versuchst. Du bist ein kluges Mädchen. Du kannst es schaffen, wenn du es willst.«

Amelia presste ihre Lippen aufeinander. Das war vielleicht eines der nettesten Dinge, die ihre Mutter zu ihr gesagt hatte. Nicht, dass Mrs. Hart absichtlich grausam gewesen wäre. Sie war einfach egozentrisch und hatte eine oberflächliche Sicht auf die Welt.

Mrs. Hart entschuldigte sich, um sich selbst für den Ball vorzubereiten, und als sie weg war, dauerte es nicht lange, bis Mary Amelias Haar zurechtsteckte, ihr Gesicht kunstvoll mit Locken umrahmte und die Kette um ihren Hals legte.

»Viel Glück«, murmelte sie, als Amelia aus ihrem Schlafgemach fegte.

»Danke«, rief sie zurück.

Ihr Vater wartete geduldig am unteren Ende der Treppe.
Er wandte sich ihr zu, als sie sich ihm näherte.

»Bist du bereit für eine Nacht voller Tanz?«, fragte er und
musterte sie von oben bis unten.

»Ich denke schon.« Eigentlich tanzte sie gerne, auch
wenn sie nicht gerade die eleganteste war.

»Ich glaube ...« Er brach ab, als Mrs. Hart wie eine Vision
am oberen Ende der Treppe auftauchte. Sie war ganz in Blau
gekleidet, denn natürlich dürfte man sie niemals tot in einer
unvorteilhaften Farbe sehen. Um ehrlich zu sein, sahen nicht
viele Farben schlecht aus an ihrer Mutter. »Meine Liebe, du
siehst hinreißend aus.«

Mrs. Hart errötete, wuschelte durch ihr dunkles Haar, das
ihr wie flüssige Seide über die Schultern floss.

Amelia tat so, als würde sie nicht bemerken, wie ihr Vater
zu Füßen ihrer Mutter praktisch zu einer Pfütze zerfloss.
Wie sehr er Amelia auch mögen mochte, diese Zuneigung
würde seiner völligen Verehrung für seine Frau niemals das
Wasser reichen können.

»Gefällt es dir?« Mrs. Hart erreichte das Foyer und
wirbelte ein wenig herum, wobei sich ihre Röcke so weit
hoben, dass die passenden blauen Satinpantoffeln zum
Vorschein kamen.

Mr. Hart lächelte und strich sich mit der Hand über
seinen kahlen Kopf, eindeutig besessen von ihr. »Du weißt,
dass ich es liebe, dich in Blau zu sehen.«

Amelia seufzte. Sie nahm an, dass die Beziehung ihrer
Eltern in gewisser Weise süß war. Ihr Vater betete ihre
Mutter mit Freuden an, und nichts machte ihre Mutter
glücklicher, als angebetet zu werden. Es mochte einseitig
wirken, aber sie waren in gewisser Weise harmonisch. Es

war nur bedauerlich, dass sie selbst nicht so leicht in die Dynamik der beiden hineinpasste.

»Die Kutsche wartet«, murmelte sie, weil sie fürchtete, sie könnten diesen Umstand ganz vergessen.

Mr. Hart räusperte sich. »Natürlich.«

Er nahm den Arm ihrer Mutter und führte sie durch die massiven Eingangstüren zur Kutsche hinaus. Die Pferde standen ruhig da, ihr glattes braunes Fell schimmerte im letzten Abendlicht.

Amelia fröstelte und wünschte, sie hätte daran gedacht, eine Pelisse anzuziehen, bevor sie ihr Zimmer verließ. Das Wetter war zwar schön, aber die Luft war kühl. Sie ließen sich in der Kutsche nieder. Amelia saß mit dem Rücken zur Fahrtrichtung und schaute aus dem Fenster, als die Pferde anruckten.

Sie fuhren durch Mayfair, bis sie sich einer Reihe von Kutschen anschlossen, die vor einem einschüchternd großen Haus mit Säulen im römischen Stil an der Fassade und einem Kuppelturm an jeder Seite des Gebäudes warteten.

Die Kutsche brachte sie um einen gepflegten Rasen herum zu einer gepflasterten Bucht neben dem Eingang. Ein Lakai öffnete die Tür, und Mrs. Hart schubste Amelia nach vorne. Sie nahm die Hilfe des Dieners an und trat zur Seite, während ihre Eltern ausstiegen,

Der leichte Duft von Zigarrenrauch lag in der Luft. Vielleicht hatten einige der Herren bereits außerhalb des Ballsaals Zuflucht gesucht.

Sie würde das auch tun, wenn sie dazu in der Lage wäre.

Irgendwo drinnen spielte ein erfahrener Pianist Mozart. Mr. Hart hakte sich mit einem Arm bei Amelia und mit dem anderen bei seiner Frau unter, und gemeinsam gingen sie eine kurze Treppe hinauf und durch die offenen Türen. Ein Lakai winkte ihnen, das Foyer zu durchqueren und den Ballsaal auf der anderen Seite zu betreten.

Der Raum war lang und rechteckig, mit einem Holzboden, weißen Wänden und goldenen Verzierungen. Die Decke wölbte sich hoch über ihnen, und Dutzende von Mitgliedern des *ton* hatten sich in ihre schönsten Kleider gekleidet und mischten sich umeinander.

»Mr. Hart.« Der Earl of Wembley, ihr Gastgeber, begrüßte ihren Vater mit einem Neigen des Kopfes. Er wandte sich an ihre Mutter. »Mrs. Hart. Sie sind umwerfend, wie immer. Und Miss Hart. Ich freue mich, Sie hier zu sehen.«

Mr. Hart schüttelte die Hand des Grafen. »Vielen Dank für die Einladung, Wembley.«

»Natürlich, mein guter Mann. Es ist eine Ehre, den ersten Ball der Saison zu veranstalten. Bitte, kommen Sie herein und amüsieren Sie sich.«

Amelia knickste vor dem Grafen und der Gräfin, die schweigend neben ihm stand, und ging weiter in den Ballsaal hinein, um Platz für die nächsten Gäste zu machen, die begrüßt werden sollten.

Mr. Hart musterte die Anwesenden. »Ich sehe einen Bekannten von mir. Ich werde ihm Gesellschaft leisten, während ihr Ladys euren Geschäften nachgeht.«

Als er davoneilte, warf Amelia ihm einen Blick nach.

Verräter.

Er mochte diese Veranstaltungen ebenso wenig wie sie und zog es vor, sich am Rande aufzuhalten, über Bergbau und Investitionen zu plaudern und nur gelegentlich mit seiner Frau zu tanzen.

»Oh, sieh mal«, tief Mrs. Hart aus. »Das ist Lady Bowling. Wenn ich mich recht erinnere, hat sie eine Tochter in deinem Alter. Komm mit.«

Amelia ließ sich zu Lady Bowling und ihrer Begleiterin führen, einer blassen jungen Frau mit einem kunstvollen Kopfschmuck aus Pfauenfedern, der in ihr Haar geflochten war, dessen Farbe irgendwo zwischen rothaarig und blond lag.

»Lady Bowling«, rief Mrs. Hart, ein wenig zu laut. »Wie schön, Sie zu sehen.«

Lady Bowling setzte ein falsches Lächeln auf. »Ja, es ist mir auch ein Vergnügen, Mrs. Hart.« Sie warf einen Blick auf Amelia. »Miss Hart.«

Amelia machte einen Knicks. »Es ist schön, Sie wiederzusehen, Lady Bowling.«

Lady Bowling wies mit einer Geste auf die jüngere Frau. »Sie haben Lady Esther vielleicht letztes Jahr kennengelernt.«

Amelia knickste auch vor ihr. »Lady Esther.«

Wenn ihre Mutter ihr eines eingebläut hatte, dann waren es Manieren.

Lady Esther erwiderte den Knicks. »Miss Hart.«

»Es sieht so aus, als würde es heute Abend ein Gedränge geben«, sagte Mrs. Hart fröhlich. »Es gibt viele geeignete Männer, die unsere Töchter kennenlernen können.«

Lady Bowling sah sich um, als ob sie die Flucht ergreifen wollte. »In der Tat.«

Mrs. Harts Gesicht erhellte sich. »Ich glaube, das ist der Marquess of Overton. Lady Bowling, würden Sie uns die Ehre erweisen, uns vorzustellen?«

Amelia senkte den Blick, um ihre Bestürzung über die Dreistigkeit ihrer Mutter nicht zu verraten. Sie war in gewisser Weise beeindruckt. Ihre Mutter wusste, was sie wollte, und hatte nicht die Absicht, sich von irgendwelchen Hindernissen davon abhalten zu lassen, ihr Ziel zu erreichen. Es war nur ein Jammer, dass ihre und Amelias Wünsche nicht ganz übereinstimmten.

»Natürlich.« Lady Bowling kräuselte ihre Oberlippe, als hätte sie etwas Verdorbenes gerochen. Sie führte sie durch die Menge und an den Rand des Ballsaals, wo ein gut aussehender Mann mit dunklem Haar und einer aristokratischen Nase die Menge musterte.

Amelia warf einen Blick auf Lady Esther und stellte fest,

dass die andere Frau den Blick erwiderte. Lady Esther zog eine Grimasse und bewegte ihren Hals hin und her. Vielleicht war der Kopfschmuck schwer. Amelia fragte sich, ob es Lady Bowlings Entscheidung gewesen war, ihre Tochter auf diese Weise zur Schau zu stellen, genau wie es Mrs. Hart gewesen war, die ihr wenig schmeichelhaftes und mit Rüschen besetztes Kleid ausgesucht hatte.

»Mylord.« Lady Bowling machte einen dramatischen Knicks, als sie den Marquess erreichten.

Die Harts und Lady Esther beeilten sich, dem Beispiel zu folgen.

Lady Bowling erhob sich. »Sie sehen heute Abend sehr gut aus. Erinnern Sie sich an meine Tochter, Lady Esther?«

Der Marquess nickte und neigte seinen Kopf in Richtung Lady Esther. »Sie sind so auffallend wie immer, Lady Esther.«

Lady Esther kicherte, schien aber nicht in der Lage zu sein, ihm eine verbale Antwort zu geben.

Lady Bowling winkte zu Mrs. Hart und Amelia. »Kennen Sie schon Mrs. Hart und Miss Hart?«

»Das fürchte nicht.« Der Marquess verbeugte sich oberflächlich. Als er sich erhob, fiel sein Blick auf Amelia. »Angenehm.«

Amelias Lippen zuckten. Sie fand das irgendwie überhaupt nicht angenehm. Er hatte einen leicht gejagten Gesichtsausdruck, der sie an einen Fuchs erinnerte, der wusste, dass die Hunde ihm auf den Fersen waren. Natürlich behielt sie diese Beobachtung für sich.

»Es ist mir eine Freude, Sie kennenzulernen«, sagte sie und schenkte ihm ein kleines Lächeln.

»Ein großes Vergnügen«, fügte Mrs. Hart enthusiastisch hinzu. »Wollen Sie heute Abend tanzen, Mylord?«

»Äh, ja.« Der Marquess wippte von einem Fuß auf den anderen. »Es wäre mir eine Ehre, wenn Lady Esther und Miss Hart mir jeweils einen Tanz schenken würden. Vorausgesetzt, ihre Karten sind nicht bereits voll ...« Er klang so hoffnungsvoll, dass Amelia fast gelacht hätte.

Lady Esther reichte ihm eilig ihre Karte und kicherte wieder. Der Marquess notierte seinen Namen neben einen ihrer Tänze und tat dann dasselbe für Amelia.

»Sie müssen mich jetzt entschuldigen«, sagte er und starrte irgendwo hinter sie. »Ich sehe ... jemandem, mit dem ich sprechen muss.«

Keine der beiden Mütter schien besorgt zu sein, als er sich eilig zurückzog. Sie hatten ihr Ziel erreicht, die Tänze für ihre Töchter zu sichern.

»Ist das Lord Downing?«, fragte Mrs. Hart und wies mit dem Kinn auf einen Mann, der weiter hinten an der Wand stand.

»Ich glaube, das ist er«, bestätigte Lady Bowling. »Sollen wir?«

Amelia entkam den Fängen ihrer Mutter und Lady Bowling erst bei ihrem ersten Tanz mit selbigem Lord Downing. Sie versuchte, Smalltalk zu machen, aber schon nach den ersten dreißig Sekunden ihres Tanzes war klar, dass sie ihn furchtbar langweilte.

Ihr nächster Tanz war mit dem Marquess of Overton, der zumindest geneigt schien, sich mit ihr zu unterhalten, auch wenn es lediglich darum ging, wie schrecklich das Wetter gewesen war.

Leider wurde die Freude über diesen kleinen Sieg von den Schmerzen in ihren Füßen überschattet. Der Marquess war ein grässlicher Tänzer. Allerdings war er relativ nett zu ihr gewesen, sodass sie ihn mehr mochte als Lord Downing.

Am anderen Ende des Raumes weitete ihre Mutter immer wieder die Augen und nickte bedeutungsvoll. Amelia war sich nicht ganz sicher, was sie damit ausdrücken wollte, aber es gab wenig, was sie tun konnte, um ihr Gespräch in die Länge zu ziehen, denn ihr nächster Tanz war dem Earl of Winn versprochen.

Tatsächlich verschmolz Overton schnell mit der Menge, und der Graf materialisierte sich vor ihr. Er war ein kleiner Mann mit grauen Haaren, und seine Hand war feucht, als sie sich um ihre legte. Sie begannen, eine Quadrille zu tanzen.

Winns Füße waren schneller als die von Overton, und er trat überhaupt nicht auf sie ein. Er schwankte jedoch auf eine Weise, dass sie glaubte, er sei betrunken, und seine Augen verließen kaum die freigelegte Haut ihres Halses und ihres Brustansatzes. Zuerst dachte sie, er würde die Halskette bewundern, wie es ihre Mutter beabsichtigt hatte, aber sie merkte schnell, dass er mit seinen Gedanken ganz woanders war.

Schrecklicher Mann.

Sobald der Tanz zu Ende war, eilte sie zur Toilette, ohne sich umzudrehen. Sie ging im Zimmer auf und ab und betrachtete sich jedes Mal im Spiegel, wenn sie daran vorbeiging. Sie zuckte zusammen. Ihre Augen waren groß und aufgeregt, und eine leichte Röte hatte sich auf ihren Wangen ausgebreitet.

Die Tür öffnete sich, und eine kleine, kurvenreiche Rothaarige trat ein. Als sie Amelia entdeckte, hielt sie inne.

»Soll ich Ihnen helfen, durch das Fenster zu entkommen?«, fragte sie völlig ernsthaft.

Amelia lachte über die Absurdität des Angebots. »So sehr ich mir das auch wünschen würde, nein. Es ist einfach ...« Sie schnaubte. »Wird die Unaufrichtigkeit dieser ganzen Sache nicht irgendwann ermüdend?«

Das andere Mädchen nickte. »Keiner sagt, was er meint, und alle sind so höflich und steif. Es ist lächerlich. Doch das ist die Welt, in der wir leben, und wir müssen uns darin zurechtfinden, so gut wir können.«

Amelia suchte an ihrer Hand nach einem Ring, und als sie keinen sah, fragte sie: »Wie viele Saisons haben Sie schon hinter sich?«

Die Rothaarige seufzte. »Das wird meine sechste sein.«

Amelia betete, dass sie nicht auch vier weitere Saisons würde überstehen müssen. Sie war sich nicht sicher, ob sie bei Verstand bleiben würde. Mit ziemlicher Sicherheit würde sie bis dahin den Antrag eines halbwegs anständigen Mannes angenommen haben, und sei es nur, um der Unannehmlichkeit der erzwungenen Höflichkeit zu entgehen.

Die Rothaarige schmunzelte. »Bemitleiden Sie mich nicht zu sehr. Es war meine Entscheidung, nicht zu heiraten. Ich wollte es einmal tun, als ich viel jünger war, aber er wollte mich offenbar nicht.«

Amelias Herz zuckte. Wie furchtbar, wenn man weiß, wen man wollte, und dann abgewiesen wurde. »Es tut mir leid.«

Die Frau zuckte mit den Schultern. »Macht ja nichts. Ich bin Helena, und Sie?«

»Amelia.« Sie nannte ihren Nachnamen nicht, da Helena ihren auch nicht genannt hatte.

Helena verringerte den Abstand zwischen ihnen und tätschelte ihr die Schulter. »Wenigstens sehen Sie jetzt nicht mehr so aus, als würden Sie fliehen wollen. Sie sollten aber besser zurückkehren, bevor Ihre Mutter einen Suchtrupp ausschickt, weil sie befürchtet, dass Sie sich in irgendeinem dunklen Winkel vergnügen.«

Amelia starrte sie mit offenem Mund an. Sie konnte kaum glauben, dass Helena das Wort »vergnügen« in höflicher Gesellschaft benutzt hatte. Dann lachte sie leise über sich selbst. Sie sollte nicht so leicht zu schockieren sein. Sie hatte selbst viele skandalöse Dinge geschrieben, die allerdings weniger von ausschweifender Natur waren, sondern eher von Frauen handelten, die Dinge taten, die ihnen die Gesellschaft nicht gestattete.

»Ich habe Sie schockiert.« Helena schien darüber erfreut zu sein.

»Nein. Nun, ja, aber nur auf eine gute Art und Weise. Sie haben Recht. Ich sollte zurückkehren.«

»Viel Glück«, rief Helena ihr noch nach, als Amelia hinausging, wobei ihre Röcke bei jedem Schritt über ihre Waden streiften.

Sie entschied, dass sie Helena mochte. Die war genau die Art von Person, die solche Abenteuer wie Joceline erleben würde. Ganz und gar nicht wie Amelia selbst.

»Amelia!«

Sie zuckte zusammen, als sie das Zischen von Mrs. Hart hörte, die offenbar neben der Tür zur Toilette gewartet hatte.

»Du hast einen Tanz verpasst«, knurrte Mrs. Hart. »Zu deinem Glück konnte ich den Duke of Wight überreden, stattdessen den nächsten Tanz zu akzeptieren.«

Amelia wurde es flau im Magen, aber sie ließ sich wieder in das Gedränge hineinziehen. Ihre Mutter übergab sie dem Herzog, der am Rande der Tanzfläche wartete. Sie waren sich vorher kurz begegnet, und Amelia war erleichtert, dass er zu diesem Zeitpunkt von einem Freund abgelenkt gewesen war. Sie hatte geglaubt, sie wäre ihm mit etwas Glück entkommen, aber das war wohl nicht der Fall.

»Miss Hart.« Der Herzog hob ihre Hände zu seinen Lippen und küsste sie auf die Finger, wobei er einen feuchten Fleck hinterließ.

Amelia wünschte sich, sie könnte sich die Handschuhe an ihrem Kleid abwischen, aber es gab keine Möglichkeit, dies zu tun, ohne dass er es bemerkte.

Sie machte einen Knicks. »Euer Gnaden.«

Sein Blick glitt an ihrem Körper hinunter, und sie konnte sich des Eindrucks nicht erwehren, dass er ihre Fähigkeit, Kinder zu gebären, abschätzte. Ausnahmsweise dankte sie dem Himmel, dass sie keine besonders breiten Hüften hatte. Der Herzog wollte wahrscheinlich eher eine Frau, die Helenas Proportionen entsprach, wenn seine Priorität darin bestand, sich einen Erben zu sichern.

Aber als er sie ausgerechnet zum Walzer auf die Tanzfläche führte, hatte sie nur leider nicht das Gefühl, dass er ihr Potenzial, die nächste Herzogin von Wight zu werden, schon abgehakt hatte. Seine Hand an ihrer Taille tauchte tiefer als nötig, und sie versteifte sich.

»Waren Sie auch in der vergangenen Saison in der Stadt?«, fragte sie, um sich höflich zu unterhalten.

»Ich war in Trauer«, sagte er, »aber jetzt bin ich endlich bereit, mein Leben fortzuführen.«

Ah, ja.

Seine verstorbene Frau.

Eine von drei verstorbenen Ehefrauen.

Amelia hatte keine Lust, die Vierte zu werden. An welchem Punkt würde der Mann zugeben, dass *er* das Problem sein könnte?

»Wie alt sind Sie?«, fragte er.

»Einundzwanzig, Euer Gnaden.« Sie hatte ihre erste Saison etwas später als die meisten Debütantinnen gehabt, weil ihre Mutter erst hatte sicherstellen wollen, dass sie sich so erfolgreich wie möglich integrieren konnte, da sie aus einem so ganz anderen Umfeld kam.

»Sehr gut.« Seine Hand wanderte noch weiter nach unten.

Amelia trat ihm auf den Fuß. »Oh, das tut mir leid. Ich war abgelenkt.«

Seine Hand kehrte in ihre frühere, auch schon etwas zu tiefe Position zurück, und er fletschte die Zähne zu etwas, das fast ein Lächeln war. »Ich nehme an, Sie hatten eine weniger formale Tanzausbildung als die meisten Debütantinnen.«

Sie tat so, als ob sie den Seitenhieb nicht verstehen würde. Er versuchte, sie an ihren Platz zu erinnern, ein Status, niedriger als der des Adels.

Für den Rest des Tanzes sprachen sie nicht mehr miteinander. So schnell wie möglich löste sich Amelia von ihm. Sie eilte zum Getränketisch, holte sich ein Glas Limonade und zwang sich, die säuerliche Flüssigkeit nicht so schnell hinunterzuschlucken, wie sie es gerne getan hätte.

Sie sah sich um und konnte ihre Mutter nicht sehen. Sie brauchte eine kurze Verschnaufpause und versteckte sich hinter einer dekorativen Topfpflanze. Es kitzelte in ihrer Nase, und sie rieb darüber und dachte sehnsüchtig an den Stuhl in der Ecke ihres Schlafzimmers. Viel lieber würde sie sich dort mit einem Buch zusammenrollen.

»Was ist das denn?«, erkundigte sich eine kultivierte Männerstimme aus einiger Entfernung. »Vor wem verstecken Sie sich denn hinter dem Gebüsch?«

KAPITEL 5

Andrew betrachtete die fremde Frau fasziniert. Sie starrte ihn mit großen Augen an, die die Farbe des Himmels an einem klaren Sommertag hatten. Er hatte sie gesucht, seit er mit ihrer Mutter gesprochen hatte, aber es war viel einfacher gewesen, eine Einladung zu einem Treffen mit Miss Hart zu bekommen, als das Mädchen tatsächlich ausfindig zu machen.

Er hatte nicht erwartet, sie hinter der Topfpflanze zu finden.

»S-Sir?« Sie richtete sich auf und strich mit der freien Hand über die Vorderseite ihres Kleides. Etwas Faszinierendes blitzte in ihren Augen auf. »Ich habe mich nicht versteckt. Ich habe nur ... das Grünzeug neu arrangiert.«

Er gluckste, verzaubert von der kleinen Lügnerin. »Dafür gibt es doch Bedienstete.«

Sicherlich war sie es gewohnt, Bedienstete um sich zu haben. Ein so reicher Mann wie ihr Vater dürfte Dutzende von ihnen haben.

Miss Hart hob ihre vorwitzige, spitze Nase. »Ich habe Spaß am Gartenbau.«

»Wirklich?«, fragte er amüsiert.

»Ja.« Sie klang sehr unsicher. »Das ist eine Lieblingsbeschäftigung von mir.«

So sehr ihn ihre Unwahrheiten auch amüsierten, er musste wissen, was sie hier wollte.

Er ging zwei Schritte auf sie zu, um sicherzustellen, dass niemand ihr Gespräch mithören konnte. »Hat jemand Sie verärgert?«

Sie seufzte und drückte diese hellen Augen zu, um sie einen Moment später wieder zu öffnen. »Dies hier ...« Sie deutete auf die Umgebung. »... ist ganz schön neu für mich. Ich brauchte einfach einen Moment Zeit, um meine Gedanken zu sammeln.«

Schuldgefühle durchzuckten ihn. Während er nie jemand gewesen war, der sich von gesellschaftlichen Ereignissen überwältigen ließ, war Ashford einer, der wusste, wie lähmend das sein konnte. Sie hatte sich ein paar Sekunden Ruhe gegönnt, und er hatte sich wie ein ungeschickter Trottel eingemischt.

»Ich entschuldige mich für meine Einmischung. Wenn Sie noch einen Moment brauchen, kann ich Wache halten und dafür sorgen, dass sich niemand nähert.« Das war das beste Friedensangebot, das er sich vorstellen konnte, zumal er Miss Hart nicht verärgern wollte.

Es war erfrischend, mit einer Frau zu sprechen, die nicht auf alles, was er sagte, mitleidig reagierte oder zu eingeschüchtert war, um zu antworten.

Sie legte den Kopf schief. »Ich weiß das Angebot zu schätzen, aber ich glaube, es wäre höchst unpassend. Wir sind uns ja noch nicht einmal vorgestellt worden.«

»Ah, aber ich habe Ihre Mutter kennengelernt und bin sicher, dass ich ihren Segen habe, mich Ihnen selbst vorzustellen.« Mrs. Hart war geradezu überglücklich gewesen, als er sie nach ihrer Tochter gefragt hatte. »Ich bin der Earl of Longley.«

Zu seiner Überraschung zuckte sie zusammen. »Ich … verstehe.«

Sie sagte nichts weiter, und er war sich nicht sicher, warum seine Identität ihr Kummer bereitete.

»Möchten Sie tanzen?«, fragte er, um das Schweigen zu brechen. »Vorausgesetzt, dieser Tanz ist nicht schon jemand anderem versprochen.«

Sie lachte. »Ich bin mir ganz sicher, dass er versprochen ist, aber ich hätte nichts dagegen, das zu versäumen.«

Er grinste, erleichtert, dass sie sich wieder mit ihm unterhielt. »Und was ist dann mit dem nächsten?«

»Ich denke schon.« Sie hielt ihm ihre Hand hin, damit er sich ihre Karte ansehen konnte.

Dabei verbarg er seine Belustigung. Er war nicht daran gewöhnt, dass junge Frauen so unbeeindruckt von ihm waren. Er las die Liste der Namen auf ihrer Karte und zog eine Augenbraue hoch. Mrs. Hart hatte keine Zeit verschwendet, ihre Tochter jedem verfügbaren Mann mit Titel im Raum und auch ein paar zweiten Söhnen anzudrehen.

Neben den nächsten Tanz war bereits ein Name gekritzelt, aber er strich ihn durch und fügte seinen eigenen hinzu. Ihre Lippen öffneten sich, und ein Atemhauch strömte zwischen ihnen hindurch.

Er legte einen Finger an seine Lippen. »Unser Geheimnis. Vertrauen Sie mir, mit Lord Brunner wollen Sie gar nicht tanzen.«

Er erwartete fast, dass sie protestieren würde, aber stattdessen verzog sich ihr Mund zu einem verschmitzten Lächeln.

»In diesem Fall bin ich Ihnen für Ihre Hilfe dankbar.«

Die Musik endete, und er reichte ihr die Hand. »Wenn wir tanzen wollen, müssen wir leider den Schutz Ihres geliebten Grünzeugs verlassen.«

Sie unterdrückte ein Lachen. »Sie sind absurd, Mylord.«

Er zwinkerte. »Besser so als langweilig.«

Er führte sie in die richtige Position. Sie bewegte sich mit der mühelosen Anmut einer Frau, die schon seit Jahren tanzte. Zweifellos hegte ihre Mutter seit langem den Wunsch, in den Adel einzuheiraten, und hatte ihre Tochter darauf vorbereitet. Obwohl die Tatsache, dass er Miss Hart hinter dem Gebüsch gefunden hatte, ihm sagte, dass sie aus einem anderen Holz geschnitzt war als ihre Mutter.

Sie fegte an ihm vorbei, der weiche Stoff ihrer Handschuhe berührte die seinen, als sie die Tanzschritte absolvierten. Er fragte sich, wie sich ihre nackte Haut an seiner anfühlen würde.

Es war seltsam, aber aus irgendeinem Grund faszinierte sie ihn. Nach den Maßstäben des *ton* war sie keine große Schönheit. Schlank, ohne feenhaft zu sein. Dunkles Haar anstelle der derzeit beliebten blonden Töne. Etwas größer, als es für eine Frau üblich war. Doch ihre Exzentrik bezauberte ihn.

Als sie näher kam, begegneten ihre bemerkenswerten Augen den seinen. Diese waren sicherlich bemerkenswert. Ebenso wie der schwache Duft von Pfefferminze, der auf ihrer Haut lag.

»Ich weiß es zu schätzen, dass Sie mir nicht auf die Füße treten«, sagte sie, wobei ihr Humor in den Augen glitzerte.

»Ich will gefallen.« Das Lied steigerte sich zu einem Crescendo. Der Tanz würde bald zu Ende sein, und ein leichtes Gefühl der Panik stieg in ihm auf bei dem Gedanken, ihre Gesellschaft aufgeben zu müssen. »Erzählen Sie mir von sich.«

Er drehte sie, und als sie zu ihm zurückkam, waren ihre Augenbrauen gerunzelt.

»Was möchten Sie denn wissen?«, fragte sie.

»Alles, was Sie mir gern mitteilen möchten.« Sie tanzten wieder aneinander vorbei, und er atmete ihren minzigen Duft ein.

Sie dachte einen Moment lang nach. »Nun gut. Es macht mir Spaß, mehr über andere Orte und Kulturen zu erfahren.«

Er schüttelte den Kopf, sein Grinsen wurde breiter. »Natürlich macht Ihnen das Spaß.«

Eine Frau wie Miss Hart würde sich nicht für Bänder oder Aquarelle interessieren. Sie war anders veranlagt.

Sie kniff die Augen zusammen. »Was soll das bedeuten?«

»Nur, dass Sie der Typ Mensch zu sein scheinen, der von der Welt um sich herum fasziniert ist.«

»Oh.« Sie wusste offensichtlich nicht, was sie davon halten sollte.

Das Lied endete, und er verbeugte sich vor ihr und nahm ihre Hand. »Erlauben Sie mir, Sie zu Ihrer Mutter zu begleiten ... Es sei denn, Sie wollen sich lieber wieder hinter dem Gebüsch verstecken?«

»Ich habe mich nicht ...« Sie brach ab und schnaufte entrüstet. Sie erinnerte ihn ein bisschen an eine Katze mit aufgeplustertem Fell. Er wusste jedoch nur zu gut, dass er das nicht in Worte fassen durfte.

Die Suche nach Mrs. Hart erwies sich als einfach. Sie schwebte knapp hinter den Tänzern, ihr Gesichtsausdruck war zwiespältig.

»Du hättest gerade mit Lord Brunner tanzen sollen«, murmelte sie und nahm Miss Harts Arm.

»Verzeihen Sie«, sagte Andrew, gezwungenermaßen, um zu verhindern, dass Mrs. Hart ihre Tochter weiter rügte. »Ich war so erpicht darauf zu tanzen, dass ich ihre Verpflichtung ignorierte, selbst als sie mich darauf hinwies.«

»Oh. Nun denn.« Mrs. Hart schien hin- und hergerissen, ob sie Miss Hart weiterhin tadeln oder ihre Freude über seine Aufmerksamkeit zum Ausdruck bringen sollte. »Das nächste Mal sollten Sie einfach früher kommen, um sich ihren ersten Tanz zu sichern.«

Er neigte den Kopf. »In der Tat.« Er wandte sich an Miss Hart. »Darf ich Sie morgen aufsuchen?«

Sie starrte ihn an, offensichtlich verblüfft über sein Interesse.

»Ja, Mylord«, beeilte sich Mrs. Hart zu sagen, wobei sie ihrer Tochter bedeutungsvoll in die Augen blickte. »Wir würden Sie gerne willkommen heißen. Wir werden morgen Vormittag ab elf Uhr Besucher empfangen.«

Er nickte. »Ich werde pünktlich sein. Bitte entschuldigen Sie mich, meine Damen.«

Mit diesen Worten verbeugte er sich, drehte sich um und ging davon. Miss Hart war anders als alle Frauen, die er je getroffen hatte. Er hatte das Gefühl, dass er ihre Gesellschaft sehr zu schätzen wissen würde.

Er machte sich auf den Weg zum Erfrischungsraum und schenkte sich ein Glas Champagner ein. Er wich dem Earl of Winn aus, der betrunken auf ihn zuschwankte, und zog die Liste aus seiner Tasche. Er hatte heute Abend mit vier der Frauen Kontakt aufgenommen. Nur zwei waren noch übrig: Miss Carruthers und Miss Wentham.

Einen Namen hatte er bereits durchgestrichen. Miss Cahill, die erste der potenziellen Ehefrauen, die ihm heute Abend begegnet war, war so spitzmäusisch, wie ihr Ruf es verkündete. Sie hatte abfällige Bemerkungen über die Einrichtung, die Kleidung der anderen und sogar seine eigenen Tanzkünste von sich gegeben.

Andrew wusste, dass er es sich nicht leisten konnte, zu wählerisch zu sein, aber er wollte keine unfreundliche Frau haben. Sie kam also nicht in Frage.

Lady Esther Bowling war, wie er erwartet hatte, recht angenehm gewesen. Sie war zwar nicht sehr gesprächig, aber sie schien gutmütig zu sein. Lady Holden war genauso schlüpfrig gewesen, wie er es erwartet hatte. Sie war charmant und schön, aber auf eine Weise unnahbar, die ihn vermuten ließ, dass sie dem Charme eines Mannes nicht so leicht erliegen würde.

Er trank seinen Champagner aus und machte sich auf die Suche nach Miss Wentham. Er hatte sich ihr bisher nicht nähern können, weil sie ständig auf der Tanzfläche war. Er hatte sich jedoch das Wort ihrer Mutter gesichert, dass sie für diesen nächsten Tanz zur Verfügung stehen würde.

Und ja, da stand Mrs. Wentham neben der Tanzfläche, ihre Tochter neben ihr. Andrew war Miss Wentham schon einmal begegnet, hatte aber nicht lange mit ihr zu tun gehabt. Sie war ein hübsches blondes Mädchen mit zarten Gesichtszügen und einer leicht krummen Nase.

Er umkreiste ein Blumenarrangement, wobei er schwachen Blütenduft wahrnahm, und blieb vor ihnen stehen, um eine kurze Verbeugung zu machen. »Miss Wentham. Ihre Mutter hat mir mitgeteilt, dass Sie für den nächsten Tanz zur Verfügung stehen würden. Ist dem so?«

»Dem ist so, Mylord.«

Sie reichte ihm ihre Hand, und er zog sie auf die Tanzfläche, wo das Tanzen vorübergehend aufgehört hatte. Sie stellten sich einander gegenüber und warteten darauf, dass sich andere Paare zu ihnen gesellten.

»Ich bin überrascht, Sie hier zu sehen. Wie ich höre, bevorzugen Sie normalerweise gesellschaftliche Ereignisse anderen Kalibers.«

Andrew war sich nicht sicher, ob er eine Grimasse schneiden oder sie anlächeln sollte. Sein Ruf als Wüstling schien ihm vorauszueilen. Das war insofern bedauerlich, als dass es einige Mütter gegen ihn aufbringen könnte, aber es machte ihn auch für neugierige Ladys interessant - wie Miss Wentham, wenn er sie richtig verstanden hatte.

»Ich bin in dieser Saison auf der Suche nach einer Frau.« Er hatte beschlossen, dass es das Beste war, nicht um den heißen Brei herumzureden. Er wollte nicht riskieren, eine

Lady zu verprellen, indem er sie über seine Beweggründe im Unklaren ließ.

Eine Geige begann zu spielen.

Ihre Augenbrauen hoben sich. »Ist das so?«

Andere Instrumente kamen hinzu, und die Tänzer begannen sich zu bewegen. Als sie sich umeinander drehten, entdeckte Andrew Miss Hart am Arm von Lord Brunner. Ihre Mutter schien sie dazu gedrängt zu haben, die Zeit, die sie ihm aus dem Weg gegangen war, wiedergutzumachen.

Sie sah sehr unbehaglich aus. Selbst aus der Ferne konnte er erkennen, dass sie Brunner nicht in ihrer Nähe haben wollte. Sie hielt ihre Berührungen so kurz wie möglich, und ihre Augen waren irgendwo über seine Schulter gerichtet. Er konnte nicht umhin, sich daran zu erinnern, wie schön ihrer beider Tanz gewesen war, und spürte einen Anflug von Genugtuung, dass sie seine Gesellschaft so offensichtlich bevorzugte.

Miss Wentham folgte seinem Blick, während sich ihre Füße mühelos bewegten. Sie lachte, aber anstelle des süßen Kicherns von Lady Esther oder der schiefen Belustigung von Miss Hart war ihr Lachen scharf genug, um zu schneiden.

»Was für ein Witz, dass die Harts glauben, sie könnten sich der höflichen Gesellschaft aufdrängen, nur weil sie Geld haben.« Sie schüttelte den Kopf und verzog die Oberlippe zu einem Grinsen. »Egal wie gut sie sich kleiden oder wie gut sie ihre Manieren pflegen, sie werden immer schmutzige Wurzeln haben.«

Nun. Offensichtlich hatte Miss Wentham keine Probleme, ihre Meinung zu äußern, und sie war ein ziemlicher Snob. Andrew strich auch sie gedanklich von der Liste. Es war ein Jammer. Sie war attraktiv, und ihre Familie genoss hohes Ansehen, aber er konnte sich unmöglich an jemanden binden, der so voreingenommen war.

»Meinen Sie nicht auch?«, fragte sie, als sie sich trennten und wieder zusammenkamen.

»Nein«, sagte er kurz.

Er hatte nie zu den Aristokraten gehört, die über Leute, die aus bescheidenen Verhältnissen etwas gemacht hatten, die Nase rümpften. Sie hatten sicherlich mehr Grund, stolz zu sein, als er selbst. Er hatte alles geerbt, was er besaß, und er war nicht einmal verantwortungsbewusst genug gewesen, es zu behalten.

Der Tanz endete, und er begleitete Miss Wentham zurück zu ihrer Mutter.

»Danke für den schönen Tanz.« Er behielt einen höflichen Ton bei. Es brachte nie etwas, mit irgendjemandem schroff zu sein.

»Ich hoffe, wir sehen bald mehr von Ihnen.« Mrs. Wentham klang optimistisch, aber ihre Tochter schien es weniger zu sein. Vielleicht hatte sie bereits eingesehen, dass es ein Fehler war, ihren Snobismus ihm gegenüber so offen zu äußern.

Er entschuldigte sich und überlegte innerlich, ob er Miss Carruthers aufsuchen oder sich erst noch einen Champagner und vielleicht ein Stück Kuchen gönnen sollte. Der Gedanke an eine süße Leckerei und mehr Alkohol reizte ihn, aber er beschloss, dass es das Beste war, die letzten Gespräche mit einer seiner potenziellen zukünftigen Frauen hinter sich zu bringen.

Er wanderte durch die Versammlung. Leider wusste er nicht, wie Miss Carruthers oder ihre Eltern aussahen. Seine Mutter hatte ihn jedoch darüber informiert, dass sie Cousins des Earl of Wembley waren, und als er Lady Wembley entdeckte, hoffte er, dass sie ihm helfen könnte.

Im Stillen dankte er seinem Glück, dass die Tochter der Wembleys in der letzten Saison geheiratet hatte. Andernfalls könnte er sich gegen Lady Wembleys Versuche wehren, ihre eigene Tochter zu verkuppeln.

Normalerweise würde ihm das ja nichts ausmachen, aber so, wie er es verstanden hatte, waren die Carruthers viel

wohlhabender als die Wembleys, und im Moment hing, so
unglücklich - und etwas krass - es auch sein mochte, viel von
seiner Fähigkeit ab, ein Vermögen zu heiraten.

»Lady Wembley.« Er nahm ihre Hand und verbeugte sich.
»Dürfte ich Sie bitten, mir Ihre reizende Nichte
vorzustellen?«

Ein Mundwinkel von Lady Wembley zog sich nach oben.
»Es ist also wahr? Der illustre Graf von Longley hat die
Absicht, sich niederzulassen?«

Er richtete sich auf. »In diesem Punkt hat die Gerüchte-
küche recht.«

In einer ihrer Wangen bildete sich ein Grübchen. »Sie
haben Glück, dass ich keine unverheiratete Tochter mehr
habe, Longley, sonst könnte ich Ihnen Ihr Interesse an Miss
Carruthers übel nehmen. Zufälligerweise bin ich gut gelaunt,
und sie ist ein süßes Mädchen. Ich werde Sie gern
vorstellen.«

»Danke, Mylady. Ich kann mir nicht vorstellen, dass Sie
jemals schlechte Laune haben. Sie sind der Gipfel des
Charmes.«

Sie lachte. »Und Sie, Mylord, sind ein schrecklicher Flirt.
Kommen Sie. Das letzte Mal, als ich sie sah, war Miss Carruthers bei der Limonade.«

Sie führte ihn zum Limonadentisch, der in einer Ecke des
Ballsaals stand. In der Nähe schwebte ein relativ unauffäl-
liges Mädchen mit dunklem Haar und einem netten
Lächeln.

Er beurteilte sie schnell. Ihr Kleid war in einem hellen
Grünton gehalten, der ihr gut stand, und obwohl sie sich
nicht in Gesellschaft befand, schien sie nicht zu versuchen,
mit der Tapete zu verschmelzen.

Sie war jedoch noch recht jung. Die jüngste der Ladys, die
er heute Abend kennengelernt hatte. Seine Mutter hatte ihm
versprochen, dass auf der Liste keine Schulmädchen standen,

aber Miss Carruthers war sicher noch nicht lange aus dem Schulzimmer heraus.

»Miss Carruthers«, rief Lady Wembley.

Das Mädchen drehte sich zu ihnen um und machte, als sie Longley sah, einen eleganten Knicks. »Tante.«

Lady Wembley baute sich vor ihr auf und gestikulierte zu Andrew. »Das ist der Earl of Longley. Er möchte gern Ihre Bekanntschaft machen.«

»Angenehm, Sie kennenzulernen, Mylord.« Ihre Stimme war sanft und kultiviert.

»Das Vergnügen ist ganz meinerseits. Ich nehme nicht an, dass Ihre Tanzkarte für den nächsten Tanz leer ist?«

»Das ist es.« Sie hielt ihm ihr Handgelenk hin.

Er fügte seinen Namen hinzu, und sie unterhielten sich höflich, bis der Tanz begann.

Als der Tanz zu Ende war, brachte er sie zurück an die Wand neben der Limonade und verabschiedete sich mit ein paar letzten Worten. Er verabschiedete sich und verließ das Gebäude, indem er schwungvoll die Treppe hinunter zu den wartenden Kutschen nahm.

Vielleicht war der Abend anstrengend gewesen, aber er sah sich nun in der Lage, mit der Planung zu beginnen. Zwar kamen sowohl Miss Carruthers als auch Lady Esther auch weiterhin in Frage, aber keine von beiden hatte ihn so sehr fasziniert wie die Frau, die er hinter dem Gebüsch gefunden hatte.

Miss Hart war abwechselnd unbeholfen und witzig gewesen. Er vermutete, dass die Unbeholfenheit eine Fassade war und dass die geistreiche, amüsante Frau das war, was sie wirklich war. Sie wollte er in jedem Fall besser kennenlernen. Es schadete nicht, dass ihre Mutter deutlich gemacht hatte, wie verzweifelt sie eine gute Partie zu machen beabsichtigte.

Seine Kutsche fuhr vor. Er stieg ein und rief dem Fahrer zu, dass er abfahrbereit sei. Sie schaukelten durch das Tor und auf die Straße. Es war inzwischen wirklich dunkel und ein bisschen kühl. Andrew zog seine Jacke eng um sich und senkte sein Kinn, um sich warm zu halten.

Die Heimfahrt verlief viel schneller als die Fahrt in die andere Richtung, weil der Verkehr viel spärlicher war. Als sie vor Longley House anhielten, bedankte er sich beim Fahrer und blickte auf. Licht schien durch sein Schlafzimmerfenster und auch durch das weiter hinten gelegene, in dem Kate schlief. Das Zimmer seiner Mutter war dunkel.

Boyden ließ ihn herein und schloss die Tür ab. Andrew wünschte ihm eine gute Nacht und stieg die Treppe zu seinem Schlafgemach hinauf. Seine Lider waren schwer, aber seine Gedanken rasten zu sehr, um bald schlafen zu können, also ging er in die Bibliothek, fand das Buch, in dem er zuletzt gelesen hatte, und nahm es mit.

Er öffnete sein Schlafgemach und hielt erschrocken inne. »Kate.«

Seine Schwester blickte von ihrem Skizzenblock auf, der auf ihrem Knie lag. Von der Tür aus konnte er erkennen, dass sie das Porträt einer Person skizziert hatte, aber er konnte nicht sagen, wer es war. Sie klappte das Buch zu und legte es beiseite.

»Andrew. Mutter sagte, es würde dir nichts ausmachen, wenn ich hier auf dich warte.«

»Natürlich nicht.« Er betrat das Zimmer und schloss die Tür. »Ist alles in Ordnung?«

Sie drehte den Bleistift zwischen ihren Fingern. Finger und Handflächen waren dunkel verschmiert. Hoffentlich hatte sie nichts auf sein Bettzeug verschmiert. »Hast du heute Abend jemand Nettes kennengelernt?«

Ah. Sie wollte also wissen, wie es um ihre Aussichten bestellt war.

»Ja, das habe ich tatsächlich.«

Sie lächelte leicht, und die Erleichterung war ihr anzusehen. »Ist sie ein Diamant des ersten Wassers?«

Er setzte sich auf die Bettkante und bückte sich, um seine Stiefel auszuziehen. »Nein, eigentlich nicht.«

»Nein?«

Er sagte nichts mehr, weil er wusste, dass es sie verrückt machen würde.

»Sag es mir«, wimmerte sie. »Bitte, Andrew. Ich will es wissen.«

Er streifte einen Stiefel ab und begann mit dem anderen. »Sie ist eine Kaufmannstochter, und ich habe den Eindruck, dass sie eher unkonventionell ist.«

»Die Tochter eines Kaufmanns?« Sie klang neugierig. »Inwiefern ist sie unkonventionell?«

Vor sich hin lächelnd zog er den zweiten Stiefel aus, drehte sich zu ihr um und erzählte ihr von seiner ersten Begegnung mit Miss Hart.

»Ich möchte sie kennenlernen«, erklärte Kate, als er geendet hatte.

Er gluckste. »Wir wollen nichts überstürzen. Es ist durchaus möglich, dass Miss Hart nicht annähernd so angetan von mir war wie ich von ihr.«

Kate schnaubte. »Natürlich war sie das. Alle meine Freundinnen sagen, wie gut du aussiehst. Ich bin sicher, sie hat es auch bemerkt.«

»Ja«, überlegte er. »Vielleicht. Doch zu Anziehungskraft gehört viel mehr als nur der Schein. Sie scheint mir eine Frau zu sein, die genau weiß, was sie will, und ich bin mir nicht sicher, ob ich dem entspreche.«

Sie runzelte die Stirn. »Wann wirst du sie das nächste Mal sehen?«

»Morgen.«

»Gut. Wir können gemeinsam planen, was du zu ihr sagen wirst.«

Andrew warf einen Blick zum Fenster. War er wirklich bereit, sich von seiner kleinen Schwester beraten zu lassen?

Er seufzte. »Was schwebt dir denn vor?«

KAPITEL 6

AMELIAS HAND FLOG ÜBER DAS PAPIER, WÄHREND SIE IDEEN für die nächsten Abenteuer notierte, die Joceline erwarten könnten.

»Amelia!«

Sie erstarrte, ihre Hand war noch wenige Zentimeter vom Papier entfernt. Als sie dann ihre Mutter vor ihrem Schlafzimmer hörte, versteckte sie die Seiten eilig unter ihrem Kopfkissen. Sie hatte sich angewöhnt, an ihren Geschichten im stillen Kämmerlein zu arbeiten, da Mrs. Hart irgendwie immer zu wissen schien, wann sie das in der Bibliothek tat, und sie zog es vor, nicht mehr Vorträge als nötig zu hören.

Mrs. Hart stürmte ins Zimmer und warf Amelia einen missbilligenden Blick zu. »Hör auf, im Bett herumzuliegen. Du solltest dich darauf vorbereiten, deine Besucher zu empfangen.«

Amelia sah auf die Uhr und zuckte zusammen. »Es tut mir leid. Die Zeit ist mir entglitten.«

Mrs. Hart schaute finster drein. »Sorg dafür, dass so etwas nicht wieder passiert. Unsere Gäste werden bald hier sein, und du musst dich von deiner besten Seite zeigen.«

»Natürlich, Mutter. Ich rufe jetzt nach Mary.« Sie war nur erleichtert, dass ihre Mutter die Seiten nicht gesehen und dass sie keine Schelte bekommen hatte. Mrs. Harts Temperament war sehr empfindlich, wenn Amelia ihre Erwartungen nicht erfüllte.

»Nicht nötig. Ich werde Mary herschicken«, sagte Mrs. Hart. »Du musst dich frisch machen. Im Korridor steht ein Topf mit Wasser. Wenn du das getan hast, können wir dein Kleid aussuchen.«

Amelia verzog das Gesicht. Sie hatte gehofft, dass sie sich heute ihr Kleid selbst würde aussuchen dürfen, aber da ihre Mutter hier war, musste sie einfach akzeptieren, was diese für das Beste hielt.

»Ja, Mutter.«

Mrs. Hart ging, um Mary zu suchen, wofür Amelia dankbar war, denn so konnte sie in den Korridor huschen, den Topf mit warmem Wasser holen und ihre tintenverschmierten Hände mit Pfefferminzseife schrubben, bevor jemand sie sah. Sie bespritzte ihr Gesicht und schaute in den Spiegel, um sich zu vergewissern, dass keine Tintenkleckse auf ihren Wangen oder ihrem Kinn klebten.

Mrs. Hart und Mary kamen Sekunden, nachdem sie die Schreibtischschublade mit den darin verstauten Notizen geschlossen hatte.

»Guten Morgen, Miss«, sagte Mary und senkte respektvoll ihr Kinn.

»Hallo, Mary«, grüßte Amelia zurück.

Es gab nichts weiter, was sie in Gegenwart von Mrs. Hart zu sagen hatte, so gerne sie auch das andere Mädchen fragen würde, was sie von ihren Ideen für Joceline hielt, von denen sie einige gestern Abend mit Mary geteilt hatte. Das würde warten müssen.

Egal. Amelia konnte geduldig sein.

Mrs. Hart holte ein Kleid aus dem Schrank, und Amelia atmete erleichtert auf. Es war ein einfaches, hellblaues Kleid, das ihrem Teint schmeichelte und vielleicht sogar ganz nett aussah.

»Das hier«, erklärte Mrs. Hart.

Mary nahm es ihr ab, legte es aufs Bett und half Amelia, ihr Nachthemd auszuziehen. Sie faltete das Nachthemd auf dem gepolsterten Sitz am Ende des Bettes zusammen und hielt ihr dann das Kleid so hin, dass Amelia hineinsteigen konnte.

Mary zog das Kleid über Amelias Hüften, und beide ignorierten das Schimpfen ihrer Mutter über ihre schwierige Größe - als ob es Amelias Schuld wäre, dass sie weder gertenschlank noch von den beeindruckenden Proportionen war, die man als »gebärfähig« bezeichnete.

Sie war einfach so, wie sie immer gewesen war.

Durchschnittlich.

Das schlimmstmögliche Ergebnis, soweit Mrs. Hart es beurteilte. Wäre sie das eine oder andere Extrem, würden die Leute sie wenigstens bemerken.

»Ich glaube, die Perlenkette heute«, sagte Mrs. Hart.

Amelia hätte fast gekichert. Gott behüte, dass jemand auch nur eine Sekunde lang vergessen könnte, wie wohlhabend die Harts waren.

Sie hielt still, während Mary ihr Kleid hinten zuknöpfte, und ihre Mutter holte die besagte Halskette aus einer Schublade und hielt sie Amelia vor die Nase.

»Ja. Das wird gut zu dem Kleid passen.« Sie legte die Kette auf den Schrank unter dem Spiegel. »Ich wünschte, du hättest den Vormittag nicht wie ein Faulpelz vergeudet. Wir haben ohnehin schon wenig Zeit, deine Haare richtig zu frisieren.«

Amelia war im Stillen froh, dass sie nichts allzu Extravagantes damit anstellen konnten. Es war furchtbar lästig, ihr Haar nach einer Veranstaltung auszukämmen, für die ihre Mutter immer auf einer aufwändigen Frisur bestand. Ihre

Kopfhaut brannte immer heftig, und die Verfilzungen trieben ihr Tränen in die Augen.

»Ich bin mir sicher, dass Mary in der kurzen Zeit, die uns zur Verfügung steht, mehr als fähig ist, sich etwas Passendes einfallen zu lassen«, sagte sie und schenkte dem Dienstmädchen ein Lächeln.

Mary warf einen Blick auf Mrs. Hart und nickte. »Ja, Ma'am. Ich denke, in Anbetracht der Uhrzeit wäre es am besten, das Haar offen und vielleicht über die Schulter gleiten zu lassen. Wir können ein paar Locken um ihr Gesicht legen.«

Mrs. Hart seufzte und winkte abweisend mit der Hand. »Also gut. Aber das nächste Mal erwarte ich, dass du rechtzeitig mit den Vorbereitungen beginnst.«

Sie stolzierte hinaus - zweifellos, um ihr eigenes Aussehen noch einmal zu überprüfen - und Amelia setzte sich, während Mary ihr Haar richtete.

Als ihre Mutter zurückkam, um sie nach unten zu begleiten, holte sie tief Luft und machte sich auf einen Morgen voller schmerzhafter Gespräche oder unangenehmer Stille gefasst, je nachdem, ob sie Besucher erhielten oder nicht.

Sie machte sich keine großen Hoffnungen.

In der vergangenen Saison hatten sie sich mehrmals auf Besucher vorbereitet, aber es war nie jemand gekommen, oder bestenfalls einer, den ihre Mutter für unterdurchschnittlich hielt und an dem Amelia ohnehin kein Interesse hatte.

Nur weil Mrs. Hart entschieden hatte, in dieser Saison einen aggressiveren Ansatz zu verfolgen, indem sie sie potenziellen Freiern vor die Nase setzte, bedeutete das nicht unbedingt, dass sie erfolgreicher sein würden.

Sie nahmen die Treppe und gingen am Arbeitszimmer ihres Vaters vorbei in den Salon, in dem sie Besucher empfingen. Sie warf einen Blick hinein. Mr. Hart saß über ein Hauptbuch gebeugt, eine Furche der Konzentration zwischen seinen Augenbrauen. Sie wünschte sich, sie könnte sich zu ihm gesellen, wie sie es als Mädchen getan hatte, anstatt diese Farce mitzumachen.

Leider war sie jetzt ein heiratsfähiges Fräulein und kein Kind mehr. Sie konnte es sich nicht leisten, den Anstand zu missachten, wie sie es früher getan hatte. Niemand störte sich daran, wenn die Tochter eines Kaufmanns exzentrisch war, aber von einer Lady des *ton* wurde etwas anderes erwartet. Sie musste sich anpassen, oder sie würde weiterhin als weniger gleichwertig behandelt werden, nur weil sie in einen niedrigeren Stand hineingeboren worden war.

Mrs. Hart rief die Haushälterin, als sie den Salon betraten.

»Bitte stellen Sie sicher, dass wir auf Besucher vorbereitet sind«, befahl sie. »Wir brauchen Tee, Scones und Clotted Cream.«

Mrs. White nickte pflichtbewusst. »Ja, Ma'am.«

Mrs. Hart führte Amelia zu einer der beiden Liegen, die sich auf der rechten Seite des Raumes gegenüberstanden. Das Muster des Stoffes, Königsblau und Silbern, passte zur Tapete. Wieder einmal hatte sich die Liebe ihrer Mutter zum Blau in diesem Raum durchgesetzt.

»Setz dich«, drängte Mrs. Hart und schaute sich um, auf der Suche nach einer letzten Unvollkommenheit, die es zu beseitigen galt.

Amelia selbst war der Meinung, dass ihre Mutter es geschafft hatte, diesen Raum so prächtig einzurichten, wie man es nur in der Aristokratie tun konnte, mit Gemälden bekannter Künstler an den Wänden, einem Pianoforte in der Ecke und einem Schachbrett auf einem kleinen Tisch vor dem Fenster.

Offenbar zufrieden, setzte Mrs. Hart sich neben Amelia.

»Wen dürfen wir wohl erwarten?« Sie klang so aufgeregt, wie Amelia sie noch nie gehört hatte. »Der Duke of Wight schien sehr angetan von dir. Dies gilt auch für die Grafen von Winn und Longley. Kannst du dir vorstellen, wie wunderbar es wäre, wenn sie alle zu uns kämen?«

»Ein ziemlicher Coup, in der Tat.« Nicht, dass es ihr etwas ausmachte, aber es würde sich nur positiv auf die Laune ihrer Mutter auswirken.

Als Mrs. Hart sich gerade hinsetzte und eine ausgezeichnete Haltung annahm, obwohl niemand in der Nähe war, der sie hätte sehen können, konnte Amelia nicht anders, als Mitleid mit ihr zu haben. Auch wenn ihr die Art und Weise, wie ihre Mutter vorging, nicht gefiel, wollte diese doch eigentlich nur akzeptiert werden, und es war nicht gerecht, dass die Gesellschaft ihr das vorenthielt.

Mrs. White eilte mit einem Tablett mit Tee in den Raum. Sie stellte es auf den Tisch links neben der Liege, auf der Amelia und ihre Mutter saßen. Ein Dienstmädchen folgte ihr und brachte Scones mit Marmelade und Sahne auf den Tisch neben der Chaise ihnen gegenüber.

»Danke«, murmelte Amelia.

Sie knicksten beide und gingen.

Amelia fragte sich, wer - wenn überhaupt - der Erste sein würde, der sich anmelden ließ. Nach dem vergangenen Abend war sie sicher, dass weder Lord Downing noch der Marquess of Overton sie besuchen würden. Sie befürchtete, dass sie die beiden furchtbar gelangweilt hatte. Ein Jammer, denn der Marquess war einer von nur zwei Herren, mit denen sie getanzt hatte und die sie für sympathisch hielt.

Der andere, der Earl of Longley, verwirrte sie. Das hatte er, seit er sie aufgeschreckt hatte, während sie sich hinter der Topfpflanze gesammelt hatte. Sie wusste nicht, was sie von ihm halten sollte, ob er wirklich an ihr interessiert war, ob er sich nur über sie lustig machte oder ob er sie lediglich hatte unterhalten wollen.

Er war ein solider Mann mit breiten Schultern, einer schlanken Taille und einer angeborenen Anmut, die es angenehm machte, mit ihm zu tanzen. Sein kantiges Gesicht war angenehm anzuschauen, und seine funkelnden, goldfarbenen Augen, ein paar Sommersprossen und sein rötliches Haar bewahrten ihn davor, fade auszusehen.

Es klopfte an der Tür.

»Der Earl of Winn ist eingetroffen«, verkündete ihr Butler.

Amelia versteifte sich.

Ihre Mutter hingegen strahlte. »Führen Sie ihn herein, Mr. Grant.«

Er verbeugte sich und zog sich zurück, um kurz darauf mit der vertrauten, korpulenten Gestalt des Earl of Winn zurückzukehren.

Amelias Augenbrauen hoben sich. Sie war überrascht, wie gut er aussah, wenn man bedachte, dass er am Vorabend wohl ein paar Gläser Champagner zu viel getrunken hatte. Aber jetzt stand der Graf aufrecht, seine Kleidung war tadellos, sein Blick klar. Er gefiel ihr immer noch nicht im Geringsten, aber sie war doch ein wenig beeindruckt.

Sowohl Amelia als auch Mrs. Hart erhoben sich. Mrs. Hart machte einen ganz besonders tiefen Knicks. Amelia folgte diesem Beispiel. Als sie sich wieder erhob, bemerkte sie, wie der Blick des Grafen von ihrem Dekolleté abschweifte. Ihre Wangen wurden heiß. Nüchtern oder nicht, er war ein Lüstling.

»Wir fühlen uns geehrt, dass Sie uns besuchen«, sagte Mrs. Hart und ließ sich anmutig auf die Liege sinken. Sie deutete auf das ihnen gegenüber stehende Sofa. »Bitte, machen Sie es sich bequem.«

»Möchten Sie einen Tee?«, fragte Amelia, die ihre Rolle bei dieser Aufführung kannte.

Er nickte. »Bitte, meine Liebe.«

Ihre Haut kribbelte, aber sie tat ihr Bestes, das zu verbergen, während sie zum Tisch ging und Tee in drei Tassen schenkte - für ihn, ihre Mutter und sich selbst. »Wie nehmen Sie den Tee?«

»Schwarz. Kein Zucker.« Er fingerte an seinem Schnurrbart. »Das ist meiner Meinung nach die britischste Art.«

Mrs. Hart kicherte. »Wie recht Sie da haben.«

Amelia bereitete zwei Tassen mit schwarzem Tee und eine weitere mit Zucker und Milch zu, wie sie es bevorzugte. Sie rührte um, legte den Löffel mit einem Klirren ab und bediente ihre Mutter und den Grafen, bevor sie ihre eigene Tasse nahm und an ihren Platz zurückkehrte.

Sie saßen schweigend da. Und das zog sich viel zu lange hin. Mrs. Hart warf Amelia einen Blick zu, aber sie wusste nicht, was sie sagen sollte. Sie war gut darin, sich an gesellschaftliche Rituale zu erinnern, aber weniger gut darin, tatsächlich mit Menschen zu sprechen, mit denen sie wenig gemeinsam hatte.

»Wie gefällt Ihnen die Saison?«, fragte sie unbeholfen.

»So weit, so gut.« Er nippte an seinem Tee, und sie zuckte innerlich zusammen. Denn der dürfte immer noch sehr heiß sein. »Natürlich geht es nur um die Gesellschaft, nicht wahr? Die Ihre hat mir sehr gut gefallen, als wir tanzten.«

»Danke, Mylord.« Wenn sie sich daran erinnerte, wie er bei jeder Gelegenheit versucht hatte, ihr unter das Kleid zu schauen, wäre sie lieber weniger höflich gewesen, aber ihre Mutter wäre wütend geworden, und das war die Mühe nicht wert.

Manchmal fand sie, es wäre schön, wenn Mrs. Hart nicht ganz so aufmerksamkeitsgierig sein würde. Wahrscheinlich meinte sie es gut, aber Amelia fiel es schwer zu glauben, dass es ihrer Mutter etwas ausmachen würde, ob sie einen lüsternen Trunkenbold wie Winn oder einen gut aussehenden Charmeur wie Longley heiratete, vorausgesetzt, ein Titel sprang dabei heraus.

Sie setzten das gestelzte Gespräch noch eine Weile fort, bis der Graf sich verabschiedete.

Kurz nachdem er gegangen war, verkündete Mr. Grant die Ankunft des Duke of Wight. Der Herzog trat mit einem würdevollen Schritt ein, von dem Amelia annahm, dass er sowohl vom Alter als auch vom Stand herrührte. Sie bezweifelte, dass er sich viel schneller bewegen konnte. Vielleicht wäre sie sicher, wenn sie mit ihm verheiratet wäre, wenn das nicht bedeuten würde, dass sie seine Kinder zur Welt bringen müsste. Immerhin dürfte es nicht zu schwer sein, schneller zu laufen als er.

Der Gedanke, dass er sie berühren würde, brachte sie allerdings dazu, sich von der nächsten Klippe stürzen zu wollen.

Sie schenkte ihm Tee ein, den er sofort beiseite stellte und sich stattdessen an einem mit Marmelade und Sahne bestrichenen Scone bediente. Er begann ein Gespräch, an dem sie anscheinend nicht teilnehmen mussten, um es aufrechtzuerhalten. Er erzählte ständig von der Jagd und prahlte unter anderem damit, wie viele Moorhühner er erlegt hatte.

Amelia tat ihr Bestes, um ihre Abneigung zu verbergen. Sie verstand, wenn man töten musste, um sich zu ernähren, aber die Vorstellung, als Sport zu töten, erschien ihr immer unnötig grausam.

Natürlich schmeichelte ihre Mutter dem Herzog jedes Mal, wenn er auch nur für ein paar Sekunden aufhörte zu sprechen. Wahrscheinlich war sie der Meinung, dass Amelia das Gleiche tun sollte, aber er bemerkte nicht einmal ihr Desinteresse, also was machte das schon?

Der Herzog entschuldigte sich nach einem weiteren Scone und ließ seinen Tee unangetastet. Er musterte Amelia auf dieselbe Weise wie auf dem Ball, als wäre sie eine Zuchtstute, die er kaufen wollte, und machte dann eine beiläufige Bemerkung, dass er sie bald sehen würde. Sie konnte nicht sagen, ob er aufrichtig war oder ob er beschlossen hatte, dass sie nicht die beste Wahl für seinen Erben war und sie nie wieder von ihm hören würden.

Trotz der offensichtlichen gegenteiligen Hoffnungen ihrer Mutter konnte sie nicht umhin, für Letzteres zu beten.

Nachdem Mr. Grant den Herzog hinausbegleitet hatte, saßen Amelia und Mrs. Hart allein im Salon, während die Minuten verstrichen.

Mrs. Harts Optimismus schwand allmählich, und nach einer Weile wies sie Amelia an, ihre Stickereien zu holen. Amelia wusste, dass sie sich nicht weigern durfte, also tat sie es, und sie arbeiteten Seite an Seite. Ihre Mutter schuf wunderschöne Kunstwerke, während Amelia sich an einem einfachen Blumendesign abmühte.

Schließlich seufzte Mrs. Hart schwer. »Das verstehe ich nicht. Ich war mir sicher, dass wir mehr Besucher erhalten würden.«

»Vielleicht werden sie bald kommen.« Aber Amelia war nicht überrascht. So sehr ihre Mutter auch versuchte, sie in die Gesellschaft zu drängen, die einzigen Männer, die sie heiraten wollten, waren entweder Glücksritter oder aus anderen Gründen weniger begehrenswert, wie der Earl of Winn und der Duke of Wight.

»Vielleicht.« Aber Mrs. Hart klang nicht gerade hoffnungsvoll.

Sie nahmen ihre Näharbeiten wieder auf. Während Amelias Finger ungeschickt über die Nadel stolperten und sie sich mehr als einmal stach, ließ sie ihre Gedanken zu Joceline Davies schweifen. Sie sehnte sich danach, mit ihrer nächsten Geschichte anzufangen. Sie hatte beschlossen, dass Joceline nach Amerika segeln würde, war aber noch dabei, das Warum und Wie auszuarbeiten.

Sie stach sich einmal mehr in den Finger und zischte, als ein Blutstropfen aus der Spitze quoll. Sie saugte den Finger in ihren Mund und ignorierte den Tadel ihrer Mutter.

»Du bist doch keine Heidin«, murmelte Mrs. Hart. »Ich weiß, dass du besser sticken kannst.«

Das konnte sie wirklich nicht. Amelia war in keiner der damenhaften Fähigkeiten, die ihre Mutter ihr beizubringen versucht hatte, besonders geschickt gewesen, mit Ausnahme des Sprechens anderer Sprachen. Sie war bestenfalls eine passable Tänzerin, hatte kein Auge für Farben und hatte viel lieber eine Feder in der Hand als eine Nadel.

Trotzdem nahm sie an, dass sie sich geschmeichelt fühlen sollte, dass ihre Mutter sich die Illusion machte, dass Amelia einige der erwarteten weiblichen Talente besaß.

»Ma'am. Miss.«

Beide blickten zur Tür, wo Mr. Grant stand auf, sein Hängebauch in einer Zurschaustellung von Selbstgefälligkeit aufgepolstert.

»Der Earl of Longley.«

Amelias Hände erstarrten. Der Graf war gekommen?

Sie hatte keine Zeit, ihre Gedanken zu sammeln, bevor Mr. Grant ihn hereinführte. Longley grinste sie mit demselben verschmitzten Lächeln an, das er gestern aufgesetzt hatte. Seine haselnussbraunen Augen funkelten, als ob er etwas wüsste, was sie nicht wusste, und sein dichtes kastanienbraunes Haar war leicht zerzaust. Ihr Magen flatterte. Er sah furchtbar gut aus, und ihr gefiel, dass er trotz seiner Attraktivität nicht unnahbar wirkte.

»Mylord.« Ihre Mutter sah ganz entzückt aus, als sie ihre Stickerei in einen Korb neben ihren Füßen legte und aufstand. »Wir hatten so sehr gehofft, dass Sie uns mit Ihrer Anwesenheit beehren würden.«

Longley hielt seine Handflächen hoch. »Bitte stehen Sie meinetwegen nicht auf.«

Er verbeugte sich vor ihr und dann vor Amelia, wobei er eine Seite seines Mundes verzog, als fände er die Welt unglaublich amüsant.

»Aber wir müssen«, stotterte Mrs. Hart, verwirrt von seinem gelassenen Auftreten. »Das ist nur angemessen.«

»Tun Sie, was immer Sie wünschen, meine gute Frau.« Er kam weiter in den Raum hinein, schaute sich um und betrachtete interessiert eines der Gemälde.

»Möchten Sie Tee und Scones?«, fragte Amelia, die ihre eigene Arbeit ebenfalls eifrig in den Korb warf.

Sein Blick folgte der Bewegung, und er lächelte. »Tee und Scones wären willkommen, Miss Hart.«

Sie gab dem Grafen ein Zeichen, sich zu setzen, während sie zu den Tischen ging. »Wie möchten Sie Ihren Tee?«

»Mit zwei Löffeln Zucker, bitte. Und sowohl Marmelade als auch Sahne auf dem Gebäck.«

Er wartete, während sie ihm den Tee einschenkte, Zucker einrührte und einen Scone für ihn zubereitete. Als sie sie weitergereicht hatte, blies er über die Teetasse und stellte sie zum Abkühlen zurück auf den Tisch.

Der Graf biss in sein Gebäck, wobei er darauf achtete, keine Sahne auf sein Gesicht zu schmieren. »Sie haben ein schönes Zuhause«, sagte er, nachdem er seinen Bissen heruntergeschluckt hatte. »Wer ist der Kunstliebhaber in der Familie?«

»Wir alle schätzen die Künste«, schwärmte Mrs. Hart. »Aber ich war es, die die Bilder für unsere Wände ausgewählt hat.«

»Sie haben einen ausgezeichneten Geschmack.«

Amelia beobachtete den Wortwechsel verblüfft. Als er gesagt hatte, er würde sie heute aufsuchen, hatte sie angenommen, dass es sich um ein höfliches Angebot handelte, das er dann vergessen würde. Und doch war er hier.

Sie verstanden es nicht. Welches Interesse könnte ein reicher, charmanter und betitelter Mann an einer einfachen Kaufmannstochter haben, die er hinter einer Pflanze versteckt gefunden hatte?

Mrs. Hart brüstete sich und warf Amelia einen weiteren spitzen Blick zu. Sie erinnerte Amelia an eine Katze, die eine Maus im Visier hat.

»Wir brauchen mehr Tee«, sagte sie, stand auf und bürstete ihren Rock ab. »Ich werde mit Mrs. White sprechen. Ich bin gleich wieder da.« Sie weitete bedeutungsvoll die Augen und verließ flink den Salon.

Amelia legte verwirrt den Kopf schief. Ihre Mutter hätte genauso gut Mrs. White einfach herbeirufen können. Es war untypisch für sie, selbst auf die Suche nach den Bediensteten zu gehen. Sie fand dieses Verhalten unter ihrer Würde, ganz zu schweigen davon, dass sie sie beide zusammen allein ließ, was höchst unpassend war.

Dann fiel es ihr auf. Mrs. Hart musste wohl erkannt haben, dass Amelia von ihm nicht so abgestoßen war wie von den anderen, und dass der Graf daher ihre bisher beste Chance war, in den Adel einzuheiraten. Vielleicht hoffte sie, dass sich während ihrer Abwesenheit etwas Skandalöses zwischen den beiden ereignen würde, um die Angelegenheit zu erzwingen.

Amelia sah den Grafen an.

Er erwiderte ihren Blick.

Sie schürzte ihre Lippen, unsicher, was sie sagen sollte. Sie beschloss, dass der direkte Weg der beste sei. »Was führt Sie heute Morgen in unser Haus?«

Seine Stirn legte sich in Falten. »Das Vergnügen Ihrer Gesellschaft. Es ist selten, dass ich eine Frau finde, die so strahlt wie Sie.«

Sie kniff die Augen zusammen. Sollte das eine Anspielung auf ihr Aussehen sein? Ihre Kleidung? Oder vielleicht auf den teuren Schmuck, den ihre Mutter ihr unbedingt hatte anlegen wollen.

»Was meinen Sie damit?«, fragte sie.

Er legte den Kopf schief und sah sie fragend an, dann wechselte er das Thema. »Um ehrlich zu sein, fand ich Sie die interessanteste Frau, die ich gestern kennenlernen durfte. Ich bin nicht jemand, der sich dem verweigert, was ihn interessiert, also bin ich hier und freue mich auf Ihre Gesellschaft.«

Wider besseres Wissen lächelte sie. In Anbetracht der Art

und Weise, wie sie einander kennengelernt hatten, und der unkonventionellen Begegnung, die darauf gefolgt war, konnte sie sich eher vorstellen, dass er sie interessant fand, als dass er von ihrer Schönheit um den Verstand gebracht worden war.

»Sie sind ein ungewöhnlicher Mann«, bemerkte sie. »Gestern haben Sie mich gebeten, Ihnen etwas über mich zu erzählen, und das habe ich getan. Jetzt würde ich gerne etwas über Sie erfahren. Ich weiß nur, dass Sie ein Earl sind und meine Mutter von Ihnen beeindruckt ist.«

Er grinste, und ihr Inneres flatterte wieder. »Was müssen Sie noch wissen?« Er aß einen weiteren Bissen vom Gebäck, während er nachdachte. »Ich habe eine Schwester. Jünger als ich. Haben Sie Geschwister?«

Amelias Brust zog sich zusammen. »Nein. Ich hätte gerne eine Schwester gehabt.«

»Sie sind eine Art Schädlinge«, scherzte Longley, bevor er ernst wurde. »Aber ich liebe sie trotzdem sehr.«

»Wie ist ihr Name?«

»Katherine. Wir nennen sie Kate.«

»Und wie alt ist sie?«

»Achtzehn. Wir wollen sie in der nächsten Saison in die Gesellschaft einführen.«

»Ich bin sicher, dass sie jeden Erfolg haben wird, den sie sich wünscht.« Die Worte enthielten einen Hauch von Bitterkeit, und sie hoffte, dass er es nicht bemerkte. Es wäre nur schön, wenn sich auch um sie jemand kümmern würde, so wie Longley sich um Kate kümmerte. Sie konnte bereits erkennen, dass er ein beschützender älterer Bruder war.

»Ich bin wieder da«, erklärte Mrs. Hart und schritt in den Raum, Mrs. White dicht hinter ihr. Als sie sah, dass Amelia und Longley immer noch auf den Sofas einander gegenübersaßen, verzog sie das Gesicht.

Amelia widerstand dem Drang, die Augen zu verdrehen. Was hatte sie denn geglaubt, was passieren würde? Amelia war nicht die Art, die einen Mann im Salon ihrer Eltern verführen würde.

Mrs. White stellte eine frische Teekanne auf den Tisch und nahm die andere weg. Sie verschwand ohne ein Wort.

Mrs. Hart setzte sich zu Amelia auf die Chaise. »Mylord, Amelia und ich würden gerne mehr über Longley Manor erfahren. Es ist in Suffolk, nicht wahr?«

Der Graf schob sich den Rest des Gebäcks in den Mund, wischte sich die Finger an seinem Taschentuch ab und begann, ein wenig von seinem Landsitz zu erzählen. Amelia hörte zu, begierig darauf, mehr über einen Teil des Landes zu erfahren, den sie noch nicht besucht hatte.

Leider kam er nicht weit, bevor ihre Mutter das Gespräch übernahm. Und während sie dem Geschnatter von Mrs. Hart lauschte, wünschte Amelia sich, sie hätte mehr Gelegenheit gehabt, Longley als Mann kennenzulernen.

Als der Graf schließlich auf die Uhr schaute und sagte, er müsse gehen, konnte Amelia sich immer noch keinen Reim auf seine Absichten machen. Sie konnte sich nicht vorstellen, dass ein Mann wie er ihr ohne Hintergedanken den Hof machen würde, aber er schien aufrichtig zu sein.

Sie und ihre Mutter begleiteten ihn zur Tür. Er wandte sich ihr zu.

»Darf ich Sie mal wieder aufsuchen?«, fragte er.

Sie neigte den Kopf. »Natürlich. Wir würden uns freuen.«

Was sie allerdings noch mehr freuen würde, wäre, wenn sie genau wüsste, was der Mann vorhatte. Sie wollte glauben, dass er sich einfach nur für sie als zukünftige Braut interessierte, weil er etwas an ihr faszinierend fand, aber ihr Instinkt sagte ihr, dass hinter der Geschichte mehr steckte, als sie sah.

Sie befürchtete, dass sie sich von ihm einfach so umgarnen lassen würde, wenn sie nicht bald seine wahren Motive aufdecken würde.

Und das könnte schlecht ausgehen.

KAPITEL 7

Andrew drückte seinen Rücken durch, setzte sein charmantestes Lächeln auf und klopfte an die Haustür der Harts. Die Tür öffnete sich augenblicklich, als hätte der Butler auf der anderen Seite nur darauf gewartet, dass er seine Nervosität überwinden würde.

Er hob eine buschige graue Augenbraue. »Kann ich Ihnen helfen, Sir?«

Andrew räusperte sich. »Bitte richten Sie Miss Hart aus, dass der Earl of Longley hier ist, um sie zu besuchen.«

Der Butler neigte den Kopf. »Wie Sie wünschen, Sir. Bitte treten Sie ein.« Er trat zur Seite, um Longley Einlass zu gewähren, und schloss dann die Tür hinter ihm. »Warten Sie hier. Ich werde gleich zurückkehren.«

Andrew beobachtete, wie er die Treppe so langsam hinaufstieg, dass er versucht war, selbst hinaufzurennen, um Miss Hart zu suchen. Leider war das ein sicherer Weg, um vor dem Altar zu enden.

Obwohl ... war das nicht sein Ziel? Wäre es so schlimm, die Angelegenheit voranzutreiben?

Ja.

Er seufzte. Sie verdiente die Möglichkeit, ihn abzulehnen,

wenn sie das wollte. Er hoffte, dass sie es nicht tun würde, aber sie sollte die Wahl haben. Er zögerte besonders, die Angelegenheit voranzutreiben, wenn man bedachte, dass ihre Mutter bereits zu versuchen schien, es zu erzwingen, da sie sie zuvor zusammen allein gelassen hatte, als es nicht ganz angemessen gewesen war.

Nach ein paar Minuten erschien der Butler wieder mit drei Frauen im Schlepptau: Miss Hart, Mrs. Hart, und ein Dienstmädchen. Er zwang sich, sein Lächeln beizubehalten, und betete im Stillen, dass die Mutter nicht vorhatte, sie zu begleiten. Es war viel einfacher, sich mit Miss Hart zu unterhalten, wenn Mrs. Hart nicht anwesend war.

»Guten Tag, meine Damen.« Er verbeugte sich und reichte Miss Hart seine Hand, um ihr von der untersten Stufe zu helfen.

Sie erwiderte den Gruß murmelnd, und ihre himmelblauen Augen begegneten den seinen mit einem Hauch von Neugierde. Warum schien sie immer so überrascht zu sein, wenn er die Dinge tat, die er versprochen hatte?

»Wie schön, Sie wiederzusehen, Mylord.« Mrs. Hart strahlte ihn an. Für eine Frau ihres Alters war sie attraktiv, auch wenn sie ihrer Tochter abgesehen von den stechenden Augen wenig ähnelte.

»Sind Sie bereit?«, fragte er Miss Hart. Seine Kutsche wartete draußen, um sie zum Hyde Park zu bringen. Das Promenieren war definitiv eine erwartete Aktivität, die er von seiner Liste abhaken sollte, und es war auch eine ausgezeichnete Möglichkeit, zusammen gesehen zu werden.

Das Letzte, was er brauchte, war ein weiterer Gentleman, der Miss Hart von den Füßen fegte. Er hoffte, dass seine Bekannten, wenn sie wüssten, dass er es auf sie abgesehen hatte, sie in Ruhe lassen würden. Natürlich bestand immer die Möglichkeit, dass sie sich über die Anziehungskraft der Frau wunderten und beschlossen, selbst mehr über sie zu erfahren, aber das Risiko musste er eingehen.

»Das tue ich.« Miss Harts Lippen waren leicht zusammengekniffen. »Das ist Mary. Sie wird uns als Anstandsdame begleiten.«

»Natürlich.« Gott sei Dank würde es nicht ihre Mutter sein. Sein Blick glitt an Miss Harts Körper hinunter. »Sie sehen heute ganz bezaubernd aus.«

Es stimmte. Die blasse Salbeifarbe ihres Kleides passte viel besser zu ihrem Teint als das weiße Kleid mit den vielen Rüschen, das sie auf dem Wembley-Ball getragen hatte. Obwohl er durchaus der Meinung war, dass die meisten Kleider an ihr besser aussehen würden als das Rüschenmonster.

Sie runzelte die Stirn - nicht die Reaktion, die er erwartet hatte. »Danke, Mylord.«

Warum hatte er das Gefühl, dass sie ihm nicht glaubte?

Er wandte sich an Mrs. Hart. »Ich werde sie zu einer anständigen Zeit nach Hause bringen.«

»Ich bin sicher, dass Sie das tun werden.« Eine Tatsache, über die sie enttäuscht wirkte.

»Sollen wir?«

Miss Hart nickte, und er begleitete sie zur Tür hinaus, Mary hinter ihnen. Ein Windhauch wirbelte sein Haar auf, als sie hinaustraten, aber es war nicht kalt. In Anbetracht der Jahreszeit war es ein angenehm milder Tag. Schwere Mäntel oder Handschuhe waren sicherlich nicht nötig.

Sein Kutscher öffnete die Tür der Kutsche, und Andrew nahm Miss Harts Hand, um ihr hineinzuhelfen. Ihr Griff war erstaunlich fest für eine Frau. Er half auch Mary, kletterte dann selbst hinein und setzte sich neben Miss Hart auf die nach vorn gerichtete Sitzbank.

»Wie lange leben Sie denn schon in London?«, fragte Andrew, als sich die Kutsche in Bewegung setzte.

»Etwa drei Jahre«, antwortete sie, ohne sich ihm zuzuwenden. »Davor wohnten wir in einem Landhaus in Northumberland.«

Er pfiff. »Das ist eine ziemliche Veränderung.«

»Das ist es.«

»Gefällt Ihnen die Stadt?« Ihm gefiel sie, obwohl er einige Monate im Jahr auch gerne in Suffolk verbrachte.

Sie dachte über seine Frage nach. »Ich mag den Zugang zu interessanten Orten, den wir in London haben. Northumberland ist weit weniger bevölkert, und daher gibt es weniger Möglichkeiten zum Zeitvertreib.«

Er hätte fast gelacht, weil er beeindruckt war, wie sie es geschafft hatte, seine Frage zu beantworten und doch so wenig zu sagen. Er wusste jetzt, dass sie einige Teile Londons mochte, aber er hatte keine Ahnung, welche Teile das waren oder ob sie die Stadt im Großen und Ganzen dem Landsitz ihrer Familie vorzog.

»Was für Orte?«, fragte er. Er bewunderte zwar ihre Ausweichtaktik, aber er musste mehr über sie herausfinden, wenn er sie zu seiner Frau machen wollte.

Sie öffnete den Mund, schloss ihn dann aber sofort wieder. Sie schwieg mehrere Sekunden lang. »Die schönen Häuser, perfekt für Bälle, und das Theater.«

Er schürzte die Lippen, enttäuscht darüber, dass sie sich selbst davon abhielt, das zu sagen, was sie eigentlich sagen wollte, und stattdessen äußerte, wozu sie ausgebildet worden war.

Er konnte ihr ihre Vorsicht kaum übel nehmen. Seit ihrem Debüt in der vergangenen Saison hatte sie zweifellos viele Arten von Ablehnung erfahren, sodass es verständlich war, dass sie es vermeiden wollte, irgendetwas zu sagen, das sie als etwas anderes als eine Lady des *ton* wirken lassen könnte.

Aber verdammt, er spürte eine Verbindung zwischen ihnen, und er freute sich, dass seine Suche nach einer gutsituierten Frau vielleicht nicht in einer Ehe enden musste, die er bereuen würde. Er wollte, dass sie aufrichtig mit ihm war.

Als sie im Park ankamen, hielt der Kutscher die Kutsche

an, um sie aussteigen zu lassen. Andrew stieg als Erster aus und half den Frauen herunter. Er zog die Hand von Miss Hart in seine Armbeuge und führte sie über den Kiesweg in den Hyde Park.

Die Hälfte des *ton* war an die frische Luft gekommen. Er und Miss Hart wanderten den Pfad entlang, tiefer in den Park hinein. Der Fluss plätscherte neben ihnen, und er konnte nicht umhin zu bemerken, dass sie Blicke auf sich zogen.

Als sie an werbenden Paaren und Gruppen von Dienstmädchen oder älteren Frauen - vermutlich Anstandsdamen - vorbeikamen, folgten viele Augen ihren Bewegungen. Miss Hart musste das auch gemerkt haben, denn sie brachte etwas mehr Platz zwischen ihre Körper, und ihre Augen huschten nervös umher.

Viele Debütantinnen würden die Aufmerksamkeit genießen, aber nicht sie. Er hatte den deutlichen Eindruck, dass Miss Hart sich gerne unsichtbar machte und nicht wusste, wie sie reagieren sollte, wenn sie ins Licht gezerrt wurde.

In einem Versuch, ihr Unbehagen zu lindern, fragte er: »Abgesehen davon, dass Sie etwas über fremde Orte und Zivilisationen lernen, was machen Sie in Ihrer Freizeit gerne?«

Sie blickte ihn an und zog die Augenbrauen zusammen. Wieder einmal hatte er das Gefühl, dass sie eine Antwort hatte, diese aber nicht geben wollte, sondern eher überlegte, etwas zu sagen, das er oder vielleicht die feine Gesellschaft akzeptabler finden würde.

»Was ist mit Handarbeit?«, soufflierte er. »Sie haben an einem Entwurf gearbeitet, als ich Sie besuchte, nicht wahr?«

»Sticken ist eine nützliche weibliche Fähigkeit.« Die Worte waren völlig tonlos. Sie hätte genauso gut ihre Briefe vorlesen können.

Die Frustration nagte an seinen Fersen. Dass sie einer echten Antwort aus dem Weg ging, war äußerst ärgerlich. Er wollte herausfinden, wer sie wirklich war, aber sie machte es ihm schwer. Er wollte nur einmal einen Blick auf die Frau werfen, die er gesehen hatte, als er sie auf dem Ball erschreckt hatte, oder als ihre Mutter sie bei seinem früheren Besuch kurz allein gelassen hatte.

Vielleicht war es die Begleitung, die sie zum Ausweichen nötigte. Das Dienstmädchen ging aber so weit hinter ihnen, dass er nicht sicher war, ob sie ihr Gespräch überhaupt hören konnte oder nicht, aber vielleicht befürchtete Miss Hart, dass sie es hören könnte, und war besorgt, dass sie Mrs. Hart Bericht erstatten würde, wenn sie etwas Unangemessenes sagen sollte.

»Sie schienen sehr geschickt darin zu sein«, sagte er, weil er nichts Sinnvolleres beitragen konnte.

Sie schnaubte und warf ihm unter ihren Wimpern einen skeptischen Blick zu.

Er grinste. *Na also, da ist sie ja.*

Bisher hatten Komplimente nicht so gut gewirkt, wie Kate ihm versichert hatte, aber zumindest war ihre Belustigung eine echte Reaktion.

Leider dauerte es nur ein paar Sekunden, bevor ihr Gesichtsausdruck sich wieder verschloss, als wäre das Aufflackern der Persönlichkeit nie über ihr Gesicht gekommen.

Nun gut. Er würde sie einfach wieder herauslocken müssen.

Er beugte seinen Kopf näher zu ihr. »Ihre Augen erinnern mich an die Farbe des Wassers an einem Strand, den ich einmal auf dem indischen Subkontinent besucht habe. Es gibt dort eine gewisse Leichtigkeit und Helligkeit in den Untiefen, die man in England nicht sieht.«

Ihr Gesicht wandte sich ihm zu, und ein breites Lächeln breitete sich auf ihren Lippen aus. Einen Moment lang glaubte er, er hätte das Geheimnis gefunden, wie er sie für sich gewinnen könnte: Komplimente. Aber sie brachte ihn schnell von diesem Gedanken ab.

»Sie waren schon auf dem Subkontinent?« Aufregung tanzte in ihren Augen.

»Das war ich.« Ah. Er hätte erkennen müssen, dass ihr Interesse an dem Ort selbst lag. »Ich habe dort vor einigen Jahren mehrere Wochen verbracht.«

»Können Sie mir davon erzählen?«, fragte sie atemlos.

»Alles, was Sie wissen möchten.«

Er war dankbar für die Gelegenheit, der Starrheit ihres bisherigen Gesprächs zu entkommen, und erzählte ihr so viel wie möglich über seine Zeit auf dem Subkontinent, wie er sich erinnern konnte.

Er erzählte von den Märkten, die er besucht hatte. Die exotischen Gewürze und das reichhaltige, schmackhafte Essen. Er beschrieb die Tempel, die er gesehen hatte, und die Schönheit der Strände und Naturgebiete. Sie stellte nachdenkliche Fragen, die ein großes Interesse am Thema und eine Aufmerksamkeit für Einzelheiten zeigten, die er bewunderte.

Als ihr schließlich die Fragen ausgingen, beschloss er, dass er an der Reihe sein musste, welche zu stellen.

»Woher kommt Ihre Faszination für andere Länder und Gesellschaften?«

Ihre Miene verschloss sich sofort. »Es tut mir leid. Ich war furchtbar unhöflich und habe das Gespräch dominiert.«

»Nein, das haben Sie nicht«, sagte er verärgert, weil er schon wieder an Boden verloren hatte, den er bei ihr gewonnen hatte. »Ich ...«

»Mylord!«

Eine junge Frau tauchte vor ihnen auf, und er blieb abrupt stehen und schaffte es gerade noch, sie nicht anzurempeln.

Miss Hart fing ihn auf, als er stolperte, und der kurze Druck ihrer Seite gegen seine schickte einen Blitz des

Bewusstseins durch ihn. Der schwache Duft von Pfefferminze kitzelte seine Nase. Er wollte sich näher heranlehnen und sein Gesicht in ihrem Haar vergraben, um zu sehen, woher der genau kam.

»Oh je. Sie haben mich überrumpelt. Geht es Ihnen gut?«, fragte er die Frau, die er nun als Miss Wentham erkannte.

Ihre Wimpern flatterten, und sie machte einen Knicks, wobei ihr rosa Rock den Boden streifte. »Mir geht es gut, danke, Lord Longley.«

Sie warf einen Blick auf Amelia und sah dann wieder zu ihm. »Als meine Mutter sie erkannte, wusste ich, dass wir uns einfach begrüßen müssen.« Sie gestikulierte zu den beiden Frauen hinter ihr. »Das ist meine Schwester, Mrs. Cordover. Ich glaube nicht, dass Sie einander schon begegnet sind.«

Andrew nickte den beiden Frauen zu. »Sehr erfreut, Mrs. Cordover. Mrs. Wentham. Kennen Sie Miss Hart?«

»Sie haben einander kennengelernt«, sagte Miss Wentham eilig und gab weder ihrer Mutter noch ihrer Schwester die Gelegenheit zu einer Antwort - nicht, dass diese dazu geneigt gewesen wären. »Dürfen wir mit Ihnen spazierengehen, Mylord?«

Er warf einen Blick auf Miss Hart, die sich wieder in sich selbst zurückgezogen hatte, obwohl er nicht sagen konnte, ob das an der Anwesenheit der Wenthams oder an seinem eigenen Versagen lag.

»Ich habe die Gesellschaft von Miss Hart genossen«, sagte er. Er wollte nicht unhöflich sein, aber wie viele Männer würden gerne zwischen zwei potenziellen zukünftigen Partnerinnen stehen?

Er nicht, das stand fest.

»Sie wird uns natürlich weiterhin begleiten«, widersprach Miss Wentham. In Anbetracht ihres Gesichtsausdrucks würde niemand die Verachtung erkennen, die sie Miss Hart zuvor entgegengebracht hatte.

»Ich fürchte, wir können nicht lange trödeln. Ich muss Miss Hart zu ihren Eltern zurückbringen, bevor die Stunde vorbei ist.« Das stimmte zwar nicht, aber ihm fiel keine andere Ausrede ein, die nicht unhöflich gewesen wäre.

»Und so soll es auch sein.« Miss Wentham schien nicht im Geringsten beunruhigt zu sein. »Dann lassen Sie uns spazierengehen.«

Andrew warf Miss Hart noch einen kurzen entschuldigenden Blick zu und schloss sich den anderen Frauen an. Er hielt Miss Hart an seiner Seite, aber obwohl sie ihm körperlich nahe war, sprach sie kein Wort, und es fühlte sich an, als ob eine Kluft zwischen ihnen liegen würde.

Er versuchte, sie in das Gespräch einzubeziehen, aber Miss Wentham verstand es, seine Aufmerksamkeit zu monopolisieren und von allen Themen abzulenken, zu denen Miss Hart vielleicht etwas beitragen wollte und konnte. Je mehr sie plapperte, desto mehr geriet Miss Hart in den Hintergrund.

Zuerst glaubte er, sie sei vielleicht nur schüchtern, aber mit der Zeit bemerkte er die feste Linie ihres Mundes und die Spannung in ihren Augenwinkeln.

Sie war unglücklich.

»Woher haben Sie denn dieses Kleid?«, fragte Miss Wentham sie mit einem verschmitzten Lächeln.

Miss Hart blickte an sich hinunter. »Von Madame Baptiste.«

Miss Wentham schmollte. »Aus der vergangenen Saison? Der Schnitt ist ein wenig veraltet.«

»Ich finde, es steht ihr gut«, sagte er, weil er nicht zulassen konnte, dass jemand sie in seiner Gegenwart verunglimpfte.

»Vielleicht.« Miss Wentham schien amüsiert zu sein, als ob ihre beiläufigen grausamen Bemerkungen der Gipfel des Witzes wären.

Er blieb stehen und schaute auf seine Uhr. »Entschuldigen Sie, aber wir müssen wirklich los.« Er zupfte an Miss Harts Arm und führte sie von ihren Begleiterinnen weg. Mary eilte hinterher und warf einen bösen Blick auf Miss Wentham.

»Das war sehr schön«, bemerkte Miss Hart, als sie weit genug weg waren, um nicht belauscht zu werden.

»Es tut mir leid. Ich hätte nicht auf die Idee kommen dürfen, mit ihnen zu gehen, wenn sie offensichtlich darauf aus war, Ärger zu machen.«

Miss Hart schien über die Entschuldigung erschrocken zu sein, was ihn nur noch mehr irritierte. Menschen sollten doch normalen Anstand erwarten.

»Denken Sie nicht darüber nach«, sagte sie. »Es ist nichts passiert.«

»Niemand hat das Recht, einem anderen das Gefühl zu geben, minderwertig zu sein«, knurrte er.

Ihre Augenbrauen hoben sich. »Ich weiß nicht, ob Ihnen das klar ist, aber für den größten Teil der Welt bin ich minderwertig. Ich bin die Tochter eines Kaufmanns und eines gesellschaftlichen Aufsteigers. Selbst wenn das nicht der Fall wäre, bin ich immer noch ein Mauerblümchen, was mir an sich schon Verachtung einbringen würde. Wenn beides zusammenkommt, bin ich ein zu erwartendes Verbrechen gegen die Aristokratie, und jeder weiß das.«

Er starrte sie an, verblüfft von der Beredsamkeit, mit der sie gesprochen hatte. Miss Hart mochte zwar etwas unbeholfen und die meiste Zeit nicht bereit sein, sich zu öffnen, aber sie war eindeutig eine intelligente Frau, die leidenschaftlich über die Dinge dachte, die ihr wichtig waren.

Er sah ihr in die Augen. »Wenn ich ganz offen sprechen darf?«

Sie nickte. »Bitte.«

»Wer sich nicht die Zeit nimmt zu sehen, dass Sie so viel mehr sind, der verpasst etwas.«

Ihr stand der Mund offen. »Ich ...« Sie brach ab, Verwirrung zeichnete sich auf ihren Zügen ab.

»Zur Kutsche geht es hier entlang.« Er drängte sie vorwärts. Sie konnte seine Worte so lange analysieren, wie sie es wollte, in der Privatsphäre ihrer eigenen Gedanken. Er brauchte keine sofortige Antwort.

Als sie wieder in der Kutsche saßen und die Straße zum Haus ihrer Eltern entlang schaukelten, schloss er die Augen und schäumte innerlich. Es war untypisch für ihn, wütend zu werden, aber Miss Wentham hatte einen Nerv getroffen, indem sie Miss Hart so behandelte, wie sie es getan hatte.

Andrew verachtete Tyrannen. Das hatte er schon immer. Das war einer der Gründe, warum er Ashford so nahe stand. Kinder konnten grausam sein, und schon im zarten Alter hatte Andrew erkannt, dass Ashford vor ihnen geschützt werden musste. Sein Name und sein Reichtum hatten nie ausgereicht, wenn er still war und zu Angstzuständen neigte.

Andrew hatte ihm geholfen, einen Platz unter ihresgleichen zu finden, und im Gegenzug hatte er den treuesten und loyalsten Freund gewonnen, den man sich wünschen konnte.

Sie kamen am Haus der Harts an, und er half sowohl Miss Hart als auch Mary aus dem Wagen. Die Flügeltüren öffneten sich, und Mrs. Hart glitt die Treppe hinunter, fast schwindlig vor Aufregung

»Wann kann ich Sie das nächste Mal sehen?«, fragte er Miss Hart, bevor ihre Mutter die Gelegenheit hatte, sie ihm zu entführen.

Miss Hart legte ihren Kopf schief. »Sie wollen mich wiedersehen?«

»Natürlich.« Hatte er sein Interesse nicht überdeutlich bekundet? Vielleicht sollte er beim nächsten Mal Blumen mitbringen.

»Wir werden auf dem Latham-Ball sein«, sagte Mrs. Hart. »Nicht wahr, Liebes?«

»Ja«, stimmte Miss Hart zu.

»Ausgezeichnet.« Er trat einen Schritt zurück. »Ich freue mich darauf, Sie dann zu sehen.«

Er kehrte zur Kutsche zurück, und als ihm Haare im Nacken zu Berge standen, erinnerte ihn das daran, dass Miss Hart ihn beobachtete. Er gab seinem Fahrer das Zeichen zum Aufbruch und lehnte sich zurück, um über ihre Begegnung mit Miss Wentham nachzudenken.

Es ärgerte ihn. Aber warum zum Teufel regte er sich so auf wegen eines Mädchens, das er kaum kannte?

KAPITEL 8

AUFREGUNG FLATTERTE IN AMELIAS MAGEN, ALS SIE DIE Begrüßungen auf dem Latham-Ball hinter sich ließen und den eigentlichen Ballsaal betraten. Sie hatte den ganzen Tag versucht, es zu verleugnen, aber in Wahrheit war sie begierig darauf, den Earl of Longley wiederzusehen.

Es war lächerlich, und sie ärgerte sich über sich selbst, dass sie so leichtgläubig war, seinem Charme zu verfallen, obwohl es einen vernünftigen Grund geben musste, warum er sich für sie interessierte - abgesehen davon, dass er sie einfach nur amüsant fand -, aber sie konnte ihr Herz nicht davon überzeugen. Sie fand seine Aufmerksamkeit berauschend und flüsterte sich selbst zu, dass er vielleicht aufrichtig sein könnte.

Als ob ein gutaussehender Graf sich jemals wirklich zu einer niedriggeborenen Kaufmannstochter, die sich zu einem Blaustrumpf entwickelt hatte, hingezogen fühlen würde, ohne dass es dafür einen triftigen Grund gäbe.

Er musste etwas vorhaben. Sie hatte nur noch nicht herausgefunden, was es war.

Mrs. Hart führte sie um eine Säule im römischen Stil herum zur Tanzfläche. Der Raum war wunderschön, mit cremefarbenen Wänden, verschnörkelten Goldverzierungen und Grünpflanzen. Ein Quartett spielte aufmunternde Musik, und die Pflanzen verströmten ihren Duft. Der hätte überwältigend sein können, wenn nicht ein Hauch von Schweiß und Alkohol ihn überlagert hätte.

Amelia warf einen Blick über ihre Schulter. Ihr Vater war bereits in einer Ecke verschwunden, zweifellos um mit einem Freund zu plaudern, während ihre Mutter alles tat, um sicherzustellen, dass Amelia die nächste Gräfin von Longley wurde.

Wenigstens hatte das offensichtliche Interesse des Grafen die Aufmerksamkeit von Mrs. Hart für jeden anderen in Frage kommenden Junggesellen gemildert.

Ihre Mutter wandte sich ihr zu und sprach leise. »Was immer du tust, um Lord Longleys Aufmerksamkeit zu fesseln, mach weiter damit. Ich bin sicher, dass ich dir nicht erklären muss, wie wichtig es ist, seine Gunst nicht zu verlieren.«

»Ich verstehe.« Nicht, dass Amelia eine Ahnung gehabt hätte, wie sie überhaupt seine Aufmerksamkeit erregt haben könnte. »Soll ich auch mit dem Duke of Wight und dem Earl of Winn tanzen?«

Sie wollte das nicht, aber sie wollte auch eine Belehrung nach dem Ball vermeiden.

Ihre Mutter brummte nachdenklich. »Wenn sie sich dir nähern, solltest du das tun, aber suche nicht nach ihnen. Wir wollen sie nicht entmutigen, aber wir wollen Longley auch nicht abschrecken. Ich bin mir nicht sicher, ob er die Art von Mann ist, die den Wettbewerb liebt oder ihn meidet.«

»In Ordnung.« Amelia beschloss in diesem Moment, alles zu tun, um für Wight und Winn unsichtbar zu sein. Sie wollte nicht in eine Ehe mit einem der beiden gedrängt werden, und wenn ihrer Mutter das auch recht war, dann war es das Beste, zu hoffen, dass sie sie vergessen hatten.

Sie hielt ihren Kopf gesenkt und sah sich nur gelegentlich

im Raum um. Niemand sprach sie an, und sie konnte leicht Teil der Tapete werden. So war ihre vergangene Saison verlaufen, und so hätte die jetzige wahrscheinlich auch begonnen, wenn ihre Mutter nicht beschlossen hätte, dass man Amelia nicht zutrauen konnte, selbst Verehrer zu finden.

Sie konnte nicht vergessen, dass sie nach Meinung der Gesellschaft hier an die Wand gehörte.

Keiner der Männer, die sich in dieser Saison für sie interessiert hatten, hätte sie ohne die Beharrlichkeit von Mrs. Hart und das Vermögen der Familie überhaupt bemerkt. Wäre sie ein einfaches, unbetiteltes Fräulein mit durchschnittlichen Mitteln und schüchternen Eltern, würde sie niemand zweimal ansehen.

Sie hatte keinen eigenen Charme, was sie nur noch mehr davon überzeugte, dass der Earl of Longley etwas im Schilde führte.

Mrs. Hart stieß sie an der Schulter an und hob ihr Kinn in Richtung des Eingangs.

Wenn man vom Teufel spricht ...

Er stand in einem schlichten schwarzen Anzug mit elegantem Schnitt direkt vor dem Eingang. Der Anzug passte perfekt um seine breiten Schultern und verjüngte sich zu seiner Taille. Er war größer als viele der anwesenden Herren, wenngleich er nicht der größte Mann unter den Anwesenden war. Er hob die Hand, um sich das Haar aus dem Gesicht zu schieben, und ihr Herz machte einen kleinen Seufzer.

Sie runzelte die Stirn.

Nein. Sie konnte es sich nicht leisten, ihn hübsch zu finden. Er manipulierte sie, und sie musste wissen, warum. Es war ja nicht so, dass er einen Blick auf sie geworfen hatte, als sie sich hinter einem Strauch versteckt hatte, und daraufhin beschlossen haben könnte, dass sie seine zukünftige Gräfin war. Deshalb konnte sie ihm nicht vertrauen.

Aber als er ihren Blick auffing und grinste, traf sie die

ganze Wucht seines warmen, funkelnden Blicks, und Schmetterlinge durchfluteten ihren Magen, und es war schwer, sich daran zu erinnern. Er brach sein Gespräch ab und bahnte sich einen Weg durch die Feiernden zu ihnen.

»Ausgezeichnet«, murmelte Mrs. Hart.

»Schön, Sie hier zu sehen«, sagte der Graf, als er einige Meter entfernt zum Stehen kam.

»Was für eine Überraschung«, sagte Amelia trocken. »Es ist fast so, als hätten wir Ihnen gesagt, dass wir anwesend sein würden.«

Mrs. Hart rammte Amelia diskret ihren Ellbogen in die Rippen, und der Atem entwich ihr keuchend aus der Lunge.

Der Earl legte den Kopf schief. »Geht es Ihnen gut, Miss Hart?«

»Gut«, keuchte sie. »Ich bitte um Entschuldigung. Ich hatte ein Kribbeln im Hals.«

Er sah besorgt aus. »Nichts Schlimmes, hoffe ich?«

»Nein, nein.« Sie zwang sich zu einem breiteren Lächeln, obwohl ihre Augen tränten. »Mir geht es gut.«

»Das freut mich zu hören.« Er blickte von Amelia zu Mrs. Hart und wieder zurück. »Darf ich um einen der Tänze auf Ihrer Karte bitten?«

Sie nickte und bot ihm ihre Karte an. Er notierte seinen Namen neben ihren nächsten Tanz ... und dann noch neben einem anderen Tanz später am Abend. Mit großen Augen starrte sie ihn an. Jeder wusste, dass die Reservierung von gleich zwei Tänzen einer Brautwerbung gleichkam. Was in aller Welt tat Longley da?

Neben ihr gab Mrs. Hart einen hohen Ton der Erregung von sich. »Was für eine Ehre, Mylord.«

Er ließ Amelias Karte los und richtete sich auf. »Die Ehre ist ganz meinerseits. Miss Hart, ich glaube, unser Walzer wird gleich beginnen. Wollen Sie sich mir anschließen?«

Ein Walzer?

Ihr Magen überschlug sich, und ein erfreutes Zischen

entkam ihr. Verdammt sei ihr naives, optimistisches Herz. Es sehnte sich danach zu glauben, dass er wirklich an ihr interessiert sei.

Was auch immer seine Beweggründe waren, sie konnte nicht länger leugnen, dass er um sie warb. Es gab nur wenig andere Möglichkeiten, seine Absichten in der Öffentlichkeit zu verdeutlichen.

Sie nahm seine Hand, und er führte sie auf die Tanzfläche. Als die ersten Akkorde des nächsten Liedes erklangen, setzten sie sich in Bewegung. Sie hatte nie gern Walzer getanzt. Es gefiel ihr nicht, jemandem so nahe zu sein. Der Leistungsdruck war ihr unangenehm, und sie fürchtete immer, einen Fehltritt zu machen.

Mit dem Earl of Longley als Partner schwebte sie praktisch über die Tanzfläche. Jedes Mal, wenn sie sich berührten, flüsterte die Seide ihres Rocks, und die Wärme seines Körpers umhüllte sie.

Ihre Füße bewegten sich instinktiv. Flüchtige Berührungen ließen sie erschaudern.

Sie war sich nichts anderem bewusst als ihm.

Die kantige Linie seines glatt rasierten Kiefers. Die Art und Weise, wie seine Augen die Farbe zu wechseln schienen, wenn sie das Licht auffingen. Seine volle Unterlippe, so bereit zum Lächeln.

Und dann war es vorbei.

Er starrte sie an, sein Atem ging stoßweise. »Das war …«

»Wunderbar«, murmelte sie.

Er neigte den Kopf. »Ich hätte es nicht besser sagen können.« Er verschränkte seinen Arm mit ihrem. »Sollen wir einen Spaziergang durch den Raum machen?«

»Das wäre schön.«

Arm in Arm umkreisten sie die Party. Mehrere Personen begrüßten Longley mit einem Lächeln und freundlichen Worten. Nur wenige grüßten auch Amelia, obwohl viele ihr verstohlene Blicke zuwarfen.

Dann brachte er sie zu ihrer Mutter zurück, bedankte sich artig und ging.

»Und?«, fragte Mrs. Hart, als er weg war.

»Ich denke, es ist gut gelaufen.« Mehr wollte sie nicht sagen, da Longley immer so lebensfroh wirkte und deshalb schwer zu lesen war.

Mrs. Hart seufzte. »Ihr habt wunderbar zusammen getanzt.«

»Er ist sehr anmutig für einen Gentleman.« Vielleicht anmutiger als sie selbst. Vielleicht hatte er aber auch einfach nur mehr Jahre der Übung als sie. »Ich hole mir ein Glas Limonade. Möchtest du auch eins?«

»Nein, danke.« Mrs. Hart war abgelenkt und suchte am anderen Ende des Raumes nach jemandem. »Ich glaube, ich sehe deinen Vater. Ich werde mit ihm sprechen.«

Amelia grinste. Wahrscheinlich wollte ihre Mutter tanzen, und ihr Vater würde das gleich herausfinden.

Sie ging aus dem Ballsaal in den Erfrischungsbereich und bediente sich an einem kleinen Stück Kuchen. Während sie die Süße auf ihrer Zunge und die fluffige Leichtigkeit des Kuchens genoss, vergewisserte sie sich schnell, dass weder der Duke of Wight noch der Earl of Winn in Sichtweite waren.

Bis jetzt hatte sie sie noch nicht gesehen, aber sie wollte nicht unvorsichtig werden. Unabhängig davon, ob sie Lord Longleys Motiven vertraute oder nicht, war er unbestreitbar der attraktivste von allen, und ehrlich gesagt glaubte sie nicht, dass er ihr etwas Böses wollte. Sie würde es nur vorziehen, sich ihm gegenüber nicht so blind zu fühlen.

Wenn sie wüsste, warum er um sie warb, könnte sie angemessen reagieren.

Das Nichtwissen machte sie verletzlich.

Sie schlängelte sich zwischen den Tischen hindurch, schenkte sich ein Glas Limonade ein und stellte sich dann in die Ecke, um es zu schlürfen und den Geschmack zu genießen.

»Miss Hart.«

Sie wandte sich der weiblichen Stimme zu und konnte ihre Grimasse kaum verbergen. »Miss Wentham.«

Die hübsche Blondine lächelte, als wüsste sie etwas, das Amelia nicht wusste. Sie hasste es. Sie hatte Miss Wentham schon nicht gemocht, bevor diese ihr Kleid beleidigt hatte. Sie hatte einfach etwas Raubtierhaftes an sich.

Miss Wentham hob zart ein Glas an ihre Lippen und trank. »Ich dachte nur, Sie sollten wissen, dass jemand wie der Earl of Longley Sie nur wegen des Geldes Ihrer Familie wollen dürfte. Es gibt keinen anderen Grund, warum er Ihre Gesellschaft tolerieren würde.«

Die Worte taten weh. Nicht weil sie unwahr waren, sondern weil sie zu sehr mit ihren eigenen Ängsten übereinstimmten.

»Der Graf ist wohlhabend«, sagte sie und hielt ihr Kinn hoch. »Er hat keinen Grund, das Vermögen meiner Familie zu brauchen.«

Miss Wenthams Grinsen vertiefte sich, sie zuckte mit den Schultern und schlenderte davon.

So sehr sie sich auch bemühte, Amelia konnte Miss Wenthams Behauptung nicht vergessen. Während sie ihre Limonade austrank und ihre Mutter ausfindig machte, ging sie in Gedanken die Möglichkeiten durch. Als der Graf zu seinem zweiten Tanz vor ihr auftauchte, hatte sie die Nase voll von all den »Was-wäre-wenn«-Fragen.

Als er ihre Hand nahm und sie neben sich auf die Tanzfläche zog, fasste sie den Mut, etwas zu tun, das ihre Mutter wütend machen würde, wenn sie es herausfände.

»Warum umwerben Sie mich?«, fragte sie leise.

Eine seiner rötlich-braunen Augenbrauen zog sich nach oben. »Was meinen Sie, warum?«

»Genau das, wonach es klingt.« Sie legte ihre Hand in seine und umkreiste ihn im Takt der anderen Tänzer.

»Weil Sie interessant sind.« Sie tauschten die Hände und drehten sich in die andere Richtung. »Ich mag es, dass wir miteinander Gespräche führen können.«

Das könnte wahr sein, flüsterte ihr eine Stimme im Kopf zu.

Vielleicht, aber sie hatte Angst, es zu glauben.

Der Graf schien die Diskussion für beendet zu halten, denn er sagte nichts weiter. Der Tanz ging zu Ende. Er verbeugte sich, und sie machte einen Knicks.

»Darf ich Sie zu Ihrer Mutter zurückbringen?«, fragte er.

Sie nahm seinen angebotenen Arm.

Er lehnte sich näher an sie heran. »Vielleicht sollte ich das nicht tun, aber es gibt eine neue Ausstellung zur römischen Geschichte im Museum. Möchten Sie am Sonntag mit mir hingehen?«

»Das würde ich gerne!« Der Ausruf war heraus, bevor sie Zeit hatte, ihn zu zügeln. »Ich meine, ich muss natürlich erst meine Eltern fragen, aber ich kann mir nicht vorstellen, dass das ein Problem sein wird.«

Sie konnte sich das Lächeln nicht verkneifen, das sich auf ihrem Gesicht ausbreitete, als sie wieder bei ihrer Mutter waren. Vielleicht war Longley in seinen Absichten ja doch ehrlich und transparent. Er hatte gezeigt, dass er sich gerne über seine Reisen unterhielt, und wenn er sich von einer historischen Ausstellung im Museum angezogen fühlte, dann hatten sie wahrscheinlich auch andere Interessen gemeinsam.

Amelia war vielleicht unnötigerweise misstrauisch, was ihn betraf. Sie sollte nicht so zynisch sein. Manchmal waren die Dinge wirklich so, wie sie erschienen.

Mrs. Hart seufzte, als sie sie erreichten. »Sie beide tanzen so gut zusammen.«

»Mutter, der Earl hat mich für Sonntag zu einem Ausflug

ins Museum eingeladen«, schwärmte Amelia. »Bitte sag, dass ich gehen darf.«

Es bildete sich eine kleine Rille zwischen den Augenbrauen von Mrs. Hart und zeigten ihre Verwunderung, die sich jedoch schnell legte, als sie erkannte, dass dies mehr Zeit zwischen ihrer Tochter und einem unverheirateten Earl bedeuten würde.

»Du nimmst Mary als Anstandsdame mit?«

»Natürlich.«

»Dann gern.«

Longley grinste, und zum ersten Mal bemerkte sie, dass einer seiner Schneidezähne leicht schief war. Es war liebenswert. »Ich hole Sie dann um zwei Uhr ab.«

»Ich freue mich darauf.«

»Gute Arbeit, Amelia«, murmelte ihre Mutter, als der Earl wegging. »Ich hoffe allerdings, dass du ihm gegenüber nichts von deinen Kritzeleien erwähnt hast.«

Amelia verdrehte die Augen. »Das habe ich nicht. Bei unserem Spaziergang im Hyde Park sprachen wir über seine Zeit auf dem indischen Subkontinent, was ihn wahrscheinlich auf die Idee brachte, mich ins Museum einzuladen.«

Mrs. Hart warf ihr einen Seitenblick zu. »Ich hoffe, du hast ihn nicht mit Fragen gelöchert.«

»Das glaube ich nicht.« Sie hatte Mühe, eine gelassene Miene zu bewahren. Im Nachhinein betrachtet hatte sie wahrscheinlich zu viele Fragen gestellt, aber er hatte nicht protestiert, also ging sie davon aus, dass sie nicht »aufdringlich« gewesen war.

»Habt ihr auch ...« Mrs. Hart brach ab, als der weißhaarige Duke of Wight wie aus dem Nichts direkt vor ihnen auftauchte.

»Meine Damen.« Er verbeugte sich. »Sie beide sehen ... hinreißend aus. Tanzen Sie mit mir, Miss Hart?«

Es war eine Frage, aber sein Tonfall ließ keinen Zweifel daran, dass eine Ablehnung nicht möglich war. Amelia warf ihrer Mutter einen Blick zu, als der Herzog ihre Hand nahm und sie wegführte.

»Sie müssen heute Abend sehr beliebt sein«, sagte der Herzog, als sie einander gegenüberstanden. »Bisher waren Sie ja nirgendwo zu finden.«

»Ich habe eine Weile im Erfrischungsbereich verbracht.« Sie würde ihre Tänze mit Lord Longley nicht erwähnen. Wenn er sie nicht mit eigenen Augen gesehen hatte, dann war es ihr lieber, er wusste überhaupt nichts von ihnen. Wenn er merkte, dass er eine so starke Konkurrenz hatte, dann würde er vielleicht anfangen, sie ernsthaft zu verfolgen.

»Ich hoffe, das war alles, was Sie getan haben.«

Ihr fiel bei der gemurmelten Bemerkung die Kinnlade herunter, aber dann begann der Tanz. Da es ein sehr schneller Tanz war, hatte sie keine Gelegenheit, ihn zu fragen, was er gemeint hatte, bis das Lied zu Ende war, und zu diesem Zeitpunkt beschloss sie, es lieber nicht wissen zu wollen.

Sie hatte den Eindruck, dass er ihr unterstellte, dass sie möglicherweise einer unerlaubten Affäre irgendwo auf dem Gelände nachgegeben hatte, und eine solche Beleidigung konnte sie kaum ertragen. Leider war er ein Herzog und sie eine Geduldete der Gesellschaft, so dass sie nicht in der Lage war, eine Szene zu machen.

Sie bewahrte ihre Fassung, trennte sich so schnell wie möglich von ihm, und bis dahin schwieg sie. Sie hoffte wirklich, dass Lord Longley keine Spielchen mit ihr trieb. Auch wenn sie nicht unbedingt einen Ehemann wollte, so war er doch eine weit bessere Wahl als ein unhöflicher, älterer Herzog und ein betrunkener Lüstling von einem Grafen.

Mrs. Hart, die vielleicht ihre schlechte Laune spürte, verabschiedete sich bald darauf, und sie zogen sich aus dem Ballsaal zurück und forderten ihre Kutsche an.

Als sie in der Kutsche saßen und auf dem Heimweg

waren, kam ihr die Begegnung mit Miss Wentham wieder in den Sinn.

»Vater?«

Mr. Harts Augen leuchteten in der Dunkelheit, als er zu ihr herübersah. »Ja, Mia?«

»Amelia«, schimpfte ihre Mutter.

Er seufzte. »Ja, Amelia?«

»Miss Wentham hat heute Abend etwas gesagt, das mich neugierig gemacht hat. Hat der Earl of Longley finanzielle Schwierigkeiten?«

»Oh, ja.«

Ihr Magen sank auf die Füße. »Wirklich?«

Ihr Vater nickte. »Es ist ein streng gehütetes Geheimnis, aber ich mache es mir zur Aufgabe, solche Dinge zu wissen. Soweit ich weiß, hat ihn sein Verwalter betrogen und ist aus dem Land geflohen. Ich kenne nicht alle Einzelheiten, aber ich vermute, dass er ohne seine Anwesen fast pleite wäre.«

Ein unsichtbarer Schraubstock drückte ihre Brust zusammen. Sie hatte nach einer Erklärung gesucht, aber ohne ein vollständiges Bild zu haben, war es unmöglich gewesen, sie zu finden. Nun, da sie die Wahrheit kannte, konnte sie genau sehen, was hier passierte.

Der Graf hatte kein Geld.

Er hatte auch eine Mutter und eine Schwester, die ihm offensichtlich wichtig waren.

Sein gesellschaftliches Ansehen war in der Aristokratie von großer Bedeutung, und er wollte wahrscheinlich sein Vermögen aufstocken, bevor zu viele Leute von seiner Lage erfuhren - sowohl um seinen Ruf zu schützen als auch um diejenigen zu versorgen, die von ihm abhängig waren.

Wenn das die Gründe für seine Jagd nach einem Vermögen waren, so waren sie edel.

Aber damit war und blieb er ein Glücksjäger.

Amelia hatte eine beträchtliche Mitgift - vielleicht die größte innerhalb des *ton* - und sie und ihre Mutter waren mehr als einmal als »verzweifelt« bezeichnet worden. Wie könnte er seine Kassen besser füllen als durch die Heirat mit einer Erbin, deren Eltern mehr als erpicht auf diese Verbindung wären?

Wenn er es wie eine Liebesbeziehung aussehen ließe, würde niemand seine Handlungen in Frage stellen.

Außer ihr.

Sie wünschte sich fast, sie wüsste die Wahrheit nicht. In gewisser Weise war es eine Erleichterung, die Gewissheit zu haben, dass sie nicht einfach das Schlimmste von ihm gedacht hatte. Aber lieber Gott, für ein paar kurze Sekunden hatte sie sich einreden können, dass er sie vielleicht tatsächlich mochte, und das neue Wissen hatte sie verletzt.

Sie wandte ihr Gesicht von ihrem Vater ab und schaute aus dem Fenster, während ihr eine Träne über die Wange rann. Sie tropfte von ihrem Kinn, aber sie machte keine Anstalten, ihre Haut zu trocknen. Das würde nur Aufmerksamkeit erregen.

Stattdessen weinte sie leise, bis sie zwei Häuserblocks von ihrem Haus entfernt waren, dann blinzelte sie sich die Augen trocken und nieste in ihre Schulter, um die Nässe zu verreiben.

Sie sollte nicht so verstört sein. Das war lächerlich. Sie hatte gewusst, dass etwas nicht stimmte. Und doch blieb der Schmerz.

Ihre Eltern bemerkten nichts davon, als sie aus der Kutsche stiegen und die Treppe hinaufgingen. Mr. Grant hielt die Tür auf, und sein Blick war starr nach vorn gerichtet. Amelia wünschte ihnen eine gute Nacht und ging direkt in ihr Schlafgemach.

»Was ist denn los?«, fragte Mary, sobald sie eintrat.

Amelia schüttelte den Kopf. »Nichts.«

Es war natürlich eine Lüge, aber Mary fragte nicht noch einmal nach, sondern half ihr schweigend beim Ausziehen, nahm dann das Kleid und ging. Amelia blies alle Kerzen bis auf eine aus und legte sich ins Bett. Sie lag noch eine Weile da und starrte an die Decke, aber der Schlaf wollte nicht kommen.

Schließlich stand sie auf, nahm die verbliebene Kerze und benutzte sie, um sich den Weg durch das Haus zu leuchten. Als sie am Arbeitszimmer ihres Vaters vorbeikam, bemerkte sie ein flackerndes orangefarbenes Licht unter der Tür. Sie zögerte und wünschte, sie würde sich wohl genug fühlen, um hineinzugehen und ihn anzuflehen, diese Saison noch einmal zu überdenken.

Muss ich heiraten?, wollte sie ihn fragen. *Muss ich für dich und Mutter eine Opferbraut werden, damit ihr in den Adel aufgenommen werdet?*

Amelia war jedoch nicht mutig. Nicht wie Miss Joceline Davies. Sie ging an die Grenzen, aber nur bis zu einem gewissen Punkt.

Sie holte tief Luft und strich mit den Fingern über das Holz der Tür.

Vielleicht könnte sie das. Vielleicht würde er sogar zuhören.

Sie schwankte.

KAPITEL 9

AMELIAS AUGEN KRATZTEN, UND IHR KOPF POCHTE SO SEHR, dass sie die Stimmen ihrer Eltern fast nicht hörte, als sie am nächsten Morgen auf dem Weg zum Frühstück am Arbeitszimmer ihres Vaters vorbeikam, nachdem sie sich die ganze Nacht gewälzt und ihre Entscheidung, ihn nicht anzusprechen, in Frage gestellt hatte.

Sie blieb stehen und trat näher an die Tür heran, massierte sich die Schläfen und versuchte, ihre Gedanken zu ordnen. Ihre Mutter sprach, aber ausnahmsweise war ihre Stimme leise und die Worte kaum zu verstehen.

»... erleichtert, dass sie nicht auf diesem Unsinn beharrt.« Sie seufzte, und Amelia konnte sich vorstellen, wie sie sich in den Nasenrücken kniff. »Es ist nicht richtig, dass sich ein Mädchen so sehr für Bücher interessiert. Es ist viel besser, dass sie sich stattdessen auf die Suche nach einem Ehemann konzentriert.«

Amelia erstarrte. Ihr Herzschlag beschleunigte sich. Einen Moment lang befürchtete sie, dass es so laut schlug, dass ihre Eltern es hören würden, aber das war lächerlich.

Sie wartete, halb in der Erwartung, dass ihr Vater sich für sie einsetzen würde. Schließlich hatte er ihre Kreativität gefördert, als sie jünger gewesen war. Er hatte mit ihr Geschichten gelesen und ihr Ratschläge gegeben, wie sie diese verbessern könnte. Vielleicht hatte er es schon lange nicht mehr getan, aber das bedeutete sicher nicht, dass er es missbilligte.

Aber er verteidigte sie nicht.

Stattdessen sagte er: »Ich hoffe, du bist mit dem Earl of Longley als Freier zufrieden.«

»Ich bin begeistert.« Ein dumpfes Geräusch war zu hören. Vielleicht bewegte sich jemand. »Nach der vergangenen Saison hätte ich mir nie träumen lassen, dass Amelia sich so schnell einen geeigneten Mann angeln könnte. Das Einzige, was es noch besser machen würde, wäre, wenn er ein Herzog oder ein Marquess wäre, aber Lord Longley hat einen besseren Ruf als der Duke of Wight und sieht viel besser aus, was es zu einem noch größeren Coup macht.«

»Du würdest also glücklich sein, ihn als Schwiegersohn zu haben?«. fragte er.

»Sehr erfreut. Sobald Amelia eine Gräfin ist, kann uns niemand mehr die kalte Schulter zeigen. Wir werden zu den exklusivsten Veranstaltungen eingeladen. Sie werden uns akzeptieren müssen.«

Amelia konnte es nicht mehr ertragen, zuzuhören. Sie stakste zurück in ihr Schlafgemach, das Frühstück vergessen.

Sie hatte gewusst, dass ihre Mutter die Heirat in die Aristokratie als höchsten Preis ansah, aber nicht ein einziges Mal während dieses Gesprächs hatte sie Amelias Glück als irgendeinen Faktor erwähnt.

Das tat weh.

Sie wollte glauben, dass sich ihre Eltern wenigstens ein bisschen um ihr zukünftiges Glück sorgten, aber keiner von ihnen hatte ein Anzeichen dafür gegeben, dass sie an ihre Wünsche dachten, abgesehen von der beiläufigen Bemerkung über die Attraktivität des Grafen, die auf die

ganze Familie zurückfiel, also konnte man das überhaupt
zählen?

Sie hatten so gesprochen, als ob die Ehe bereits beschlos-
sene Sache wäre. Soweit Amelia wusste, hatte der Earl nicht
um ihre Hand angehalten. Sie hatte auch nicht zugestimmt.
Hielten sie ihre Zustimmung überhaupt für notwendig?
Oder glaubten sie, dass sie sich dem anschließen würde, was
sie für das Beste hielten?

Das hatte sie schon immer getan - zumindest äußerlich.
Widerstand schien für gewöhnlich zwecklos. Mehr Ärger, als
es wert war, wenn ihre Mutter sowieso immer ihren Willen
durchsetzen würde.

Hier ging es jedoch um den Rest ihres Lebens. Das war
wohl kaum trivial. Wenn etwas eine Aufregung wert war,
dann war es die Tatsache, wen sie heiratete. Interessierte es
sie, was sie von dem Grafen hielt? Oder nahmen sie an, dass
sie keine Einwände haben würde, weil er einen Titel hatte
und gut aussah?

Sie schnaufte frustriert, als sie in ihr Zimmer marschierte
und eine Pelisse aus dem Kleiderschrank holte. Was sie
brauchte, war ein Spaziergang, um den Kopf frei zu bekommen. Im Moment war sie zu aufgewühlt, um klar denken zu
können, und wenn sie hier bliebe, würde sie zweifellos etwas
sagen, das sie bereuen würde.

Als sie das Schlafgemach verließ, rief sie Mary zu sich,
wies sie an, einen Mantel zu holen, und sie machten sich
gemeinsam zu Fuß auf den Weg.

Sie sprachen nicht miteinander, als sie durch die Straßen
von Mayfair spazierten. Mary hatte Mühe, mitzuhalten, und
Amelia überlegte, wie sie das Beste aus ihrer Situation
machen konnte. Eine Kutsche fuhr vorbei, und sie atmete
den vertrauten Geruch von Pferden ein, der sie ein wenig
beruhigte.

Sie fragte sich, ob Lord Longley Pferde hatte. Das Reiten
machte ihr Spaß, auch wenn sie es nicht oft tat. Er würde

einige haben, um seine Kutschen zu ziehen, aber hatte er auch ein eigenes Reitpferd? Und seine Mutter und seine Schwester? Oder war er einer der Männer, die der Meinung waren, dass Frauen nicht reiten sollten?

Er hatte ihr diesen Eindruck nicht vermittelt, aber er hatte ihr auch nicht den Eindruck vermittelt, arm zu sein, also was wusste sie schon?

Nicht dass seine finanzielle Situation ein Problem wäre. Sie mochte es einfach nicht, betrogen zu werden, und es war schön gewesen, sich vorzustellen, dass er sich wirklich für sie und nicht für ihr Familienvermögen interessierte, wenn auch nur für einen kurzen Moment. Jetzt, da sie die Wahrheit kannte, konnte sie sich nicht länger verstellen.

Sie und Mary drehten sich um und kehrten zum Haus zurück. Mary, dankbar für die Atempause, verschwand schnell in den Tiefen des Hauses, während Amelia die Treppe hinauf und zurück in ihr Schlafgemach stapfte.

Drinnen war die Luft warm von den Überresten eines Feuers, und sie setzte sich an ihren Schreibtisch und begann wütend zu kritzeln. Sie wusste genau, in welche Richtung sie Miss Joceline Davies führen würde.

Joceline, die den gleichen Gefühlen unterlag wie jede andere Frau, würde einem wankelmütigen Verehrer zum Opfer fallen. Wenn er sie enttäuschte - was unweigerlich der Fall sein würde - würde sie ihr Leben in die Hand nehmen und nach Amerika auswandern. Sie würde ihre Zukunft selbst in die Hand nehmen. Sie würde sich nicht von anderen vorschreiben lassen, was sie zu tun hatte. Sie würde sich nicht mit Ungewissheit herumschlagen.

Joceline war stark. Sie würde die Kontrolle übernehmen.

Amelias Hand zögerte, und sie verschmierte die Tinte auf dem Papier. Fluchend tupfte sie auf dem Papier und dann an ihrer Handkante herum, wo die Tinte bereits trocknete.

Egal. Wenn die fiktive Joceline ihre Zukunft selbst in die

Hand nehmen konnte, warum konnte Amelia das nicht auch tun?

Vielleicht war sie nicht so kühn und abenteuerlustig wie Joceline, aber sie war entschlossen. Sie hatte Träume und Ambitionen. So wie Joceline die Optionen, die ihr angeboten wurden, nicht akzeptieren musste, musste sie es auch nicht.

Sie schob das Papier beiseite und begann, auf einem sauberen Blatt Notizen zu machen.

Was *waren* ihre Möglichkeiten?

Sie tippte sich ans Kinn, während sie nachdachte. Natürlich konnte sie so tun, als wüsste sie nichts von Longleys Hintergedanken, und mit der Farce ihres Werbens fortfahren. Wenn sie es nicht gewusst hätte, hätte sie ihn immerhin wahrscheinlich geheiratet. Er war objektiv gesehen der beste der ihr zur Verfügung stehenden Bewerber.

Andernfalls könnte sie einen der anderen Männer heiraten, die ihre Mutter für geeignet hielt. Der Duke of Wight hatte wahrscheinlich nicht mehr allzu viele Jahre vor sich, und sie wusste genug über ihn, um auf der Hut zu sein, falls er versuchen sollte, sie zu beseitigen.

Das Problem war, dass sie bei dem Gedanken, sich von ihm berühren zu lassen, erschauderte, und ehrlich gesagt, würde sie es vorziehen, nicht Jahre ihres Lebens damit zu verbringen, paranoid zu sein, dass ihr Mann versuchen könnte, sie loszuwerden.

Der Earl of Winn war keine Option, die sie in Betracht ziehen konnte. Sie würde mit ihm unglücklich sein - möglicherweise für die nächsten Jahrzehnte. Aber vielleicht gab es noch andere Männer, die sie für sich gewinnen konnte. Sicherlich gab es doch mehr als einen verarmten Aristokraten, der verzweifelt versuchte, seine Kassen aufzufüllen. Wäre einer dieser anderen Kandidaten attraktiver als Longley?

Sie wusste es nicht.

Ihre dritte Möglichkeit war, die Heirat gänzlich zu

verweigern und zu hoffen, dass ihr Vater bereit war, für ihren Lebensunterhalt zu sorgen. Sie könnte in ein Häuschen auf dem Land ziehen und in Ruhe ihre Geschichten schreiben. Es gäbe lange Spaziergänge, einen sternenklaren Himmel und frische Luft.

Aber all das beruhte auf der Bereitwilligkeit von Mr. Hart, sich über die Wünsche ihrer Mutter hinwegzusetzen. Wenn sie ehrlich zu sich selbst war, glaubte sie nicht, dass er das tun würde. Nicht einmal für sie.

Sie könnte wie Joceline nach Amerika fliehen. Sie könnte problemlos einen Teil ihres Schmucks verkaufen, ein Ticket für das nächste Schiff kaufen und in einem fremden Land neu anfangen.

Obwohl Amelia es liebte, Abenteuergeschichten zu schreiben - und sie zu lesen - war sie sich nicht sicher, ob es ihr gefallen würde, selbst in einer solchen zu leben. Sie mochte Komfort. Ein warmes Bett, regelmäßige Mahlzeiten und ein zuverlässiger Vorrat an Büchern. Ganz zu schweigen von der Privatsphäre. An Bord eines Schiffes würde sie das vielleicht nicht bekommen, und auch nicht an einem fremden Ort, über den sie bisher nur gelesen hatte.

In Ordnung, das war also keine Option. Sie war auch nicht bereit, sich auf das Wohlwollen ihres Vaters zu verlassen.

Solange sie unverheiratet war, würde sie unter der Fuchtel ihrer Mutter stehen, denn ihr Vater würde sich nie für Amelia einsetzen.

Sie brauchte also einen Ehemann.

Aber dann würde sie unter der Fuchtel ihres Mannes stehen. Es sei denn, sie hatte ein Druckmittel, um sicherzustellen, dass er sie nicht kontrollieren konnte.

Ein langsames Lächeln breitete sich auf ihrem Gesicht aus. Sie hatte ein Druckmittel. Eine verlockend große Mitgift.

Die vielleicht pragmatischste Vorgehensweise könnte also

darin bestehen, die Männer mit ihren eigenen Waffen zu schlagen. Sie wollten sie heiraten, entweder wegen ihres Geldes oder wegen ihrer Fähigkeit, Kinder zu gebären, und sie musste heiraten, um ihren eigenen Weg gehen zu können.

Zwei ihrer drei potenziellen Verehrer könnten wahrscheinlich nicht mit Geld umworben werden, aber der dritte schon.

Ihr Lächeln wurde breiter.

Sie würde dem Earl of Longley einen Antrag auf eine Vernunftehe machen. Wenn er ihren Bedingungen zustimmte, würde er Zugang zu ihrer Mitgift erhalten. Sie wollte Freiheit, und als ihr Ehemann würde er sie ihr gewähren können.

In diesem Moment befand sie sich in der bestmöglichen Position, um zu verhandeln. Schließlich könnte sie sich immer noch weigern, ihn zu heiraten, und dann müsste er mit einer anderen Erbin neu anfangen. Sicherlich würde ihn auch eine andere Erbin akzeptieren, aber aus welchen Gründen auch immer hatte er sich für sie entschieden, und wenn er bereit war, ein paar Zugeständnisse zu machen, würde sie es ihm leicht machen, sie zu bekommen.

Würde es wehtun, einen Mann zu heiraten, den sie zu bewundern begonnen hatte, obwohl sie wusste, dass er keine Gefühle für sie hegte?

Möglicherweise.

Aber sie konnte mit verletztem Stolz leben - vor allem, wenn der Graf ansonsten ein angenehmer Mann war. Er schien nicht grausam zu sein - oder wenn er es war, hatte er es bisher zumindest gut versteckt. Er war sehr gepflegt und hatte schöne Haare und Augen. Sie bezweifelte, dass sie es besser treffen könnte.

»Amelia!«

Sie zuckte zusammen, als sie von dem Ruf vor ihrer Schlafzimmertür überrascht wurde. Eilig versteckte sie ihre

Notizen und den Anfang der Szene, die sie für Jocelines nächste Geschichte geschrieben hatte. Sie überlegte, ob sie ein Paar Handschuhe anziehen sollte, um den Tintenfleck an ihrer Hand zu verbergen, aber sie wollte die Handschuhe ja nicht ruinieren, also verbarg sie stattdessen die Hand in ihrem Rock, als sie aufstand.

»Was ist denn?«, rief sie.

Mrs. Hart stieß die Tür auf und strömte mit einem Schwall nach Jasmin duftender Luft hinein. Ihre Augen verengten sich, als ob sie spürte, dass Amelia etwas tat, das ihr missfiel, aber sie konnte nicht genau sagen, was.

»Du hast dich schon seit Stunden hier eingesperrt.« Sie verschränkte die Arme und strahlte Unzufriedenheit aus. »Wir gehen heute Abend in die Oper, oder hast du das vergessen?«

Amelia schaute auf die Uhr und stellte überrascht fest, dass es bereits mitten am Nachmittag war. Ihr Magen knurrte und erinnerte sie daran, dass sie noch nichts gegessen hatte.

»Ich fühle mich nicht wohl«, log sie.

Mrs. Hart bezweifelte das ganz offensichtlich. »Woher weißt du das, wenn du dich nicht über die Grenzen dieses Raumes hinaus getraut hast? Vielleicht tut dir ein bisschen frische Luft gut.«

»Ich war ja draußen«, gab Amelia zu. »Heute Morgen, auf einem Spaziergang. Mary hat mich begleitet. Bei meiner Rückkehr habe ich angefangen, mich ein wenig krank zu fühlen.«

»Hast du schon mal eine Tasse Tee mit Honig probiert?« Mrs. Hart war sehr britisch, sodass sie glaubte, dass eine gute Tasse Tee alles heilen konnte.

»Ja, Mutter.«

Glücklicherweise blickte Mrs. Hart sich nicht nach Beweisen um. Sie nahm wahrscheinlich an, dass einer der Bediensteten das Geschirr bereits weggeräumt hatte.

»Bitte lass mich heute Abend zu Hause bleiben«, flehte sie. »Du und Vater, ihr könnt doch zusammen gehen. Ich weiß, wie sehr ihr die gemeinsam verbrachten Abende genießt.« Ohne sie, die im Weg stand.

Ihre Mutter seufzte. »Bist du sicher, dass es dir nicht gut genug geht, um mitzukommen?«

Amelia nickte.

»Nun gut.« Sie zog sich zur Tür zurück. »Ich werde Mary bitten, dir das Abendessen zu bringen.«

»Danke.«

Als sie ging, wartete Amelia, bis der Riegel einrastete, bevor sie sich auf ihr Bett fallen ließ. Gott sei Dank hatte ihre Mutter nicht widersprochen oder darauf bestanden, dass sie sie begleitete. Amelia war wirklich auf dem richtigen Weg. Sie konnte es sich nicht leisten, jetzt aufgehalten zu werden.

Sie schloss für ein paar Sekunden die Augen und stellte im Geiste eine Aufgabenliste zusammen, dann setzte sie sich an ihren Schreibtisch und begann zu arbeiten.

In den folgenden zwei Stunden schrieb und überarbeitete sie einen Ehevertrag. Einer, der anders war als alles, was sie je zuvor gehört hatte.

Sie aß in ihrem Zimmer zu Abend und schrieb dann den Vertrag um und kopierte ihn, so dass es zwei identische Versionen gab. Sobald sie sicher in ihrer Schublade verstaut waren, rief sie Mary, damit diese ihr half, sich bettfertig zu machen.

»Geht es Ihnen besser?«, fragte Mary, während sie die Knöpfe an ihrem Kleid öffnete.

Amelia warf einen Blick auf die Tür. »Kannst du ein Geheimnis bewahren?«

Mary gab neugierigen Laut von sich, der tief aus ihrer Kehle kam. »Wenn Sie mich bitten, ihr Vertrauen zu bewahren, können Sie es als bewahrt betrachten.«

Amelia grinste. »Mir geht es nicht schlecht. Ich habe an etwas gearbeitet.«

»Was?« fragte Mary.

»Ich beabsichtige, dem Earl of Longley einen Heiratsantrag zu machen.«

Mary schnappte nach Luft. »Das ist skandalös!«

»Nur, wenn es jemand herausfindet.« Sie erklärte ihre Beweggründe und erzählte sogar ein wenig über den Vertrag, den sie erstellt hatte.

»Glauben Sie denn, dass er zustimmen wird?«, fragte Mary behutsam. »Wenn er von Ihrem Plan herumerzählt, könnte Sie das ruinieren.«

Amelia schlüpfte aus dem Kleid und erlaubte Mary, ihr ein Nachthemd über den Kopf zu ziehen. »Wenn ich richtig liege in dem Glauben, dass er meine Mitgift will, dann ja. Ich denke, das wird er. Sicherlich überwiegt sein Bedürfnis nach Geld den Schock, den er aufgrund des Angebots empfinden könnte. Außerdem ... Sie zögerte. »... habe ich den Eindruck, dass er ein freundlicher Mann ist.«

Ein Lügner vielleicht, aber kein böswilliger Lügner.

»Ich habe eine Freundin, die in Longley House arbeitet«, sagte Mary leise. »Sie sagt, er sei ein anständiger Mensch. Ein bisschen ein Wüstling, aber nicht grausam.«

Amelias Brust zog sich zusammen. Im Grunde genommen wusste sie, dass es dem Grafen wahrscheinlich nicht an weiblicher Gesellschaft mangelte und dass er auch nach ihrer Hochzeit noch andere genießen würde. Aus irgendeinem Grund war ihr diese Erkenntnis unangenehm, aber sie würde sich einfach daran gewöhnen müssen.

Sie biss sich auf die Lippe. »Ich habe dem Earl eine Nachricht geschrieben und ihn gebeten, mir ein privates Gespräch zu gewähren, nachdem wir morgen das Museum besucht haben. Kannst du die Nachricht bitte überbringen lassen?«

»Natürlich, Miss. Ich werde dafür sorgen, dass er sie erhält.«

KAPITEL 10

Andrews Gedanken summten bereits voller Neugierde, als er vor dem Haus der Harts ankam. Als Boyden ihm mitteilte, dass er eine Nachricht von Miss Hart erhalten hatte, war er überrascht gewesen. Nachdem er ihr kurzes Ersuchen gelesen hatte, sich mit ihm unter vier Augen zu treffen, war er neugierig geworden.

So etwas taten unverheiratete Frauen normalerweise nicht. Das war nicht das Verhalten, das er erwartet hatte. Aber wenn es um Miss Hart ging, sollte er vielleicht keine Erwartungen haben. Immerhin schien sie ihn bei jeder Gelegenheit zu überraschen.

Unabhängig davon hatte er die meiste Zeit der vergangenen Nacht und des heutigen Morgens damit verbracht, darüber nachzudenken, was das Mädchen wohl vorhatte. Der Gedanke daran hielt ihn davon ab, sich mit der unglücklichen Nachricht zu beschäftigen, die er gestern Abend erhalten hatte.

Das Schiff, auf dem Mr. Smith angeblich an Bord gegangen war, hatte in Spanien angelegt. Die Ordnungshüter hatten auf ihn gewartet, aber er war nicht von Bord gegangen, und bei der Durchsuchung des Schiffes hatten sie keine

Spur von ihm gefunden.

Mr. Smith war spurlos verschwunden und hatte den letzten Teil von Andrews Vermögen mitgenommen.

Der Bastard.

Ja, es war unendlich viel besser, sich auf Miss Hart zu konzentrieren als auf den traurigen Zustand seiner finanziellen Angelegenheiten. Er hatte seiner Mutter und seiner Schwester die Nachricht noch nicht überbracht, und er fürchtete sich davor, dies tun zu müssen. Er wusste, dass vor allem Kate sich noch an die Hoffnung klammerte.

»Mylord?«

Andrew setzte sich ruckartig in Bewegung. Großer Gott, wie lange hatte er so gesessen und ins Leere gestarrt?

Er stieg zügig aus der Kutsche, marschierte zur Haustür der Harts und klopfte laut gegen das Holz. Die Tür öffnete sich und gab den Blick auf den beleibten Butler frei.

Andrew reichte ihm eine Visitenkarte. »Der Earl of Longley für Miss Hart.«

»Nur einen Moment, Mylord.«

Der Butler schritt durch das Foyer und verschwand durch eine Tür auf der anderen Seite. Andrew blieb unbeholfen in der offenen Tür stehen, bis der Mann mit Miss Hart und ihrem Dienstmädchen im Schlepptau zurückkehrte. Glücklicherweise war Mrs. Hart nirgends zu sehen.

Er verbeugte sich und nahm Miss Harts Hand. »Sie sehen heute besonders hübsch aus.«

Sie trug wieder einmal ein einfaches Kleid. Es war ein gedämpfter Blauton und passte gut zu dem Saphir, der an ihrem Hals saß. Die Anziehungskraft brodelte tief in seinem Bauch. Wenn sie heirateten, würde er es sehr genießen, ihren langen, blassen Hals zu küssen und an ihrem zarten Schlüsselbein zu saugen.

Er holte tief Luft.

Nimm dich zusammen.

Er zwang sich, seinen Blick zu ihrem Gesicht zu heben,

nur um zu sehen, dass sie die Stirn runzelte. Er dachte über seine Worte nach. Er hatte nur gesagt, dass sie bezaubernd aussah. Er wusste nicht, wie sie das hätte verärgern sollen. Vielleicht ging ihr etwas anderes durch den Kopf.

»Freuen Sie sich auf die Ausstellung?«, fragte er und zog sie neben sich zur Tür hinaus.

»Ja, danke.«

Jetzt war es an ihm, die Stirn zu runzeln. Irgendetwas stimmte definitiv nicht mit ihr. Am Freitag hatte sie sich ganz begeistert darauf gefreut, alles zu lernen und zu sehen, was sie konnte. Was hatte sich geändert?

Er half ihr in die Kutsche, tat dasselbe für ihr Dienstmädchen und stieg selbst ein. Anstatt ihm den Platz neben sich zu überlassen, wie sie es bei ihren Besuchen im Hyde Park getan hatte, setzte sie sich neben Mary und zwang ihn, die Bank gegenüber zu nehmen.

»Wie viel wissen Sie darüber?«, fragte er.

»Ein wenig. Nicht viel.«

Er zog eine Grimasse. Sie gab ihm nicht viele Vorlagen. Er hatte den Eindruck, dass sie die Art von Frau war, die alles im Voraus recherchierte, aber wenn das der Fall war, schien sie nicht bereit zu sein, es mitzuteilen.

Sie schien sich nicht einmal mit ihm unterhalten zu wollen. Sie starrte vor sich hin. Nicht auf ihn, sondern irgendwo über und links von seiner Schulter.

»Soweit ich weiß, konzentriert sich die Ausstellung auf die Zeit um die Gründung des Römischen Reiches«, sagte er.

Eine ihrer Augenbrauen zuckte. Ihre Augen blickten in seine Richtung. Er hatte das Gefühl, dass sie das kommentieren wollte, sich aber zwang, es nicht zu tun. Warum?

»In der Ausstellung sind mehrere historische Schlüsselstücke zu sehen, darunter eine Sammlung von Tafeln, die den Alltag der Menschen in dieser Zeit beschreiben. Diese werden meist auf die Zeit zwischen fünfzig und zweihundert Jahre nach Christi Geburt datiert.

Ein weiteres Zucken im Gesicht.

»Ich habe von den Tafeln gehört«, murmelte sie.

Er grinste. Eine Antwort. Das war ein Fortschritt. »Wovon haben Sie noch gehört?«

Sie schürzte ihre Lippen und schien zu überlegen, ob sie antworten sollte oder nicht. »Ich habe gehört, dass an einigen Fundorten Gegenstände gefunden wurden, die das Museum nicht ausstellen will, weil sie so verblüffend sind.«

Darüber musste er lachen. »In der Tat.«

Er war überrascht, dass sie das erwähnt hatte. Sie konnten jetzt nicht über die Art dieser Entdeckungen sprechen, aber vielleicht, wenn sie verheiratet sein würden ...

Der Gedanke gefiel ihm mehr als er sollte.

Die Kutsche hielt vor den Toren des Museums. Andrew wartete, bis die Tür geöffnet wurde, stieg aus und reichte dann Miss Hart und ihrem Dienstmädchen die Hand, um ihnen nacheinander herunterzuhelfen.

Er zog die Hand von Miss Hart durch seine Ellenbeuge, und gemeinsam gingen sie zum Tor. Sie blieb kurz davor stehen und starrte auf das Gebäude, das sich vor ihnen erhob. Andrew führte sie zur Seite, weg von den anderen Besuchern, damit sie die Aussicht ungestört bewundern konnte.

»Ich war noch nie im Museum«, hauchte sie, ohne den Blick abzuwenden. »Der ist wunderschön.«

Er folgte ihrem Blick und dachte über ihre Worte nach. Er nahm an, dass das Gebäude mit seinen Marmorsäulen im römischen Stil und den Dutzenden von kunstvollen Schnitzereien an der Fassade recht beeindruckend war.

»Angesichts Ihrer Interessen hätte ich gedacht, dass Sie schon einmal hier waren«, sagte er.

Sie seufzte. »Als ich jünger war, hielt es mein Vater für zu riskant, mich mitzunehmen, falls ich etwas beschädigen würde. Als ich älter wurde, erklärte meine Mutter, dass dies ein unpassender Ort für junge Frauen sei.«

Er verstand nicht. Wie um alles in der Welt könnte ein Museum, das mit Jahren der Weltgeschichte gefüllt war, als unangemessen betrachtet werden?

»Trotzdem hat sie Ihnen erlaubt, mit mir zu kommen«, überlegte er.

Sie warf ihm einen Seitenblick zu. »Natürlich, Mylord. Sie sind ein Earl. Von Ihnen würde sie sich jederzeit mit Freuden überstimmen lassen.«

»In diesem Fall werde ich darauf bestehen, dass Sie einfach jedes Mal mitkommen müssen, wenn es eine neue Ausstellung gibt.«

Sie wandte sich ihm zu, ihre Augen funkelten. »Das wäre sehr willkommen.«

Er nickte in Richtung des Eingangs. »Sollen wir?«

Sie neigte den Kopf, und sie gingen gemeinsam zur Tür. Andrew bezahlte den Eintritt und nahm ein Blatt Papier entgegen, auf dem ein Plan der Ausstellung abgedruckt war.

Er reichte ihr den Plan. »Wo möchten Sie anfangen?«

Ihre Augen weiteten sich kurz, dann konzentrierte sie sich auf den Plan, begann auf der einen Seite und arbeitete sich zur anderen Seite vor. »Es gibt so viele faszinierende Dinge zu lernen. Können wir nicht einfach in eine Richtung losgehen und eine Runde durch alle Räume drehen?« Sie ließ kurz die Schultern hängen. »Vielleicht haben wir nicht die Zeit dazu?«

Sein Magen drehte sich herum. »Wir haben alle Zeit, die Sie brauchen.«

Wie hätte er ihr so etwas abschlagen können, wenn sie so hinreißend begierig war?

Er wies auf eine Tür zu ihrer Linken. »Sollen wir dort anfangen?«

»Ja, bitte.«

Langsam bahnten sie sich ihren Weg durch die Räume, die Sammlungen von Büchern, Medaillen und anderen historischen Gegenständen enthielten.

Ihm wurde klar, dass er das Interesse von Miss Hart stark unterschätzt hatte. Sie las die Informationen, die an jedem einzelnen Glaskasten angebracht waren. Deshalb kamen sie nur langsam voran, aber er liebte es, ihr Gesicht zu beobachten, während sie alles um sich herum aufnahm. Ihr Gesichtsausdruck verbarg nichts.

Als sie die Statuenhalle erreichten, spitzten sich ihre hübschen rosafarbenen Lippen, und sie gab einen Laut der Freude von sich. Sie eilte zu der ersten Statue, einem aus Marmor gemeißelten Mann mit einer Toga und einer Lorbeerkrone.

»Es ist unglaublich«, hauchte sie. »Die Details sind exquisit.«

Sie eilte zur nächsten und streckte die Hand aus, um sie zu berühren, ließ sie aber im letzten Moment fallen. Sie schaute sich um, vielleicht in der Erwartung, dass jemand sie zurechtweisen würde, aber als dies nicht geschah, legte sie den Kopf schief und betrachtete die Gestalt einer Frau in einem Kleid, die einen Säugling an ihre Brust drückte.

Ihm wurde warm in der Brust, als er zusah, wie sie zu einer anderen Statue eilte, mit leuchtenden Augen und rosigen Wangen vor Begeisterung. In seinem Unterleib brodelte es, und er verspürte den Drang, sie zu küssen.

Ihre offensichtliche Leidenschaft machte sie unglaublich verführerisch.

Eine Stimme in seinem Hinterkopf sagte ihm, dass er sie nicht wirklich küssen wollte. Es war nur so, dass dies ihr Werben voranbringen würde. Schließlich hätte er sie nie zweimal angeschaut, wenn er nicht in einer etwas unglücklichen finanziellen Situation gewesen wäre.

Aber er war sich nicht ganz sicher, ob er das auch wirklich glaubte.

»Ja guten Tag. Longley, sind Sie das?«

Andrew drehte sich langsam um, mit einem Gefühl des Grauens im Bauch. Mr. Norton Falvey stand hinter ihnen und grinste, als hätte er Andrew dabei erwischt, wie er Kekse aus der Küche stahl.

»Hallo, Falvey«, sagte er so gelassen wie möglich. »Ich hatte nicht erwartet, Sie hier zu sehen.«

Ehrlich gesagt war der einzige Ort, an dem er den Mann normalerweise antraf, ihr Club, das *Regent*, obwohl er wusste, dass Falvey auch viel Zeit bei den Pferderennen verbrachte.

Falvey warf einen Blick auf Miss Hart, die ihr Studium der Statue beendet hatte, um sich zu ihnen zu gesellen. Er neigte den Kopf auf eine Art und Weise, die respektvoll gewesen wäre, wenn er nicht den Mund leicht verzogen hätte. »Miss Hart.«

Sie machte einen Knicks, der weitaus respektvoller war, als er es verdiente. »Mr. Falvey.«

Falvey richtete seinen Blick wieder auf Andrew. »Ich habe Gerüchte gehört, dass Sie auf dem Weg in die Schlinge des Pfarrers sind, aber ich habe es nicht geglaubt. Vielleicht habe ich die Gerüchte aber auch zu schnell abgetan?«

Andrew biss die Zähne zusammen. Wie konnte Falvey es wagen, eine solche Bemerkung in Gegenwart von Miss Hart zu machen? Sie hatte etwas Besseres verdient, als so etwas anhören zu müssen.

»Ich habe vor, in dieser Saison zu heiraten«, sagte er und wich damit Falveys beleidigenden Worten aus. Vielleicht hätte er diesen Satz einmal selbst benutzt, aber niemals vor einem heiratsfähigen Fräulein.

»Es scheint, dass Sie schnell zur Sache gekommen sind.« Falveys Blick schweifte über Miss Hart von Kopf bis Fuß. »Vielleicht ein bisschen zu schnell?«

Andrew verschränkte die Arme. »Jetzt ist nicht der richtige Zeitpunkt. Wir sehen uns dann im *Regent*.«

Falvey gluckste und schlenderte an ihnen vorbei, durch die Statuenhalle und auf der anderen Seite hinaus.

Andrew atmete tief durch und hoffte, dass Falvey ihm die Sache nicht vermasselt hatte. »Ich muss mich für ihn entschuldigen«, sagte er zu Miss Hart. »Er hat sich völlig daneben benommen.«

Zu seiner Überraschung zuckte sie nur mit den Schultern. »Machen Sie sich darüber keine Sorgen. Ich weiß sehr wohl, wie manche Männer die Ehe sehen.«

Seine Augenbraue hob sich. Er hatte eine eher negative Reaktion erwartet. Unabhängig davon, aus welchem Grund er um eine Frau warb, bezweifelte er, dass irgendeine Frau das Gefühl haben wollte, unerwünscht zu sein oder im Vergleich zu anderen unzulänglich zu sein.

»Sind Sie sicher? Ich kann ...«

»Ziemlich sicher«, sagte sie entschieden. »Machen wir weiter.«

Sie nahm ihr Studium des Exponats wieder auf. Als sie durch den Flur und in den nächsten Raum gingen, beobachtete er sie auf Anzeichen dafür, dass der Austausch mit Falvey sie beunruhigt hatte, aber sie schien das Thema völlig aus ihrem Kopf verdrängt zu haben.

Schließlich erlaubte er sich selbst, das Gleiche zu tun. Er unterhielt sich mit ihr über die alten Tafeln und dachte laut über die Menschen nach, die sie geschaffen hatten, und über das Leben, das sie geführt haben mochten. Das Dienstmädchen hatte schon lange aufgehört, sich in ihrer Nähe aufzuhalten, und saß stattdessen auf einer Bank und beobachtete sie, bis es Zeit war, ins nächste Zimmer zu gehen.

Sie kamen erst Stunden später aus dem Museum heraus. Er ließ seine Kutsche kommen und wartete, während der Lakai den beiden Frauen hineinhalf. Er forderte den Fahrer auf, zuerst zur Wohnung der Harts zu fahren.

Während der Fahrt war Miss Harts Zurückhaltung wieder da. Er konnte nicht umhin, sich zu fragen, ob es etwas mit dem zu tun hatte, worüber sie mit ihm zu sprechen wünschte. Er versuchte, sie in ein Gespräch zu verwickeln, und als das nicht gelang, begnügte er sich damit, London am Fenster vorbeiziehen zu sehen.

Als sie zum Stillstand kamen, wandte sich Miss Hart an ihn. »Würden Sie mit hineinkommen, damit wir unter vier Augen sprechen können?«

»Worum handelt es sich?« Er würde auf jeden Fall mit ihr hineingehen, aber er würde es vorziehen, wenigstens ein paar Minuten Zeit zu haben, um sich mental auf das vorzubereiten, was kommen würde.

Sie schüttelte den Kopf. »Das erkläre ich drinnen.«

»Also gut.«

Sie stiegen aus und näherten sich dem Haus. Er klopfte an, und nach einem Moment hielt der Butler ihnen die Tür auf, damit sie eintreten konnten.

»Kommen Sie hier entlang.« Miss Hart führte ihn an einer Treppe und dem Salon vorbei, in dem er sie zuvor aufgesucht hatte, und dann in einen weiteren Salon. Dieser war überwiegend gelb gestrichen, mit einer grünen Tür, grüner Kaminumrandung und einem massiven Bücherregal an einer Wand. »Setzen Sie sich. Ich bin gleich wieder da.«

Er setzte sich auf einen bequemen braunen Ledersessel. Mary saß in der Ecke und hielt den Kopf gesenkt, um sich nicht mit ihm unterhalten zu müssen, während ihre Herrin weg war.

Miss Hart kehrte nur ein oder zwei Minuten später mit einem Bündel Papiere in der Hand zurück. Sie hielt die Papiere an ihren Rock, die leere Seite ihm zugewandt, während sie sich den anderen braunen Ledersessel nahm und diesen in seine Richtung drehte.

Sie räusperte sich. »Mir ist zu Ohren gekommen, dass Sie eine Braut mit einer beträchtlichen Mitgift suchen.«

Sein Brustkorb drückte sich zusammen, und das Blut schoss ihm in den Kopf. »Wie bitte?«

Sie runzelte die Stirn. »Eine Mitgift. Sie brauchen eine Frau mit einer großen Mitgift.«

»N-nein«, stammelte er, völlig überrumpelt.

Ihre Nasenflügel bebten. »Leugnen Sie es nicht. Ich weiß,

das ist der Grund, warum Sie mir ... den Hof machen. Wenn es das ist, was es ist. Ich habe Geld, und Sie brauchen welches.«

Schuldgefühle kochten in ihm hoch. Er hatte nie beabsichtigt, dass sie das erfahren würde. Was auch immer der Grund dafür war, dass er ihr nachstellte, er mochte sie auch als Menschen. Er wollte sie nicht verletzen.

»Sie haben neben Ihrem Reichtum noch viele andere Reize«, protestierte er.

Ihr Mund verzog sich zu einem grimmigen Ausdruck. »Bitte seien Sie ehrlich, Lord Longley.«

Sie reichte ihm das Bündel Papiere. Er las die oberste Zeile und erstarrte. Das Dokument trug den Titel »Heiratsvertrag zwischen Andrew Drake und Amelia Hart«. Er überflog die Seite. Sie war handgeschrieben und sah aus wie ein juristischer Vertrag.

Er zog die Brauen zusammen. »Was ist das?«

Sie rückte ihre Röcke zurecht, und der Duft von Pfefferminze wehte ihm entgegen. »Meine Eltern möchten, dass ich in den Adel einheirate. Sie sind ein Aristokrat. Sie brauchen Geld. Ich habe Geld. Zumindest wird mein zukünftiger Ehemann das haben. Anstatt die Farce einer Brautwerbung zu ertragen, würde ich es vorziehen, eine Vereinbarung zu treffen.«

Er hob die Seiten. »Sie wollen mich heiraten?«

Sie blickte auf ihre Hände hinunter. »Eine Vernunftehe. Obwohl ich natürlich mein Bestes tun werde, um einen Erben zu zeugen.«

Er versuchte, das aufflackernde Interesse zu ignorieren, das diese Aussage in ihm weckte. Er konnte kaum glauben, dass dies geschah. Er war bereit gewesen, mit ihr die üblichen Balzrituale zu vollziehen, und seltsamerweise fühlte er sich der Gelegenheit dazu beraubt. Dennoch bot sie ihm alles, was er wollte. Er sollte zufrieden sein.

Sie rückte näher und tippte mit dem Zeigefinger auf den

obersten Absatz der Vereinbarung. »In diesen Papieren sind die Bedingungen für unsere mögliche Ehe festgelegt. Ich empfehle Ihnen, sie sorgfältig zu prüfen und vielleicht auch Ihren Anwalt zu beauftragen, dies zu tun. Im Grunde willige ich ein, Sie zu heiraten und Ihnen meine volle Mitgift zukommen zu lassen, vorausgesetzt, dass Sie meine Bedingungen erfüllen.«

Er lehnte sich fasziniert zu ihr hin. »Wie lauten Ihre Bedingungen?«

Sie lehnte sich zurück, um mehr Platz zwischen ihnen zu schaffen. »Lesen Sie die Vereinbarung. Wir können sie danach besprechen. Ich würde es vorziehen, wenn Sie die Seiten mit nach Hause nähmen, um sie in Ruhe zu lesen, anstatt es hier zu tun. Ich habe meinen Eltern gegenüber nichts davon erwähnt, und Ihre längere Anwesenheit hier könnte ihre Aufmerksamkeit erregen.«

Andrew starrte sie mit offenem Mund an. Erst hatte sie ihn mit diesem kaltblütigen Heiratsantrag völlig verblüfft, und jetzt entließ sie ihn praktisch aus ihrer Gegenwart. Er wusste nicht, ob er beleidigt oder beeindruckt von ihrer Dreistigkeit sein sollte.

Er stand auf, vorsichtig, um nicht zu stolpern. »Ich finde selbst hinaus.«

Sie nickte. »Ich weiß Ihre Mitarbeit zu schätzen.«

Mitarbeit?

Er bezweifelte, dass er überhaupt absichtlich mitarbeitete. Er war einfach zu schockiert, um etwas anderes zu tun oder zu sagen. Die Welt drehte sich um ihn, als er zum Haupteingang des Hauses zurückging und sich selbst die Tür öffnete.

Seine Kutsche wartete auf ihn.

Du liebe Güte. Miss Hart hatte sich das wirklich gut überlegt.

Amelia.

Das war der Name, den sie in dem Vertrag angegeben

hatte. Er fand, dass der zu ihr passte. Weder so schlicht wie Jane, noch so fantasievoll wie Lydia. Der Name war stark, aber ein wenig ungewöhnlich.

Er kletterte in die Kutsche. Während der Fahrt nach Longley House versuchte er, sich auf die Papiere zu konzentrieren, die Amelia ihm mitgegeben hatte. Der Text klang sehr offiziell. Hatte sie das selbst geschrieben, oder hatte jemand anderes den Text vorbereitet? Er vermutete Ersteres. Immerhin war sie eine sehr intelligente Frau.

Soweit er das beurteilen konnte, hatte sie nur wenige Bedingungen gestellt. Zunächst musste er ihr ein wöchentliches Taschengeld zur Verfügung stellen. Das hatte er sowieso für seine Frau tun wollen.

Zweitens sollte er niemals Gewalt gegen sie anwenden. Die Tatsache, dass sie es für nötig hielt, dies zu einer Bedingung für ihre Ehe zu machen, erschütterte ihn. Hielt sie ihn für gewalttätig?

Er war nicht naiv. Er wusste, dass einige Mitglieder des *ton* in dem Ruf standen, die Hand gegen ihre Frau zu erheben, aber er war nicht so. Er mochte es nicht einmal, Insekten zu zerquetschen, es sei denn, er musste es tun.

Drittens: Er sollte nicht versuchen, ihr Verhalten zu kontrollieren. Das machte ihn neugierig. Zunächst glaubte er, dass es sich um eine allgemeine Klausel handeln könnte, weil manche Ehemänner ihre Frauen wie Bedienstete behandeln, aber in Verbindung mit dem vierten Satz vermutete er, dass mehr dahinterstecken könnte.

Was meinte sie mit »der Ehemann erklärt sich bereit, alle persönlichen literarischen Unternehmungen der Ehefrau zuzulassen«?

Hatte sie die Absicht, einen Buchclub zu gründen? Gedichte zu schreiben? Oder wollte sie einfach nur den ganzen Tag mit Lesen verbringen und nicht an den Ausflügen teilnehmen, die er für sie arrangieren würde?

Er würde eine Klärung verlangen.

Leider bedurfte die fünfte und letzte Klausel keiner Klarstellung.

»Der Ehemann wird einen neuen Verwalter einstellen, der die Zustimmung des Vaters der Ehefrau, Mr. Walter Hart, findet.«

Dieser eine Satz verletzte sein Ego, bis es sich schwarz und blau geprügelt anfühlte. Offensichtlich hatte Miss Hart kein Vertrauen in seinen finanziellen Scharfsinn. Aber warum sollte sie auch?

Er rieb sich die Schläfen, als die Kutsche langsamer wurde. Worauf hatte er sich da bloß eingelassen?

KAPITEL 11

EIN SCHARFES KLOPFEN AN IHRER SCHLAFZIMMERTÜR LIEß Amelia aufschrecken, und sie schlug sich die Hand vor die Brust. »Was ist denn?«,

»Miss Hart.« Mr. Grant klang verärgert, dass sie nicht sofort herbeigeeilt war. »Der Earl of Longley möchte Sie sprechen.«

»Oh.« Sie schüttelte sich und stieß dabei fast ihr Tintenfass um. »Sagen Sie ihm, dass ich gleich da sein werde. Können Sie bitte Mrs. White zu mir schicken?«

»Jawohl, Miss.«

Sie hörte, wie sich seine Schritte zurückzogen, und räumte schnell ihr Papier weg. Sie hatte weiter an der Geschichte gearbeitet, in der Miss Joceline nach Amerika flüchtete, in die Verzweiflung getrieben durch die unstete Aufmerksamkeit eines Freiers, der ihrer nicht würdig war.

Sie betrachtete ihre Hände und zog eine Grimasse. Zwei Tintenkleckse waren besonders auffällig. Sie hatte nicht die Mittel, um ihre Hände richtig zu reinigen, also zog sie eines ihrer unbeliebtesten Handschuhpaare an - um nicht eines der Paare zu ruinieren, die sie gern mochte -, atmete tief ein und versuchte, sich zusammenzureißen.

Es war zwei Tage her, dass der Graf das Haus ihrer Familie mit dem Ehevertrag in der Hand verlassen hatte, und seitdem hatte sie nichts mehr von ihm gehört. Sie hatte versucht, sich keine Gedanken darüber zu machen, wie er wohl reagieren würde oder, Gott bewahre, ob er ihren Eltern von ihrem Vorschlag erzählen würde, aber es war schwer, das nicht zu tun, wenn man mit einer so großen Unbekannten konfrontiert war.

Sie verschränkte die Finger, schloss die Augen und versuchte, sich zu sammeln.

»Miss Hart?«

Ihre Lider hoben sich, und sie blinzelte, als sich ihre Sicht klärte. »Mrs. White. Ich danke Ihnen für Ihr Kommen. Könnten Sie bitte dafür sorgen, dass Tee und Kuchen in den gelben Salon geschickt werden?«

Mrs. White nickte, ihre Wangen waren gerötet. »Ich kümmere mich sofort darum und bitte Mary, sich zu Ihnen zu setzen.«

Sie eilte davon, ohne darauf zu warten, dass Amelia sie entließ.

Was würde der Graf sagen? Würde er auf ihren Vorschlag eingehen?

Mit einem Seufzer verließ sie den Raum. Die einzige Möglichkeit, Antworten auf diese Fragen zu finden, war, sie ihm direkt zu stellen.

Als sie die Treppe hinunter eilte, dachte sie daran, ihr Kleid zu überprüfen, um sicherzugehen, dass es für den Umgang mit einem Grafen angemessen war. Es war wahrscheinlich ein wenig schlicht, und der Rock war etwas zerknittert, weil sie so lange gesessen hatte, aber es musste reichen.

Sie zitterte, als sie das Erdgeschoss erreichte. Es war hier kühler als im zweiten Stock - vor allem in ihrem Schlafzimmer, das vom Nachmittagslicht durchflutet war.

Sie bog um die Ecke in den Salon und zwang sich zu einem Lächeln.

»Mylord.« Sie machte einen Knicks. »Wie schön, Sie zu sehen.«

Er grinste sie vom Bücherregal aus an und ließ seinen schiefen Schneidezahn aufblitzen. Aus irgendeinem Grund fühlte sich der Anblick seltsam intim an. »Und Sie auch.«

Sie warf einen Blick auf Mary, die in der Ecke stand, die Hände im Schoß gefaltet und den Kopf gesenkt.

»Unsere Haushälterin kommt gleich mit Tee und Kuchen. Ich nehme an, Sie sind gekommen, um meinen Vorschlag zu besprechen?«

Er öffnete den Mund, aber bevor er antworten konnte, glitt Mrs. Hart durch die Türöffnung in den Salon herein. Sie strahlte Lord Longley an und warf Amelia einen missbilligenden Blick zu.

»Was für eine Überraschung, Sie zu sehen, Mylord«, sagte sie. »Verzeihen Sie meine Verspätung. Man hat mich nicht darüber informiert, dass wir einen Gast haben.«

Sein Mund verzog sich auf einer Seite. »Das ist völlig in Ordnung, Mrs. Hart. Jetzt sind Sie ja da.«

»In der Tat. Möchten Sie Tee?«

Longley begegnete Amelias Blick. »Miss Hart hat mir gerade gesagt, dass Tee und Kuchen gleich gebracht werden.«

Mrs. White eilte herein und zögerte für einen Augenblick, als sie Mrs. Hart entdeckte, aber sie überspielte das kurze Zögern und stellte das Teetablett auf den Beistelltisch.

»Amelia?«, sagte Mrs. Hart.

»Ja, Mutter?«

»Willst du nicht so nett sein und dem Earl eine Tasse Tee zurechtmachen?«

Amelia hatte Mühe, nicht zu lachen über die Bemühungen von Mrs. Hart, ihre häuslichen Fähigkeiten vor einem potenziellen Ehemann zur Schau zu stellen. Sie schenkte ihm eine Tasse ein und war dankbar, dass sie sich an seine Vorlieben vom letzten Mal erinnern konnte. Zucker, aber keine Milch. Sie reichte sie ihm, dann bereitete sie eine Tasse für ihre Mutter und dann für sich selbst zu.

Ihre Mutter nahm die Untertasse entgegen und setzte sich auf die Kante eines braunen Ledersessels.

»Warum in aller Welt hast du es für nötig gehalten, einen Besucher in diesem Zimmer zu empfangen?«, fragte sie Amelia. »Der blaue Salon ist für solche Dinge viel besser geeignet.«

Ja, und sie hatte geglaubt, im gelben Salon zu sein, würde die Aufmerksamkeit ihrer Mutter weniger auf sich ziehen, aber siehe da, es hatte keinen Unterschied gemacht.

Leider hatte Mrs. Hart Recht. Im gelben Salon gab es weniger Sitzgelegenheiten, so dass Amelia, wenn sie sich nicht an den Schreibtisch setzen wollte, entweder stehen bleiben und Longley den anderen Sessel überlassen oder ihn sich selbst nehmen musste. Sie konnte sich nicht entscheiden, ob ihre Mutter es vorziehen würde, dass sie sich an das Diktat der Gesellschaft hielt und sich setzte, oder ob sie dem Grafen ihren Platz anbieten sollte.

Glücklicherweise ersparte er ihr diese Entscheidung.

»Miss Hart, bitte nehmen Sie Platz«, sagte er und deutete mit seiner freien Hand auf den Sessel. »Sie brauchen nicht meinetwegen dort stehenzubleiben.«

Erleichtert tat sie, was er ihr sagte, ordnete ihre Röcke um sich und hielt sich an ihrer Teetasse und Untertasse fest.

»Was führt Sie an einem so kalten Tag wie heute hierher?«, fragte Mrs. Hart. »Ich hätte gedacht, dass heute alle zu Hause würden bleiben wollen.«

Er warf Amelia einen Blick zu, und sie tat ihr Bestes, um ihm nicht zu zeigen, dass sie ein bisschen in Panik geriet. Er würde sie doch nicht verraten, oder?

Er grinste. »Ich konnte es einfach nicht ertragen, noch einen Tag ohne Miss Harts Gesellschaft zu verbringen. Nach unserem Besuch im Museum schlug sie mir vor, einen bestimmten Artikel zu lesen, der sie interessierte, und ich wollte ihr meine Gedanken dazu mitteilen.«

Ihre Brust zog sich zusammen. Er musste sich wohl auf den Ehevertrag beziehen, den sie ihm gegeben hatte.

Mrs. Hart kniff die Augen zusammen. »Nichts allzu Akademisches, hoffe ich?«

Der Graf winkte abweisend mit der Hand. »Nein, nichts dergleichen. Es war ein Artikel über Frauenmode im Wandel der Zeit.«

Zum Glück gab sich ihre Mutter mit dieser Erklärung zufrieden, und die Spannung, die Amelia ergriffen hatte, ließ nach.

»Und was halten Sie nun davon?«, fragte sie, wohl wissend, dass er sich auf ihre Vereinbarung bezog, da es diesen Artikel über Frauenmode nie gegeben hatte.

Er legte den Kopf schief, und ein Hauch von Lächeln umspielte seinen Mund. »Ich fand ihn auf jeden Fall eine weitere Diskussion wert. Es wurden einige interessante Punkte angesprochen, und ich würde gerne mehr darüber erfahren.«

Ihr Magen flatterte. Das musste doch bedeuten, dass er auf ihr Angebot eingehen wollte.

Sie zögerte. »In unserer Bibliothek gibt es einen Band, der von Interesse sein könnte. Ich bin sicher, dass Vater nichts dagegen hat, wenn Sie sich den einmal ausleihen möchten.«

Mrs. Hart rümpfte die Nase, und sie blickte zwischen den beiden hin und her, offensichtlich unsicher, ob sie das Gespräch in eine Richtung lenken sollte, die sie für angemessener hielt, oder ob sie sich auf das hier einlassen sollte, da der Graf keine Unzufriedenheit geäußert hatte.

Ihre Lippen verzogen sich. »Sie können sich jedes Buch ausleihen, das Ihnen ins Auge fällt, Mylord. Ich lasse Sie beide in Ruhe die Bibliothek nutzen, aber bevor Sie gehen, darf ich Sie fragen, auf welchen Ball Sie als nächstes gehen werden?«

Longley nickte. »Ich werde am Donnerstag auf dem Studholme-Ball sein.«

Mrs. Hart stieß den angehaltenen Atemzug aus. »Ah.«

Amelia verstand ihre Enttäuschung. Die Harts hatten keine Einladung für den exklusiven Studholme-Ball erhalten.

Der Graf, der ihre Niedergeschlagenheit bemerkte, sagte: »Möchten Sie nicht als meine Gäste mitkommen?«

Mrs. Harts Kopf schoss nach oben, und ihr Mund stand offen. »Wir wären begeistert, das anzunehmen. Das ist sehr großzügig von Ihnen.«

»Ausgezeichnet. Ich werde die nötigen Vorkehrungen treffen.« Er wandte sich an Amelia. »Ich hoffe, dass Sie mir zwei Tänze aufheben.«

Sie grinste, und ihr Herz schlug höher. Das klang vielversprechend. »Das werde ich.«

Er leerte seine Teetasse in ein paar Schlucken, und sie tat dasselbe. Er nahm ihr die ihre ab und stellte beide Tassen auf den Tisch; dann bot er ihr seinen Arm an. Sie stand auf und nahm ihn.

»Es war mir ein Vergnügen, wie immer«, sagte er zu ihrer Mutter und führte Amelia aus dem Zimmer. »Wo geht es zur Bibliothek?«

»Die Treppe hoch und dann rechts.«

Sie stiegen die Treppe hinauf und gingen den Korridor hinunter, wobei sie erst anhielten, als Amelia auf eine geschlossene Tür deutete. Lord Longley drehte den Knauf und stieß sie auf. Die Bibliothek war schummrig, gedämpftes Licht drang nur durch ein kleines Fenster an der gegenüberliegenden Wand. Die Dunkelheit trug dazu bei, die Unversehrtheit der Bücher zu bewahren, von denen viele sehr alt waren.

»Das ist eine ganz schöne Bibliothek für eine Familie wie die Ihre«, bemerkte er.

Sie lachte. »Bürgerlich?«

Er verzog das Gesicht, als er sie losließ, und schlenderte hinüber, um die Rücken der Bücher zu lesen, die im Regal standen. »Ich meine das nicht böse. Aber eine Familie mit einer Geschichte wie die meine sammelt Bücher über viele Generationen hinweg an, während ich davon ausgehe, dass alle diese Bücher von Ihrem Vater gekauft wurden.«

Sie neigte anerkennend den Kopf. »Da haben Sie recht. Mein Vater ist ein begeisterter Leser von Texten aus den Bereichen Wirtschaft, Wissenschaft und Mathematik. Die Belletristik, das muss ich zugeben, hat er nur gekauft, um mich zu unterhalten. Ich mag auch Sachtexte, aber meiner Meinung nach sind Bücher am besten, wenn sie mit Geschichten durchsetzt sind, die ihnen einen Kontext geben.«

Er schaute über die Schulter zu ihr, mit einem berechnenden Blick. »Sie sind eine begeisterte Leserin?«

»In der Tat.« Nicht, dass ihre Mutter sich darüber freuen würde, dass sie das zugab. Doch wenn sie heiraten sollten, dann war es besser, wenn er das jetzt gleich erfuhr. »Ist das ein Problem?«

»Ganz und gar nicht.« Er fuhr mit dem Finger über den Rücken eines Buches, zog es aus dem Regal und schlug es auf der ersten Seite auf. »Ich muss gestehen, dass ich neugierig bin. In Ihrer Vereinbarung verweisen Sie auf literarische Tätigkeiten. Was haben Sie damit gemeint?«

Sie presste die Lippen aufeinander und schloss die Tür, damit niemand sie belauschen konnte. »Ich habe Ihnen bereits gesagt, dass ich gerne lese.«

Er nickte, wobei er immer noch auf das Buch hinunterblickte, nicht auf sie, als ob er wüsste, dass es ihr dadurch leichter fallen würde, fortzufahren. Sie überlegte, wie viel sie ihm sagen sollte. Sie musste ihm so viel mitteilen, dass er eine fundierte Entscheidung treffen konnte, aber sie befürchtete auch, dass sie ihn mit der ganzen Wahrheit abschrecken könnte.

»Ich beschäftige mich auch gerne mit dem Schreiben«, sagte sie schließlich. Das stimmte wohl, war aber auch ein wenig untertrieben. »Briefe, Szenen aus fiktiven Situationen. Was auch immer mich anspricht. Es würde mich unglücklich machen, wenn mein Mann mich daran hindern würde, das auch weiterhin zu tun.«

Seine Schultern entspannten sich. Er stellte das Buch zurück ins Regal und wandte sich ihr zu. »Ich kann mir nicht vorstellen, dass es sich dabei um einen besonders gefährlichen oder teuren Zeitvertreib handelt. Ich sehe keinen Grund, warum Sie damit nicht weitermachen sollten, wenn wir heiraten würden.«

Ihre Seele erhellte sich. Es fühlte sich an, als ob eine Last, die sie jahrelang getragen hatte, endlich von ihr abgefallen wäre. »Danke, Mylord.« Er hatte keine Ahnung, wie viel ihr das bedeutete. »Heißt das, Sie sind bereit, meinen Bedingungen zuzustimmen?«

Er hob einen Finger. »Ich habe noch zwei weitere Fragen.«

Sie biss sich auf die Lippe. Natürlich wäre es nicht so einfach. »Stellen Sie sie.«

Er machte einen Schritt auf sie zu, und ihr Herzschlag beschleunigte sich. »Erstens: Sie wollen nicht, dass Ihr Mann versucht, Ihr Handeln zu kontrollieren. Erklären Sie bitte genau, was Sie damit meinen.«

Amelia verschränkte ihre Finger ineinander und atmete beruhigend ein. »Genau das, wonach es klingt. Ich will keinen Ehemann, der mir vorschreibt, was ich anziehen, essen oder lesen darf. Wenn ich Lust habe, eine Geschichte zu schreiben oder in der Natur spazieren zu gehen, will ich nicht, dass mich jemand daran hindert. Wenn ich eine bestimmte Person oder ein bestimmtes Ereignis unange-

nehm finde, möchte ich gehen können, ohne später gemaß-
regelt zu werden.«

In seinen Augen flackerte etwas auf. »Das ist absolut
vernünftig.«

Der Knoten in ihrem Bauch löste sich. »Danke.«

»Aber«, fügte er hinzu, »wenn wir heiraten sollten, hoffe
ich, dass Sie auch die Gedanken und Gefühle Ihres Mannes
berücksichtigen werden. Zum Beispiel, wenn Sie bei einem
aufziehenden Gewitter nach draußen gehen wollen. Dann
könnte ich davon abraten. Nicht, um Sie zu kontrollieren,
sondern um Sie zu schützen. Natürlich liegt die Entscheidung letztlich bei Ihnen selbst, aber ich hoffe, dass Sie
zumindest meine Meinung in Betracht ziehen werden.«

Sie knabberte an ihrer Lippe und suchte nach Problemen
in dem, was er gesagt hatte, fand aber keine. Er hatte Recht,
dass es respektvoll sein würde, über die Wünsche ihres
Mannes zumindest nachzudenken, auch wenn sie sie letztlich ignorieren sollte.

»Dem kann ich zustimmen«, sagte sie. »Wie lautet Ihre
zweite Frage?«

Er trat noch näher, und Wärme breitete sich in ihr aus.
»Was haben Sie selbst von dieser Vereinbarung?«

Sie runzelte die Stirn, die Wärme verflog. »Ich verstehe
nicht.«

Er trat noch etwas weiter vor und griff nach ihrer Hand.
Sie erlaubte ihm, sie zu nehmen, und ignorierte das
prickelnde Gefühl, das seine Berührung auslöste.

»Sie haben gesagt, Ihre Eltern möchten, dass Sie einen
Aristokraten heiraten, aber das ist ja kein Vorteil für *Sie*. Es
ist einer für *Ihre Eltern*.«

»Oh.« Ihre Stimme war leise. Sie hatte nicht erwartet, dass
er sie das fragen würde. Die meisten Männer würden das nicht
tun. Sie betrachtete seinen festen Mund, der mit der Wärme
seiner haselnussbraunen Augen kontrastierte. »Eine Heirat mit

Ihnen würde meine Mutter besänftigen, sodass ich mich nicht mehr mit ihren Machenschaften auseinandersetzen müsste. Außerdem bezweifle ich, um es ganz offen zu sagen, dass ich einen besseren potenziellen Ehemann als Sie finden könnte.«

Seine Augen weiteten sich. »Wie das?«

Sie wandte den Blick ab. »Sie wissen doch sicher, dass die meisten jungen Damen Sie als einen guten Fang betrachten würden.«

Er zog eine Augenbraue hoch. »Sie scheinen mir nicht der Typ Frau zu sein, der sich der allgemeinen Meinung anschließt.«

»Vielleicht nicht«, gab sie zu, löste ihre Hand aus seiner und schritt zu dem kleinen Fenster. Sie brauchte Distanz, um ihre Gedanken zu ordnen. Es war schwierig, sich zu konzentrieren, wenn er sie berührte. »Sie sind sehr jung. Sie wirken nicht dumm oder stumpfsinnig, und Sie waren immer freundlich zu mir. Das ist alles, was ich mir von einem Ehemann wünschen kann.«

Er schritt hinter ihr her, um den Abstand zwischen ihnen wieder zu verringern. »Aber Sie trauen meinem finanziellen Urteilsvermögen nicht?«

Sie warf ihm einen Blick zu. »Wollen Sie mir das verübeln?«

Er zuckte zusammen, widersprach aber nicht. »Ich glaube, Sie verkaufen sich unter Wert. Sie könnten jeden Mann haben, den Sie sich wünschen. Ihre Situation ist nicht so schlimm.«

Sie wandte sich ab und tat ihr Bestes, um den kleinen Schauer der Freude zu unterdrücken, den seine Behauptung in ihr auslöste. Die Worte hatten nichts zu bedeuten. Er war ein geborener Charmeur. Süße Worte kamen ihm zweifellos ständig über die Lippen, ohne wirkliche Gefühle oder Bedeutung dahinter.

»Nun ja.« Sie drehte sich auf den Fersen und streckte ihre Hand aus. »Haben wir eine Abmachung?«

ANDREW KNIFF DIE AUGEN ZUSAMMEN. ES GEFIEL IHM NICHT, dass Miss Hart zu glauben schien, das einzige, was sie einem Ehemann zu bieten hatte, sei ihre Mitgift. Sie war eine intelligente, interessante Frau - und nicht wenig attraktiv, auch wenn ihre Schönheit nicht so war, wie sie innerhalb der feinen Gesellschaft bevorzugt wurde, sondern die Art, die ein Mensch erst mit der Zeit zu schätzen lernte.

Er konnte nicht anders, als sich zu wünschen, dass er ihr aus ehrenhafteren Gründen den Hof gemacht hätte.

Hätte er noch sein Vermögen, hätte er sie mit Geschenken überhäuft, damit sie nicht an ihrer Attraktivität zweifelte. Leider war dies die Realität, und er war nicht in der Lage, dies zu tun.

Er schüttelte ihre Hand. »Das tun wir.«

Ein Teil der Steifheit in ihren Schultern löste sich. »Gut.«

Hatte sie wirklich ein anderes Ergebnis erwartet? Sicherlich musste sie doch, dass der von ihr angebotene Handel zu verlockend war, um ihm zu widerstehen. Er vermutete, dass sie das Verhandeln bei ihrem Vater gelernt hatte. Sie hatte etwas gefunden, das sie als Druckmittel einsetzen konnte, und sie hatte es getan, um zu bekommen, was sie wollte.

Ehrlich gesagt, bewunderte er sie dafür.

»Ich habe die Vereinbarung nicht mitgebracht.« Er war sich nicht sicher gewesen, wie ihr Gespräch ausgehen würde. »Ich werde beide Exemplare im Laufe des Tages unterschreiben und eines davon an Sie zurückschicken.«

»Ich danke Ihnen. Bitte sorgen Sie dafür, dass es direkt zu mir gebracht wird und nicht in die Hände meiner Mutter oder meines Vaters gerät.«

»Sie haben mein Wort.« In Anbetracht dessen, was sie für diesen Vorschlag riskiert hatte, war es das Mindeste, dass er ihre Privatsphäre schützte.

»Ich begleite Sie hinaus.« Sie marschierte zur Tür und

hielt sie ihm auf, dann begleitete sie ihn die Treppe hinunter und aus dem Haus.

Erst als er sich in seine Kutsche setzte, wurde ihm klar, was das bedeutete. Er war jetzt im Grunde genommen verlobt.

Noch vor nicht einmal zwei Monaten hätte dieser Gedanke ausgereicht, um ihn ins *Regent* zu treiben und mehr als zwei Gläser Brandy zu trinken, aber jetzt brachte ihn das zum Lächeln. Zumindest würde es nicht langweilig sein, mit Miss Amelia Hart verheiratet zu sein.

Zu Hause angekommen, zog er sich in sein Arbeitszimmer zurück und verfasste einen Brief an Ashford. Der Herzog war auf seinen Landsitz zurückgekehrt, und Andrew hatte versprochen, ihn über seine Suche nach einer Ehefrau auf dem Laufenden zu halten. Er ging kurz auf die Einzelheiten ihrer Verlobung ein, wobei er sie hinreichend vage hielt, um sicherzustellen, dass Ashford wusste, dass die Verlobung noch nicht offiziell war.

Am Ende des Schreibens hielt er inne. Dann, nach langem Zögern, fügte er ein Postskriptum hinzu.

P.S. Ich habe eine Frage an Lady Emma. Wie könnte ich theoretisch sicherstellen, dass meine zukünftige Frau weiß, dass ich sie mehr schätze als ihre Mitgift?

KAPITEL 12

»Du wirkst ein wenig besorgt«, bemerkte Lady Drake, als ihre Kutsche vor dem Haus der Harts hielt.

Andrew rückte sein Halstuch zurecht, das sich viel zu eng anfühlte. »Es kommt nicht jeden Tag vor, dass ich meiner Mutter die Frau vorstelle, die ich zu heiraten gedenke.«

Sie legte den Kopf schief. »Und du bist dir ganz sicher?«

»Ja.« Er räusperte sich. »Du wirst es verstehen, wenn du sie kennenlernst. Warte hier. Ich werde Miss und Mrs. Hart holen.«

Er verließ die Kutsche und eilte die Treppe hinauf, und zwar mit einer Eile, die für einen Grafen wahrscheinlich unpassend sein dürfte. Heute Abend war er nicht nur ein Earl. Er war ein Mann.

Die Türen waren bereits geöffnet, und als er eintrat, fiel sein Blick auf die beiden Hart-Frauen, die in der Mitte des Foyers standen. Beide blickten auf. Mrs. Hart strahlte ihn an, aber es war Amelias sanftes Lächeln, das ihn auf links drehte.

Er verbeugte sich. »Guten Abend, meine Damen. Ihr Transportmittel ist hier.«

Mrs. Hart dankte ihm überschwänglich, und er nahm sich einen kurzen Moment Zeit, um ihre Kleidung zu studieren. Sie trug ein tiefblaues Kleid und einen dazu passenden Kopfschmuck, während ihre Tochter ein weißes Kleid mit Rüschen trug, das dem ähnelte, das sie an jenem Abend getragen hatte, an dem sie sich kennengelernt hatten.

Sie ertappte ihn dabei, wie er es ansah, und schaute finster drein. Offensichtlich wusste sie, dass das Kleid nicht schmeichelhaft war. Allerdings würde er jeden herausfordern, laut auszusprechen, dass sie darin nicht gut aussah, wenn ihre Mimik so lebhaft war und der Humor ständig über ihr Gesicht flimmerte.

Hässliches Kleid hin oder her, er konnte seine Augen nicht von ihr lassen.

»Sind Sie bereit, loszufahren?«, fragte er.

»Ja, Mylord.« Mrs. Hart schwebte an ihm vorbei und hielt nicht inne, um ihm zu erlauben, ihren Arm zu nehmen.

Er wandte sich stattdessen an Amelia. »Darf ich?«

Sie erlaubte ihm, sie in gemächlichem Tempo nach draußen zu begleiten. »Ich habe die Papiere erhalten, die Sie mir geschickt haben.«

Sein Blick blieb nach vorne gerichtet. »War alles nach Ihrem Geschmack?«

»Das war es. Vielen Dank, dass Sie mir die Zustimmung gegeben haben. Ich weiß, es ist ... unkonventionell.«

»Vielleicht.« Er lehnte sich näher heran und senkte seine Stimme. »Aber alles an unserem Arrangement ist unkonventionell, das passt also.«

Sie stieß ein leises Lachen aus. »Ich glaube, Sie werden feststellen, dass ich ein etwas unkonventioneller Mensch bin. Ich hoffe, das wird kein Problem sein.«

»Ganz und gar nicht.« Er freute sich sogar darauf, mehr darüber zu erfahren, wie sie die Welt sah.

Sie erreichten die Kutsche, als der Lakai gerade dabei

war, Mrs. Hart hineinzuhelfen. Der Lakai trat zur Seite, damit Andrew dasselbe für Miss Hart tun konnte. Die Mütter saßen nun nebeneinander, und so fand er sich neben Amelia wieder, als sie in Richtung Studholme House rollten.

»Erlauben Sie mir, Sie einander vorzustellen«, sagte er sanft und lächelte die Frauen nacheinander an. »Mutter, diese schönen Ladys sind die geschätzte Mrs. Hart und ihre bezaubernde Tochter, Miss Amelia Hart. Mrs. Hart und Miss Hart, ich stelle Ihnen meine Mutter, die Dowager Countess of Longley, vor.«

Amelia neigte respektvoll den Kopf. »Es ist mir eine Ehre, Sie kennenzulernen, Mylady.«

Die Augen seiner Mutter funkelten. »Die Ehre ist ganz meinerseits, Miss Hart. Mein Sohn ist sehr angetan von Ihnen. Ich freue mich darauf, Sie besser kennenzulernen.«

»Das ist sehr nett von Ihnen.«

Mehr sagte Amelia nicht. Eine leichte Röte erschien auf ihren Wangen. Er konnte nicht umhin, sich zu fragen, warum. War es, weil seine Mutter angedeutet hatte, dass er verliebt war?

»Sind Sie schon lange in London?«, fragte die Witwe Mrs. Hart, und innerhalb weniger Minuten waren die beiden in ein Gespräch vertieft.

Andrew begegnete Amelias Blick und bemühte sich, beruhigende Gedanken von seinem in ihren Kopf zu schicken. Obwohl, ehrlich gesagt, er könnte diese genauso gut brauchen wie sie. Er hatte das Gefühl, dass Miss Hart und seine Mutter eine formidable Kombination sein würden.

Die Kutsche wurde langsamer, als sie sich Studholme House näherten und sich in die Schlange der aristokratischen Kutschen einreihten, die darauf warteten, auszusteigen. Zum Glück dauerte es nicht lange, bis sie die Spitze der Wagenreihe erreichten und aussteigen konnten.

Ihre Mütter übernahmen die Führung und schritten

durch die Flügeltüren und das Foyer bis zum Rand des Ballsaals.

Andrew bemerkte, wie Baron Studholmes Gesichtsausdruck schwankte, als er sie zusammen sah. Zweifellos war er verwirrt, weil die Harts nicht eingeladen worden waren. Dennoch hatte man Andrew versichert, dass sowohl er als auch seine Mutter willkommen waren, jeder mit einem persönlichen Gast, sodass er nichts gegen ihre Anwesenheit sagen konnte.

Vielleicht sollte er sich schuldig fühlen, weil er Studholme ohne Vorwarnung damit überrumpelt hatte, aber der Mann war ein schrecklicher Snob, und er hatte es verdient, ein wenig aufgerüttelt zu werden.

Der Baron erholte sich schnell und begrüßte Lady Drake und Mrs. Hart mit höflichen Verbeugungen - obwohl die eine sicherlich flacher war als die andere -, bevor er sich an Longley wandte.

»Schön, Sie zu sehen, alter Knabe.« Er schüttelte Longley energisch die Hand. »Und in so reizender Gesellschaft.«

»Schön, dass Sie uns empfangen«, antwortete Andrew fröhlich. Er verbeugte sich vor Lady Studholme. »Sie haben sich selbst übertroffen, Mylady. Es ist sogar noch eleganter als vergangenes Jahr.«

Sie neigte den Kopf. »Danke, Lord Longley. Ich wünsche Ihnen einen schönen Abend.«

Dieses Mal war sein Lächeln echt. Lady Studholme war viel angenehmer als ihr Mann. »Ich bin sicher, dass wir das tun werden.«

In der Ecke des Ballsaals spielte ein Streichquartett. Tänzerinnen und Tänzer wirbelten über das Parkett. Andrew führte Miss Hart an den Rand der Tanzfläche und wartete, bis das Lied zu Ende war.

»Ich nehme an, dass ich Ihren ersten Tanz bekomme, da ich Sie herbegleitet habe«, murmelte er.

»Ich denke schon«, antwortete sie. »Das scheint nur richtig zu sein, da wir ja heiraten werden.«

Er gluckste. »Sagen Sie das nicht zu laut, sonst hat Ihre Mutter die Hochzeit schon durchgeplant, bevor wir den Ball überhaupt verlassen haben.«

Sie blickte zu ihm auf. »Wäre das so schlimm?«

Er war erschrocken über diese Bemerkung, aber es gab wirklich keinen Grund dazu. Dank ihr wussten sie beide, worum es sich hierbei handelte. »Ich denke nicht. Das *ist* schließlich unser Endziel.«

Die Tänzer stellten sich für das nächste Lied neu auf, und er nahm Amelias Hand und führte sie in die Reihe. Als die Musik wieder einsetzte, bewegten sie sich zusammen, als hätten sie schon dutzende Male getanzt. Jedes Mal, wenn er nach ihr griff, war sie genau dort, wo er sie erwartete. Er konnte sich ein Lächeln nicht verkneifen. Würde die Ehe mit ihr auch so aussehen? Immer angenehm überrascht sein?

Wenn ja, dann war er ein glücklicher Mann.

»Warum grinsen Sie jetzt so?«, fragte sie, während sie sich näher an ihn heranwagte.

»Ich bin froh, dass wir uns geeinigt haben«, sagte er ihr.

Ihre Augen weiteten sich, aber sie korrigierte ihren Gesichtsausdruck schnell wieder. »Das bin ich auch.«

Als der Tanz endete, war er noch nicht bereit, auf ihre Gesellschaft zu verzichten.

»Darf ich Sie auf ein Glas Limonade begleiten?«

Sie suchte in seinen Augen, aber er wusste nicht, wonach. »Das würde mir gefallen.«

Sie machten sich auf den Weg zum Limonadentisch. Er schnappte sich zwei Gläser, eines für jeden von ihnen. Sie standen Seite an Seite am Rande der Tanzfläche, beide zufrieden, nicht zu sprechen. Andrew hatte immer gesprächige Mädchen gemocht, aber er musste zugeben, dass Amelias ruhige, beständige Präsenz einen gewissen Reiz hatte.

Er entdeckte seine Mutter und Mrs. Hart in einer Nische am Ende des Raumes. Die Witwe sah ihm in die Augen und zwinkerte ihm zu.

»Miss Hart.«

Andrew zuckte zusammen. Die männliche Stimme hatte ihn überrumpelt. Er hatte nicht bemerkt, dass sich jemand näherte.

Der Duke of Wight sah Amelia arrogant an. »Sind Sie bereits für den nächsten Tanz versprochen?«

Sie schaute Andrew an, knabberte an ihrer Unterlippe und war sichtlich unsicher, wie sie reagieren sollte. Er zuckte unauffällig mit den Schultern. Sie hatten ihre Verlobung noch nicht bekannt gegeben, also wäre es unangemessen, wenn er sich einmischen würde.

»Das bin ich nicht.« In ihrem Tonfall schwang ein gewisser Ärger mit.

»Dann müssen Sie mit mir tanzen.« Er streckte ihr eine langfingrige Hand entgegen. »Kommen Sie.«

Sie nahm seine Hand an und ließ sich von ihm wegführen, wobei sie mit zusammengekniffenen Augen über ihre Schulter zurückblickte. Es gefiel ihm mehr, als es sollte, dass sie offensichtlich nicht mit dem Herzog tanzen wollte. Das verschaffte ihm ein seltsames Gefühl der Befriedigung.

Anstatt zuzusehen, wie sie tanzten, trug er seine Limonade durch den Raum zu seiner Mutter, die nun allein stand.

»Wo ist Mrs. Hart?«, fragte er.

»Sie redet gerade mit Lady Bowling.« Sie ließ die Tanzfläche nicht aus den Augen. »Sie hat sich nach dir erkundigt.«

»Wer? Lady Bowling?«

»Mm.«

Er zog eine Grimasse. »Ich nehme an, das ist unvermeidlich. Ich werde sie bis zur Bekanntgabe unserer Verlobung meiden müssen. Lady Esther ist ja ganz nett, aber meine Suche nach einer Frau ist vorbei.«

Sie sah ihn aus den Augenwinkeln an, und ein Grinsen umspielte ihre Lippen. »Miss Hart ist sehr still.«

Er schnaubte. »Bis man sie dazu bringt, über etwas zu reden, das ihr am Herzen liegt.« Er zögerte, dann fügte er hinzu: »Ich habe den Eindruck, dass ihre Mutter ihr gesagt hat, sie solle nicht über ihre Interessen sprechen, weil sie diese nicht für gesellschaftsfähig hält.«

Lady Drake gab einen scharfen Laut der Überraschung von sich. »Wie das?«

»Miss Hart liest gerne. Sie ist fasziniert von verschiedenen Zivilisationen und anderen Teilen der Welt. Du hättest sehen sollen, wie lebendig sie wurde, als ich mit ihr das Museum besuchte.«

»Du magst sie.«

Er wusste nicht, warum sie davon überrascht war. »Natürlich tue ich das. Sonst hätte ich kaum zugestimmt, sie zu heiraten.«

Er suchte sie auf der Tanzfläche und runzelte nur die Stirn, als er bemerkte, dass sie nicht mehr mit dem Duke of Wight tanzte. Stattdessen befand sie sich jetzt am Arm des Marquess of Overton.

Musste der Marquess sie wirklich so nah bei sich halten?

Er war nicht für sie bestimmt.

Als sich die beiden drehten, streifte Overtons Hand Amelias Hüfte. Andrews Füße trugen ihn ohne seine Zustimmung zu ihnen. Er zwang sich, nach zwei Schritten stehen zu bleiben. Es gab keinen Grund für ihn, einzugreifen. Vielleicht war Overton vertraulicher mit seiner zukünftigen Gräfin, als es Andrew lieb war, aber solange ihre Verlobung nicht öffentlich gemacht worden war, konnte er dem anderen Mann nicht sagen, er solle sich zurückhalten.

»Das habe ich nicht gemeint«, sagte seine Mutter und trat neben ihn. »Du bist von ihr verzaubert.«

»Nein, bin ich nicht.« Das war lächerlich. Er war einfach

besitzergreifend, weil Miss Hart der Schlüssel zur Sicherung der Zukunft seiner Familie war.

Sicherlich war das alles, was das hier war.

Nicht einmal sich selbst konnte er davon überzeugen. Er fühlte sich zu Miss Hart hingezogen, schlicht und einfach.

Sobald Overton sich vor ihr verbeugte, war Andrew an ihrer Seite und drängte sich zwischen die beiden.

»Der nächste Tanz gehört mir«, sagte er unwirsch.

Sie nahm seine Hand, ohne zu protestieren, obwohl die Verwirrung auf ihrem Gesicht nicht zu übersehen war.

»Mögen Sie das Theater?«, fragte er impulsiv.

Sie blinzelte schnell, und zwischen ihren Augenbrauen bildete sich eine Furche. »Sehr sogar.«

»Werden Sie mich morgen Abend begleiten?« Er fragte sich, wann sein Mund angefangen hatte, ohne die Erlaubnis seines Gehirns Pläne zu machen.

»Das würde ich gerne tun.«

»Ausgezeichnet.« Jetzt musste er nur noch dafür sorgen, dass er sehr kurzfristig ins Theater gehen und seine Mutter mitkommen konnte, damit ihm niemand ruchlose Absichten unterstellen konnte.

Verdammt!

Amelia konnte nicht aufhören zu lächeln, als Lord Longley ihr aus der Kutsche half und mit ihr Seite an Seite ins Theater ging. Insgeheim fühlte sie sich besonders geehrt, dass er sie eingeladen hatte, sich ein Theaterstück anzusehen. Das war nicht etwas, was sie als Teil ihres Werbens tun mussten. So etwas wurde nicht erwartet.

Und doch hatte er gefragt. Sie konnte nur vermuten, dass er es getan hatte, weil er wusste, dass es ihr gefallen würde. Sie war besonders aufgeregt, weil es sich nicht nur um irgendein Theaterstück handelte, sondern um eines, das in

Italien spielte. Für eine kurze Zeit würde sie in die Geschichte eintauchen und so tun können, als wäre sie selbst dort.

Lord Longley begleitete sie zu einer Loge etwas rechts von der Bühne. Von dort aus dürften sie eine perfekte Aussicht haben.

»Sollen wir uns vorne hinsetzen?«, fragte er.

»Ja, bitte.«

Sie beanspruchten die Stühle in der Mitte der vordersten Reihe der Loge. Ihr Vater saß zu ihrer Linken, und ihre Mutter saß zusammen mit der Grafenwitwe rechts neben dem Grafen. Sie nahm die Anwesenheit des Grafen neben ihr sehr genau wahr, seine Körperwärme strahlte in den kleinen Raum zwischen ihnen ab.

»Ich habe mich schon den ganzen Tag darauf gefreut«, sagte sie ihm leise. »Danke für die Einladung.«

Er lächelte. »Ich hoffe, es erfüllt Ihre Erwartungen.«

Die Vorstellung begann, und allmählich war Amelia so vertieft, dass sie die Nähe des Grafen in den Hintergrund drängte - außer als Gesprächspartner. Mehr als einmal ertappte sie sich dabei, dass sie ihm etwas zuflüsterte, bevor sie einen Blick zu ihrer Mutter warf, weil sie sicher war, dass sie gleich gescholten werden würde. Glücklicherweise achtete Mrs. Hart aber kaum auf sie, und der Graf schien sich über ihre Kommentare zu amüsieren.

Er tadelte sie nicht dafür, dass sie ihn ablenkte, und behauptete auch nicht, dass Frauen weniger über Literatur wüssten als Männer und dass sie ihre Ansichten daher für sich behalten sollte. Er behandelte ihre Bemerkungen mit Respekt und beantwortete ihre Fragen mit Bedacht.

Als die Vorstellung zu Ende war, war sie von der Erfahrung überwältigt, aber auch tief im Inneren ein wenig traurig. Sie genoss es, Zeit mit dem Grafen zu verbringen, aber sie konnte nicht vergessen, dass er sie eigentlich gar nicht heiraten wollte. Er umwarb sie wegen ihres Vermögens. Sie bezweifelte, dass er dasselbe empfand wie sie, ganz gleich, wie herzlich er ihr gegenüber sein mochte.

Dies war ein Verbindung aus Vernunft, nicht aus Liebe, aber er tat und sagte immer wieder Dinge, die es ihr schwer machten, sich daran zu erinnern.

Sie warteten darauf, dass sich das Untergeschoss leerte, bevor sie ihre Loge verließen, um nicht von der Menge unten überschwemmt zu werden. Draußen angekommen, ließ Lord Longley seine Kutsche kommen, und sie stiegen alle ein. Als sie sich in Bewegung setzten, machte die Gräfinwitwe eine Bemerkung über das hervorragende Stück, und Mr. Hart antwortete. Ihre Mutter war uncharakteristisch still.

Zu Amelias Überraschung hielten sie zuerst an Longley House, und ein Lakai nahm die Witwe in Empfang. Mrs. Hart warf ihr einen vielsagenden Blick zu. Amelia versuchte, das zu ignorieren.

Als sie am Haus der Harts ankamen, wartete Lord Longley, bis alle aus der Kutsche ausgestiegen waren, bevor er sich an Mr. Hart wandte.

»Kann ich Sie unter vier Augen sprechen, Sir?«, fragte er.

Mr. Hart nickte, nicht überrascht. »Kommen Sie in mein Arbeitszimmer.«

Mrs. Hart hob die Augenbrauen zu Amelia, die nur den Kopf schüttelte. Sie konnte sich denken, was der Graf vorhatte, aber sie hatten es nicht vorher besprochen.

Sobald sie das Haus betreten hatten, verschwanden Mr. Hart und Lord Longley im Arbeitszimmer. Mrs. Hart gab Amelia ein Zeichen, sich zu ihr in den Salon zu setzen. Amelia saß auf einer Chaise in dem schwach beleuchteten Raum und beobachtete im flackernden Licht einer einsamen Lampe, wie ihre Mutter einen Schrank öffnete und eine Flasche Sherry und zwei kleine Gläser herausholte.

Amelias Kinnlade fiel herunter. Sie hatte keine Ahnung gehabt, dass hier Sherry aufbewahrt wurde.

Mrs. Hart fing Amelias Blick auf. »Ich denke, wir beide haben uns einen davon verdient.«

Sie schenkte ein paar Fingerbreit Sherry in jedes Glas, stellte die Flasche zurück in den Schrank und reichte ein Glas an Amelia weiter.

Dann setzte sie sich neben sie und hob ihr Glas. »Auf deine Zukunft - und unsere.«

Vorsichtig probierte Amelia das Getränk. Ihre Nase kräuselte sich. »Ich bin mir nicht sicher, ob mir das schmeckt.«

Ihre Mutter lachte. »Du wirst dich daran gewöhnen.«

Sie tranken, ohne weiter zu sprechen. Sie spürte den Stolz ihrer Mutter auf das, was sie als gemeinsamen Sieg betrachtete, aber der Funke der Traurigkeit blieb in ihrem Herzen.

Ja, das war es, was sie und der Graf geplant hatten, aber ein kleiner Teil von ihr, den sie nicht wagte, zu Wort kommen zu lassen, sehnte sich nach mehr.

Sie würde sich einfach damit abfinden müssen, dass sie es nicht bekommen würde. Sie würde ihre Geschichten haben. Ihre Karriere. Das war bisher ja auch alles gewesen, was sie immer gewollt hatte.

Die Tür schwang nach innen und gab den Blick auf einen Mann frei, der im Türrahmen stand. In der Dunkelheit konnte sie nicht viel von ihm sehen, aber die Gestalt war zu groß und schlank, um ihr Vater zu sein.

»Mrs. Hart«, sagte Longley, und seine Stimme bewegte die schwere Luft zwischen ihnen. »Darf ich mit Ihrer Tochter unter vier Augen sprechen?«

Mrs. Hart erhob sich. »Natürlich, Mylord.«

Mit dem leisesten Rascheln von Seide stahl sie sich aus dem Zimmer.

Der Earl kam ganz hinein und blieb über Amelia stehen. Er verharrte einen Moment, dann ließ er sich auf den Sitz neben ihr sinken. Aus dieser Nähe konnte man im Kerzenlicht den Hauch von Grün in seinen Augen und den schiefen

Schneidezahn erkennen, der sein Lächeln so liebenswert machte.

»Miss Hart«, begann er feierlich. »Amelia.«

Er streckte seine Hände mit den Handflächen nach oben aus. Zögernd legte sie ihre Handflächen auf die seinen. Sie erschauderte. Es war vielleicht der intimste Austausch, den sie je mit einem Mann gehabt hatte.

Er räusperte sich. »Ich weiß, dass wir eine Vereinbarung haben, aber ich möchte das richtig machen. Würden Sie mir das Privileg gewähren, um Ihre Hand anhalten zu dürfen?«

Sie starrte ihn fassungslos und stumm an. Sie hatte gewusst, dass die Verlobung unmittelbar bevorstand, als er nicht vor Longley House ausgestiegen war. Aber aus irgendeinem Grund war es ihr nie in den Sinn gekommen, dass er sie tatsächlich um ihre Hand bitten könnte. Sie war davon ausgegangen, dass er mit ihrem Vater sprechen würde und die Sache damit erledigt wäre. Vielleicht hatte ihr Vater nicht wohlwollend darauf reagiert.

»Was hat mein Vater gesagt?«, fragte sie. »Missbilligt er das?«

Er hatte in keiner Weise angedeutet, dass er den Earl für ungeeignet hielt, aber er konnte schwierig sein, wenn die Situation es erforderte.

Der Earl lachte angestrengt. »Ist das Ihre Art, mich zum Schwitzen zu bringen, während ich auf Ihre Antwort warte?«

»Nein.« Sie wich heftig zurück. »Entschuldigung, ich wollte Sie nicht beunruhigen. Natürlich werden wir heiraten. Daran bestand nie ein Zweifel. Ich war nur neugierig, was mein Vater gesagt hat, als Sie mit ihm gesprochen haben.«

Er hob ihre Hände und küsste jeden Handrücken, während er ihren Blick festhielt. Sie konnte den Drang, zu zittern, kaum unterdrücken.

»Das war ein Gespräch von Mann zu Mann. Aber ich kann Ihnen sagen, dass er sich sehr um Sie sorgt.«

Ihr Herz hämmerte. Obwohl sie das gewusst hatte, war es schön, es laut ausgesprochen zu hören - vor allem, wenn man bedachte, dass sie in der Zuneigung ihres Vaters immer an zweiter Stelle gestanden hatte.

»Danke«, flüsterte sie.

»Nein. Danke, dass Sie mir ein Rettungsboot angeboten haben, als ich aufs Meer hinausgerissen wurde.« Er ließ ihre Hände los, griff in seine Hosentasche und holte eine kleine Schachtel heraus. »Das ist für Sie.«

Amelia nahm die Schachtel mit zitternden Händen entgegen. Sie war fein geschnitzt, ein kompliziertes Muster war in das Holz eingeprägt. Sie öffnete den Deckel und holte tief Luft. Auf einem Seidenbett lag ein antiker Verlobungsring, ein Rubin, umrahmt von Diamanten und eingefasst in ein zartes Goldband.

»Der ist wunderschön«, hauchte sie.

»Er gehörte meiner Großmutter väterlicherseits. Sie hat ihn mir gegeben, als ich jung war, und mir gesagt, ich solle ihn für meine Frau aufbewahren.«

Ihre Brust zog sich zusammen, und Tränen traten ihr in die Augen. Dieser atemberaubende Ring war doch gar nicht für sie bestimmt. Der sollte an die Frau gehen, die er sich ausgesucht hatte.

Die, die er wollte.

Sie konnte sich des Eindrucks nicht erwehren, dass seine Großmutter enttäuscht sein würde, wenn sie ihn trüge.

»Probieren Sie ihn an. Ich möchte sehen, wie er an Ihrer Hand aussieht. Er passt vielleicht nicht, aber wir können ihn auch verkleinern lassen.«

Mit Mühe konnte sie verbergen, wie sehr sie zitterte, und steckte sich den Ring an den Finger. Er passte fast perfekt.

»Er ist etwas locker«, sinnierte Longley. »Ziehen Sie ihn noch einmal aus. Ich bringe ihn morgen zum Juwelier.«

Widerstrebend tat sie, was er verlangte. Aus irgendeinem Grund wurde sie das Gefühl nicht los, dass der Ring nicht für sie bestimmt war, und wenn sie ihn aus den Augen ließ, würde sie ihn vielleicht nicht zurückbekommen.

Dennoch zwang sie sich, ihn zu übergeben. Ob er ihn ihr zurückgeben würde oder nicht, änderte nichts an der Tatsache, dass er sie unter anderen Umständen nicht zur Frau genommen hätte. Könnte sie sich dazu durchringen, das zu akzeptieren?

KAPITEL 13

London,
November 1820

WÄHREND AMELIA DEN INHALT IHRES SCHREIBTISCHES ordentlich in einen Koffer packte, erinnerte sie sich daran, dass dies ein Anfang war, kein Ende. Morgen um diese Zeit würde sie sich in Jocelines erfundener Welt tummeln können, wann immer und so lange sie wollte, ohne dass jemand sie davon abhielt.

Leider musste sie bis dahin noch alle ihre Sachen packen und ... nun ja ... heiraten.

Um sie herum tummelten sich Bedienstete, stopften ihre Kleidung in Reisetaschen und verpackten ihre anderen Besitztümer in Kisten. Sie würde nicht allzu viel mitnehmen. Nur ihre Kleidung, ihre Geschichten und ihre Schreibutensilien, ein paar Schmuckstücke, die sie besonders gern mochte, und ein paar Bücher, auf die sie nicht verzichten konnte.

Alles andere, was sie brauchte oder haben wollte, könnte sie immer noch später holen. Obwohl sie ehrlich gesagt nicht glaubte, dass es ihr an viel fehlen würde. Sie würde absolut glücklich mit ihrem Leben sein, wenn alles, was sie von nun an tagein, tagaus täte, essen, schlafen, lesen und schreiben wäre - vielleicht ab und zu ein Spaziergang an der frischen Luft im Sonnenschein.

Neben ihr schloss Mary eine Reisetasche und schob sie einem Lakaien zu, der sie aus dem Raum schleppte.

Mary stemmte die Hände in die Hüften und sah sich um. »Das sieht alles so anders aus, ohne all Ihre persönlichen Gegenstände.«

»Ich weiß.« Ihr Schlafzimmer sah jetzt genauso einladend aus wie ein Gästezimmer. Es fühlt sich nicht mehr wie ein Zuhause an und sah auch nicht mehr so aus. Sie warf einen Blick auf die Uhr. »Zeit, mir das Haar zu richten?«

Mary nickte. »Wir sollten nicht zu lange damit warten. Ich kann mir gut vorstellen, was Ihre Mutter sagen würde, wenn Sie sich verspäten.«

Amelia presste die Lippen aufeinander, um nicht zu lachen. Ihre Mutter war wie im Himmel gewesen, während sie die Hochzeit geplant hatte. Sie hatte auf die schönsten Blumen, das aufregendste Kleid und die längste aller Gästelisten bestanden. Fast alle, die eine Einladung erhalten hatten, hatten diese auch angenommen, wobei Amelia vermutete, dass der Grund hierfür vor allem reine Neugierde war.

Mary stellte einen Stuhl vor den langen Spiegel, den sie aus dem Zimmer ihrer Mutter geborgt hatten. »Möchten Sie es immer noch so haben, wie wir es geübt haben?«

»Ja, danke.«

Mrs. Hart hatte eine ganze Reihe absolut lächerlicher Vorschläge für ihr Haar gemacht, aber es war Amelia gelungen, sie davon zu überzeugen, dass eine klassische, elegante Frisur die beste Option sein würde. Sie hatte damit argumentiert, dass es keine Aufmerksamkeit von ihrem Kleid ablenken würde, wenn sie ihr Haar recht einfach frisieren würde.

In Wirklichkeit bezweifelte sie einfach nur, dass sie die Geduld haben würde, so viele Stunden stillzusitzen, wie es für die Visionen ihrer Mutter nötig sein dürfte.

Sie starrte ihr Spiegelbild an, während Mary ihr Haar bürstete, es im Nacken zusammennahm und zu einem Chignon drehte. Sie steckte alles mit den juwelenbesetzten Haarnadeln von Mrs. Hart fest - Amelias Zugeständnis an ein subtiles Zurschaustellen von Reichtum.

Im Spiegelbild lächelte sie Mary zu. Nach dem heutigen Tage würde Mary nicht länger ihr Dienstmädchen sein. All die Jahre, die sie damit verbracht hatte, sich an Amelias Vorlieben und an ihre Liebe für Geschichten zu gewöhnen, wären verloren. Sie würde eine neue Zofe finden müssen, und konnte nur hoffen, dass sie auch mit dieser gut auskommen würde.

Mit einem Seufzer fragte sie: »Bist du ganz sicher, dass du nicht mit mir kommen kannst?«

»Ganz sicher.« Mary schenkte ihr ein schnelles, bedauerndes Lächeln. »Ich gehöre hierher, zusammen mit meinem Mann und Ihren Eltern.«

Mary war mit dem Kammerdiener von Mr. Hart verheiratet.

»Ich verstehe. Du wirst mir fehlen.«

Das Dienstmädchen drückte ihr sanft die Schulter. »Sie werden hier auch sehr fehlen. Wir werden uns mit anderen Dingen amüsieren müssen, wenn wir Miss Jocelines Abenteuer nicht mehr haben.«

Amelia lachte. »Wenn es nach mir geht, wird es Miss Joceline bald in gedruckter Form geben. Wenn es dazu kommt, werde ich sicherstellen, dass du eine Ausgabe erhältst.«

Mary konnte nicht lesen, Mrs. White aber schon, und Amelia war überzeugt, dass die mütterliche Haushälterin kein Problem damit haben würde, für die anderen laut vorzulesen.

Es klopfte an der Tür, und jemand trat ein. Amelia drehte nicht den Kopf, weil sie die Frisur nicht ruinieren wollte, aber gemessen an den leichten und zielstrebigen Schritten dürfte es sich um ihre Mutter handeln.

»Oh, gut. Du bist fast bereit für dein Kleid.« Eine Bodendiele knarrte, als Mrs. Hart quer durchs Zimmer zum Kleiderschrank ging.

Mary schob die letzte Haarnadel an ihren Platz und begutachtete Amelias Frisur kritisch. »Ist das so akzeptabel, Ma'am?«

Ihre Mutter kam herüber, ihr Spiegelbild tauchte neben dem von Amelia auf. »Sehr schön.«

Amelia stand auf und wandte sich vom Spiegel ab. Mrs. Hart öffnete den Kleiderschrank und enthüllte das Hochzeitskleid, eine extravagante Kreation aus Spitze, mit mehr Rüschen und Lagen als jedes ihrer Ballkleider.

Ihre Mutter hätte es eigentlich gern gesehen, wenn sie Pink getragen hätte, aber es war Amelia nicht gelungen, einen rosa Farbton zu finden, den sie mochte. Deshalb hatten sie sich schließlich auf einen schlichteren Champagne-Ton geeinigt, der ihrem Teint halbwegs schmeichelte. Trotz des Kompromisses hasste Amelia das Kleid immer noch.

Mrs. Hart jedoch seufzte begeistert, als Mary es aus dem Schrank hob und auf dem Bett ausbreitete. »Über deine Hochzeit wird von allen noch lange geredet werden. Die Hochzeit des Jahres. Das wird niemand übertreffen.«

Amelia nickte nur. Sie machte sich nicht allzu große Sorgen um die Hochzeit. Es war die Ehe, auf die sie sich freute - oder wenigstens jener Teil davon, bei dem es ihr erlaubt sein würde, alles zu tun und zu lassen, was sie wollte, und niemand ihr mehr etwas vorschreiben würde.

Als Mary die Bänder im Rücken des Kleides lockerte, zog

Mrs. Hart eine Schachtel zwischen den Falten ihres Rockes hervor.

Sie hielt sie Amelia hin. »Hier. Ein Hochzeitsgeschenk von deinem Vater und mir.«

Amelias Kehle schnürte sich zu, und sie nahm behutsam die Schachtel in die Hand. »Danke.«

Sie hätte nie mit einem Geschenk gerechnet. Sie hatte keine Ahnung, was es sein könnte, aber es war ziemlich schwer. Zu groß, um nur eine Halskette zu sein, aber zu klein für ein Buch. Nicht, dass ihre Mutter ihr überhaupt ein Buch schenken würde. Das letzte, was sie wollte, war, Amelia bei ihrem Blaustrumpfdasein auch noch zu unterstützen.

Sie hob den Deckel aus dunklem Holz und keuchte auf. Auf einem Bett aus Samt funkelte ein Diadem. Gemacht aus zarten Silberfäden, Diamanten und Perlen. Überraschend elegant und geschmackvoll.

Sie blickte auf. »Der ist wunderschön.«

Mrs. Hart lächelte. »Ich bin froh, dass es dir gefällt. Ich hätte ja etwas ...« Sie wedelte mit der Hand. »... teureres ausgesucht, aber dein Vater bestand auf diesem hier, und wenn er will, kann er sehr stur sein.«

Als Mary das Kleid für Amelia aufhielt, stieg sie vorsichtig hinein. Das Dienstmädchen zog die Stoffbahnen an ihr hoch und begann, die Rückenschnürung festzuziehen. Ihre Mutter nahm das Diadem und steckte es in Amelias Haaren fest.

»Na also.« Sie machte einen Schritt zurück und blickte Amelia von Kopf bis Fuß an. »Du bist eine Braut, die eines Grafen würdig ist.«

Amelia konnte sich kaum davon abhalten, die Augen zu verdrehen. Sie nahm an, Mrs. Hart hatte ihre Tagesdosis an Nettigkeiten aufgebraucht und kehrte zu ihrem alten Ich zurück, in dem nichts wichtiger war als der äußere Schein.

»Wie lange haben wir noch, ehe wir aufbrechen müssen?«, fragte sie.

Mrs. Hart blickte zur Uhr. »Fünfzehn Minuten.«

Mary schloss die Bänder und ließ die Hände sinken. »Fertig.«

Mrs. Hart nickte. »Danke, Mary. Du darfst uns allein lassen.«

Mary machte einen Knicks und fing Amelias Blick auf, als sie sich wieder erhob. Sie sagte nichts - alles andere hätte Mrs. Hart wohl auch für unangemessen gehalten - aber Amelia konnte das stille Lebewohl in ihrem Blick lesen.

»Danke für alles«, murmelte Amelia. »Und alles Gute.«

Nachdem Mary gegangen war, setzte sich Mrs. Hart auf die Bettkante.

»Du hast Glück«, sagte sie zu Amelia und faltete die Hände im Schoß. Sie befeuchtete ihre Lippen und sah auf einmal ungewohnt nervös aus. »Wenn du verheiratet bist, wirst du so oft wie möglich bei dem Grafen liegen, um einen Erben zu zeugen. Du wirst erst dann in deiner neuen Stellung ganz sicher sein, wenn du Mutter bist, denn sollte dem Earl etwas zustoßen, könnte sein Nachfolger dich einfach loswerden.«

Amelia runzelte die Stirn. Darüber hatte sie noch gar nicht nachgedacht. Aber der Earl war jung und stark, also glaubte sie nicht, dass sie sich allzu große Sorgen machen sollte. Und sollte er doch unerwartet sterben, könnte sie doch sicher zu ihren Eltern zurückkehren. Immerhin tat sie das alles ja auch, um ihnen zu helfen.

»Was gehört eigentlich genau dazu, mit ihm zu liegen?«, fragte sie.

Sie hatte Bücher gelesen, in denen es auch um diesen Teil ging, aber davon war nichts besonders nützlich gewesen.

Mrs. Hart zog eine Grimasse. »Das wird er dir alles sicher erklären. Du sollst nur wissen, dass ihr, sobald er das getan hat, es so oft wie möglich tun solltet, bis du einen Sohn hast.«

»Ich verstehe.« Obwohl sie nicht ganz sicher war, was sie zu erwarten hatte. Ihre Mutter hatte ja keine Ahnung, wie kühl diese Abmachung in Wirklichkeit war, also hatte sie auch keinen Grund, an dem zu zweifeln, was passieren sollte.

Amelia jedoch hatte keine Ahnung, wie bald der Graf intim mit ihr würde sein wollen. Sie hatte versprochen, ihm einen Erben zu schenken, aber würde er das sofort angehen wollen, oder würde er damit lieber noch warten?

Sie selbst war sich nicht einmal sicher, welche der beiden Optionen ihr mehr zusagte. Das schnell aus dem Weg zu räumen, würde bedeuten, dass sie sich keine Sorgen mehr darum machen müsste, aber was, wenn es ihr nicht gefiel, dass zu tun ... was auch immer *das* war? Wenn sie diese Grenze erst einmal überschritten hätten, gäbe es kein Zurück mehr.

»Gut.« Mrs. Hart stand auf. »Dann wollen wir mal los. Es ist an der Zeit, dich zu verheiraten.«

Als sie das Zimmer verließen, warf Amelia noch einen letzten Blick über ihre Schulter auf den Ort, an dem sie die vergangenen beiden Jahre ihres Lebens verbracht hatte. Es fühlte sich nicht mehr wie ein Zuhause an, und unter den gegebenen Umständen war das ein Glück.

Ihr Vater wartete geduldig bei der Tür, als sie die Haupt-treppe hinunterstiegen. »Die Kutsche ist bereit.« Sein Blick verweilte einen Moment auf Mrs. Hart und wanderte dann weiter zu Amelia. »Du siehst bezaubernd aus, Mia. Gefällt dir das Diadem?«

»Es ist wunderschön.«

Mr. Hart küsste sie auf die Wange. »Perfekt für dich also.«

Ihr Herz drückte sich zusammen. Wenn er so mit ihr redete, fand sie es schwer, sich daran zu erinnern, warum sie Lord Longley überhaupt heiraten sollte. Aber ganz gleich, wie zärtlich er zu ihr war, sie konnte nicht vergessen, dass für ihn die Wünsche ihrer Mutter immer über den ihren standen. Und weil er derjenige mit dem Geld war, traf er auch die Entscheidungen.

Sie wandte den Blick ab. »Welche Kutsche nehmen wir?«

Mrs. Hart lachte. »Die beste natürlich. Ich habe sie für eine Hochzeit dekorieren lassen.«

»Nicht so wie das Gefährt, in dem du und ich zu unserer eigenen Eheschließung rollten«, murmelte Mr. Hart.

Amelia zwang sich, das Lächeln im Gesicht zu behalten. Manchmal war es leicht zu vergessen, dass ihrer Mutter nicht die große Hochzeit vergönnt gewesen war, die sie sich gewünscht hatte. Sie und Mr. Hart hatten in einer ganz kleinen Zeremonie geheiratet. Sie war nicht mal in der Lage gewesen, sich für den Anlass ein neues Kleid zu kaufen.

Und obwohl Amelia das möglicherweise sogar lieber gewesen als ihr eigener großer Auftritt heute, nahm sie an, dass Mrs. Hart nun wenigstens die Gelegenheit gehabt hatte, eine große Hochzeit zu planen, wenn es auch nicht ihre eigene war.

Sie war sich ihrer Umgebung kaum bewusst, als sie das Haus verließen und in die Kutsche stiegen. Die Fahrt schien gleichzeitig eine Ewigkeit und nur wenige Augenblicke zu dauern. Bevor sie es sich versah, half ihr Vater ihr auf die Pflastersteine vor der Georgskirche hinunter.

Der Wind schlug ihr die Röcke um die Waden. Sie stemmte sich gegen die Brise und blickte auf den Ring an ihrem Finger hinunter. Es fühlte sich immer noch nicht richtig an, einen Ring zu tragen, der der Großmutter des Grafen gehört hatte. Das alles fühlte sich so falsch an. Er heiratete sie, weil sie reich war, nicht, weil er sie wollte.

Vielleicht, wenn die Umstände anders gewesen wären, würde sie sich nicht wie ein Eindringling fühlen.

Sie drückte den Rücken durch.

Egal. Was auch immer der Grund war, sie heiratete den Earl.

Sie war praktisch veranlagt. Sie würde das schaffen.

Sie marschierte die Treppe zum Portal hinauf.

ALS DIE ORGEL ZU SPIELEN BEGANN, RICHTETE ANDREW SICH auf und drehte sich zur Tür. Er blinzelte gegen das grelle Licht draußen und konzentrierte sich auf die Silhouette, die in der Tür auftauchte. Er starrte sie an, als sie näher kam, bis er schließlich ihre Gesichtszüge erkennen konnte.

Sein Atem stockte, und er rieb sich den Schmerz aus der Brust.

Sie war umwerfend.

Trotz des Kleides, das weder vom Stil noch von der Farbe her ganz zu ihr passte, sah Amelia strahlend aus. Ihre Augen funkelten heller denn je, und in ihrem dichten Haar glitzerten Juwelen.

Der Schmerz in seiner Brust verstärkte sich, aber er zwang sich, die Hand sinken zu lassen, damit niemand sein Unbehagen bemerken würde. Der verdammte Speck, den er heute Morgen gegessen hatte, schien ihm Verdauungsbeschwerden zu bereiten.

Hinter Amelia schritten ihre Eltern den Gang herunter, das Kinn hoch erhoben, mit stolzer Miene. Es war unüblich, dass beide Elternteile die Braut auf diese Weise begleiteten, aber Mrs. Hart hatte darauf bestanden, und da Andrew das eigentlich ziemlich egal war, war er froh, dass er ihr diesen Wunsch hatte erfüllen können.

Amelia blieb vor ihm stehen, und ihr Vater reichte ihre Hand an Andrew. Er umfasste sie mit seiner Handfläche, genoss die Weichheit ihrer Haut und die federleichte Berührung, die ihn wie ein Blitz traf.

Sie sah ihm in die Augen, und statt der großen Unschuldsaugen, die man von einer aristokratischen Braut erwarten würde, sah er in ihrem Blick nur Entschlossenheit. Er grinste. Seine zukünftige Frau war stark. Er drückte ihre Hand, und ihr Mundwinkel hob sich.

Der Pfarrer sprach in einem angenehmen Bariton und begrüßte die Anwesenden zur Hochzeit von Andrew Drake, dem Earl of Longley, und Miss Amelia Winnifred Hart.

Andrew hatte immer erwartet, dass er bei seiner Hochzeit entweder Panik oder Erleichterung empfinden würde - er war sich nicht sicher, was von beiden. Doch er fühlte keine dieser Emotionen, als er sein Gelübde vor den meisten der Anwesenden wiederholte.

Stattdessen herrschte eine sanfte Wärme in ihm, weil er irgendwie wusste, dass er nur an der Oberfläche dessen gekratzt hatte, wer Amelia war, und er freute sich darauf, mehr über sie zu lernen.

Er verspürte einen Anflug von Angst, als sie das Wort ergriff, nur für den Fall, dass sie es sich in letzter Minute anders überlegen würde, aber sie schwankte nicht, und ihre Stimme hallte deutlich in der Kirche.

Der Pfarrer erklärte sie zu Mann und Frau, und Andrew nahm ihr Gesicht zwischen seine Handflächen und küsste sie. Er hatte vorgehabt, sich nach dem keuschen Aufeinandertreffen ihrer Lippen auf angemessene Weise zurückzuziehen, aber er konnte nicht. Ihre Lippen waren das perfekte Kissen für seine, weich und anschmiegsam.

Er atmete durch die Nase ein, und ihr berauschender Pfefferminzduft ließ seinen Schwanz aufhorchen. Es sollte nicht erregend sein, eine Frau - *seine Frau* - allein an ihrem Duft zu erkennen, aber hier war es unbestreitbar.

Sie kam etwas näher und drückte sich leicht gegen ihn. Ihre Hände vergruben sich in seiner Jacke, und sie nutzte den Griff, um das Gleichgewicht wiederzufinden. Sie trennten sich, und er öffnete seine Augen einen Moment vor ihr.

Ihre Wimpern flatterten, so dunkel auf ihrer Alabasterhaut. Dann blitzten ihre Augen auf und brannten mit einer

Intensität, die ihn bis ins Mark erschütterte. Die Leidenschaft in ihren Tiefen erschütterte ihn.

Und sie gehörte ganz ihm.

Nur wenige Meter entfernt verkündete der Pfarrer den neuen Grafen und die neue Gräfin von Longley. Die Hochzeitsgäste erhoben sich von ihren Plätzen. Währenddessen kämpfte Andrew damit, seinen gierigen Schwanz zu kontrollieren. Er konnte wohl kaum mit einer Erektion nach draußen gehen.

Amelia zog eine Augenbraue hoch. »Mylord?«

Er atmete heftig aus und war einigermaßen überzeugt, dass er vorerst in Sicherheit war. Er zog ihre Hand durch seine Ellenbeuge und führte sie den Gang hinunter und aus der Kirche hinaus.

Kaum waren sie draußen, wehte ihnen ein kühler Wind entgegen, und er fühlte sich erleichtert. Sein Körper würde bei dieser Kälte halbwegs mitspielen.

Seine Kutsche erwartete sie, das Familienwappen prangte an der Tür, die ein livrierter Lakai aufhielt. Er begleitete sie zur Kutsche und half ihr hinein, dann kletterte er ihr nach. Der Lakai schloss die Tür, und die Kutsche setzte sich in Bewegung.

Er wandte sich ihr zu. »Sie sehen unglaublich aus, meine Gräfin.«

Sie hob zweifelnd eine Augenbraue. »Dieses Kleid mag der Gipfel der Mode sein, aber das heißt nicht, dass es mir steht.«

Er gluckste. »Vielleicht nicht, aber das meine ich auch nicht. Du bist heute sehr hübsch. Nicht das Kleid oder das zweifellos unbezahlbare Diadem. Du.«

Ihre Wangen erröteten, und sie wandte ihr Gesicht von ihm ab. War sie schüchtern, oder verstand sie ihre Anziehungskraft immer noch nicht?

Sie fuhren in friedlichem Schweigen, beide froh über die kleine Pause vor dem Hochzeitsfrühstück. Mrs. Hart hatte sich für eine weniger traditionelle Veranstaltung entschieden, sodass die Gäste frei zirkulieren konnten. Das würde ihn und Amelia auch für die neugierigen Mitglieder des *ton* zugänglicher machen.

Der Fahrer nahm einen Umweg zum Haus der Harts, und als sie dort ankamen, waren viele der Hochzeitsgäste schon da. Andrew erblickte sofort Ashford, der vor dem Gebäude wartete, seine Haltung starr, sein Gesichtsausdruck distanziert.

Die Kutsche hielt an.

»Bist du bereit dafür?«, fragte er sie.

Sie verzog das Gesicht. »Bist du sicher, dass wir nicht einfach direkt zu dir weiterfahren können?«

»Und deiner Mutter ihren Platz an der Sonne verweigern?«

»Örgs.« Sie erhob sich von ihrem Sitz. »Das würde sie mir nie verzeihen.«

Er eilte hinaus und half ihr herunter, bevor sie ihn überflüssig machte, indem sie bewies, dass sie durchaus in der Lage war, ohne seine Hilfe aus der Kutsche auszusteigen. Natürlich war sie das, aber es war schön für einen Mann, sich gebraucht zu fühlen.

»Bevor wir reingehen, möchte ich dir noch jemanden vorstellen«, murmelte er dicht an ihrem Ohr. Er zog sie in Richtung Ashford. »Amelia, das ist mein ältester Freund, der Duke of Ashford. Er ist für unsere Hochzeit aus Norfolk angereist, obwohl er eine Frau und eine kleine Tochter zu Hause hat.«

Amelia versank in einem Knicks. »Danke, dass Sie die Reise auf sich genommen haben, Euer Gnaden. Es ist mir eine Ehre, Sie kennenzulernen.«

»Gleichfalls.« Ashfords kühle Augen erwärmten sich ein wenig. »Ich habe gehört, Sie lesen gerne?«

Sie warf Andrew einen kurzen Blick zu, offensichtlich unsicher, wie sie reagieren sollte. Er verstand ihre Verwirrung. Die Frage kam aus heiterem Himmel, und ihre Mutter hatte ihr beigebracht, dass sie solche Dinge nicht erwähnen sollte.

»Ihre Gnaden, die Herzogin von Ashford, ist ebenfalls eine begeisterte Leserin«, erklärte Andrew, in der Hoffnung, deutlich zu machen, dass der Herzog diese Gewohnheit nicht missbilligte.

Ihre Gesichtszüge entspannten sich. »Wie schön. Ich würde sie gerne einmal kennenlernen, wenn es passt.«

Ashfords Mund verzog sich leicht, mehr Enthusiasmus war bei ihm nicht zu erwarten. »Wir würden uns freuen, wenn Sie uns einmal besuchen, sobald Sie sich an Ihr neues Leben gewöhnt haben.«

»Andrew!«

Alle drehten sich zur Gräfinwitwe um, die mit einem breiten Grinsen auf sie zueilte, Kate dicht auf den Fersen.

»Herzlichen Glückwunsch.« Lady Drake schlang ihre Arme um ihn und stellte sich auf die Zehenspitzen, um ihm ins Ohr zu flüstern: »Du hast gut gewählt. Danke, dass du das für uns tust.«

Er küsste sie auf die Wange. »Mutter, Kate, erlaubt mir, euch die neue Gräfin von Longley richtig vorzustellen.«

Lady Drake zog Amelia in eine Umarmung. »Willkommen in der Familie, Gräfin.«

Amelias Blick flog zu seinem, erschrocken über die körperliche Zuneigung.

»Mach einfach mit«, sagte er.

»Danke, Lady Drake.«

Seine Mutter schaute sich um, um sicherzugehen, dass niemand zuhörte. »Nenn mich Brigid. Oder Mutter. Womit auch immer du dich wohlfühlst.«

Amelias Mund öffnete und schloss sich. »D... danke«, wiederholte sie und wandte sich dann an Kate. »Es ist schön, Sie kennenzulernen. Soll ich Sie lieber 'Katherine' oder 'Kate' nennen?«

Kate lächelte. »Bitte nenn mich Kate. Schließlich werden wir Schwestern sein.«

Amelias Gesichtsausdruck wackelte. Sie schien nicht zu wissen, was sie davon halten sollte. Sie blinzelte schnell, und er vermutete, dass sie versuchte, ihre Gefühle wieder unter Kontrolle zu bekommen.

»Das würde mir sehr gefallen«, sagte Amelia mit heiserer Stimme. »Ich bin begierig, mehr über dich zu erfahren.«

Kate nickte. »Und ich über dich. Andrew spricht in den höchsten Tönen von dir.«

Lady Drake gestikulierte in Richtung des Eingangs. »Wir können später weiterreden. Wollt ihr denn nicht erst einmal reinkommen? Deine Mutter kann es kaum erwarten, mit den Feierlichkeiten zu beginnen.«

Amelia ließ sich zur Tür führen. Andrew blieb dicht hinter ihr.

Leider war der Rest des Hochzeitsfrühstücks nicht so angenehm. Mehrere Stunden lang wurden sie den intensivsten Untersuchungen unterzogen, die Andrew je erlebt hatte.

Jeder wollte mit ihnen sprechen. Jeder einzelne Hochzeitsgast schien geneigt zu sein, sich persönlich für die Einladung zu bedanken, auch wenn es ja eigentlich Mrs. Hart gewesen war, die die Gästeliste zusammengestellt hatte. Mehr als einer gab ihm gut gemeinte Eheratschläge, die ihn innerlich zusammenzucken ließen.

Als sie endlich wieder auftauchten, war er kaum noch in der Lage, einen Satz zu formulieren. Irgendwie schaffte er es, dem Fahrer zu sagen, dass er sie nach Hause bringen sollte, und dann stiegen er und Amelia in die Kutsche und sackten auf den Sitzen zusammen.

Er starrte blind an die Wand gegenüber. »Ich mag Menschen, aber das war ...«

»Erschöpfend«, schlug sie vor und klang dabei genauso müde wie er.

Sein Magen grummelte. Er war verdammt hungrig. Er hatte keine Gelegenheit gehabt, mehr als ein Stück Kuchen und ein paar winzige Gebäckstücke zu verzehren. Gott bewahre, dass der Bräutigam auf seiner eigenen Hochzeit essen durfte.

»Wenigstens wird es in Longley House ruhig sein.« Seine Mutter und seine Schwester waren bei Freunden untergebracht, damit sie ein paar Nächte für sich hatten.

Amelia vergrub ihr Gesicht in ihren Händen und stöhnte.

»Was ist denn?«, fragte er.

Sie schaute ihn zwischen ihren Fingern hindurch an. »Ich muss noch das Hauspersonal kennenlernen. Was, wenn sie mich nicht mögen, weil ich nicht hochgeboren bin?«

Sie würden sie *verdammt noch mal* mögen, denn sie war der Grund dafür, dass sie sich nicht um eine neue Stelle bemühen mussten, und er war sich sicher, dass zumindest ihre ranghöheren Mitarbeiter das erkannt hatten. Nicht, dass er ihr das auch so sagen könnte. Er vermutete, dass sie den Grund für ihre Heirat nicht so locker sah, wie sie es ihm weismachen wollte.

»Sie werden dich respektieren, weil du meine Frau bist.« Das war die beste Unterstützung, die er bieten konnte. »Wenn du das Gefühl hast, dass jemand dich nicht willkommen heißt, lass es mich wissen.«

Sie ließ die Hände sinken und schürzte die Lippen. »Es ist wichtig, dass ich meinen eigenen Weg mit ihnen finde. Ich kann nicht zulassen, dass du für den Rest unseres Lebens als Vermittler fungierst.«

Und genau aus diesem Grund würden seine Bediensteten sie respektieren. Sie war eine praktische Frau, aber freundlich.

Er legte seine Hand auf ihren Oberschenkel. »Vertrau mir. Es wird alles gut.«

Sie seufzte. »Ich hoffe es.«

Als sie in die Einfahrt von Longley House einbogen,

standen die Angestellten schon entlang der Vorderseite des Gebäudes aufgereiht. Mrs. Smythe, die Haushälterin, stand vorne neben Boyden, dem einzigen Mitglied des Haushalts, das man als leicht versnobt bezeichnen könnte. Am hintersten Ende standen die Stallburschen, die mit unruhiger Energie wippten.

Mrs. Smythe begrüßte sie, als sie die Kutsche verließen, und hieß Amelia herzlich in Longley House willkommen. Amelia ihrerseits war die Nervosität kaum anzumerken. Sie war ruhig und höflich, während Mrs. Smythe - eine kleine, stämmige Frau mit grauem Haar und freundlichen Augen - sie jedem Mitglied des Haushaltspersonals vorstellte.

Als das erledigt war, schickte Mrs. Smythe das Personal weg und bot Amelia eine Führung durch das Haus an.

»Das würde mir gefallen«, antwortete Amelia und lächelte.

Mrs. Smythes Wangen waren gerötet, und sie schien glücklich darüber. »Ausgezeichnet.«

Sie führte sie durch das Erdgeschoss und zeigte Amelia die Salons, das Morgenzimmer, das Arbeitszimmer des Grafen, den Speisesaal und den Ballsaal. Sie gingen die Treppe hinauf und bahnten sich ihren Weg zuerst durch den Gästeflügel, um schließlich in den Gemächern des Grafen und der Gräfin zu landen.

»Ich hoffe, Lady Drake musste nicht meinetwegen umziehen«, sagte Amelia, als sie vor ihrem neuen Schlafgemach anhielten.

»Oh nein, Mylady«, beeilte sich Mrs. Smythe zu versichern. »Ihre Ladyschaft benutzt schon seit Jahren das Zimmer am Ende des Ganges auf der rechten Seite.«

Amelias Schultern entspannten sich. »Gut. Ich möchte nicht, dass sie sich in ihrem eigenen Haus unwohl fühlt.«

»Es ist jetzt auch dein Zuhause«, erinnerte Andrew sie.

Ihr Lächeln wurde schief. »Ich nehme an, das ist es.«

Andrew deutete auf die Tür. »Gehen Sie voran, Mrs. Smythe.«

Die Haushälterin stieß die Tür auf und hielt sie ihnen auf. Andrew schaute sich im Raum um und hoffte, dass er Amelias Erwartungen erfüllen würde.

Das Bett war groß und mit einem tiefroten Bezug versehen. Der Kleiderschrank, der sich an der Wand gegenüber dem Fußende des Bettes befand, war geräumig und trotz seines Alters gut in Schuss. Ihre Kleider waren bereits ausgepackt, ebenso wie der Rest ihrer Besitztümer, und das, was noch auszupacken war, stapelte sich in Taschen und Kisten an der nächsten Wand.

Rechts neben dem Kleiderschrank befand sich ein kleiner Schminktisch mit einem Spiegel, und auf der anderen Seite des Raumes stand neben den mit rubinroten Vorhängen verzierten Fenstern ein kunstvoll geschnitzter Schreibtisch. Er hatte ihn aus der Bibliothek hierher bringen lassen und mit einem Vorrat an Papier, Tinte und einem Siegel, das ihre Stellung als Gräfin von Longley kennzeichnete, ausstatten lassen.

Amelia ging auf den Schreibtisch zu, ihr Blick blieb darauf haften. »Ist das für mich?«

»Ja. Ich hoffe, daran kannst du gut arbeiten.«

Sie fuhr mit dem Finger über das Holz. »Der ist ... exquisit. Danke, Mylord.«

Er vergewisserte sich, dass Mrs. Smythe gegangen war und sie nun allein waren. »Lass das. Du kannst mich Andrew nennen.«

Sie schaute ihn an, und ein Lächeln huschte über ihre Lippen. »Andrew ist ein schöner Name. Stark. Freundlich. Passt zu dir.«

Sein Herz machte einen zusätzlichen Hüpfer. »Und darf ich dich Amelia nennen?«

Sie nickte. »Wenn du das willst.«

»Das tue ich.« Er ging auf sie zu und griff nach ihrer

Hand. »Ich weiß, dass unsere Vereinbarung nur auf Vernunft basiert, aber ich hoffe, wir können Freunde sein. Das wäre mir unendlich viel lieber, als wenn wir als Fremde zusammenleben würden.«

Sie suchte in seinen Augen. »Mir auch.«

Seine Kehle schnürte sich zu, und musste sich räuspern. »Dann werden wir also Freunde sein.« Er zögerte. »Ich lasse dich jetzt allein, damit du dich einrichten kannst, aber bevor ich gehe, gibt es noch irgendetwas, das du brauchst oder wissen möchtest?«

Sie knabberte an ihrer Unterlippe, ihr ganzes Selbstvertrauen dahin. »Äh ... werde ich heute Abend meine ehelichen Pflichten erfüllen?«

KAPITEL 14

AMELIA VERSCHRÄNKTE IHRE HÄNDE IN IHREM ROCK UND wartete gespannt auf Andrews Antwort.

Er blinzelte sie schnell an, offensichtlich überrumpelt. »Es besteht keine Eile, die Ehe zu vollziehen. Wir können uns etwas Zeit nehmen, um uns aneinander zu gewöhnen.«

Die Enge in ihrer Brust lockerte sich, aber eine unangenehme Stimme in ihrem Hinterkopf flüsterte ihr zu, dass er sie nicht wirklich um ihres Wohlbefindens willen in Ruhe lassen wollte, sondern weil er sich nicht zu ihr hingezogen fühlte.

Sie tat ihr Bestes, um diesen Gedanken zu ignorieren, aber dann kam ihr ein anderer in den Sinn. Ihre Mutter wäre nicht erfreut, wenn sie erführe, dass ihre Tochter den Vollzug der Ehe hinausgezögert hatte.

Sie biss die Zähne zusammen. Ihre Mutter hatte kein Recht auf eine eigene Meinung in dieser Sache. Amelia war jetzt verheiratet, und laut ihrem Ehevertrag war die einzige Meinung, die zählte, ihre eigene - und war das nicht endlich mal was anderes?

Sie lächelte. »Danke für deine Rücksichtnahme.«

»Gern geschehen.« Er zog die Augenbrauen zusammen

und öffnete den Mund, als wolle er sie etwas fragen, schloss ihn dann aber wieder, weil er es sich offenbar anders überlegt hatte.

»Ist mir ein Dienstmädchen zugeteilt worden?«, fragte sie.

»Noch nicht.« Er musterte sie genau. »Du kannst dir entweder ein Dienstmädchen mit meiner Schwester teilen, eines deiner Wahl einstellen oder eines unter den Hausmädchen auswählen. Was wäre dir denn am liebsten?«

Sie überlegte kurz. Es wäre schön, eine eigene Zofe zu haben, aber sie hatte nicht vor, oft an gesellschaftlichen Veranstaltungen teilzunehmen, sodass ein Dienstmädchen, das sie eigens für sich anstellen sollte, sich wahrscheinlich die meiste Zeit langweilen würde, weil es keine anderen Aufgaben hätte.

»Würde es deine Schwester stören, wenn wir teilen?« Sie wollte keine Reibereien zwischen ihnen verursachen, wo sie sich doch gerade erst Stunden zuvor zum ersten Mal begegnet waren.

»Ganz und gar nicht.« Er legte den Kopf schief. »Kate hat nicht viel Grund zum Ausgehen, sodass es für Margaret allzu große Belastung bedeuten würde, sich um euch beide zu kümmern.«

»Dann werde ich teilen.« Zumindest für den Moment. Sobald sie eine bessere Vorstellung davon hatte, wie der Haushalt funktionierte, könnte sie immer noch eine neue Bewertung vornehmen.

Er ging rückwärts zur Tür. »Ich schicke Margaret rein.«

»Danke, Andrew.«

Er ließ seine Zähne aufblitzen. »Wirklich gern geschehen, Amelia.«

Mit diesen Worten verließ er den Raum mit einem fröhlichen Schwung im Schritt. Sie lachte in sich hinein. Natürlich war er gut gelaunt. Das Vermögen seiner Familie hatte sich im Vergleich zu gestern deutlich verbessert.

Als sie sich auf die Bettkante setzte, war sie überrascht, dass die Matratze viel weicher war als die zu Hause.

Nein, nicht zu Hause. Das Haus ihrer Eltern. Das hier war jetzt Zuhause.

Sie wünschte sich, sie könnte sich zurücklehnen und die Augen schließen, aber sie befürchtete, dass das Kleid dann aus den Nähten reißen würde. Es schien nicht die Art von Ensemble zu sein, die viel Belastung aushalten würde.

Leichte Schritte erklangen draußen auf dem Korridor, und dann betrat eine Frau, die vielleicht ein paar Jahre älter war als Amelia, den Raum und knickste tief. Sie war zierlich, hatte dunkles Haar und ein sommersprossiges Gesicht. Amelia erinnerte sich daran, dass sie ihr draußen vorgestellt worden war, obwohl sie sich vielleicht nicht an ihren Namen erinnern würde, wenn Andrew ihn nicht erwähnt hätte.

»Mylady.« Sie erhob sich, aber ihr Blick blieb auf dem Boden haften. »Seine Lordschaft sagte, Sie bräuchten meine Dienste.«

Amelia kam auf die Füße. »Danke, dass du gekommen bist, Margaret. Ich wäre dir sehr dankbar, wenn du mir helfen würdest, aus diesem Kleid herauszukommen. Ich habe das Gefühl, dass ich nicht richtig atmen kann, solange ich das trage.«

Sie drehte Margaret den Rücken zu, und das Dienstmädchen begann, die Bänder zu lockern. Der Druck auf Amelias Brustkorb ließ allmählich nach, bis das Kleid von ihren Schultern rutschte. Sie stieg heraus, und Margaret zog es unter ihr weg.

»Möchten Sie Ihr Haar auch öffnen?«, fragte Margaret.

»Das wäre schön.« Amelia tappte zu dem Stuhl vor dem Schminktisch und setzte sich. Während Margaret nach einer Haarbürste suchte, beugte sich Amelia näher zum Spiegel und befreite das Diadem vorsichtig aus ihrem Haar. Sie legte es auf den Tisch, weit genug entfernt, damit keiner von ihnen beiden es versehentlich herunterstoßen konnte.

»Es ist ein wunderschönes Diadem«, sagte Margaret wehmütig. »So etwas habe ich noch nie gesehen.«

Nein, das konnte Amelia sich auch nicht vorstellen. Aristokratische Frauen neigten dazu, ihren besten Schmuck nur bei Auftritten im Königshaus oder bei Hochzeiten zu tragen.

»Es war ein Hochzeitsgeschenk meiner Eltern«, sagte sie.

Margaret legte eine Haarbürste auf den Tisch und stellte sich hinter Amelia. Sie neigte ihren dunklen Kopf und begann, die mit Juwelen besetzten Haarnadeln eine nach der anderen zu entfernen. Haarsträhnen fielen um Amelias Schultern. Ihre Kopfhaut kribbelte, und sie widerstand dem Drang, sich zu kratzen.

Als sie alle herausgezogen waren, bürstete Margaret ihr Haar, bis es glänzte.

»Möchten Sie es offen lassen?«, fragte sie.

Amelia legte den Kopf schief und betrachtete ihr Spiegelbild. »Ja, ich glaube schon.«

Hier gab es keine Mrs. Hart, die mit ihr schimpfte, weil sie nicht in angemessener Aufmachung zum Abendessen erschien. Sie konnte ihr Haar offen tragen oder es einfach zurückbinden, wenn sie wollte.

Margaret entfernte sich, und Amelia schob den Stuhl zurück. »Kannst du mir, bevor du gehst, noch in ein Tageskleid helfen?«

»Natürlich.«

Das Dienstmädchen half ihr in ein hellblaues Tageskleid und verabschiedete sich dann mit einem weiteren Knicks und einem höflichen Abschiedsgruß.

Sobald Amelia sicher war, dass sie allein war, durchsuchte sie das Zimmer, bis sie ihre Kopie des unterzeichneten Ehevertrags fand. Sie trug ihn zum Schreibtisch, an dem ein kleines Schloss mit einem Schlüssel angebracht war, und schloss ihn ein.

Nach dem, was sie von Andrew gesehen hatte, glaubte sie, dass er sich an ihre Vereinbarung halten würde und sie nie würde versuchen müssen, etwas davon rechtlich durchzusetzen - falls die Gerichte so etwas überhaupt zulassen würden -, aber es war das Beste, dieses Papier für den Fall der Fälle an einem sicheren Ort aufzubewahren.

Als nächstes suchte sie ihr ordentlichstes Exemplar von Miss Joceline Davies' erstem Abenteuer. Sie legte die Seiten ordentlich auf eine Seite des Schreibtisches, setzte sich und schrieb einen Brief an einen der Verlage, die sie zuvor recherchiert hatte.

Ihr neues Briefpapier war etwas anders als das, was sie gewohnt war, und sie musste den Brief zweimal umschreiben, bevor er ordentlich genug war, um sie zufrieden zu stellen.

Dann legte sie den Brief oben auf den Papierstapel und schnürte alles zusammen, ehe sie das Bündel mit dem Longley-Wappen versiegelte und die Adresse des Verlags auf die Vorderseite schrieb.

Dann trug sie das Paket mit möglichst ernstem Gesicht die Treppe hinunter und bat Mrs. Smythe, sicherzustellen, dass es umgehend verschickt wurde. Die Haushälterin fragte nicht einmal nach, sondern lächelte nur, nickte und sagte, dass es gleich morgen früh erledigt werden würde.

Auf dem Weg zurück die Treppe hinauf unterdrückte Amelia ein Kichern. Sie fühlte sich innerlich schwindlig. Leicht, fröhlich und um Jahre jünger.

Sie hatte ein belletristisches Werk bei einem Verlag eingereicht.

Als Miss Amelia Hart wäre sie dazu nicht in der Lage gewesen, aber niemand würde die Gräfin von Longley aufhalten.

Und wenn der Verlag nicht interessiert war, konnte sie es noch einmal woanders versuchen. Und wieder. Wenn sie wollte, könnte sie jeden Tag mit Joceline fremde neue Welten erforschen.

Niemand würde sie anschreien, wenn sie an ihrem

Schreibtisch weit weg war oder ihre Hände mit Tinte verschmiert waren. Niemand würde ihr das Gefühl geben, minderwertig zu sein, weil sie ihre Zeit so verbringen wollte.

Sie stürmte in ihr neues Schlafgemach, ließ sich auf das Bett fallen und grinste zur Decke hinauf. Ihr erster Vorgeschmack auf die Freiheit war so wunderbar, wie sie es sich erträumt hatte.

Sie schloss die Augen und ließ ihre Gedanken endlich zur Ruhe kommen. Der Tag war von Anfang bis Ende hektisch gewesen. Sie war ohne Ende zurechtgemacht worden, hatte vor einem großen Publikum sprechen und dann sinnlosen Smalltalk mit Dutzenden von Leuten führen müssen, von denen viele so gut wie nichts über sie wussten.

Aber das war es alles wert.

Sie hatte Privatsphäre, gesegnete Stille und zumindest ein Mindestmaß an Kontrolle über ihr eigenes Schicksal.

Mit mehr als nur ein wenig Vergnügen beschloss sie, dass es ihr gutes Recht war, den Rest des Nachmittags auf dem Bett liegend zu verbringen und einen halb-autobiografischen Abenteuerroman zu lesen, der von einem Missionar geschrieben worden war, der auf den indischen Subkontinent gesegelt war und dort mehrere Jahre gelebt hatte.

Als sie zum Abendessen gerufen wurde, rief sie Margaret nicht, um ihr Haar zu frisieren, noch zog sie ein formelleres Kleid an. Sie begab sich direkt in den Speisesaal und musste feststellen, dass dieser leer war.

»Da bist du ja.«

Sie drehte sich um. Andrew stand hinter ihr, bekleidet mit einem langärmeligen Hemd und einer Hose, ohne die vielen Kleidungsstücke, die er bei ihrer Hochzeit getragen hatte.

»Ich ziehe es vor, im Morgenraum zu essen.« Er grinste verlegen. »Ich weiß, es ist unkonventionell, aber wir haben einen kleinen Esstisch in der Ecke, und das ist viel angenehmer als der formelle Speisesaal.«

Ein langsames Lächeln breitete sich auf Amelias Gesicht aus. »Das klingt perfekt.«

»Ich hatte gehofft, dass du so denken würdest.« Er bot ihr seinen Arm an. »Mylady.«

Sie hätte fast einen Blick über ihre Schulter geworfen, dann lachte sie. »Daran muss man sich erst einmal gewöhnen.«

Er führte sie in den Korridor und eine Tür weiter in das Morgenzimmer, in dem sie zuvor kurz verweilt hatten. Zuerst hatte Amelia viele Details nicht bemerkt, zu überwältigt von allem, was im Laufe des Tages geschehen war, aber jetzt hielt sie inne, um den Anblick zu verarbeiten.

Die Tapete war waldgrün mit einem goldenen Muster. Die Vorhänge waren ebenfalls grün, und wie Andrew gesagt hatte, befand sich in der Ecke des Raumes ein quadratischer Tisch, an dem vier Personen Platz fanden.

Ein Teller mit Brötchen in der Mitte des Tisches verströmte einen Hefeduft, der ihr das Wasser im Mund zusammenlaufen ließ. Auf jeder Seite des Tisches befand sich ein abgedeckter Teller.

Andrew zog den Stuhl, der am weitesten von der Wand entfernt war, für sie heraus, und sie setzte sich. Er nahm den Platz gegenüber ein. Ein Dienstmädchen betrat den Raum und entfernte die Abdeckungen von jedem Teller. Andrew bedankte sich bei ihr, und sie verließ den Raum so geräuschlos, wie sie gekommen war.

»Es gibt noch mehr, wenn du Hunger hast«, sagte er und nahm sein Besteck in die Hand. »Heute Abend gibt es einfache Kost, nachdem wir vorhin so reichlich gegessen haben.«

Amelia tat es ihm nach. Man hatte ihr eine Schüssel mit Rindereintopf und einen Teller mit Kartoffeln, Bohnen und

Erbsen serviert. »Ich habe vorhin nicht viel gegessen, und das sieht köstlich aus.«

»Mrs. Baker ist ein Wunder in der Küche.«

Sie wartete, bis er ein Brötchen genommen hatte, bevor sie das ebenfalls tat. Er wirkte nicht wie ein übermäßig traditioneller Mann, aber es war am besten, sich erst einmal sein Verhalten anzusehen. Sie brach das Brötchen auf, tauchte es in den Eintopf und biss dann ab. Das Brot war weich und warm, der Eintopf schmackhaft.

»Oh, das ist gut«, murmelte sie.

Er grinste. »Ich habe es dir gesagt.«

Sie aßen beide mit großem Appetit und hielten nicht inne, um sich zu unterhalten, sondern nur, um hin und wieder zu schwärmen. Als die Teller leer waren, räumte das Hausmädchen sie ab und kam mit zwei Portionen Rhabarberpudding zurück.

Amelia tätschelte ihren Bauch. Sie war einigermaßen satt, konnte aber durchaus noch Platz für ein Dessert finden. »Du verwöhnst mich.«

Er ließ den schiefen Schneidezahn aufblitzen. »Ist es nicht das, was Ehemänner tun sollten?«

»Ich werde mich nicht beschweren.« Sie löffelte einen Klecks Sahne und Rhabarber und kostete ihn. Sie schloss die Augen und genoss den leicht säuerlichen Geschmack in Kombination mit der Süße.

Er gab ein Geräusch tief in seiner Kehle von sich. »Du magst also Nachtisch?«

»Tut das nicht jeder?« Sie hielt inne, um einen Schluck zu trinken. »Ich bin nicht süchtig nach Süßigkeiten, falls du das glaubst, aber ich genieße gutes Essen in jeder Form.«

Er neigte seinen Kopf zu ihr. »Genau wie das Schreiben.«

Sie sah ihn fragend an, und er nickte in Richtung ihrer Hand. »Da ist ein Tintenfleck. Ich nehme an, du hast vor dem Abendessen etwas geschrieben. Willst du mir mehr darüber erzählen?«

Amelia zögerte. Genaugenommen würde ihr Brief an den Verleger erst morgen das Haus verlassen. Wenn sie ihm die ganze Wahrheit sagte und er nicht einverstanden war, könnte er das noch verhindern.

Sie biss sich auf die Lippe. Ehrlich gesagt glaubte sie nicht, dass er sich einmischen würde. Der Graf - Andrew - kam ihr wie ein Ehrenmann vor. Außerdem wäre es vielleicht besser, wenn er es jetzt wüsste, als wenn er es erst später herausfinden sollte.

»Ich habe einen Roman geschrieben«, sagte sie ihm, und ihr Puls raste wie verrückt in ihrer Kehle. »Über eine junge Frau, die in der Fremde im Dschungel strandet, nachdem das Schiff, mit dem sie reist, in einem Sturm untergeht.«

Er hörte auf zu essen, seine Lippen spitzten sich vor Überraschung, seine funkelnden haselnussbraunen Augen waren auf sie gerichtet. »Weiter.«

Also erzählte sie ihm alles.

Nach einer Weile begann er zu lächeln, und als sie fertig war, strahlte er.

»Das ist unglaublich.« Er schüttelte den Kopf. »Ich kann nicht glauben, dass ich eine so begabte Frau geheiratet habe.«

Amelias Herz schlug höher. »Du missbilligst das nicht?«

Er runzelte die Stirn. »Missbilligen? Du hast einen Roman geschrieben. Willst du wissen, wie viele Herren in meinem Bekanntenkreis schon davon gesprochen haben, so etwas zu tun? Doch keiner von ihnen hat es geschafft, du schon.«

Sie neigte schüchtern den Kopf. »Es ist ja nicht so, dass es schon veröffentlicht worden wäre. Sie sind vielleicht nicht interessiert.«

»Sie werden es sein.« Er legte seine Hand auf die ihre, die auf dem Tisch lag. »Ich habe Vertrauen in dich.«

Ihr Magen drehte sich um, und die Stärke ihrer Gefühle machte es ihr schwer, zu sprechen. Sie hatte nicht zu träumen gewagt, dass er so positiv reagieren würde. Fühlte es sich so an, von ganzem Herzen unterstützt zu werden?

Es schien, als hätte sie mehr Glück im Heiratsspiel gehabt, als sie sich jemals hätte vorstellen können.

AM NÄCHSTEN MORGEN FRÜHSTÜCKTE ANDREW GEMEINSAM mit seiner frisch Angetrauten im Frühstücksraum. Sie servierte ihm Tee und fügte Zucker hinzu, so wie er es mochte, und im Gegenzug füllte er ihr einen Teller mit Ei, Toast und Wurst.

Er war so entspannt wie seit Wochen nicht mehr, als er ihr einen Blick über den Tisch zuwarf. Alles kam zusammen. Ihre Mitgift war auf sein Konto überwiesen worden, und er konnte bereits erkennen, dass sie gut zusammenpassen würden. Sie war intelligent und ehrgeizig - zwei Dinge, die er bewunderte, auch wenn er nicht dieselben Eigenschaften besaß.

Sie war auch ziemlich hübsch.

Er hatte sie immer für hübsch gehalten, auch wenn sie nicht den typischen Schönheitsstandards des *ton* entsprach, aber als sie ihren Toast mit einem heimlichen Lächeln auf den Lippen und einem Erröten auf den Wangen anschnitt, würde er jeden Mann herausfordern, sie nicht attraktiv zu finden.

»Was hast du heute vor?«, fragte er.

Ihr Messer klirrte gegen den Teller. »Die letzten Tage waren sehr anstrengend, deshalb habe ich mir vorgenommen, heute nichts anderes zu tun als zu lesen.«

Er gluckste. Das hätte er eigentlich erwarten müssen. »Du solltest die Bibliothek erkunden.«

Ihre Augen leuchteten. »Das werde ich. Gibt es Regale, die du besonders empfehlen würdest?«

Er blinzelte und stellte sich die Bibliothek vor. »Die belletristischen Bücher stehen hauptsächlich an der Seitenwand. Die anderen sind nach Themen geordnet. Die Regale sind nicht beschriftet, aber es wird nicht lange dauern, bis du dich zurechtfinden wirst.«

»Ausgezeichnet. Nicht, dass ich generell etwas gegen die Gelegenheit hätte, mich dort umzusehen.«

Er hätte fast gelacht. Natürlich nicht. Er hatte eine Frau geheiratet, die durchaus in der Lage war, sich selbst zu unterhalten. Sie hatte ihre eigenen Interessen. Ihre eigenen Zeitvertreibe.

Während sich manche Herren dadurch überflüssig vorkommen könnten, empfand er es als befreiend, weil es bedeutete, dass ihr Glück nicht von ihm abhing. Er stand nicht unter dem Druck, sie beschäftigen zu müssen.

Sie plauderten, während sie ihr Frühstück beendeten, und dann nahm Andrew eine Kutsche nach Ashford House. Der Herzog empfing ihn in seinem Arbeitszimmer, wo sie sich beide wohler fühlten als im Salon.

»Wie gefällt dir das Eheleben?«, fragte Ashford, während seine Haushälterin ihnen beiden eine Tasse Tee einschenkte.

»So weit, so gut.« Andrew nahm die Teetasse und pustete über die Oberfläche. »Meine Frau ist eine recht ungewöhnliche Frau, aber das gefällt mir an ihr.«

Ashford stellte seine Teetasse zum Abkühlen auf den Schreibtisch. »Ich habe den Eindruck, dass sie und Emma sich gut verstehen würden. Ich habe meine Einladung ernst gemeint. Wenn ihr London verlasst, solltet ihr einen Besuch in Ashford Hall in Betracht ziehen. Ich bin mir sicher, dass Emma es zu schätzen wüsste, wenn sie mit einer anderen Frau etwas Zeit verbringen könnte.«

»Das werden wir tun.« Er wusste nicht, ob Amelia irgendwelche Freunde unter den Mitgliedern des *ton* hatte. Er hatte sie nie mit einer anderen jungen Lady sprechen sehen, und sie hatte auch niemanden erwähnt, als sie sich kennenlernten. »Danke, dass du gekommen bist. Ich weiß, dass es für dich schwer gewesen sein muss, so schnell wieder von zu Hause wegzugehen.«

Ashford wandte den Blick ab, da es ihm zweifellos unangenehm war, über etwas zu sprechen, das als emotional bezeichnet werden könnte. »Ich hätte es nicht verpassen wollen. Ich kann aber nicht leugnen, dass ich gerne zurückkehren möchte.«

»Ich bin froh, dass du jemanden gefunden hast, der dich glücklich macht«, sagte Andrew. Sein Freund hatte zu viele Jahre einsam verbracht. Er hat etwas Besseres verdient. »Darf ich dich vor deiner Abreise noch um deine Meinung zu einigen geschäftlichen Angelegenheiten bitten?«

Ashford lehnte sich in seinem Stuhl zurück und kreuzte seine Knöchel. »Natürlich.«

Andrew nippte an seinem Tee und zuckte zusammen. Immer noch heiß. Er stellte die Tasse auf den Schreibtisch und stützte die Unterarme auf die Oberschenkel. »Ich werde mit Amelias Vater darüber sprechen, jemanden für die Verwaltung unseres Geldes einzustellen, aber ich würde ihm dabei gerne ein paar Ideen unterbreiten. Ich möchte nicht einfach Amelias Mitgift nehmen und davon leben. Ich möchte das Geld vermehren.«

Ashford neigte den Kopf. »Du willst eine Anlageberatung?«

Andrew wedelte mit der Hand. »Möglicherweise. Ich habe einige Ideen, die ich mit dir gern besprechen möchte. Um ehrlich zu sein, habe ich ein schlechtes Gewissen bei dem Gedanken, Geld auszugeben, das eigentlich meiner Frau gehört, und ich möchte alles tun, damit ich es nicht verliere. Ich weigere mich, ihr ein schlechter Ehemann zu sein.«

»Das ergibt Sinn.« Ashford musterte ihn auf eine Weise, die Andrew nervös machte. »Ich kann deine Sorge verstehen, wenn man bedenkt, was mit Mr. Smith passiert ist. Woran denkst du?«

Andrew legte seine Pläne dar und begann mit der

sichersten Option: dem Bergbau. Mr. Hart hatte einen großen Teil seines Vermögens im Bergbau gemacht; daher war es naheliegend, dass er eine Investition in diesem Bereich befürworten würde.

Andrew war sich jedoch weniger sicher, ob er seine zweite Investitionsidee für sinnvoll halten würde. Ein Erfinder arbeitete an einem mechanischen Pflug, der nicht von einem Pferd gezogen werden musste. Wenn seine Arbeit erfolgreich war, könnte sie den Ackerbau in England revolutionieren. Aber da gab ein großes »Wenn«.

Letztendlich konnte Ashford in dieser Angelegenheit nichts Nützliches beitragen, abgesehen von den möglichen Vorteilen und Bedenken, an die Andrew bereits selbst gedacht hatte. Er nahm an, dass er einfach nach den Gedanken fragen müsste, die Mr. Hart zu diesem Thema hatte.

Er leerte seinen Tee in ein paar Schlucken und füllte seine nun leere Tasse mit lauwarmem Tee auf. »Ich möchte auch etwas tun, um Amelia zu zeigen, wie sehr ich sie schätze. Etwas, das nur für sie ist.«

»Ah, ja.« Ashford verschränkte die Hände. »Nachdem wir den Brief erhalten hatten, in dem du uns von deiner Verlobung berichtet hast, haben Emma und ich darüber gesprochen, was du tun könntest, um ihr zu zeigen, dass sie dir mehr bedeutet als nur eine Quelle von Wohlstand. Die Gräfin liest gerne, richtig?«

Andrew nickte.

»Es gibt eine Buchhandlung, in die ich Emma einmal mitgenommen habe. Mit einer weiblichen Besitzerin, und Emma hat ihre Zeit dort sehr genossen. Vielleicht würde es Amelia dort auch gefallen.«

»Das ist perfekt.« Andrew richtete sich auf. »Gib mir die Adresse. Es wird Zeit, dass ich meine Frau verwöhne.«

KAPITEL 15

Amelias Feder erstarrte, als ein leises Klopfen ihren Gedankenfluss unterbrach. Irritation machte sich in ihr breit. Sie hatte sich in die Bibliothek zurückgezogen und war in eine Szene vertieft gewesen. Es widerstrebte ihr, in die reale Welt zurückzukehren. Leider klopfte es erneut, und dann wurde die Tür einen Spalt geöffnet.

»Amelia?« Das war die Stimme ihres Mannes.

Sie legte den Federkiel auf seinen Halter und wandte sich zur Tür. »Ja, Mylord?«

Sein ansteckendes Grinsen machte es ihr unmöglich, irritiert zu bleiben. »Bist du beschäftigt?«

Sie überlegte. »Das hängt davon ab, warum du gekommen bist.«

Sie genoss die Gelegenheit zu schreiben, aber es war ihr auch wichtig, so weit wie möglich ein gutes Verhältnis zu ihm aufrechtzuerhalten, also würde sie ihn bei Laune halten, wann immer sie konnte.

Er trat ein, und sie bemerkte, dass er angezogen war, um das Haus zu verlassen. »Ashford hat mir von einer Buchhandlung erzählt. Ich habe mich gefragt, ob du vielleicht mit mir hingehen möchtest.«

»Oh ja, bitte!« Sie sprang auf die Füße. »Jetzt?«

Er gluckste. »Wenn es passt.«

»Es ist immer eine gute Zeit, um Bücher zu kaufen. Ich hole mir nur eine Pelisse und ziehe mir anständige Schuhe an.«

Er setzte sich auf eines der beiden grünen Sofas. »Ich warte hier.«

Sie eilte in ihr Schlafgemach, und ihr wurde warm ums Herz, als ihr die Tragweite dessen, was sie taten, völlig klar wurde. Der Graf brauchte sie nicht mehr so zu verwöhnen. Er hatte ihr Geld. Dennoch hatte er beschlossen, sie an einen Ort einzuladen, der ihr ganz bestimmt gefallen würde.

Doch dann verflog die Wärme, als sie eine hellblaue Pelisse aus ihrem Kleiderschrank wählte und die Schuhe wechselte. Vielleicht tat er das nicht, um ihr zu gefallen, sondern eher aus Schuldgefühlen.

Das ergab mehr Sinn.

Er hatte sie wegen des Vermögens ihres Vaters geheiratet, aber als anständiger Mann fühlte er sich schlecht dabei. Ergo tat er, was er konnte, um es wiedergutzumachen.

Sie seufzte. Es war eine nette Geste, aber sie wünschte sich, es gäbe andere Gründe dafür.

Sie traf Andrew im Salon, und sie gingen Arm in Arm durch das Foyer und hinaus, wo eine der Kutschen mit dem Wappen der Longleys wartete. Er half ihr die Stufen hinauf in die Kutsche und kletterte hinter ihr hinein.

»Ist es weit?«, fragte sie und setzte sich auf die Bank im hinteren Teil des Wagens. Zu ihrer Überraschung ließ er sich neben sie gleiten, anstatt ihr gegenüber zu sitzen.

»Das glaube ich nicht.« Er wandte sich ihr leicht zu. »Ich war noch nie dort.«

»Das ist richtig. Du hast ja gerade gesagt, der Duke of Ashford habe dir davon erzählt.« Sie hatte das vergessen, weil sie sich zu sehr auf den Besuch einer Buchhandlung freute, um auf die Details zu achten.

Solange sie lebte, hatte ihr Vater genug Geld gehabt, um ihr alle Bücher zu kaufen, die sie wollte, aber in den letzten Jahren war es für sie immer schwieriger geworden, sie in die Hände zu bekommen, weil ihre Mutter das Lesen als unangemessenen Zeitvertreib für eine junge Lady betrachtete.

Jetzt erlaubte ihr neuer Mann ihr nicht nur, Bücher zu kaufen, sondern unterstützte sie auch bei diesem Unterfangen. Sie lächelte vor sich hin. Ob der Einkaufsbummel nun ein Produkt von Schuldgefühlen war oder nicht, es bedeutete etwas, dass er bereit war, sie zu verwöhnen. Sie hatte eine gute Wahl getroffen, als sie ihn gebeten hatte, ihr Ehemann zu werden.

Amelia beobachtete die Stadt durch das Fenster. Sie waren in eines der beliebteren Einkaufsviertel eingefahren und hatten es schon fast durchquert, als die Kutsche vor einem steinernen Gebäude anhielt, über dessen Tür ein Schild mit der Aufschrift »Babbington Books« angebracht war.

Andrew stieg zuerst aus und half ihr nach unten. Sie spähte durch das Fenster, während er sie in Richtung des Gebäudes führte. Die Regalreihen reichen von der Schaufensterfront bis tief in den Laden hinein.

»Bist du ganz sicher, dass ich hier willkommen bin?«, fragte sie.

Nicht alle Buchhandlungen mochten weibliche Kundschaft.

Er grinste. »Ganz recht. Du wirst sehen, was ich meine, wenn wir drinnen sind.«

Fasziniert ließ sie sich von ihm durch die Tür führen.

Eine Glocke läutete, und eine kurvenreiche Frau mit langem, dunklem Haar erschien vor ihnen.

»Willkommen bei Babbington's«, sagte sie. »Kann ich Ihnen helfen?«

Amelias Kinnlade fiel herunter. »Arbeiten Sie hier?«

Die Frau strich mit ihren Händen über ihr Kleid. »Das ist mein Geschäft.«

»Das ist wunderbar«, hauchte Amelia. »Ich weiß jetzt schon, dass es mir gefallen wird.«

Die Besitzerin lächelte. »Ich hoffe es.«

»Ich bin Miss ... Lady Longley«, korrigierte sie sich. »Das ist mein Mann, der Earl of Longley.«

Die Besitzerin knickste. »Es ist mir ein Vergnügen, Sie kennenzulernen, Mylady. Ich bin Mrs. Babbington. Suchen Sie nach etwas Bestimmtem?«

»Ich liebe es zu lesen«, gab Amelia zu. »Vor allem Abenteuergeschichten.«

Andrew stupste sie an. »Du tust mehr als nur lesen.«

Ihre Wangen wurden heiß, und sie warf ihm einen Blick zu. Er schlug doch nicht vor, dass sie ihre Schreibgewohnheiten preisgeben sollte, oder? Er hatte angedeutet, dass ihm ihr Verhalten nicht peinlich sein würde, aber sie hatte nicht zu glauben gewagt, dass er sie ermutigen würde, mit anderen darüber zu sprechen.

Sie knabberte an ihrer Unterlippe und versuchte, die Nervosität zu unterdrücken, die in ihr aufstieg. »Ich bin auch eine Schriftstellerin.« Diese Aussage flüsterte sie fast. »Ich habe kürzlich einen Abenteuerroman bei einem Verlag eingereicht. Der Protagonist ist eine Frau.«

Mrs. Babbingtons Gesicht erhellte sich, ihre dunklen Augen tanzten vor Aufregung. »Wie wunderbar. Ich hoffe, dass das Manuskript angenommen wird. Ich würde es sehr gerne lesen.«

Amelia verlagerte ihr Gewicht. »Wirklich?«

Mrs. Babbington nickte. »So viele Abenteuergeschichten

wurden für Männer geschrieben. Es wird Zeit, dass wir Frauen auch so etwas bekommen, nicht wahr?«

»Genau das denke ich auch!«

»Erzählen Sie mir mehr über Ihre Geschichte.«

Amelia begann mit einer Aufzählung der Höhepunkte. Mrs. Babbington löcherte sie mit intelligenten Fragen, und ihre Augen glänzten vor Interesse.

Ehe sie es sich versah, war eine Stunde vergangen, und sie standen immer noch im Gang zwischen den Regalen. Andrew stand schweigend neben ihnen und hatte seit Beginn ihres Gesprächs kaum etwas gesagt.

Oh je. Sie hatten ihn wahrscheinlich fast zu Tode gelangweilt.

»Es tut mir so leid«, sagte sie und drehte sich zu ihm um. »Ich fürchte, ich habe die Zeit vergessen.«

Mrs. Babbingtons Augen weiteten sich, als sie ebenfalls auf die Uhr sah. »Ich habe Sie furchtbar vereinnahmt. Ich bitte um Entschuldigung, Lord Longley.«

Aber Andrew schüttelte nur den Kopf, sein Gesichtsausdruck war völlig unbeeindruckt. »Ich habe Ihnen gerne zugehört. Bitte überstürzen Sie nichts wegen mir.«

Mrs. Babbingtons Röcke rauschten, als sie den Gang hinunterschritt. »Ich zeige Ihnen ein paar Bücher, die Ihnen gefallen könnten.«

Mit einem kurzen Blick, um sich zu vergewissern, dass ihr Mann nicht verärgert war, folgte Amelia ihr.

Wieder einmal war es für sie allzu leicht, sich in der Diskussion über ihre Lieblingsbücher zu verlieren. Als sie und Andrew eine ganze Weile später ans Tageslicht traten, trug er einen Stapel Bücher, die für die Heimfahrt in Papier eingewickelt waren, darunter auch ihren eigenen nagelneuen illustrierten Weltatlas, da sie den ihrer Eltern hatte zurücklassen müssen.

Sie hatten es abgelehnt, die Bücher nach Longley House liefern zu lassen, weil sie es einfach nicht ertragen konnte, sich von ihnen zu trennen. Obwohl sie wusste, dass sie diese Bücher von ihrem eigenen Geld gekauft hatte, fühlte sie sich dennoch verwöhnt, als Andrew sie auf die Bank in der Kutsche stapelte und seine Hand darauf legte, damit sie während der Fahrt nicht umkippten.

»Kann ich dich noch auf ein Stück Kuchen und eine Tasse Tee einladen, bevor wir nach Hause fahren?«, fragte er und hakte sich bei ihr unter.

Sie betrachtete ihn und bemerkte die leichten Sommersprossen auf seiner Nase und die grünen Flecken in seinen Augen. »Habe ich nicht schon genug von deiner Zeit in Anspruch genommen?«

»Ganz und gar nicht.« Seine Zähne blitzten auf. »Außerdem habe ich Hunger auf etwas Süßes. Was sagst du dazu?«

Sie zögerte, dann nickte sie. »Das würde mir gefallen.«

Er klopfte gegen die Wand und lehnte sich aus dem Fenster, um dem Fahrer etwas zuzurufen. Als er sich wieder hinsetzte, war seine Nasenspitze leicht rosa von der Kälte draußen.

»Du liebst also Buchhandlungen«, sagte er und machte es sich bequem. »Was machst du denn sonst noch gerne?«

Sie warf ihm einen Seitenblick zu. »Ich fürchte, ich bin nicht kompliziert, Mylord.«

»Andrew.«

»Andrew«, wiederholte sie. »Wie ich schon sagte, lese, schreibe und lerne ich gerne. Ich genieße alles, was diese Aktivitäten einschließt.«

»Hm.«

Er fragte sie nicht weiter, und während sie in einem angenehmen Schweigen weiterfuhren, konnte sie nicht umhin, sich zu fragen, was ihm durch den Kopf ging. Er reagierte nie so, wie sie es erwartet hatte, was bedeutete, dass er auch anders denken dürfte.

Es dauerte nicht lange, bis sie vor einem Teehaus in einer

der belebtesten Straßen von Mayfair hielten. Durch das Fenster konnte sie gut gekleidete Damen und Herren sehen, die an den kleinen, runden Tischen im Inneren saßen. Sie war schon einmal mit ihrer Mutter hier gewesen, und es war definitiv ein Ort zum Sehen und Gesehenwerden.

Zum Glück gab es hier auch einen köstlichen Zitronenkuchen.

Andrew begleitete sie hinein, und eine Angestellte beeilte sich, ihnen einen Platz in der Nähe des Fensters zuzuweisen. Amelia verbarg ihr Lächeln. Sie war es gewohnt, ganz hinten zu sitzen. Jetzt, als Gräfin, war sie jemand, den man sehen musste.

Andrew zog ihren Stuhl zurück und wartete, bis sie Platz genommen hatte. Sie bestellten Tee und ein Stück Kuchen - Zitrone für sie und Vanillekuchen für ihn.

Seine Hand streifte ihre auf dem Tisch, und Funken sprühten auf ihrem Arm. Sie ließ ihre Finger auf seinen ruhen, obwohl die Zuneigung nicht leicht war. Zumindest nicht für sie. Er schien absolut kein Problem damit zu haben, sie mit beiläufigen Berührungen zu überschütten, die ihre Nerven zum Glühen brachten und sie nach mehr verlangen ließen.

War das beabsichtigt?

Es war unmöglich, das genau zu wissen, aber je mehr sie ihn beobachtete, desto mehr wurde ihr klar, dass er nicht einmal zu bemerken schien, dass er es tat. Körperliche Zuneigung war für ihn einfach. Es bedurfte keiner sorgfältigen Planung und keiner Abwägung der Gründe, warum dies eine gute Idee sein könnte oder nicht. So war er nun einmal.

Sie war sich nicht sicher, ob sie das gut finden oder ihm misstrauen sollte. Einerseits konnte sie nicht leugnen, dass sich seine Berührungen gut anfühlten. Sie mochte sie zu sehr für ihren eigenen Seelenfrieden. Aber andererseits, wenn er sich wohl dabei fühlte, sich Frauen zu nähern, bedeutete das, dass er es in der Vergangenheit so oft getan hatte, dass er immun geworden war?

Er hatte einen gewissen Ruf als charmanter Schurke - obwohl sein Ruf bei weitem nicht der schlechteste im *ton* war. Wenigstens hatte er nie Debütantinnen an der Nase herumgeführt. Aber mit wie vielen anderen Frauen war er intim gewesen?

Hör auf damit, schimpfte sie mit sich selbst. *Es geht dich nichts an. Die Treue ist nicht Teil unserer Vereinbarung. Du hast kein Recht, ihn wegen so etwas zu löchern.*

Das Serviermädchen kam mit einem silberglänzenden Tablett zurück, das sie in die Mitte des Tisches stellte. Mit ruhiger Hand schenkte sie jedem von ihnen Tee ein und bereitete ihn nach ihren Wünschen zu; dann legte sie jedem von ihnen ein Stück Kuchen vor.

»Danke«, murmelte Amelia.

Die Servierin senkte den Kopf und wich zurück.

Amelia trennte mit einer Gabel ein Stückchen Kuchen ab und schob es sich in den Mund. Die köstliche Kombination aus süßen und herben Aromen tanzte auf ihrer Zunge, und sie schloss die Augen, um sie zu genießen. Nachdem sie geschluckt hatte, öffnete sie die Augen und fand Andrews Blick, seine Augen waren dunkler als sonst.

Sie blinzelte überrascht. »Ich ...«

»Na, wenn das nicht der Earl of Longley ist.«

Amelia zuckte in ihrem Sitz zusammen, ihr Herz machte einen Sprung. Sie war so vertieft gewesen, dass sie nicht bemerkt hatte, wie sich die Frau näherte. Sie drehte sich so schnell zu ihr herum, dass die Stuhlbeine auf dem Boden scharrten.

»Miss Giles.« Andrews Tonfall war untypisch kalt, als er über Amelias Schulter blickte. »Was für eine Überraschung.«

Die Frau lächelte, und ihre vollen Lippen verzogen sich auf eine Weise, die Amelia beunruhigte. »Das kann ich mir vorstellen. Ich traute meinen Augen kaum, als ich von meinem Gebäck aufblickte und Sie nur wenige Meter entfernt sitzen sah.«

»Ich fürchte, ich habe Sie nicht bemerkt, als wir hereinkamen«, sagte er. »Sonst hätte ich meine Frau woanders hingebracht.«

Amelia runzelte die Stirn. Das war nicht sehr höflich. »Hallo. Ich bin Lady Longley. Und Sie sind ...?«

Die dunkelblauen Augen der Frau huschten zu Amelia, und ihr Grinsen vertiefte sich. »Mein Name ist Miss Florence Giles.« Mit einer eleganten Hand strich sie sich eine Strähne des weizenblonden Haares aus der Stirn. »Eine alte Freundin von Andrew.«

»Es ist mir ein Vergnügen, Sie kennenzulernen.« Amelia zwang sich zu einem Lächeln. »Sind Sie zusammen aufgewachsen?«

Denn trotz der Aussage von Miss Giles, dass sie Freunde seien, war Andrew offensichtlich nicht erfreut über ihre Anwesenheit. Sie würde sogar so weit gehen zu sagen, dass er sich wünschte, sie wäre gar nicht hier. Dennoch war Miss Giles vertraut genug mit ihm, um ihn bei seinem Vornamen zu nennen.

»So ähnlich.« In ihren Augen leuchtete Amüsement. »Ich lasse Sie jetzt allein, damit Sie Ihren Kuchen genießen können.«

Damit schlenderte sie davon.

Amelia hatte keine Lust mehr, Kuchen zu essen. Sie versuchte einen weiteren Bissen, aber das Kauen fiel ihr schwer, und das Schlucken erwies sich als fast unmöglich. Auch Andrew hatte seinen Appetit verloren. Kurz darauf erhoben sie sich.

Als sie allein in der Kutsche waren, ließ sie die Frage, die in ihrer Brust brannte, heraus. »Wer war diese Frau?«

Sie musterte sein Gesicht genau. Sein Mund verzog sich fast unmerklich, und zwischen seinen Augenbrauen bildete sich eine leichte Furche.

»Niemand, um den du dir Sorgen machen musst.«

ANDREW SCHWELGTE DEN REST DES TAGES IN STILLER WUT. Er konnte erkennen, dass Amelia wusste, dass etwas nicht stimmte und dass es mit Florence zu tun hatte, aber sie hatte ihn nach ihrer ersten Frage nicht gedrängt, darüber zu sprechen.

Als sie mit dem Abendessen fertig waren, hatte er sich von einem sehr missbilligenden Boyden Florence' neue Adresse geben lassen. Er war mehr als bereit, sie wissen zu lassen, wie wütend er auf sie war.

Er nahm eine Kutsche zu ihrer Wohnung, erkundigte sich nach dem Stockwerk, marschierte hinauf und klopfte an ihre Tür. Es dauerte ewig, bis sie öffnete, und als sie es tat, machte sie sich nicht die Mühe zu sprechen. Sie packte ihn am Revers, zerrte ihn ins Zimmer und versuchte, ihn zu küssen.

Er wich aus und befreite sich zügig, aber nicht grob aus ihrem Griff. Egal wie wütend er war, er würde ihr nicht wehtun.

Sie schmollte. »Kein Kuss für mich?«

Er atmete heftig aus. »Was zum Teufel hast du dir heute dabei gedacht? Du hast mich angesprochen, als ich mit meiner Frau unterwegs war. Meine Frau.«

»Hat das nicht Spaß gemacht?«, fragte sie, wobei ein verspieltes Lächeln um ihre Mundwinkel huschte. »Ich weiß, dass du es genossen hast, mich direkt vor ihrer Nase zu haben.«

Ihm wurde schlecht. »Ich kann dir mit hundertprozentiger Sicherheit sagen, dass es mir keinen Spaß gemacht hat.«

Sie schlenderte auf ihn zu, und er wich zurück und brachte ein Sofa zwischen sie beide.

Ihre Oberlippe kräuselte sich. »Sei nicht so widerlich. Es ist ja nicht so, als hätte sie eine Ahnung gehabt, wer ich bin.«

»Aber was, wenn doch?« Sein Herz drückte sich zusammen. Bei der Vorstellung, dass Amelia erraten haben könnte, woher er Florence kannte, drehte sich ihm der Magen um. Sie hatte ihm so viel gegeben. Sie hatte etwas Besseres verdient, als dass seine ehemalige Geliebte vor ihrer Nase herumflanierte.

Sie zuckte mit den Schultern. »Aristokratische Ehefrauen erwarten doch, dass ihre Ehemänner fremdgehen.«

»Nicht zwei Tage nach der Hochzeit.« Um Himmels willen, konnte sie denn nicht einsehen, wie falsch ihr Verhalten war?

Sie rümpfte die Nase. »Du bist ungewöhnlich sentimental. Vergiss nicht, dass ich besser als die meisten anderen weiß, wie das im *ton* funktioniert. Oder hast du die Umstände meiner Geburt vergessen?« Ihr Ton war bitter. »Außerdem ist es ja nicht so, dass es eine Liebesheirat war.«

Schuldgefühle gruben ihre Krallen in ihn.

»Vielleicht nicht«, sagte er steif. »Aber sie ist mir wichtig.«

Sie lachte ungläubig. »Diese einfache kleine Maus?«

»Hüte deine Zunge, Florence.«

Sie schwenkte die Hüften, als sie zum Ende der Chaise schlenderte und versuchte, sie zu umrunden, um zu ihm zu gelangen. »Sicherlich begehrst du sie nicht. Deine schüchterne Frau kann nicht die Dinge mit dir machen, die ich kann.«

Er biss sich auf die Innenseite seiner Wange, um die Erwiderung zu unterdrücken, die ihm sofort auf der Zunge lag. Er begehrte Amelia. Er liebte sie vielleicht nicht, aber er mochte sie, und er freute sich darauf, mit ihr zu schlafen, sobald sie bereit sein würde.

Florence das zu sagen, würde nichts bringen. Sie war durch den Wettbewerb motiviert und nicht abgeschreckt.

»Unsere Affäre ist vorbei.« Sein Tonfall ließ keinen

Widerspruch zu. »Ich habe deutlich gemacht, dass du woanders Schutz suchen solltest.«

Ihre Augen weiteten sich, als ob er sie wirklich überrascht hätte, aber sie verbarg es schnell. »Du bist jetzt verheiratet. Du hast wieder Geld. Wir können so weitermachen wie bisher.«

Andrew schürzte die Lippen. Die Hitze seines Zorns war abgeklungen, aber die Frustration blieb. Er konnte sich des Eindrucks nicht erwehren, dass dies alles zum Teil seine Schuld war. Vielleicht war er ihr gegenüber nicht streng genug gewesen, als er ihre Vereinbarung beendet hatte. Er hatte sie nicht verletzen wollen, genauso wenig wie er sie jetzt verletzen wollte.

Was auch immer die Gründe waren, sie waren intim miteinander gewesen, und er hatte ihre Gesellschaft genossen. Er hasste die Vorstellung, ihr Schmerzen zu bereiten. Aber Amelia musste jetzt an erster Stelle stehen.

»Ich werde die Mitgift meiner Frau nicht dafür verwenden, eine Mätresse auszuhalten.« Er drückte das Kreuz durch. »Das wäre nicht richtig. Sie hat etwas Besseres verdient.«

»Ich verdiene auch etwas Besseres«, warf sie ein. »Du hast mich benutzt und mich dann weggeworfen, als du mit mir fertig warst.«

Die Klinge aus Schuldgefühlen drehte sich herum. Das war eine zutreffende, wenn auch etwas ungerechte Anschuldigung.

»Das tut mir leid. Aber du hast von Anfang an gewusst, dass das, was wir hatten, nicht von Dauer sein würde. Ich habe es genossen, und du vielleicht auch, aber jetzt ist es vorbei. Wenn du eine einmalige Zahlung brauchen solltest, um wieder auf die Beine zu kommen, werde ich darüber nachdenken, aber sag es mir jetzt, und komm dann nicht wieder auf mich zu.«

Sie biss die Zähne zusammen. »Du ziehst sie mir tatsächlich vor?«

»Sie ist meine Frau.« Das sollte eigentlich alles sagen.

»Behalte das Geld deiner Maus.« Sie drehte ihm den Rücken zu. »Du findest selbst hinaus. Aber du solltest wissen, dass du das bereuen wirst.«

KAPITEL 16

Amelia blickte zur Tür der Bibliothek, wo Kate mit dem Griff eines kleinen Korbes herumhantierte. »Bitte.«

Kate kam durch die Tür herein und setzte sich auf einen Stuhl neben einem der kleinen Fenster. »Stört es dich, wenn ich Handarbeiten mache, während du liest?«

»Natürlich nicht.« Amelia markierte ihre Seite mit einem blauen Band und schloss das Buch. »Was machst du denn?«

Kate strich sich eine lockere Strähne ihres rötlich-blonden Haares hinters Ohr und lächelte zaghaft. »Als wir das letzte Mal in Suffolk waren, habe ich ein Aquarell des Vorgartens in der Abenddämmerung gemalt. Jetzt stelle ich das Bild als Stickerei noch einmal nach, was länger halten wird, wenn ich es richtig hinbekomme.«

»Ich bin mir sicher, dass du ihm gerecht werden wirst«, sagte sie und überlegte, ob es Kate unangenehm wäre oder eher nicht, wenn sie mehr Interesse zeigen würde. »Darf ich das Bild sehen?«

Kate griff in den Korb, zog einen ledergebundenen Band heraus, öffnete ihn und nahm vorsichtig ein Blatt aus fast durchscheinendem Papier heraus. Sie trug es zu Amelia herüber und reichte es ihr.

Amelia stockte der Atem. »Das ist atemberaubend.«

Kate hatte das Spiel des goldenen Lichts und der Schatten über den Blumen perfekt eingefangen und dabei einen Hauch des Ätherischen bewahrt, so als wäre die Szene zu schön für diese Welt gewesen.

»Du bist sehr talentiert.« Sie konnte ihren Blick kaum von dem Bild lösen, schaffte es aber gerade noch rechtzeitig, um zu sehen, wie sich eine Röte auf Kates Wangen bildete.

Kate zog den Kopf ein. »Ich bin einigermaßen gut.«

»Nein.« Amelias Tonfall war fest. »Das ist umwerfend. Du hast echtes Geschick und ein Auge dafür, wie man Farben zusammenbringt.«

Sie selbst war nie besonders gut in künstlerischen Dingen gewesen, aber sie erkannte echtes Talent, wenn sie es sah.

Kate schob das Bild zurück zwischen die Seiten des Buches und schloss es vorsichtig. »Danke.« Sie zappelte, als sei ihr das Lob unangenehm. »Ich habe schon immer gerne mit Farben gearbeitet, sei es beim Malen, beim Sticken oder beim Kombinieren verschiedener Stoffarten für neue Kleider.«

»Und du hast wirklich eine außergewöhnlich schicke Garderobe.« Amelia hatte geglaubt, dass dies Lady Drakes Verdienst war - oder vielleicht das ihrer Modistin -, aber jetzt begann sie sich zu fragen, wer das alles wirklich zusammengestellt hatte.

»Danke.« Kate hob den Kopf, Aufregung schimmerte in ihren blassgrauen Augen. »Ich verfolge gerne die Mode. Mutter überlässt mir oft die Wahl der Stoffe und der Accessoires für meine Kleider, aber manchmal weigert sie sich, mir eine bestimmte Kombination zu erlauben, weil sie zu gewagt oder kühn ist für jemanden, der noch gar nicht zur feinen Gesellschaft gehört.«

Amelia zog eine Grimasse. Sie verstand Lady Drakes

Zögern, etwas zuzulassen, das unerwünschte Aufmerksamkeit auf ihr jüngstes Kind lenken könnte. Dennoch hatten Frauen so wenig Wahlmöglichkeiten, dass sie Verständnis für Kates Wunsch hatte, selbst zu entscheiden, was sie an ihrem Körper tragen wollte.

»Eines Tages wirst du dir die Stoffe aussuchen können, die dir gefallen«, sagte sie. »Im Moment solltest du auf deine Mutter hören. Ich bin sicher, sie hat Gründe für ihre Entscheidungen.«

Kate legte ihren Kopf schief. »Aber wenn ich verheiratet bin, wird dann nicht mein Mann diese Entscheidungen treffen?«

Amelia fühlte einen Schmerz. Für so viele Frauen war das der Fall. »Dann musst du eben darauf achten, dass du jemanden heiratest, dem dein Glück wichtig ist.«

»Wie Andrew bei dir?«, fragte sie mit großen, unschuldigen Augen.

Ein weiterer Schmerz. Es stimmte zwar, dass Andrew sein Bestes für sie gab, aber ihre Ehe war nicht gerade das, was sie sich für Kate wünschen würde.

»Es ist ein Brief für Sie eingetroffen, Mylady.«

Sie wirbelte zu Boyden herum und schlug sich die Hand vor die Brust. Sie hatte ihn nicht kommen hören. Sie atmete tief ein, um sich zu beruhigen, und ein Teil der Anspannung fiel von ihren Schultern ab. Er hatte sie vielleicht erschreckt, aber er hatte sie auch davor bewahrt, eine Frage beantworten zu müssen, für die sie sich nicht wirklich qualifiziert fühlte.

Sie stand auf, durchquerte das Zimmer und nahm den Brief von ihm entgegen: »Danke, Boyden.«

»Ein Vergnügen, Mylady.« Er verbeugte sich und zog sich zurück.

Sie trug den Brief zur Chaise und studierte das Siegel auf der Rückseite. Sie erkannte es nicht.

»Von wem ist das?«, fragte Kate, legte den ledergebundenen Band mit ihrem Aquarell beiseite und setzte sich ans andere Ende der Liege.

»Ich bin mir nicht sicher.« Normalerweise erhielt sie keine Post, da sie nur selten Briefe verschickte, und so war sie sehr neugierig, als sie das Siegel brach und den Brief öffnete.

Sie entfaltete das Papier und las.

An die Gräfin von Longley,

Vielen Dank, dass Sie Ihr Manuskript, Gestrandet: Teil 1 der Abenteuer von Miss Joceline Davies, zur Prüfung eingereicht haben.

Nach reiflicher Überlegung haben wir beschlossen, Ihren Beitrag anzunehmen - vorausgesetzt, wir können uns auf einige kleinere redaktionelle Änderungen einigen.

Wenn Sie fortfahren möchten, antworten Sie bitte auf dieses Schreiben und teilen Sie uns mit, ob Sie bereit sind, sich mit uns zu treffen, um an der Veröffentlichung von Stranded zu arbeiten.

Wir sind auch daran interessiert, weitere Teile von Miss Davies' Abenteuern zu kaufen, falls Sie diese zur Verfügung haben. Wir können darüber sprechen, wenn wir uns persönlich treffen.

Mit freundlichen Grüßen,

Mr. Thomas Newton, Chefredakteur

Oh, mein Gott.

Ihr Atem stockte, und sie beeilte sich, den Brief erneut zu lesen.

»Was ist denn?«, fragte Kate eindringlich.

Amelia quietschte und packte die Ränder des Papiers so fest, dass sie zerknitterten. »Sie haben ja gesagt.«

Sie konnte es kaum glauben. Sie hatte davon geträumt - eigentlich eher fantasiert - aber tief in ihrem Inneren hatte sie immer befürchtet, dass sie ihr Leben damit verbringen würde, zur Unterhaltung von niemandem außer sich selbst zu kritzeln. Nicht, dass das schlimm gewesen wäre, aber das hier war unendlich viel besser.

»Wer hat ja gesagt?« Kate klang verwirrt.

Amelia strahlte. »Jocelines Geschichten werden gedruckt werden.«

Andere Frauen würden sie lesen können. Sie könnte andere dazu inspirieren, von der großen, weiten Welt zu träumen. Ihr Kiefer schmerzte, und sie merkte, dass sie so breit grinste, dass es wehtat. Sie hielt den Brief fest in der Hand, sprang auf und tanzte auf der Stelle.

»Wirklich?« Kate erhob sich, ein Lächeln umspielte ihren Mund.

»Wirklich.«

Sie würde eine veröffentlichte Autorin werden.

Sie.

Die langweilige Amelia, deren Eltern reich waren, aber sonst nichts zu bieten hatten. Es war unglaublich.

»Das ist wunderbar!« Kate griff nach ihr, als wollte sie sie umarmen, aber sie zögerte.

Ohne solche Skrupel zog Amelia sie in eine Umarmung und hüpfte auf den Fußballen, ihr Herz war so leicht, dass sie das Gefühl hatte, davonschweben zu können.

»Eine meiner Geschichten wird ein Buch werden«, rief sie und ließ Kate los.

Kate kicherte, ihr Gesicht leuchtete vor Vergnügen. »Glückwunsch. Ich lese nicht viel, aber ich möchte, dass du mir alles darüber erzählst.«

»Bald. Zuerst muss ich es dem Grafen sagen.« Amelia hüpfte von Kate weg in den Korridor. Sie sprang die Treppe hinunter und um die Ecke zu Andrews Arbeitszimmer. Hinter ihr waren keine Schritte zu hören, also nahm sie an, dass Kate gegangen war, um Lady Drake die Nachricht zu überbringen.

An der Tür hielt sie inne, weil sie plötzlich merkte, dass er vielleicht nicht wollte, dass sie ihn bei seiner Arbeit störte. Sie waren im vergangenen Monat gut miteinander ausgekommen, aber sie konnte nichts als selbstverständlich ansehen - schon gar nicht etwas, das ihre Mutter in einen Wutanfall versetzt hätte.

Die Tatsache, dass Andrew sie bisher eifrig unterstützt hatte, bedeutete nicht zwangsläufig, dass er dies auch weiterhin tun würde.

»Komm doch herein«, rief er, bevor sie sich überhaupt entschieden hatte, anzuklopfen. »Ich kann dich da draußen hören. Du warst nicht sehr leise, als du den Flur hinuntergekommen bist.«

Amelia verdrehte die Augen über ihre eigene Dummheit, stieß die Tür auf und trat ein. Wie auch immer er reagieren würde, Andrew musste es wissen. Es hatte keinen Sinn, es aufzuschieben.

»Ich habe Neuigkeiten«, erklärte sie, und ihr Kiefer schmerzte noch immer von dem ständigen Lächeln. Nicht einmal im Angesicht ihrer Nervosität hatte das Grinsen nachgelassen.

Er legte den Kopf schief. »Gute Nachrichten, nehme ich an?«

»Die Besten.« Sie konnte nicht widerstehen, auf der Stelle zu tanzen. »Mein Roman soll veröffentlicht werden.«

Er lächelte und richtete sich auf. »Glückwunsch. Ich stimme zu, das ist die beste Nachricht, die wir erhalten konnten.«

Er machte ein paar Schritte und zog sie in eine Umarmung. Sie erstarrte und achtete peinlich genau auf jede einzelne Stelle, an der sie sich berührten.

Es war das erste Mal, dass sie einem männlichen Körper so nahe war - abgesehen von dem ihres Vaters. Unbeholfen schlang sie ihre Arme um ihn.

Seine Lippen berührten ihre Schläfe. »Ich bin so stolz auf dich. Du hast hart dafür gearbeitet.«

»Danke«, flüsterte sie, und Tränen der Freude brannten in ihren Augen.

Es bedeutete alles, dass seine Unterstützung nicht nachließ, als ihre Träume Wirklichkeit wurden. Gott, sie hatte so viel Glück gehabt, ausgerechnet ihn zu heiraten. In ihrem Elternhaus hätte sie niemals eine solche Akzeptanz erfahren.

Sie schmolz mit ihm zusammen, genoss die Festigkeit seiner Brust und die Art, wie sein subtiler männlicher Duft - eine Kombination aus Bergamotte und Zimt - sie umhüllte.

Ein Lachen grummelte aus ihm heraus. »Wofür bedankst du dich bei mir? Du warst es doch, die die ganze Zeit und Mühe auf sich genommen hat.«

Sie presste ihre Lippen aufeinander und wehrte eine Welle der Zärtlichkeit ihm gegenüber ab. Sie konnte es sich nicht leisten, zu viel für ihn zu empfinden. Das würde nur zu Herzschmerz führen.

»Du hast mich nicht gebeten, damit aufzuhören«, murmelte sie und zog sich zögernd zurück. Wenn sie sich zu sehr auf ihn einließ, würde sie sich in seiner Nähe nicht mehr beherrschen können. »Du hast mich nicht herabgesetzt oder mir das Gefühl gegeben, dass etwas an mir falsch ist. Du akzeptierst mich einfach so, wie ich bin.«

Seine Familie tat es auch. Zumindest behandelten sie sie nicht so, als sei etwas mit ihr nicht in Ordnung, weil sie Träume und Ambitionen hatte oder ihre Zeit gerne mit unakzeptablen Dingen verbrachte.

Er zog sie in eine weitere schnelle, feste Umarmung. »Ich mag zufällig, wer du bist. Dafür brauchst du dich nicht zu bedanken.«

Schmetterlinge flatterten in ihrem Bauch, und ihr wurde warm ums Herz. Warum musste er es ihr so schwer machen, sich daran zu erinnern, dass sie bestenfalls Freunde waren, die der Einfachheit halber geheiratet hatten?

»Sie wollen auch mehr.« Sie konnte sich nicht mit ihrer schwelenden Anziehung zu ihrem Mann beschäftigen. »Sie haben mich gefragt, ob ich noch mehr Geschichten über Joceline habe.«

»Und hast du die?«

»Nichts, was so lang ist wie das, das ich ihnen geschickt habe, aber ich habe ein paar fertig, und ich arbeite an einer weiteren.« Wie aufregend wäre es, wenn sie nicht nur ein Buch veröffentlichen würde, sondern eine mehrteilige Sammlung von Jocelines Abenteuern?

»Ausgezeichnet.« Er blickte auf seine Hände hinunter, und seine Miene wurde untypisch schüchtern. »Ich würde sie gerne mal lesen, wenn es dir recht ist.«

Sie holte tief Luft. »Wirklich?«

Sie hätte nie gedacht, dass er sich für ihre Arbeit interessieren würde.

»Natürlich.« Er runzelte die Stirn, als sei die Frage lächerlich. »Du warst bereit, dein Leben grundlegend zu ändern, um dich deinem Talent zu widmen. Warum sollte ich nicht mehr über etwas wissen wollen, das dir so viel bedeutet?«

Ihr Herz konnte es nicht länger ertragen. Ganz ehrlich. Warum musste er so gedankenvoll sein?

»Also gut«, sagte sie leise. »Ich habe ein Exemplar in meinem Schlafgemach, das du lesen kannst. Ich werde es für dich holen.«

»Mach das.« Er grinste. »Und dann gehen wir beide zu Babbington's. Das muss gefeiert werden.«

An diesem Abend saß Andrew in einem Sessel in der Bibliothek und las Amelias Manuskript - und war von ihrem Talent und ihrer Gründlichkeit beeindruckt - als Boyden verkündete, dass Mr. Fisher im Salon auf ihn wartete, um mit ihm zu sprechen.

Sein Magen überschlug sich. Er hatte keine Ahnung, ob Mr. Fishers Besuch ein gutes oder ein schlechtes Zeichen war. Vielleicht war Mr. Smith verhaftet worden. Oder vielleicht gab es neue Katastrophen, die darauf warteten, aufgedeckt zu werden.

»Ich bin gleich da.« Er markierte die Seite, legte das Manuskript sorgfältig auf einen kleinen Tisch und streckte sich. Seine Muskeln protestierten gegen die Bewegung, nachdem sie so lange an Ort und Stelle hatten stillhalten müssen.

Das Herz schlug ihm in der Kehle, als er den Korridor entlang zum Salon ging. Eines der Dienstmädchen hatte die Kerzen in den Wandleuchtern angezündet, aber das flackernde Licht trug kaum dazu bei, die Düsternis zu lindern. Die Wände waren in einem so dunklen Blauton gehalten, dass sie das Licht zu absorbieren schienen.

Mr. Fisher stand in der Mitte des Raumes, in aufrechter Haltung, einen Stapel Papiere in den Händen und mit müden Augen. Er verbeugte sich. »Mylord, ich fürchte, ich bringe unwillkommene Nachrichten.«

Sein Magen wurde flau. »Mr. Smith ist nicht verhaftet worden?«

»Nein, und es sieht so aus, als ob er in noch mehr üble Machenschaften verwickelt war, als uns bisher bewusst gewesen ist. In der vergangenen Woche habe ich mehrere Rechnungen und Mahnungen erhalten, die er in Ihrem Namen unterschrieben hat.«

Andrew vergrub sein Gesicht in seinen Händen. Großer Gott, wann würde es vorbei sein?

»Wieviel?«, fragte er dumpf.

»Gemessen an allem anderen nicht sehr viel.« Mr. Fisher wippte unbehaglich von einem Fuß auf den anderen. »In der Größenordnung von mehreren hundert Pfund.«

»Verdammt.« Er wusste nicht, was er davon halten sollte. Auch wenn die Situation sicherlich schlimmer hätte sein können, so waren es doch mehr Schulden, mit denen er nicht gerechnet hatte. Er hatte gehofft, dass Amelias Mitgift alles in Ordnung bringen würde, aber Mr. Smiths Handlungen schwebten weiterhin wie ein Damoklesschwert über seinem Kopf.

Nicht, dass er es nicht verdient hätte. Diese Hölle hatte er selbst geschaffen. Er hätte besser darauf achten müssen, wie sein Vermögen verwaltet wurde. Hätte er nur eine aktivere Rolle bei der Verwaltung der Longley-Finanzen übernommen, hätte das alles vermieden werden können.

»Hier.« Mr. Fisher reichte ihm den Stapel Papiere, den er in der Hand hielt. »Es tut mir leid, Mylord. Ich kann Ihnen versichern, dass Maßnahmen ergriffen werden, um sicherzustellen, dass so etwas nie wieder passiert.«

Andrew presste seinen Kiefer zusammen und versuchte, seine Atmung unter Kontrolle zu bringen. Es hatte keinen Sinn, seine Beherrschung gegenüber Mr. Fisher zu verlieren. Sie trugen beide gleichermaßen Schuld. Mr. Fisher hätte bemerken müssen, dass sein Partner in betrügerische Aktivitäten verwickelt war, und Andrew hätte bemerken müssen, dass er zwei verdammte Immobilien und den Großteil seines Vermögens verloren hatte.

»Ich bin sicher, Sie verstehen, dass ich in Zukunft jemand anderen mit der Verwaltung meiner Finanzen beauftragen werde«, sagte Andrew.

Mr. Fisher nickte, offensichtlich nicht überrascht. »Teilen Sie mir einfach die Einzelheiten mit, und ich werde dafür sorgen, dass alle erforderlichen Unterlagen zur Verfügung gestellt werden.«

»Danke.«

Mr. Fisher verbeugte sich erneut. »Ich werde mich verabschieden.«

Nachdem er gegangen war, ließ sich Andrew auf eine Liege fallen und betrachtete die Seite ganz oben auf dem Stapel. Er schob sie nach unten und las die nächste und dann die nächste.

Als er fertig war, stand er erschöpft auf und machte sich daran, die Zahlung an alle Beteiligten zu veranlassen.

Als dies geschehen war, wusste er, dass er nicht länger warten konnte. Es war an der Zeit, dass er seine Vereinbarung mit Amelia einhielt, und das bedeutete, dass er ihrem Vater gegenübertreten und ihn um Hilfe bitten musste.

Er ließ eine Kutsche bereitmachen, zog seinen Mantel an und fuhr schweigend los, wobei er den Kragen seines Mantels höher zog, um seine Ohren während der kurzen Fahrt warm zu halten. Vielleicht hätte er warten sollen, bis heiße Ziegelsteine in die Kutsche gelegt werden konnten, um die Luft zu erwärmen, aber eigentlich wollte er diese Aufgabe so schnell wie möglich hinter sich bringen.

Die Kutsche hielt vor dem Haus der Harts, und er stieg aus, ohne auf den Diener zu warten, der die Tür öffnen sollte. Je schneller die Sache vorbei war, desto besser. Er hatte nichts gegen Amelias Vater, aber es gab kaum etwas, das er weniger gerne getan hätte, als einem so erfolgreichen Mann wie Mr. Hart sein Versagen einzugestehen.

Das war wirklich lächerlich. Mr. Hart musste bereits vor der Heirat mit Amelia über seine finanzielle Situation Bescheid gewusst haben. Ihm fiel niemand anderes ein, von dem sie die Wahrheit hätte erfahren können. Aber zu wissen, dass er es wusste, und mit ihm darüber zu sprechen, das waren zwei ganz unterschiedliche Dinge.

Kopf hoch, sagte er sich. *Es ist an der Zeit, das Richtige zu tun.*

Er klopfte an die Tür. Nach einer kurzen Verzögerung öffnete der Butler und führte ihn in den blauen Salon. Nur wenige Minuten später kam der Butler zurück.

»Mr. Hart wird Sie in seinem Arbeitszimmer empfangen. Hier entlang, bitte.«

Andrew folgte ihm und wartete dann, bis der Butler die Tür öffnete und seinem Schwiegervater seine Anwesenheit ankündigte. Seinen Mut zusammennehmend, trat Andrew ein.

»Mylord.« Mr. Hart nickte respektvoll hinter seinem

Schreibtisch. Er wies auf den Stuhl ihm gegenüber. »Setzen Sie sich ruhig.«

»Danke.« Steif ließ sich Andrew auf den Stuhl sinken.

»Brandy?«, fragte Mr. Hart.

»Nein, danke.« Er brauchte einen klaren Kopf für dieses Gespräch.

Mr. Harts Gesichtsausdruck war anerkennend. »Guter Mann. Mr. Grant, bringen Sie uns bitte eine Kanne Pfefferminztee.«

»Wie Sie wünschen, Sir.«

Der Butler ging, und dann waren sie allein.

Mr. Hart musterte Andrew über den Schreibtisch hinweg. Seine grauen Augen schienen alles zu bemerken, und sein Schnurrbart zuckte, als Andrew versuchte, sich weniger wie ein Ausstellungsstück in einem Museum zu fühlen.

»Was führt Sie hierher?«

Andrew spannte sich an. »Ich nehme an, Sie wissen ein wenig darüber, was mit meinem ehemaligen Verwalter passiert ist.«

Mr. Hart nickte erneut.

»Tatsache ist, dass ich nicht zulassen kann, dass so etwas noch einmal passiert. Ich muss wissen, wem ich meine Finanzen anvertrauen und wie ich investieren kann, um mein Vermögen wieder aufzubauen. Werden Sie mir helfen?«

Mr. Hart streckte seine Beine aus und lehnte sich in seinem Stuhl zurück. »Haben Sie schon darüber nachgedacht, in was Sie investieren möchten?«

»Das habe ich.« In diesem Moment war er sehr dankbar für diese Tatsache.

Er erläuterte seine Überlegungen zu sicheren Investitionen und ging dann auf die experimentellen landwirtschaftlichen Technologien ein, für die er sich interessierte.

Die Haushälterin brachte Tee, und sie tranken, während sie sich unterhielten.

Mr. Hart lobte ihn für seine Bereitschaft, sich zunächst für eine stabilere Option zu entscheiden, überraschte Andrew jedoch mit dem Vorschlag, auch in den mechanischen Pflug zu investieren.

»Investieren Sie nicht zu viel«, mahnte er. »Wir wissen nicht, ob es sich auszahlen wird. Ich stimme mit Ihnen überein, dass dies das Potenzial hat, einen Geldsegen zu schaffen, der mit dem Bergbau nicht zu vergleichen ist. Aber Sie sollten nur das riskieren, was Sie sich leisten können, zu verlieren.«

»Das werde ich«, versicherte Andrew ihm.

»Was die Verwaltung Ihrer Finanzen angeht, so können Sie sich an meinen eigenen Verwalter wenden.« Er lächelte freundlich. »Ich würde ihm alles anvertrauen, was ich habe.«

»Das ist eine starke Bestätigung.«

Er neigte anerkennend den Kopf. »Aber wohlverdient.«

Andrew stand auf. »Vielen Dank für Ihre Zeit. Ich möchte Amelia die beste Zukunft bieten, die ich ihr bieten kann, und ich weiß Ihre Unterstützung dabei zu schätzen.«

»Das ist keine Schwierigkeit.« Mr. Hart stand ebenfalls auf. »Ich bin immer für Sie da, wenn Sie eine zweite Meinung zu einer geschäftlichen Angelegenheit benötigen.«

Andrew wusste das wirklich zu schätzen, aber als Mr. Hart ihn hinausbegleitete, kam er nicht umhin, sich zu fragen: Wie konnte er erwarten, dass sich seine Mutter, Kate und Amelia finanziell auf ihn verlassen sollten, wenn er nicht einmal sich selbst vertraute?

ALS AMELIA UND ANDREW NACH DEM BESUCH DES BALLS BEIM Herzog und der Herzogin von Arundel nach Longley House zurückkehrten, sagte er kein Wort, und sie konnte nicht länger leugnen, dass ihn etwas bedrückte. Dennoch wollte sie das Thema nicht vor den anderen ansprechen. Sie würde warten müssen, bis sie allein waren.

»Nun, ich bin erschöpft«, erklärte Lady Drake und drehte sich zu den beiden um, als Boyden die Tür verschloss. »Ich sehe nach Kate und gehe dann ins Bett. Wenn ich zum Frühstück noch nicht wach bin, weckt mich bitte nicht. Nach einem solchen Gedränge fühle ich mich, als könnte ich stundenlang schlafen.«

»Wir lassen dich schlafen«, versicherte Amelia ihr. »Gute Nacht, Brigid.«

Lady Drake tätschelte ihr die Schulter. »Gute Nacht, Liebes. Schlaf gut.«

Während Andrews Mutter die Treppe hinaufschlenderte, nahm Amelia Andrews Hand und zog ihn um die Ecke in den Korridor.

»Was ist los?«, fragte sie leise.

Andrew runzelte die Stirn. »Was meinst du?«

Sie knabberte an ihrer Unterlippe, unsicher, was sie sagen sollte. Sie wusste, dass manche Männer es nicht mochten, wenn man sie ausfragte, aber er schien keiner zu sein, der ihr böse sein würde, wenn sie ihn aushorchte.

»Du bist seit gestern Nachmittag nicht mehr du selbst.« Sie hoffte wirklich, dass seine Stimmung nichts mit der Tatsache zu tun hatte, dass ihr Buch veröffentlicht wurde.

Er hatte sich aufrichtig für sie gefreut, aber war das nur gespielt gewesen? Wenn ja, war es ihr egal? Sie würde sich davon nicht aufhalten lassen. Aber sie wollte wirklich nicht, dass er unglücklich war.

»Du musst es mir nicht sagen«, sagte sie, »aber ich höre zu, wenn du reden möchtest.«

Er blickte sie einen langen Moment lang an, und Enttäuschung machte sich in ihr breit, als sie erkannte, dass er ihre Sorge wahrscheinlich abtun würde. Doch dann seufzte er und drückte seinen Nasenrücken zusammen.

»Kommst du auf einen Schlummertrunk mit zu mir ins Arbeitszimmer?«, fragte er.

»Natürlich.«

Er führte sie zum Zimmer, öffnete die Tür und deutete ihr an, sich auf den abgenutzten Ledersessel in der Ecke zu setzen. Er zündete drei Kerzen auf dem Schreibtisch an, öffnete dann einen Schrank unter dem Regal, in dem seine Bücher aufbewahrt wurden, und holte eine Karaffe mit Brandy und zwei Kristallgläser heraus.

Er goss eine großzügige Portion Brandy in das eine und eine etwas kleinere Menge in das andere Glas, stellte die Karaffe zurück in den Schrank und reichte ihr das kleinere Glas. Als sie das Glas entgegennahm, zog er den Stuhl hinter seinem Schreibtisch hervor und setzte sich ein paar Meter von ihr entfernt.

»Hast du schon einmal Brandy probiert?«, fragte er.

»Nein.« Sie schnupperte an dem braunen Schnaps und rümpfte die Nase über den scharfen Geruch.

Andrew lachte. »Nimm einen kleinen Schluck. Er ist ziemlich stark, aber sobald man die Schärfe des Alkohols überwunden hat, ist er ziemlich süß und fruchtig.«

Sie betrachtete das Getränk skeptisch. Sie war sich nicht sicher, ob sie ihn süß oder fruchtig finden würde. Dennoch war sie bereit, es zu versuchen. Sie hob das Glas an die Lippen und kippte es leicht zurück, dann verschluckte sie sich, als der Brandy auf ihre Zunge traf.

»Gefällt dir das?«, keuchte sie und schluckte, in der Hoffnung, den Geschmack so schnell wie möglich aus dem Mund zu bekommen.

Seine Augen funkelten amüsiert, aber es war gut gelaunt, nicht grausam, und sie konnte nicht anders, als sich zu freuen, dass sie zumindest teilweise den Einfluss dessen, was seine untypisch düstere Stimmung verursacht hatte, gebrochen hatte.

»Ja«, sagte er. »Wenn man ihn oft genug trinkt, entwickelt man einen Geschmack dafür. Aber man muss aufpassen, dass man nicht zu sehr auf den Geschmack kommt.«

Sie zog eine Grimasse, betrachtete den Brandy und überlegte, ob sie das Glas einfach beiseite stellen sollte. Aber sie wusste, dass sie nicht Gefahr lief, von einem Glas zur Trinkerin zu werden, und sie war entschlossen, sich nicht vor neuen Erfahrungen zu scheuen, also stärkte sie sich und kippte den Rest hinunter. Es brannte in ihrer Kehle und erhitzte ihren Bauch.

Andrews Augen weiteten sich. »Das ist eine Möglichkeit.«

»Mm-hmm.« Sie stellte das Glas auf den Boden und faltete die Hände in ihrem Schoß. »Also, gibt es irgendetwas, worüber du reden willst?«

Er nippte an seinem Brandy, und keine einzige Reaktion war auf seinem Gesicht zu sehen. »Das bleibt unter uns.«

Sie nickte. Es war ja nicht so, dass sie jemanden hatte, dem sie etwas erzählen könnte.

Er rieb sich den Kiefer, drehte den Kopf hin und her und streckte den Hals. »Ich mache mir Sorgen, ob ich für dich, Mutter und Kate sorgen kann.«

Das Geständnis kam mit einem einzigen Atemzug aus ihm heraus.

»Warum?« fragte sie leise.

Er warf ihr einen Blick zu, der deutlich machte, dass er die Antwort für offensichtlich hielt. »Ich bin schon einmal unvorsichtig mit Geld umgegangen, und dadurch haben wir fast alles verloren. Ich habe Angst, denselben dummen Fehler noch einmal zu begehen. Ihr alle habt etwas Besseres verdient.«

In Amelias Kehle bildete sich ein Schmerz. Sie fühlte sich unbehaglich, streckte die Hand aus und berührte seinen Unterarm.

»Ich habe dich nie für töricht gehalten.« Sie hielt ihren Blick auf den seinen gerichtet, während das Kerzenlicht über seine Züge spielte und sie in Gold und Schatten malte. »Du hast ein gutes Herz, und du hast jemandem vertraut, der dich enttäuscht hat. Freundlich und vertrauensvoll zu sein ist kein Makel.«

Er schnaubte.

»Das ist es nicht«, sagte sie entschieden. »Aber wenn du dir wirklich solche Sorgen machst, dann musst du wissen, dass mein Vater helfen kann.«

Er starrte in sein Glas. »Ich habe bereits seinen Rat eingeholt und Pläne geschmiedet, meine Finanzen in die Hände seines persönlichen Geschäftsführers zu legen.«

Sie drückte sanft seinen Arm. »Dann tust du ja schon viel dafür, dass sich die Geschichte nicht wiederholt.«

Er antwortete nicht, und sie konnte sehen, wie sich Zweifel in seine Gesichtszüge einbrannten. Im Halbdunkel erschienen die Ringe unter seinen Augen noch dunkler, und sie verspürte den ungewöhnlichen Drang, ihn in die Arme schließen und trösten zu wollen.

Schließlich hob er den Blick. »Wie kannst du mir vertrauen, dass ich deine Mitgift nicht verliere, wenn ich mich als unfähig erwiesen habe, Geld zu halten?«

Ihr Herz klopfte schnell, und sie suchte in ihrem Kopf nach der richtigen Antwort, fest entschlossen, nicht das Falsche zu sagen und die Sache noch schlimmer zu machen.

Vorsichtig schob sie ihre Hand zwischen seine Finger. »Selbst als ich dich noch nicht gut kannte, habe ich darauf vertraut, dass du dein Wort in Bezug auf unsere Vereinbarung hältst, obwohl ich bezweifle, dass ein Gericht sie aufrechterhalten würde, weil ich eine Frau bin und daher als dein Eigentum betrachtet werde, nicht als Gleichgestellte, die auf eigenen Füßen stehen kann. Du bist ein guter Mann.«

Seine Augen suchten die ihren. »Du vertraust mir wirklich?«

»Ja.« Sie verschränkte ihre Finger mit seinen. »Ich vertraue dir meine Mitgift an ... und mich selbst.«

Er runzelte die Stirn. »Was meinst du?«

Amelias Kehle war plötzlich trocken. Mit dieser letzten Behauptung hatte sie sich selbst schockiert, aber jetzt, wo sie es gesagt hatte, wollte sie es nicht mehr zurücknehmen.

»Ich ...« Sie nahm ihren Mut zusammen. Das sollte doch nicht so schwer sein. Immerhin war der Mann ihr Ehemann. »Ich würde gerne bei dir liegen.«

Als er sie anstarrte, überkam sie eine Welle der Verlegenheit, und ihr wurde unbehaglich zumute.

»Nur, wenn du das auch willst«, beeilte sie sich hinzuzufügen, wobei ihre Verlegenheit mit jeder Sekunde wuchs.

»Das will ich.« Sein großzügiger Mund verzog sich. »Aber nur, wenn du sicher bist, dass du wirklich bereit bist.«

»Das tue ich.«

Sie waren seit fast einem Monat verheiratet. Sie kannte Andrew inzwischen. Er war, wie sie gesagt hatte, ein guter

Mann. Ein Mann, dessen charmantes Lächeln und funkelnde Augen ihr immer wieder den Atem raubten. Sie vertraute darauf, dass er ihr die Sache schmackhaft machen würde. Oder zumindest so angenehm, wie er konnte. Sie wusste nicht genau, was der eheliche Akt beinhaltete.

Er trank seinen Brandy viel geschmeidiger aus als sie, stand auf und zog sie auf die Füße. »Dein Schlafgemach oder meines?«

»Deines.« Von den Gemächern des Grafen hatte sie noch nicht viel gesehen. Theoretisch wusste sie, dass sie hineingehen konnte, wann immer sie wollte, aber es fühlte sich nicht richtig an, einfach dort herumzuschnüffeln, um ihre Neugier zu befriedigen.

Sie und Andrew gingen Hand in Hand die Treppe hinauf. Sie hatte erwartet, dass sie nervös sein würde, wenn dieser Zeitpunkt endlich gekommen war, aber alles, was sie fühlte, war ein schwaches Stechen, das mehr aus einem Mangel an Wissen resultierte als alles andere.

Amelia mochte es nicht, unvorbereitet zu sein, und in diesem Fall war sie es sehr wohl.

Als sie sein Schlafgemach erreichten, öffnete er die Tür und hielt sie ihr auf. Sie trat ein und sah sich um. Auf den Nachttischen brannten Kerzenleuchter, und im Kamin gegenüber dem Bett brannte ein Feuer. Die Vorhänge waren zugezogen und die Bettdecken aufgeschlagen.

Die Wandvertäfelungen, der Boden und das Bettgestell waren aus poliertem Holz gefertigt. Die roten Vorhänge und die rot-schwarzen Teppiche machten den Raum wärmer, als er es sonst gewesen wäre.

Sie wandte sich an Andrew. »Ich weiß nicht, was ich tun soll.«

Er schob die Tür zu und verriegelte sie, dann lächelte er warmherzig, als er näher kam. »Entspann dich. Ich werde dir alles sagen, was du tun musst. Mach dir keine Sorgen, dass du versagen könntest. Es gibt keine Möglichkeit, dass du das jemals könntest.«

Sie atmete zittrig aus. »In Ordnung.«

»Gut.«

Er kam näher, bis seine Brust die ihre berührte und ihre Beine sich berührt hätten, wenn einer von ihnen noch einen einzigen Schritt machen würde. Er legte eine Hand auf ihre Hüfte und hob die andere, um ihre Wange zu umfassen.

Instinktiv schloss sie die Augen und schmiegte ihr Gesicht in seine Handfläche.

»Du bist wunderschön, Amelia.«

Sie versteifte sich und nahm ihr Gesicht von seiner Hand. Sie war nicht schön. Nicht im Geringsten. »Das brauchst du mir nicht zu sagen.«

Er legte seinen Finger auf ihre Lippen. »Ja, aber ich muss. Nicht streiten. Ich werde dich jetzt küssen. Ist das in Ordnung?«

»Ja«, flüsterte sie, plötzlich begierig darauf, eine Wiederholung des Kusses von ihrer Hochzeit zu erleben. Seitdem hatte er sie nicht mehr auf die Lippen geküsst, sondern nur noch auf die Wange oder die Stirn, und sie hatte das Gefühl, dass sie etwas verpasst hatte.

Er nahm ihr Gesicht in die Hand und berührte mit seinen Lippen die ihren. Ihre Augenlider wurden schwer, und sie schloss sie, atmete seinen süßen und würzigen Duft ein, während er den Druck auf ihren Mund verstärkte. Sie schnappte nach Luft, als seine Zunge ihre Lippen berührte.

»Öffne dich für mich, Liebling«, murmelte er.

Sie öffnete ihre Lippen, unsicher, was geschah, aber zuversichtlich, dass es ihr gefallen würde.

Seine Zunge glitt in ihren Mund und streichelte die ihre. Hitze pulsierte zwischen ihren Beinen, und ihr Atem stockte. Was in aller Welt war das? Wie konnte ein Kuss sie an dieser geheimen Stelle dieses Pochen am Scheitelpunkt ihrer Schenkel auslösen?

Instinktiv tanzte ihre Zunge mit seiner. Er stöhnte, und Befriedigung durchströmte sie. Sie war diejenige, die ihm ein gutes Gefühl gegeben hatte. Sie wiederholte die Bewegung, begierig auf mehr. Er packte sie an den Hüften und zog sie an seinen Körper. Irgendetwas war anders als bei ihren früheren Umarmungen. Etwas Hartes und Heißes.

Sie wich mit großen Augen zurück. »Was ist das?«

»Das ist mein Schwanz. Wenn wir zusammen liegen, schiebe ich ihn in dich hinein.« Er schob seinen Arm zwischen ihren Körper und seinen und berührte ihre geheime Stelle. »Genau hier.«

Ihre Hüften drängten sich gegen seine Berührung, und ein Feuerwerk explodierte hinter ihren Augen. »Warum fühlt sich das so gut an?«

Sein Lächeln wurde sündhaft. »Wenn du schon glaubst, dass das gut ist, dann warte nur ab. Ich werde dich zum Schreien bringen.«

Sie lachte nervös. Sollte das beruhigend wirken?

»Stell dich vor das Bett«, befahl er.

Sie tat es, und er begann sofort, ihr Kleid im Rücken aufzuknöpfen. Seine Finger bewegten sich geschmeidig - er war mit dieser Aufgabe offensichtlich fast so vertraut, wie ein Dienstmädchen es gewesen wäre. Als er unten ankam, rutschte das Kleid von ihren Schultern und legte sich um ihre Taille.

Eine sanfte Berührung landete auf ihrem Oberarm, und sie zuckte zusammen.

»Pst«, murmelte er. »Lass mich dich küssen.«

Sie erschauderte, als er ihr weitere Küsse auf die Schulter und in den Nacken drückte. Jeder einzelne Nerv in ihrem Körper sang.

»Zieh das Kleid ganz aus«, drängte er.

Sie ließ das Kleid zu Boden gleiten und zögerte. Nur mit ihrer Unterwäsche bekleidet, fühlte sie sich ziemlich nackt.

»Sieh mich an.«

Das tat sie.

Er küsste sie. »Du bist die leibhaftige Versuchung. Darf ich dir alles ausziehen?«

»In Ordnung.«

Er küsste sie noch einmal und löste die Bänder an ihrem Rücken. Die weiche Baumwolle streichelte ihre Haut, als sie an ihrem Körper herunterglitt. Als Nächstes zog er ihr das Unterhemd und das Korsett aus, bis sie mit nacktem Oberkörper vor ihm stand. Sein Blick glitt über sie hinweg, seine Pupillen geweitet.

»Umwerfend«, murmelte er.

Sie biss sich auf die Zunge, um den Protest zu unterdrücken, der sich bereits gebildet hatte. Sie war nicht schön oder verführerisch oder atemberaubend oder eines der anderen Wörter, mit denen er sie bezeichnet hatte, aber wenn er darauf bestehen wollte, dass sie es war, würde sie nicht länger widersprechen. Es wäre schön, so zu tun, als ob.

Er kniete sich hin und zog ihr die Unterhose aus. Sie trat heraus und zog auch ihre Seidenpantoffeln aus.

Jetzt war sie wirklich nackt.

Und er sah sie an, als wäre sie eine Delikatesse, die er probieren wollte.

Er stand auf und schloss sie in seine Umarmung. Sie zitterte, als der kühle Stoff seines Anzugs über ihre empfindliche Haut strich. Wieder pulsierte die Hitze in ihrer Leistengegend. Es hatte etwas furchtbar Skandalöses an sich, völlig nackt mit einem vollständig bekleideten Mann zusammen zu sein.

Er zog seine Jacke aus und hängte sie über die Lehne eines Stuhls in der Ecke. »Leg dich quer über das Bett, aber lass die Füße auf dem Boden.«

Sie hockte sich auf die Bettkante und rutschte nach hinten, bis nur noch ihre Zehen den Boden berührten, dann legte sie sich flach auf die Matratze. Er bewegte sich, und Luft strömte über ihre Blöße. Sie zitterte und fühlte sich entblößt. Dies war eine ungewöhnliche Haltung. Was hat er vor?

Er kniete zwischen ihren Knien und legte jeweils einen Arm auf ihre Oberschenkel. »Lass mich dir Vergnügen bereiten, bevor ich mir meines nehme.«

Sie biss sich auf die Lippe und nickte, nicht ganz wissend, was er meinte, aber sicher, dass sie es wollte, egal was es war. Sie schloss die Augen und wartete auf das, was als Nächstes kam. Als sich eine feuchte Hitze über ihrem Unterleib ausbreitete, schossen ihre Lider hoch, und sie richtete sich auf.

»Was machst du da?«, fragte sie atemlos.

Er löste seinen Mund von ihr, seine Augen brannten sich in die ihren. »Dir Vergnügen bereiten.«

»Dort?«

Er grinste verschmitzt. »Ja. Dort. Jetzt lehn dich zurück und sag mir, wenn ich etwas tue, was dir nicht gefällt.«

»I... in Ordnung.«

Sie war sich nicht sicher, was sie davon halten sollte, aber er wusste es besser als sie, wenn es um solche Dinge ging, also legte sie sich wieder hin und spürte eine leichte Spannung in ihrem Inneren, die vorher nicht da gewesen war.

Als er dieses Mal seinen Mund auf sie legte, schreckte sie nicht zurück und stieß ihn nicht weg. Stattdessen nahm sie ihre Unterlippe zwischen die Zähne und achtete darauf, wie seine Berührung sich für sie anfühlte. Seine Zunge tauchte in die Weichheit zwischen ihren Beinen ein, so wie sie zuvor in ihren Mund eingedrungen war.

Sie krallte die Finger in die Bettdecke. Sicherlich war das nicht normal. Aber oh, als er über ihre Mitte leckte und die Knospe an der Spitze ihrer weiblichen Lippen neckte, fühlte es sich so gut an. Er stöhnte gegen ihre Haut, und sie erschauderte, als die Lust sie durchströmte.

Er küsste ihren Schamhügel. »Gefällt dir das?«

»Oh ja.« Sie spreizte ihre Schenkel weiter, um ihm besseren Zugang zu gewähren.

Er gab einen Laut von sich und vergrub sein Gesicht zwischen ihren Beinen. Trotz seiner offensichtlichen Begeisterung war er nicht grob. Er fuhr fort, sie mit seinen Lippen und seiner Zunge zu necken, bis die Hitze, die vorhin angefangen hatte, ständig in ihr pulsierte.

Er zog seine Arme von ihren Beinen weg, und sie stöhnte fast enttäuscht auf. Es hatte etwas Köstliches, wenn er sie festhielt. Doch dann schob er seine Arme unter ihre Schenkel und winkelte ihren Körper an, damit er sie besser kosten konnte.

Sie stützte sich auf die Ellbogen und blickte auf ihn hinunter. Sein Haar war leicht zerzaust, seine Augen waren so dunkel wie nie zuvor. Er sah auf die bestmögliche Weise verdorben aus, und obwohl er ihren Blick festhielt, hörte er keine Sekunde lang auf, sie zu beglücken.

Ihre Hüften zuckten, als ein unwillkürlicher Schauer durch sie hindurchlief. Seine geschickte Zunge stupste ihre Knospe an und zog enge Kreise um sie. Ihr Unterkörper verkrampfte sich, und sie fiel fast wieder flach auf den Rücken, aber sie konnte sich halten. Das wollte sie sehen.

Etwas baute sich in ihr auf und zog sich immer enger zusammen. Sie starrte in Andrews fast schwarze Augen und fragte sich, was er sah, wenn er sie ansah.

Seine Frau, den Blaustrumpf?

Eine lüsterne Frau?

Großer Gott, so könnte sie sich fast für eine Verführerin halten.

»Das ist es«, murmelte er ihr zu, während ihre Hüften sich wanden. »Reite auf meiner Zunge.«

Oh, Gott.

Ihr Mund öffnete sich zu einem stummen Schrei, als das intensivste Vergnügen, das sie je erlebt hatte, sie durchströmte. Sie erschauderte und wimmerte und schaffte es irgendwie, Andrew in die Augen zu sehen, bis er ihr das letzte bisschen Gefühl abgerungen hatte.

Sie schwebte in einem Dunst von gesättigtem Verlangen und merkte kaum, wie er über sie kletterte. Sie kam erst wieder ganz zu sich, als er sie küsste und sie etwas Ungewöhnliches auf seinen Lippen schmeckte. War das von ihr?

»So schön.« Er schob sie nach oben, bis sie der Länge nach auf dem Bett lag und er sich an ihren Körper presste. Er küsste sie erneut und knabberte dann an ihrem Nacken. »Der nächste Teil könnte etwas unangenehm werden.«

Verwirrt blinzelte sie zu ihm auf. »Ich vertraue dir.«

Er drückte ihr einen Kuss auf die Stirn. »Du hast keine Ahnung, wie viel mir das bedeutet.«

Eine seiner Hände umfasste sie, ähnlich wie vorhin, aber dieses Mal hielt er nicht wieder inne. Ein Finger stieß gegen ihren Eingang und glitt hinein.

Amelia keuchte. Es fühlte sich nicht schlecht an, nur … seltsam. Sie war es nicht gewohnt, dort etwas drin zu haben, und es war eng. Wenn es mit einem Finger so eng war, war der Teil, den er einführen musste, hoffentlich nicht viel größer.

»Ausatmen«, drängte er. »Entspanne deine Muskeln. Je entspannter du bist, desto angenehmer wird es sein.«

Sie atmete langsam aus und tat ihr Bestes, um sich zu entspannen, aber es war furchtbar schwer, dies auf Kommando zu tun.

Er drückte einen weiteren Finger in sie.

»Du bist so eng.« Seine Stimme war belegt. »Niemand sonst hat dich je zuvor gehabt. Du gehörst ganz mir.«

Vielleicht. Aber gehörte er nur ihr?

Sie verwarf den Gedanken, als er einen dritten Finger hinzufügte. Sie spannte sich automatisch an, als sie den Schmerz spürte.

»Pst.« Er küsste sie, und ihre Zungen tanzten wieder.

Nach und nach löste sich die Anspannung aus ihrem

Körper. Er drückte seine Handfläche flach gegen die magische Perle, und sie wimmerte.

»Ich werde dich jetzt ausfüllen«, flüsterte er. »In Ordnung?«

»J... ja.«

Er stieg von ihr herunter und zog mit schnellen Bewegungen sein Hemd, seine Hose und seine Unterhose aus. Amelia genoss seinen Anblick, als er sich ihr näherte. Sein Bauch war flach, seine Brustwarzen rosa, und auf seiner Brust sprießten ein paar rötlich-braune Haare. Seine Beine spannten sich bei jedem Schritt an, sie waren muskulöser, als sie erwartet hatte, und dann war da noch dieses Ding zwischen seinen Beinen.

Sein Schwanz.

Sie schluckte. Der war auf jeden Fall länger und dicker als seine Finger, und mit seiner dunklen Färbung und der Art, wie er nach vorne ragte, machte sie sich Sorgen, dass es mehr sein könnte, als sie verkraften konnte.

Sie atmete langsam ein. »Das ist eine Menge.«

Er sah seltsam zufrieden aus. »Du schaffst das schon. Dein Körper ist für mich gemacht.«

Als er sich über ihr niederließ, versuchte sie, sich darauf zu konzentrieren, wie wunderbar sie sich zuvor seinetwegen gefühlt hatte, und nicht darauf, wie unangenehm dies hier werden könnte. Sein Daumen fand ihre Perle und umkreiste sie sanft - gerade so viel, dass ihre Hüften zuckten und sich Hitze in ihrem Inneren sammelte.

»Vertraust du mir?«, murmelte er und hielt ihren Blick fest.

»Das tue ich.«

Sie drückte sich halb hoch und küsste ihn. Als sich ihre Lippen aneinander schmiegten, drückte er seinen Schwanz gegen ihren Eingang und stieß hinein. Zuerst sträubte sie sich gegen das Eindringen, und als er sich immer weiter vorwagte, musste sie die Zähne zusammenbeißen, um ihn nicht wegzustoßen.

Doch er vertiefte den Kuss, und ihr Körper wurde träge. Das Unbehagen ließ nach. Als er vollständig in ihr war, bewegte er sich nicht mehr.

»Ist es das?«, fragte sie. »Ist es passiert?«

Er lachte, aber ein Muskel in seinem Kiefer zuckte. »Nein, ich gebe dir nur Zeit, dich an mich zu gewöhnen.«

»Oh.« Dankbar, dass er sie nicht drängte, neigte sie den Kopf, um zwischen ihren Körpern hinunterzusehen. Bei dem Anblick seines Schwanzes, der in ihr verschwand, blühte die Hitze in ihrem Inneren noch mehr auf. Es war seltsam aufwühlend.

Langsam zog er sich zurück und stieß dann wieder hinein. Er warf den Kopf zurück, und ein schmerzhafter Laut drang aus ihm heraus.

Je mehr er sich bewegte, desto verzehrender wurde die Hitze in ihr. Er schürte die Flammen ihrer Leidenschaft, bis sie sich wieder nach mehr sehnte.

Die ganze Zeit über küsste er sie. Sie konnte nicht genug von seinem Geschmack bekommen. Sie flehte schweigend um mehr, und er gab ihr alles, was sie wollte.

Die Spannung wurde größer, und sie wusste jetzt, dass dies bedeutete, dass die exquisite Überladung mit Gefühlen kurz bevorstand. Sie klammerte sich an seine Schultern und hakte ihre Füße um seine Beine, sodass er genau im richtigen Winkel in sie eindrang.

Ein Stöhnen entfuhr ihm.

»Das ist so gut.« Sie rieb sich schamlos an ihm. »Ich bin fast am Ziel. Bitte, Andrew. Bitte.«

»Ich habe dich, mein Schatz.«

Er ließ nicht nach, bis sie auseinanderbrach und vor Vergnügen schrie. Erst dann wurden seine Stöße heftiger. Er versteifte sich und pulsierte in ihr, sein Gesicht vergrub sich an ihrem Hals.

Er brach auf ihr zusammen, und obwohl er schwer war, hatte sie nicht die Kraft, ihn wegzuschieben. Stattdessen lag sie einfach nur da, sein warmes Gewicht drückte sie nieder, und sie fragte sich, warum sie so lange gebraucht hatten, um das zu tun.

Nach einer Weile rührte sich Andrew. Er stand auf, holte ein Tuch aus einem seiner Schränke und brachte es zu ihr.

»Lass mich dich sauber machen.«

Sie zappelte verlegen, als er zwischen ihren Beinen tupfte. Danach war das Tuch rot befleckt. Sie keuchte auf, aber er schien nicht beunruhigt zu sein.

»Wenn eine Frau zum ersten Mal mit einem Mann zusammen ist, fließt oft ein wenig Blut«, sagte er ihr. »Es ist nichts, worüber man sich Sorgen machen müsste, und es sollte nicht wieder vorkommen.«

»Oh. Das ist gut. Ich dachte ...« Nun, sie war sich nicht sicher, was sie gedacht hatte. Vielleicht, dass ihr Monatszyklus zu früh gekommen sein könnte. Wäre das nicht demütigend gewesen?

Er wischte sich mit dem Tuch ab und warf es auf den Boden. »Wie fühlst du dich?«

Sie bewegte langsam die Glieder. Sie spürte einen leichten Schmerz zwischen den Beinen, aber das war auch schon alles. »Mir geht es gut.«

»Ich bin froh, das zu hören.« Er schenkte ihr ein verschmitztes Lächeln. »Das war das erste Mal, dass ich der erste bei einer Frau war.«

Sie achtete darauf, sich nichts anmerken zu lassen, obwohl sie bei dem Gedanken, dass er mit einer anderen zusammen gewesen war, die Stirn runzeln wollte. »So werden Frauen schwanger?«

»Ja.« Seine Wangen erröteten ein wenig, als er sich neben sie legte. »Wenn ein Mann kommt - so nennt man es, wenn man diese intensive Lust empfindet - spritzt er seinen Samen in die Frau, und manchmal schlägt dieser Samen Wurzeln und bildet ein Baby.«

»Aber nicht immer?«, hakte sie nach und erinnerte sich an die Worte ihrer Mutter, die gesagt hatte, dass sie so oft wie möglich bei ihrem Mann lügen sollte, um sicherzustellen, dass sie schwanger wurde.

»Nein.« Er legte seinen Arm um ihre Taille und zog sie näher an sich. »Manchmal klappt es, manchmal aber auch nicht. Manche Paare sind gemeinsam sehr fruchtbar, andere nicht. Es ist unmöglich zu wissen, wie das für uns ausgehen wird.«

Sie nickte, dankbar für seine Erklärung. Es war schwierig, eine Frau zu sein und nicht zu wissen, was in ihrem eigenen Körper vor sich ging. In dieser Minute könnte in ihr ein Baby entstehen.

Würde es ihr gefallen, Mutter zu sein?

Sie hatte nie viel darüber nachgedacht, da es allgemein als ausgemachte Sache galt, dass alle Frauen Kinder bekommen mussten. Amelia hatte zwar keine Erfahrung mit Babys, aber es wäre doch schön, eine Miniaturausgabe von sich und Andrew in die Freuden des Lesens einzuführen oder gemeinsam ihr neues Zuhause auf dem Land zu erkunden.

Sie legte ihren Kopf auf Andrews Brust und schloss die Augen. Sie dachte an Andrews Bemerkung, dass es das erste Mal für ihn gewesen war, dass er für ein Mädchen der erste Mann war. Es war sicherlich nicht sein erstes Mal mit einer Frau im Allgemeinen gewesen. Da er sie so gekonnt verwöhnt hatte, vermutete sie, dass er viele Geliebte gehabt haben musste.

Hatte er jemals mit einer der Frauen geschlafen, die auf dem Ball anwesend gewesen waren, den sie heute Abend besucht hatten? Sie war sich nicht sicher. Sie wusste, dass viele Frauen des *ton* Affären hatten - in der Regel, nachdem sie Kinder geboren hatten.

Viele von ihnen waren viel schöner als Amelia. Eleganter. Hatten sie ihm mehr Freude bereitet als sie?

Wenn sie wüsste, dass sie von ihm Treue erwarten konnte, würde es sie vielleicht weniger stören, aber Tatsache war, dass sie nicht wusste, ob er treu sein würde. Das war nicht Teil ihrer Vereinbarung gewesen.

Irgendwann würde sie ihn wahrscheinlich langweilen, und sie war sich nicht sicher, wie sie damit umgehen würde.

KAPITEL 18

London,
November 1820

»Wie läuft es da drinnen?«, rief Andrew durch die Verbindungstür zwischen seinem und Amelias Schlafzimmer.

Sie sollten in Kürze zum Hertford-Ball aufbrechen. Er war mehr oder weniger bereit, aber er wusste, dass Frauen oft länger brauchten, um sich zurechtzumachen.

»Ich bin gleich fertig«, rief Amelia zurück. »Bist du sicher, dass Brigid sich uns nicht anschließen möchte?«

»Dieses Mal nicht.« Seine Mutter und seine Frau verstanden sich erstaunlich gut, sodass er Amelias Überraschung verstehen konnte, aber seine Mutter hatte sich mit Kopfschmerzen abgemeldet.

Er zupfte an seinem Halstuch und ging durch die Tür, wobei er beim Anblick seiner Frau, die gerade von ihrem Dienstmädchen in ein dunkelblaues Kleid geknöpft wurde, stehen blieb. Die seidige Haut ihrer Schultern verschwand langsam aus dem Blickfeld, als Margaret sich nach oben bewegte.

Verdammt, seine Frau war umwerfend. Wenn er nicht wüsste, wie viel Mühe es machte, sie für einen Ball anzuziehen, würde er darauf bestehen, ihr jedes einzelne Kleidungsstück vom Leib zu reißen, mit ihr zu schlafen und von vorne zu beginnen. Stattdessen setzte er sich auf das Bett und sah Margaret zu, wie sie alles fertig machte.

»Sie sieht hübsch aus, nicht wahr?«

Er zuckte zusammen. Er hatte seine Schwester gar nicht gesehen, die an der Wand im Schlafgemach stand. »In der Tat.«

Kates verschmitztes Lächeln ließ seine Wangen heiß werden. »Blau ist eine ausgezeichnete Farbe für ihren Teint.«

Er blickte wieder zu seiner Frau. Sie trug oft Blautöne, aber die Spitzen und die verschiedenen Schattierungen dieses Kleides unterschieden sich von dem, was sie normalerweise wählte. »Ist das dein Werk?«

Kate nickte, sichtlich stolz. »Ich habe die Stoffe ausgesucht, und Madame Baptiste hat das Kleid entworfen.«

Er stupste sie mit seiner Schulter an. »Du hast ein gutes Auge.«

Sie blickte zu Boyden, aber er konnte noch immer ihr Lächeln erkennen. »Danke.«

Beide richteten ihre Aufmerksamkeit wieder auf Amelia und Margaret. Aufgrund ihrer strengen Haltung war es schwer zu sagen, aber er vermutete, dass Margaret es sehr mochte, eine Frau anzuziehen, die von der ganzen Welt gesehen und bewundert werden würde. Da Kate noch nicht Teil der feinen Gesellschaft war, hatte das Anziehen von ihr nicht das gleiche Gewicht.

Margaret trat einen Schritt zurück. »Fertig, Mylady. Alles erledigt.«

Amelia schaute über ihre Schulter. »Danke, Margaret. Ich brauche dich nicht mehr.«

Das Dienstmädchen knickste und huschte hinaus.

»Ich werde auch gehen«, murmelte Kate. »Du siehst aus, als wolltest du gleich etwas furchtbar Rührseliges sagen.«

Das konnte er nicht leugnen.

Er wartete, bis Kate gegangen war, stand dann auf und verringerte den Abstand zwischen sich und Amelia. »Dieses Kleid lässt deine Augen wie Saphire funkeln.«

Ein schüchternes Lächeln umspielte ihre Lippen. »Danke.«

Mit zwei Fingern hob er ihr Kinn an. Er würde nicht zulassen, dass sie sich vor ihm versteckte. Vielleicht hatte eine Woche Liebesspiel sie noch nicht von ihrer Attraktivität überzeugt, aber er würde nicht aufgeben. Immerhin hatten sie ein ganzes Leben zusammen.

»Im Grunde genommen …« Er küsste ihre Lippen. »Ich kann dir einfach nicht widerstehen.«

Als er auf die Knie sank, zogen sich ihre Augenbrauen hoch.

»Andrew?« Ihre Stimme zitterte.

»Halt ganz still. Wir dürfen deinen Rock nicht zerknittern.«

Er hob den Saum an und duckte sich darunter. Der Stoff zerzauste sein Haar, aber das war ihm egal. Er bahnte sich seinen Weg unter ihren Unterrock, bis er zwischen ihren Beinen war.

»Was machst du da?«, fragte sie, obwohl es doch inzwischen offensichtlich sein müsste.

»Meine Frau«, antwortete er und öffnete ihre Unterhose, um sie seinem Blick auszusetzen.

Ihm lief das Wasser im Mund zusammen. Hübsch rosa stand sie da und wartete auf seine Aufmerksamkeit. Er lehnte sich dicht an sie heran und blies über sie. Sie erschauderte. Er kuschelte sich an ihre Schenkel, und sie begann zu zittern.

»Genau so, Liebling.« Seine Zunge streckte sich aus, um

sie zu kosten. *Mm.* Süß und berauschend. Er wiederholte die Bewegung langsamer, fuhr mit seiner Zunge an ihrem Saum entlang und erfreute sich daran, wie ihr immer wieder der Atem wegblieb.

Sanft reizte er sie mit seinen Lippen und seiner Zunge - er küsste, leckte und summte seine Zustimmung auf ihrer Haut. Obwohl er darauf achtete, sie nicht zu sehr zu zerknittern, war er fest entschlossen, dass seine Frau befriedigt am Hertford-Ball teilnehmen würde. Es würde keine anderen Männer geben, von denen seine Gräfin sich begaffen ließe.

Sie gehörte ihm.

Er liebte sie mit seinem Mund, bis sie sich versteifte und ihre zarten Muskeln sich um ihn zusammenzogen; dann küsste er sie noch einmal und krabbelte unter ihren Röcken hervor.

Sie starrte ihn an, mit geöffneten Lippen, geröteten Wangen und großen Augen. »Ich kann nicht glauben, dass du das getan hast.«

Er küsste sie auf die Stirn und benutzte dann ihren Spiegel, um sein Haar zu glätten. »Hat es dir keinen Spaß gemacht?«

»Doch«, gab sie zu. »Aber wir müssen zu einem Ball gehen.«

Er seufzte und bot ihr seinen Arm an. »Dann sollten wir wohl besser gehen.«

»Einfach so?«

Er zwinkerte. »Einfach so.«

ALS AMELIA UND ANDREW DURCH DAS HAUS UND DANN ZUR Vordertür hinausgingen, konnte sie sich des Eindrucks nicht erwehren, dass jeder, der sie sah, genau wusste, was sie nur wenige Minuten zuvor getan hatten.

Vor ein paar Tagen hatte sie herausgefunden, dass der

eheliche Akt nicht auf das Schlafzimmer beschränkt sein musste, aber als er ihr vorhin unter den Rock geschlüpft war, konnte sie nur daran denken, dass Kate die Tür angelehnt gelassen hatte und jeder sie sehen konnte. Das hatte sie gleichzeitig erregt und ängstlich gemacht. Sie war sich nicht ganz sicher, was sie davon halten sollte.

Unanständig?

Ja, natürlich.

Aber auch seltsam dekadent.

»Amelia?«

Sie sah sich um und bemerkte, dass Andrew darauf wartete, ihr in die Kutsche zu helfen. »Tut mir leid, ich war in Gedanken.«

Er grinste verrucht, nahm ihre Hand und half ihr hinein. Sie hatte den Eindruck, dass er genau wusste, was ihr gerade durch den Kopf gegangen war. Sie nahm an, dass sie das erwarten sollte. Er war an Tändeleien gewöhnt. Für sie hingegen war das alles neu.

Sie rückte ihre Röcke zurecht, als sie sich auf die Kutschenbank setzte. Wie lange würde es dauern, bis er ihrer überdrüssig wurde? Im Moment fand er es vielleicht aufregend, sie in neue intime Handlungen einzuführen, aber irgendwann würden ihnen die neuen Dinge ausgehen, die sie erkunden konnten, und er würde sich einer anderen zuwenden wollen. Wie viel Zeit hatte sie?

Während sie fuhren, dachte sie über diese Frage nach. Viel zu schnell erreichten sie den Ball, und er begleitete sie hinein. Bei all dem fühlte sich Amelia distanziert, als wäre sie eine Zuschauerin, die ihr Leben aus der Ferne beobachtete.

Erst als sie Andrew während der ersten Takte einer Quadrille auf der Tanzfläche gegenüberstand, wurde sie ruckartig in die Realität zurückgeholt.

»Alles in Ordnung?«, fragte er, anscheinend spürend, dass sie verunsichert war.

»Gut«, versicherte sie ihm.

Zum Glück hatte sie die Quadrille schon oft geübt, denn so konnte sie den Schritten folgen, ohne viel von ihrem Kopf zu verlangen. Als der Tanz zu Ende war, brauchte sie dringend etwas zu trinken.

»Champagner?«, fragte er, als hätte er ihre Gedanken gelesen.

»Ja, bitte.«

Er begleitete sie zum Getränketisch, und sie hatte sich gerade ein Glas genommen, als ihre Mutter wie aus dem Nichts auftauchte.

»Amelia!« Sie strahlte. »Ich habe mich gefragt, ob ich deinen Mann für einen Tanz entführen könnte?«

Andrew begegnete Amelias Blick und zog eine Augenbraue hoch. Sie nickte, und er nahm den Arm ihrer Mutter.

»Es wäre mir eine Ehre, Mrs. Hart. Sollen wir?«

Amelia nippte an ihrem Champagner, als sie die beiden gehen sah. Sie wollte sich über die offensichtliche Neigung ihrer Mutter ärgern, ihre Verbindung zu Andrew zu nutzen, um ihren eigenen gesellschaftlichen Aufstieg voranzutreiben, aber sie konnte ihr nicht allzu viel übel nehmen, zumal die Situation bisher gut für sie gelaufen war. Wäre sie mit dem Duke of Wight verheiratet worden, würde sie vielleicht anders darüber denken, aber sie hatte das Glück gehabt, diesem Schicksal zu entgehen.

»Sie haben sich gut geschlagen.«

Amelias Hand flog zu ihrer Brust, und sie drehte sich zu der Stimme herum. »Sie sind das.«

Die Frau lächelte schelmisch. Es handelte sich um die Rothaarige, die Amelia vor einigen Wochen auf einem Ball in der Damentoilette getroffen - und zu der sie eine seltsame Verbindung gespürt hatte.

»Miss Helena Steele. Wir sind einander noch nicht offiziell vorgestellt worden. Aber die Leute machen sich selten die Mühe, die Mauerblümchen kennenzulernen.«

»Es fällt mir schwer zu glauben, dass Sie ein Mauerblümchen sind«, sagte Amelia und war dabei ganz ehrlich. Miss Steele war vielleicht nicht auf konventionelle Weise hübsch, aber sie hatte etwas an sich, das Aufmerksamkeit erregte, und sie wirkte keineswegs schüchtern.

Miss Steele zuckte mit den Schultern. »Ich gebe zu, ich bin freiwillig ein Mauerblümchen. Die meisten Leute, die man auf solchen Veranstaltungen trifft, sind furchtbar langweilig, und ich kann nicht so tun, als ob ich mich für sie interessieren würde.«

»Sie scheinen ziemlich abgestumpft zu sein.«

Miss Steele schnaubte. »Dies ist meine siebte Saison. Ich glaube, ich habe ein Recht darauf. Ich warte nur darauf, dass mein Vater erkennt, dass es für ihn einfacher ist, mir etwas Geld zu geben und mich meinen eigenen Weg gehen zu lassen, als zu versuchen, mich zu verheiraten.«

Interessant ... Ihre Situationen waren gar nicht so unterschiedlich.

»Ich hätte das Gleiche versuchen können, aber meine Mutter war fest entschlossen, dass ich einen Aristokraten heiraten sollte, also schien es praktisch, einfach die beste der verfügbaren Optionen zu wählen.«

»Einen Earl.« Miss Steele hob ihr Glas. »Ich bin beeindruckt, und ich sage Ihnen, das ist keine leichte Leistung.«

Nein, das konnte sie sich nicht vorstellen.

Die andere Frau blickte über Amelias Schulter. »Ihr Mann kehrt zurück. Wir werden uns sicher wiedersehen.«

Sie schlich sich weg, Sekunden bevor Mrs. Hart und Andrew wieder zu Amelia stießen. Ihre Mutter war begeistert von ihrem Tanz, kicherte und fächelte sich Luft zu wie eine Frau, die halb so alt war wie sie. Es war fast ... ermutigend. Auf eine ungewöhnliche Weise.

»Gräfin!« Mrs. Hart schnurrte praktisch, als sie das Wort sagte. »Ich habe dem Grafen gerade gesagt, dass du unbedingt einen Ball veranstalten musst, um dein Einheiraten in den *ton* offiziell zu verkünden.«

Und schon war Amelias gute Laune verflogen.

»War das nicht der Zweck der Hochzeit?«, fragte sie.

Mrs. Hart lachte und winkte jemandem zu, der vorbeikam. »Wenn du eine renommierte Gastgeberin in London sein willst, dann ist jetzt der richtige Zeitpunkt, das zu zeigen.«

Amelia stöhnte. »Ich habe keine Ambitionen, eine beliebte Gastgeberin zu sein.«

Ihre Mutter blinzelte sie an, als ob das einfach keinen Sinn ergeben würde. »Aber willst du denn nicht die verschwenderischsten, exklusivsten Gesellschaftspartys veranstalten?«

Wie um alles in der Welt konnte sie das nur glauben? Sie kannte Amelia schon ihr ganzes Leben lang, und Amelia war sich ziemlich sicher, dass sie noch nie jemandem Anlass zu der Annahme gegeben hatte, dass sie gerne an Partys teilnahm, geschweige denn, sie selbst zu planen.

Geselligkeit war nicht ihre Stärke.

Bücher waren das.

Sie fühlte sich wohler dabei, mit tintenverschmierten Händen in einer Bibliothek zu kritzeln, als auf einem Ball eine Diamantkette zu tragen.

Andrew löste sich von ihrer Mutter und legte seinen Arm um sie. Seine Lippen streiften ihr Ohr, als er sagte: »Wir sollten vielleicht einen Ball veranstalten, nur um sicherzustellen, dass jeder deinen rechtmäßigen Platz unter uns anerkennt.«

Sie versuchte, ihn anzustarren, aber es war schwierig, wenn er sie festhielt, als wäre sie ihm wichtig. »Müssen wir?«

»Nur einmal«, sagte er.

Sie schnaubte. »Das sollte besser ein Versprechen sein. Ich werde dies nicht zu einem jährlichen Ereignis machen.«

Er küsste sie. »Das wird es auch nicht sein. Und keine Sorge, die Bediensteten können den größten Teil der Arbeit übernehmen. Ich kann sogar Mrs. Smythe beauftragen, die Auswahl des Dekors zu übernehmen, wenn du das willst.«

»Aber ...«, begann Mrs. Hart zu protestieren, aber er unterbrach sie mit einer Handbewegung.

»Es wird dich nicht beim Schreiben stören«, sagte er ihr und bewies damit, wie gut er sie kennengelernt hatte.

Sie seufzte. »Also gut. Aber, Mutter, das wird nicht wieder vorkommen.«

Mrs. Hart klatschte, offensichtlich erfreut, in die Hände. Amelia war sich nicht sicher, ob sie die Warnung überhaupt gehört hatte.

»Ich melde mich wegen der Planung.« Sie wirbelte herum. »Ich muss deinen Vater finden und ihm Bescheid sagen.«

Amelia wandte sich an Andrew. »Jetzt hast du es geschafft.«

Er zeigte dieses mühelos charmante Grinsen, mit dem er sich aus allem herauszuwinden schien. »Es muss kein großes Aufheben gemacht werden. Ein Abend deines Lebens und bis dahin hier und da ein paar Minuten Zeit, um Entscheidungen zu treffen. Das ist alles.«

»Aha.« Es sollte besser so einfach sein.

Er gluckste und zog ihre Hand in seine Armbeuge. »Komm. Ich sehe einen meiner Bekannten dort drüben. Darf ich dich vorstellen?«

Leider hatten sie noch nicht einmal die Hälfte des Raumes hinter sich gebracht, als sich ihnen ein rotwangiger Gentleman mit einer leicht schiefen Krawatte in den Weg stellte.

»Longley.« Er schwankte ein wenig. »Herzlichen Glückwunsch, alter Knabe. Ich hatte nicht erwartet, dass Sie sich in dieser Saison festlegen. Ich habe deswegen einen Haufen Geld an Falvey verloren. Ich hätte wissen müssen, dass dieses Wiesel etwas weiß, was ich nicht weiß, sonst hätte er gar nicht erst eine Wette abgeschlossen.«

»Mr. White«, sagte Andrew steif und warf Amelia einen Blick zu, der ihr sagte, dass er lieber keine Zeit mit diesem Mann verbringen wollte. »Haben Sie schon die Gräfin von Longley kennengelernt?«

Mr. White nahm Amelias Hand und drückte ihr einen sabbernden Kuss auf den Handrücken. Nachdem sie ihre Hand zurückgenommen hatte, wischte sie sie unauffällig an ihrem Rock ab.

»Ich bin entzückt, Mylady«, sagte er. »Sie müssen schon etwas Besonderes sein, um Longley hier in die Ehe zu locken.«

Ja. Reich.

Sie zog eine Grimasse bei dem Gedanken. Was würde Mr. White sagen, wenn er wirklich wüsste, warum Andrew sie geheiratet hatte?

Abgesehen von einem anfänglichen Schock über die Tatsache, dass der Graf hereingelegt worden war, bezweifelte sie, dass er überrascht sein würde.

»Schön, Sie kennenzulernen, Mr. White.« Sie sah sich um und fragte sich, ob sie sich aus diesem Gespräch herauswinden könnten. Ihr Blick fiel auf eine Frau, die allein in einem skandalös tief ausgeschnittenen Kleid stand.

Dann erkannte sie sie. Es war die Frau aus dem Teeladen. Die Frau, die Andrew bei seinem Vornamen genannt hatte.

Er folgte ihrem Blick und wurde sofort blass. »Nun, es war wie immer schön, Sie zu sehen, aber die Gräfin und ich sollten jetzt gehen. Wir werden anderswo erwartet.«

»Was?« Mr. White schimpfte. »Aber ...«

Andrew zog Amelia von ihm weg und zur Tür.

»Was ist los?«, fragte sie, aber er antwortete nicht.

Als sie sich verabschiedeten und in die kühle Nachtluft hinaustraten, konnte sie nicht umhin, sich zu fragen: Wer war diese Frau, und warum ging Andrew ihr aus dem Weg?

KAPITEL 19

»Wie geht es meiner Mia?«, fragte Mr. Hart, als Andrew sich auf dem Stuhl in seinem Arbeitszimmer niederließ.

Sie wollten Geschäftliches besprechen, aber es war eine angenehme Überraschung, dass Mr. Hart sich entschied, zunächst über seine Tochter zu sprechen. Andrew hatte das Gefühl gehabt, dass er nicht besonders an ihrem Leben beteiligt gewesen wäre.

»Mia«, sinnierte er. »Das ist ein schöner Name für sie. Sie scheint zufrieden zu sein. Wenn sie unglücklich ist, hat sie mir nichts davon gesagt.«

Mr. Hart nickte. »Mir und ihrer Mutter auch nicht.«

Er stand auf und schenkte sich und Andrew Tee aus einer Kanne ein, die am Ende seines Schreibtisches stand. »Zucker oder Milch?«

»Zucker, bitte.«

Er gab einen Löffel Zucker in eine Tasse und rührte ihn ein. »Mia mag ihren auch lieber gesüßt. Meine Frau tut das nicht, also habe ich mir das abgewöhnt.«

Andrew nahm Tasse und Untertasse entgegen und stellte sie zum Abkühlen vor sich hin. »Ja, Mrs. Hart hat ihre Präferenzen sehr deutlich gemacht. Schwarzer Tee ist der britischste Tee, wenn ich mich recht erinnere.«

Mr. Hart lachte. »Das klingt wie etwas, das sie sagen würde.« Er zögerte, und einen Moment lang dachte Andrew, dass es nun an der Zeit sei, zum Geschäftlichen überzugehen, aber Mr. Hart überraschte ihn erneut. »Ich bin froh, dass Amelia zufrieden ist. Ich hatte Angst, dass sie in der Ehe unglücklich sein würde.«

Andrew hob eine Augenbraue. »Aber Sie haben ihr trotzdem erlaubt, zu heiraten?«

»Man erlaubt Amelia nicht, irgendetwas zu tun. Wenn sie etwas unbedingt will, setzt sie es auch um. Sie hat sich für Sie entschieden, und Sie scheinen ja trotz finanzielle Probleme ein anständiger Kerl zu sein, also habe ich nichts Schlimmes in der Verbindung gesehen.«

Da hatte der Mann Recht. Er selbst kannte Amelia zwar noch nicht lange, aber er konnte bereits erkennen, dass sie einfallsreich und entschlossen war.

»Ich bin von Amelia in den letzten Wochen sehr beeindruckt gewesen. Vor allem von ihrem Schreiben. Wussten Sie, was für eine begabte Geschichtenerzählerin sie ist?«

Mr. Hart nippte an seinem Tee. »Sie konnte schon immer gut mit Worten umgehen. Zumindest auf dem Papier. Leider konnte sie nicht erkennen, wie schwierig es sein würde, ohne die Unterstützung eines Ehemannes eine Karriere als Schriftstellerin zu machen.«

Andrew biss sich auf die Innenseite seiner Wange und schluckte seine unmittelbare Reaktion hinunter. Er wollte den Mann, der ihm helfen würde, nicht verärgern. Dennoch hatte er das Bedürfnis, sich für Amelia einzusetzen.

»Verzeihen Sie mir, wenn ich mich irre, aber hätte sie nicht auch ohne Heirat eine blühende Karriere machen können, wenn Sie ihr klargemacht hätten, dass Sie für sie sorgen würden?«

Zu seiner Erleichterung schien Mr. Hart über diese

Bemerkung nicht verärgert zu sein. Er stellte seine Tasse ab und lehnte sich in seinem Stuhl zurück. »Das mag bis zu einem gewissen Grad stimmen. Meine Frau war fest entschlossen, dass Amelia einen Aristokraten heiraten sollte. Meine Tochter selbst hatte keine solchen Ambitionen. Ich bin nicht blind für diese Tatsache. Aber jeder Mensch hat seine Schwächen, und meine Schwäche ist meine Frau. Es gibt wenig, was ich nicht tun würde, um ihr zu gefallen.«

Andrew konnte das verstehen. Er begann zu vermuten, dass auch für ihn seine Frau seine Schwäche sein könnte. Dennoch war er der Meinung, dass ein Paar, das ein Kind gezeugt hatte, diesem Kind ein gewisses Maß an Fürsorge schuldete.

»Hätten Sie auch eine Verbindung zwischen Amelia und einem Mann zugelassen, der nicht zu ihr passt?«

Mr. Harts Lippen zuckten. »Wenn Amelia wirklich unglücklich gewesen wäre und mich um Hilfe gebeten hätte, hätte ich dem ein Ende gesetzt. Zum Glück für uns beide ist das nicht passiert. Der sogenannte Heiratsmarkt war nur ein weiteres Hindernis, das Amelia überwinden musste.«

Andrew presste die Lippen aufeinander und schwieg. Auch wenn er nicht unbedingt mit der Art und Weise einverstanden war, wie Mr. Hart mit der Situation umgegangen war, so konnte er doch nicht leugnen, dass er für das Ergebnis dankbar war, und er glaubte gerne, dass Amelia es auch war.

Er überlegte, ob er die Nachricht überbringen sollte, dass eine von Amelias Geschichten zur Veröffentlichung angenommen worden war. Sie hatte sich bereits mit dem Redakteur getroffen und ein paar Änderungen vereinbart. Er entschied sich dagegen. Wenn sie ihren Eltern etwas mitteilen wollte, konnte sie das tun, wenn sie dazu bereit war.

»Sollen wir zu anderen Themen übergehen?«, schlug Mr. Hart vor und schob ein Bündel Papiere über den Schreibtisch zu Andrew. »Das sind die Investitionsmöglichkeiten, die Sie mich gebeten haben zu prüfen.«

Andrew lehnte sich vor und bereitete sich mental auf ein langes und anstrengendes Gespräch vor.

Als er eine Stunde später das Haus der Harts verließ, lagen seine Geldsorgen leichter auf seinen Schultern. Er fuhr mit seiner Kutsche zurück nach Longley House und hielt unterwegs inne, um einem Mädchen an einer Straßenecke eine Blume abzukaufen. Er gab ihr eine Silbermünze, die ihre Augen zu Untertassen werden ließ, und lupfte seinen Hut vor ihr, bevor er zur Kutsche zurückkehrte.

In Longley House angekommen, ging er einfach hinein und machte sich auf die Suche nach seiner Familie. Das Geräusch von Frauenstimmen lockte ihn in den Salon, wo Amelia, Lady Drake und Kate auf einer Liege zusammengedrängt saßen, die Köpfe zusammengesteckt, während sie sich unterhielten.

Er klopfte an den Türrahmen. Drei Gesichter wandten sich ihm zu. Seine Mutter entdeckte die Blume, und ihr Gesichtsausdruck wurde weicher. Kate warf ihm nur einen kurzen Blick zu, bevor sie sich wieder auf ein paar Bänder konzentrierte, die sie über ihr Knie gelegt hatte.

»Amelia?«

Seine Frau legte neugierig den Kopf schief, stand auf und kam auf ihn zu.

Er überreichte ihr die Blume und verbeugte sich. »Eine Rose für meine englische Rose.«

Sie lachte, nahm sie ihm aber vorsichtig ab, und ein leichtes Erröten bewies, dass sie gegen diese Geste nicht immun war. »Danke.«

Er küsste sie auf die Wange. »Sehr gern geschehen. In welche Schwierigkeiten bringt ihr drei euch da gerade?«

»Wir planen euren ersten Ball als Earl und Countess of Longley«, sagte Lady Drake.

Er runzelte die Stirn und wandte sich an Amelia. »Es ist

doch nicht zu viel für dich, oder? Ich wollte nicht, dass es zu einer großen Sache wird.«

»Alles, was sie tun muss, ist, Entscheidungen zu treffen«, meldete sich Kate zu Wort. »Mutter und ich zeigen ihr Möglichkeiten, und dann werden Mutter und Mrs. Smythe alles arrangieren.«

Er sah seine Mutter an. »Und das ist für dich in Ordnung?«

Sie neigte den Kopf. »Es wird schön sein, mal wieder Gastgeberin zu sein, auch wenn die Rolle nicht wirklich meine ist.«

»Wir können uns die Rolle teilen«, sagte Amelia entschlossen. »Dies ist schon viel länger dein Zuhause, als es meines ist.«

Andrews Herz wurde warm. Er liebte es, wie rücksichtsvoll Amelia war und wie gut sie sich einen Platz in der Familie erobert hatte. Seine Mutter vergötterte sie bereits, und es tat Kate gut, ein Vorbild zu haben, das mehr als nur Heirat und Kinder wollte.

Er zog Amelia an sich und drückte ihr einen Kuss auf die Lippen. Hinter ihr tauschten Kate und Lady Drake einen wissenden Blick aus. Er ignorierte sie.

»Ich bin im Arbeitszimmer, wenn du mich brauchst«, sagte er und küsste sie noch einmal.

Sie nickte, leicht benommen. Er eilte aus dem Zimmer, bevor seine Erregung offensichtlich wurde. Das war das Letzte, was er vor seiner Mutter und seiner Schwester erleben wollte.

AMELIA LAG AUF IHREM BETT UND LAS EINEN BIOGRAFISCHEN Bericht eines Geistlichen, der mit einem Schiff voller Sträflinge nach Australien gereist war, als Kate sichtlich verzweifelt hereinstürmte.

»Was ist los?«, fragte sie, setzte sich auf und markierte die Seite, damit sie später darauf zurückkommen konnte.

»Mama geht es nicht gut.« Kate blieb neben dem Bett stehen und rang die Hände. »Sie hat sich nach dem Essen übergeben müssen, und jetzt hält sie sich den Kopf, und ihre Haut ist ganz heiß.«

Mit angespanntem Magen stand Amelia auf und schritt zur Tür. »Ist sie in ihrem Schlafgemach?«

»Ja.« Kate eilte hinter ihr her.

»Hast du es Andrew gesagt?«

»Nein, ich wollte erst deine Meinung hören.«

Amelia erreichte das Ende des Korridors und bog in das Schlafgemach von Lady Drake ein. Die Vorhänge waren geschlossen, und eine einzelne Kerze flackerte auf dem Nachttisch. Lady Drake lag auf der Decke, auf die Seite gerollt, das Gesicht in den Händen.

»Brigid, kannst du mich hören?«, fragte Amelia, als sie den Abstand zwischen ihnen verringerte.

Lady Drake murmelte etwas.

»Ich werde jetzt deine Stirn berühren«, sagte Amelia und drückte ihre Fingerspitzen knapp unter Lady Drakes Haaransatz. »Du bist zu warm. Wahrscheinlich nicht fiebrig, aber das könnte noch kommen. Wir sollten dich ins Bett legen. Kannst du aufstehen?«

Lady Drake rollte sich näher an die Bettkante, schob die Beine über die Seite und erhob sich leicht schwankend.

Amelia half ihr, das Gleichgewicht zu finden. »Kate, du musst die Decke zurückziehen und den Rücken ihres Kleides öffnen, damit wir es ihr bequem machen können.«

Kate tat sofort, wie ihr geheißen, und zog die violette Bettdecke und die knisternden weißen Laken herunter, damit Lady Drake leichter dazwischen gleiten konnte. Amelia schob ihre Schwiegermutter so, dass Kate leichter an ihren Rücken herankam.

Mit zitternden Händen öffnete Kate die Knöpfe und

schob den Stoff von den Schultern ihrer Mutter, so dass das Kleid zu Boden fiel. Sie löste die Bänder der Unterwäsche, öffnete die Schnürung ihres Korsetts und schob auch dieses nach unten, wobei sie es sorgfältig vermied, auf irgendwelche Körperteile zu schauen.

Amelia nahm an, dass Kate nie einen Grund gehabt hatte, ihre Mutter unbekleidet zu sehen, und dass es ihr deshalb unangenehm sein könnte, dies jetzt zu tun. Vielleicht hätte sie ein Dienstmädchen rufen sollen, aber es war ihr wichtiger, schnell zu handeln.

»Wo ist dein Nachthemd?«, fragte sie Lady Drake.

Diese gestikulierte lustlos in Richtung einer Kommode in der Ecke.

Kate ging sofort hinüber, öffnete eine Schublade und zog das erste Nachthemd heraus, das sie erblickte. Sie hielt es hoch. »Ist das in Ordnung?«

»Perfekt«, sagte Amelia. »Bring es her.«

Gemeinsam gelang es ihnen, Lady Drake in das Nachthemd und dann ins Bett zu bringen.

»Kannst du dich zu ihr setzen und ihre Haarnadeln entfernen?«, fragte Amelia Kate. »Vielleicht merkt sie jetzt noch nicht, dass sie sie unbehaglich machen, aber später wird sie es sicher merken.«

Kate nickte. »Natürlich.«

Währenddessen läutete Amelia nach einem Dienstmädchen. »Wenn sie kommen, möchte ich, dass du um kaltes Wasser und einen Lappen bittest. Den legst du auf ihre Stirn und machst ihn jedes Mal frisch, sobald der Stoff warm wird.«

»Ich verstehe.«

Nach einem kurzen Zögern verließ Amelia die beiden. Sie wusste, dass Kate sich um ihre Mutter kümmern würde. Es fiel ihr nur schwer zu gehen, da es mit Lady Drake so schnell bergab gegangen war. Nur Stunden zuvor, als sie den Ball geplant hatten, war kein Unwohlsein zu spüren gewesen.

Sie klopfte an Andrews Tür.

»Herein«, rief er.

Sie öffnete die Tür und trat hindurch. Er lag auf dem Bett, auf einen Stapel Kissen gestützt, die Füße an den Knöcheln gekreuzt.

»Stimmt etwas nicht?«, fragte er, als er ihren Gesichtsausdruck las.

»Deine Mutter ist krank geworden.« Sie verschränkte die Hände hinter dem Rücken und hoffte, er würde nicht merken, wie nervös sie war. »Ich denke, wir sollten einen Arzt rufen.«

Er rutschte vom Bett und fuhr sich mit der Hand durch die Haare. »Ist es so ernst?«

»Laut Kate hat sie sich mindestens einmal übergeben. Ihr Kopf scheint sehr zu schmerzen, und sie ist übermäßig warm.« Sie hatte die Situation so prägnant wie möglich zusammengefasst, in der Hoffnung, dass er zu demselben Schluss kommen würde wie sie.

Nach einem Moment nickte er. »Du hast Recht. Ich werde Boyden bitten, unseren üblichen Arzt zu benachrichtigen. Ich bin gleich da.«

Amelia kehrte in die Gemächer von Lady Drake zurück. Kate saß neben Brigid und wischte ihr mit einem nassen Tuch über die Stirn.

»Sie zittert«, sagte Kate leise. »Müssen wir uns Sorgen machen? Ich will nicht, dass sie zu kalt wird.«

Amelia biss sich auf die Lippe. »Ihr Bruder ruft nach einem Arzt. Ich denke, dass das kühle Tuch in Ordnung ist, weil sie fast Fieber hat, aber ein Arzt würde das besser wissen als ich.«

Vor dem Schminktisch stand ein Stuhl, also zog Amelia ihn neben das Bett und setzte sich. Sie beobachtete Lady Drake aufmerksam und achtete auf Veränderungen, die Anlass zur Sorge geben könnten.

Einige Minuten später gesellte sich Andrew zu ihnen und

stellte sich neben sie. »Dr. Tanner wird gleich hier sein. Ich habe ihm eine Prämie angeboten, um das sicherzustellen.«

»Das war klug.«

»Können wir in der Zwischenzeit noch etwas für sie tun?«

Er klang frustriert, und sie verstand das gut. Es war schwierig, herumzusitzen und nichts zu tun, während es Lady Drake offensichtlich nicht gut ging.

»Ich weiß es nicht.« Sie wünschte, sie hätte eine andere Antwort für ihn.

Kurze Zeit später ließ Boyden sie wissen, dass der Arzt eingetroffen war, und Andrew ging ihm entgegen. Die Begrüßung musste wohl sehr knapp gewesen sein, denn nach kaum einer Minute kehrte er zurück.

Dr. Tanner umrundete das Bett und beugte sich über Lady Drake. Er war hochgewachsen, schlank, hatte freundliche Augen, und sein dunkles Haar war mit hellen Fäden durchzogen. Er drückte seine Hand auf Lady Drakes Stirn und dann seitlich an ihren Hals. Als er näher kam, untersuchte er ihre Ohren und hob eines ihrer Augenlider an.

»Hmm.«

»Was ist es?«, wollte Andrew wissen.

»Schwer zu sagen«, antwortete der Arzt ohne Eile. »Ich verstehe, warum Sie nach mir geschickt haben, aber ich glaube nicht, dass Lady Drake in unmittelbarer Gefahr ist. Lassen Sie sie die Nacht durchschlafen und versuchen Sie, sie morgens mit Brei zu füttern. Solange sie liegen bleibt, dürfte in ein paar Tagen wieder gesund sein.«

Andrew verschränkte die Arme. »Und wenn es ihr schlechter geht?«

»Dann sagen Sie mir Bescheid, und ich komme sofort.«

Er schien nicht besorgt zu sein, und Amelia war beeindruckt von dem unerschütterlichen Blick des Arztes, als er Andrew in die Augen sah.

»Soll jemand die Nacht über bei ihr bleiben?«, fragte sie.

Der Arzt überlegte kurz und nickte dann. »Es ist wahrscheinlich nicht nötig, aber es wäre eine kluge Vorsichtsmaßnahme, wenn Sie befürchten, dass sich ihr Zustand verschlechtern könnte.«

»Ich werde bei ihr bleiben«, sagte Kate.

Andrew legte seine Hand auf Amelias Schulter. »Bist du sicher?«

»Ja«, sagte sie. »Ich werde sowieso nicht schlafen können.«

»Dann würde ich das sehr zu schätzen wissen.« Er drückte Amelias Schulter leicht.

Vielleicht war es egoistisch von ihr, aber sie freute sich, dass sie heute Nacht mit ihm das Bett teilen konnte. Seine Anwesenheit war immer tröstlich.

Andrew begleitete den Arzt hinaus, dann holte er eine Chaise aus der Bibliothek, und Amelia brachte Kate ein Kissen und Decken, damit sie es so bequem wie möglich hatte, während Lady Drake schlief.

Andrew und Amelia machten sich kurz darauf auf den Weg zu seinem Bett. Sie schliefen in dieser Nacht nicht miteinander, aber sie hielten sich gegenseitig, bis sie einschliefen.

Als Amelia erwachte, lag das graue Licht der Morgendämmerung über ihnen. Andrew schlief immer noch tief und fest neben ihr, also schlüpfte sie unter der Decke hervor, wobei sie ihr Bestes tat, um ihn nicht zu wecken, und schlich den Korridor hinunter zu Lady Drakes Gemächern.

Sobald sie eintrat, wusste sie, dass etwas nicht stimmte. Nicht mit Lady Drake, sondern mit Kate. Nur ihr Gesicht war in einem Nest aus Decken auf der Liege zu sehen, und es war gerötet, mit Schweißperlen am Haaransatz. Ein Zittern durchlief ihren Körper, und sie wimmerte leise.

Was auch immer Lady Drake krank gemacht hat, es musste ansteckend sein.

Amelia rief nach Margaret, und gemeinsam brachten sie

Kate in ihr Schlafgemach und ins Bett. Amelia war hin- und hergerissen, ob sie ein Feuer machen sollte, um Kate zu wärmen, oder ob sie das Fenster öffnen sollte, um sie abzukühlen, und entschied sich dafür, nichts von beidem zu tun, bis Andrew aufgewacht war und sie das mit ihm ausdiskutieren konnte.

Margaret blieb bei Kate und tupfte ihre Stirn mit einer kalten Kompresse ab, während Amelia nach Lady Drake sah. Die ältere Frau war in einem besseren Zustand als gestern Abend. Sie schlief zwar immer noch, aber sie zitterte und schwitzte nicht mehr, schien keine Schmerzen zu haben, und ihre Temperatur war etwas gesunken.

Vielleicht war Dr. Tanners Einschätzung richtig gewesen, dass diese Krankheit in ein paar Tagen von selbst verschwinden würde.

Amelia fuhr mit den Fingern über die Laken und stellte fest, dass sie feucht waren, und bat ein Dienstmädchen um ein neues Laken. Gemeinsam wechselten sie das Bettzeug und schoben Lady Drake von einer Seite auf die andere, damit sie um sie herum arbeiten konnten.

Als Andrew sich aus seinem Schlafgemach wagte, teilte sie ihm die Nachricht mit, und er bestand darauf, den Arzt zu rufen, um beide Frauen zu untersuchen.

Leider hatte der Arzt nichts Neues zu sagen. Er war optimistisch, was die Genesung von Lady Drake anging, und glaubte, dass auch Kate bald wieder gesund werden würde.

Amelia teilte ihre Zeit zwischen den Schlafgemächern von Kate und Lady Drake auf. Sie sorgte dafür, dass sie eine angenehme Temperatur hatten, dass ihr Bettzeug sauber und trocken war, und versuchte - erfolglos -, sie mit Brühe zu füttern.

Als es Abend wurde, war sie erschöpft. Wie üblich aß sie mit Andrew im Frühstücksraum zu Abend, aber es fiel ihr schwer, eine lebhafte Unterhaltung zu führen. Ihr Kopf senkte sich hin und wieder, als der Schlaf sie einholen wollte.

Andrew kam zu ihrer Seite des Tisches und fütterte sie mit Toffee-Pudding.

»Tut mir leid«, murmelte sie.

»Das muss es nicht.« Er küsste ihre Schläfe. »Ich weiß es zu schätzen, dass du den ganzen Tag so aufmerksam auf sie aufpasst. Sich um dich zu kümmern ist das Mindeste, was ich tun kann.«

Irgendwo in ihrem Inneren begann es zu glühen, und sie lächelte müde. »Danke.«

»Wie wär's, wenn wir dich ins Bett bringen?«, sagte er.

»Das klingt wunderbar.«

Er legte ihr einen Arm um die Schultern und half ihr auf die Füße. Sie gingen langsam die Treppe hinauf, eine Stufe nach der anderen.

Sobald sie in ihrem Schlafzimmer waren, eilte sie direkt zum Bett und ließ sich mit dem Gesicht nach unten darauf fallen. Finger strichen über ihren Rücken, und sie merkte, dass er ihr das Kleid aufknöpfte. So wie sie Lady Drake gestern Abend geholfen hatte, half er ihr jetzt auch beim Entkleiden und beim Einsteigen ins Bett.

Er zog ihr die Decke bis zum Kinn hoch, und als sie einschlief, hätte sie schwören können, dass sie ihn sagen hörte: »Als ich mir eine Frau gesucht habe, hätte ich nie erwartet, eine wie dich zu finden.«

Sie hatte nur noch Zeit, sich zu fragen, ob das gut war … oder nicht.

KAPITEL 20

»Bist du sicher, dass du dem gewachsen bist?«, fragte Andrew seine Mutter zum zweiten Mal an diesem Abend. »Es ist erst ein paar Tage her, dass du mit Fieber im Bett lagst.«

Lady Drake verdrehte die Augen. »Mir geht es gut. Außerdem brauchen wir alle Inspiration, die wir bekommen können, wenn wir unseren eigenen Ball veranstalten wollen.«

»Ich kann mir Notizen machen«, sagte Amelia zu ihr. »Ich achte auf die Musik, das Essen und die Dekoration. Du brauchst nicht teilzunehmen.«

Lady Drake schnaubte. »Amelia, Liebes, du magst zwar sehr gut in Details sein, wenn es um deine Geschichten geht, aber gesellschaftliche Ereignisse sind nicht deine Stärke. Ich komme schon klar. Ich habe weder gestern noch heute irgendwelche Symptome gehabt. Es gibt keinen Grund zur Sorge.«

»Bist du sicher?«, beharrte Amelia.

»Ziemlich sicher.« Sie beäugte die beiden. »Und die nächste Person, die mich fragt, ob ich sicher bin, kann damit rechnen, zu Fuß zum Winston-Ball zu gehen.«

Andrew unterdrückte ein Lachen. Amelia mochte stur sein, aber seine Mutter konnte es auf ihre Art auch sein. Die beiden Frauen musterten sich einen Moment lang, dann nickte Amelia.

»Nimm einen Schal«, sagte Amelia. »Wir wollen sicherstellen, dass dir warm ist.«

Seufzend rief Lady Drake ihr Dienstmädchen und schickte sie nach oben, um einen Schal zu holen, der zu ihrem Kleid passen würde.

Als das Dienstmädchen zurückkehrte, nahm Andrew den Arm seiner Mutter und führte sie durch die Vordertür zur Kutsche hinunter. Normalerweise würde er Amelia führen, aber er machte sich Sorgen, dass Lady Drake nicht ganz so erholt war, wie sie es glauben machen wollte.

Die Fahrt zum Ball dauerte eine Weile, da sich Winston Manor auf der anderen Seite von Mayfair befand. Sie reihten sich zwischen den draußen wartenden Kutschen ein und stiegen aus, als sie den Vordereingang erreichten. Andrew stieg zuerst aus und half beiden Frauen nach unten, dann hakten sie sich rechts und links bei ihm unter, um die Treppe hinaufzugehen.

Das Winston Manor war ein großartiges altes Gebäude - leicht veraltet, aber auf eine Weise, die eher königlich als abgenutzt wirkte. Sie durchquerten ein Foyer mit Marmorböden und erreichten eine weitere Treppe, die in den Ballsaal hinunterführte. Ihre Gastgeber standen in einer Reihe vor der Treppe, um die Gäste zu begrüßen.

»Willkommen, Lord und Lady Longley«, sagte Lord Winston. »Und Lady Drake, es ist wie immer ein Vergnügen.«

Andrew neigte den Kopf zu Lord und Lady Winston. »Sieht so aus, als hätten Sie es hier mit einem großen Gedränge zu tun.«

Lady Winston grinste. »Es ist noch zu früh, um das mit Sicherheit sagen zu können, aber ich hoffe, Sie haben Recht.«

Hinter ihnen trafen weitere Gäste ein.

»Ich wünsche Ihnen viel Vergnügen«, sagte Lord Winston und entließ sie, um die Neuankömmlinge zu begrüßen.

Andrew blieb Arm in Arm mit seiner Mutter und seiner Frau, als sie die Treppe zum Ballsaal hinuntergingen. Zu seiner Linken hielt sich Amelia etwas steif, wie so oft bei gesellschaftlichen Anlässen. Zu seiner Rechten war seine Mutter ebenfalls wachsam, aber sie begutachtete ihre Umgebung mit Interesse, ihr scharfer Blick erfasste alles, was sie sah.

Als sie unten ankamen, endete gerade ein Tanz. Perfekter Zeitpunkt.

Er ließ sie beide los, drehte sich zu Amelia um und beugte sich über ihre Hand. »Darf ich um diesen Tanz bitten, meine liebe Gemahlin?«

Amelia errötete und schaute Lady Drake an, als wolle sie eine Bestätigung.

»Geh nur«, sagte seine Mutter. »Ich kann mich selbst beschäftigen.«

»Also gut.«

Sie gesellten sich zu den Tänzern, und sein Herz schlug höher, als er erkannte, dass der nächste Tanz ein Walzer war. Er würde sie in seiner Nähe behalten können, so wie er es bevorzugte.

Sie brachten sich in Position, legten die Hände zusammen und nahmen einander in den Arm. Er lehnte sich näher heran und atmete ihren vertrauten Duft ein.

»Mylord«, murmelte sie, »Ihr seid viel zu nah, um anständig zu sein.«

Er zwinkerte. »Hast du es noch nicht gehört? Ich bin kein besonders anständiger Mensch.«

Sie schnaubte. »Du hast zwar einen gewissen Ruf, aber nichts besonders Skandalöses. Glaubst du, ich hätte dich sonst geheiratet?«

»Pst. Lass mich doch eine Weile so tun, als würde meine Frau mich für einen Schurken halten«, stichelte er.

Die Musik begann zu spielen, und er fegte mit ihr über die Tanzfläche, wobei er die anderen Tänzer gekonnt umschiffte. Er hielt seine Hand in einer angemessenen Höhe, auch wenn er seine Frau vielleicht etwas näher an sich zog als nötig. Das würde ihm doch sicher niemand verübeln. Sie war seine Frau, und er wollte sie in seiner Nähe haben.

Als er sich ihr zuwandte, fiel ihm auf der gegenüberliegenden Seite des Ballsaals ein Aufblitzen von roter Seide auf. Er schaute neugierig noch einmal zurück, wer hier eine so gewagte Farbe zu tragen bereit war, aber als er sie fand, wurde sein Magen hart.

Florence.

»Was ist los?«, fragte Amelia.

Er blickte überrascht zu ihr hinunter. »Was?«

»Du siehst aus, als hättest du einen Geist gesehen.« Sie runzelte die Stirn. »Ist es deine Mutter? Ist etwas passiert?«

Sie reckte den Hals und suchte nach Lady Drake.

»Nein, nichts dergleichen«, versicherte Andrew ihr. »Mir war nur einen Moment lang schwindlig. Es ging vorbei, und jetzt geht es mir gut.«

Das war eine Lüge. Er glaubte nicht, dass es ihm überhaupt wieder gut gehen würde, bevor er nicht sichergestellt hatte, dass sich Amelias und Florence' Wege nie wieder kreuzen würden. Er war davon ausgegangen, dass sie bei gesellschaftlichen Veranstaltungen sicher sein würden, aber er hatte vergessen, dass Florence mütterlicherseits legitime Verbindungen in den *ton* hatte, auch wenn ihr Vater sie nie als seine Tochter anerkannt hatte.

Er überlegte, wie er Amelia schnell von hier wegbringen könnte. Sie waren gerade erst angekommen. Wenn er versuchen würde zu gehen, würde sie wissen wollen, warum. Er könnte Florence bitten, zu gehen, aber er bezweifelte, dass sie das tun würde. Zumindest nicht, ohne viel Aufhebens zu machen.

Die Tatsache, dass sie hier war, nachdem er ihr gesagt hatte, dass alles zwischen ihnen vorbei war, erfüllte ihn mit Schrecken. Sie lebte von Dramen, und bei ihrem Ruf würde jeder Ärger, den sie verursachte, mehr auf ihn zurückfallen als auf sie, weil er mehr zu verlieren hatte.

Der Tanz endete, und erleichtert führte er Amelia zurück zu Lady Drake.

»Warte hier«, sagte er. »Ich hole uns etwas zu trinken.«

»Brauchst du dabei Hilfe?«, fragte Amelia.

»Nein. Aber danke für das Angebot.«

Er schlängelte sich zwischen den Leuten hindurch zum Getränketisch und nahm in jede Hand ein Glas Sekt. Er würde Brandy vorziehen, aber das kam heute Abend nicht in Frage.

»Lord Longley.«

Verdammt!

Mit angespannter Brust wandte er sich der Stimme zu. »Miss Giles.«

Florence schürzte ihre geschminkten Lippen. »Würden Sie mit mir tanzen?«

»Nein.« Er spielte heute Abend keine Spielchen mit ihr.

Sie legte den Kopf schief. »Nicht um der Nostalgie willen?«

»Ich sagte nein.«

Sie kniff die Augen zusammen. »Ja, das hast du. Das Problem ist, dass ich es bin, die entscheidet, wann die Dinge vorbei sind, nicht du. Deshalb lasse ich dir jetzt die Wahl. Tanz mit mir, oder ich mache einen solchen Aufstand, dass deine kleine Maus sich nie wieder auf eine Veranstaltung traut.«

Er starrte sie verblüfft an. »Warum tust du das?«,

Es konnte nicht an irgendwelchen zärtlichen Gefühlen liegen, die sie ihm gegenüber hegte. Sie war eine gute

Gefährtin gewesen, aber es war ihnen immer klar gewesen, dass es nicht um tiefere Gefühle ging.

Sie hob ihr Kinn. »Ich habe es dir gesagt. Ich sollte es sein, die solche Affären beendet. Das hast du mir weggenommen.«

Andrew blickte zurück zu seiner Mutter und Amelia. Von hier aus hatte er keinen guten Blick auf sie, also hoffte er, dass sie nicht bemerkt hatten, mit wem er sprach.

»Also gut. Ein Tanz. Und danach lässt du mich in Ruhe.«

Sie zuckte mit den Schultern. »Vielleicht.«

»Es gibt kein 'vielleicht'. Das sind meine Bedingungen.«

Ein Lachen brach aus ihr heraus. »Du hast hier nicht die Kontrolle, Andrew. Es ist höchste Zeit, dass du das erkennst.«

Mit zusammengebissenen Zähnen stellte er die Sektgläser ab und begleitete sie auf die Tanzfläche. Sie stellten sich mit den anderen Tänzern auf und standen sich wie Kontrahenten gegenüber. Die Musik begann.

Glücklicherweise war der Tanz schnell, und er konnte trotz Florence' wiederholter Versuche, sich ihm zu nähern, auf Abstand bleiben. Sobald das Lied zu Ende war, wollte er sich direkt zu Amelia und Lady Drake begeben, doch Florence ergriff seinen Arm und hielt ihn auf, bevor er sie erreichen konnte.

»Aber aber.« Ihre Augen funkelten so schelmisch, wie er es früher vielleicht einmal attraktiv gefunden hätte. »Es wird Folgendes passieren. Du wirst mich zurückbringen. Du wirst weiterhin Zahlungen an mich leisten, bis ich entscheide, dass wir fertig miteinander sind.«

Er drückte das Kreuz durch. »Und wenn ich es nicht tue?«

»Dann wird ganz London herausfinden, wie du dummerweise dein Vermögen verloren hast.«

Sein Inneres wurde kalt. Innerhalb des *ton* war der Ruf alles. Er hatte es geschafft, sich an seinen zu klammern, aber wenn sie ein paar gut platzierte Worte flüsterte, wäre alles umsonst gewesen. Ganz zu schweigen davon, wie verärgert Amelia wäre, wenn die Leute anfangen würden, über ihre Ehe zu lästern.

»Warum tust du das?«, fragte er ratlos. »Du könntest doch leicht jemand anderen finden.«

»Du verstehst es einfach nicht, oder?« Sie stemmte eine Hand in ihre Hüfte. »Es geht um das Prinzip der Sache. Frauen wie ich haben nicht viele Wahlmöglichkeiten. Ich habe mich für dich entschieden, und ich werde nicht zulassen, dass du mich wegen eines kleinen Mauerblümchens verstößt.«

Er knurrte leise vor sich hin. »Verdammt noch mal, Florence. Erstens: Sprich gefälligst nicht so über meine Frau. Sie ist nicht simpel, und sie verdient Respekt. Zweitens habe ich dich nicht verlassen, weil ich deiner überdrüssig war. Ich habe dich verlassen, weil ich pleite war. Das besänftigt doch sicher deinen Stolz.«

Sie zuckte leicht mit den Schultern. »Jetzt bist du aber nicht mehr pleite, und ich habe dir gerade deine Möglichkeiten aufgezeigt. Jetzt musst du dich nur noch entscheiden.«

WARUM IN ALLER WELT BRAUCHTE ANDREW SO LANGE, UM ihre Getränke zu holen?

Amelia schaute sich ungeduldig um und suchte in der Menge nach ihm, doch dann erschien Lady Drakes Gesicht in ihrem Blickfeld.

»Was hältst du eigentlich von der Wahl von Sträuchern statt Blumen?«, fragte sie und bewegte sich so, dass sie direkt vor Amelia stand, als diese versuchte, sich umzusehen. »Würdest du es vorziehen, wenn wir uns mehr auf die Blumen konzentrieren würden? Natürlich kann es zu dieser Jahreszeit schwierig sein, eine große Auswahl zu beschaffen, aber ich bin sicher, dass wir etwas arrangieren können, wenn dir das lieber ist.«

»Ich habe keine Präferenz.« Amelia schaute zur Seite, und ihr Herz machte einen Sprung.

Da war er.

Er stand mit derselben Frau zusammen, die sie im Teeladen angesprochen hatte und der er auf einem früheren Ball aus dem Weg gegangen war. Die schöne Blondine in einem skandalös roten Kleid. Sie lehnte sich dicht an ihn und sprach schnell.

»Wer ist diese Frau?«, fragte sie Lady Drake.

Lady Drake blickte sich um, ohne sich ihrem Sohn oder der Frau in Rot zu nähern. »Welche Frau?«

»Die, die dort gerade mit Andrew spricht«, stieß sie hervor. »In dem feuerroten Kleid. Du kannst sie unmöglich übersehen.«

»Oh.« Lady Drakes Schultern sanken herab. »Das ist Miss Florence Giles. Tochter der ehemaligen Viscountess of Bellingham.«

Amelia versuchte, ihre Frustration herunterzuschlucken. »Ich kenne ihren Namen, aber ...«

Aber das sagte ihr ja nich das, was sie wissen wollte. Warum unterhielt sich die Frau so intensiv mit Andrew? Warum tauchte sie immer wieder auf? Und warum schien Andrew entschlossen zu sein, nicht über sie zu sprechen?

»Aber?«, wollte Lady Drake wissen. Etwas in ihrem Blick ließ Amelia glauben, dass sie mehr wusste, als sie zugeben wollte.

Amelia seufzte. »Vergiss es.«

Was auch immer sie wissen wollte, es war besser, wenn sie Andrew fragte. Sie warf einen Blick zurück auf die beiden und überlegte, ob sie sich ihnen nähern sollte. Sie wollte die Wahrheit wissen, konnte sich aber nicht überwinden, sie zu unterbrechen.

Sie schlenderte zum Getränketisch, nahm ein Glas Champagner in die Hand, leerte es in wenigen Schlucken und nahm dann ein weiteres. Diesmal nippte sie gemächlicher.

»Sie sollten vorsichtig sein, in der Öffentlichkeit so viel zu trinken, sonst gibt es Gerüchte«, sagte eine abfällige Stimme aus einiger Entfernung.

Amelia drehte sich langsam zu der Stimme um. »Da es mein erstes Glas heute Abend war, gibt es wohl kaum Grund zur Sorge, Miss Wentham.«

Miss Wentham schmunzelte. »Sie sind selten besorgt, obwohl Sie es vielleicht sein sollten.«

Amelia runzelte die Stirn. »Wovon reden Sie?«

Die andere Frau hob ein Glas Limonade an die Lippen, ihr Gesichtsausdruck so raubtierhaft wie immer. »Es ist einfach unverantwortlich von Ihnen, zuzulassen dass Ihr Mann mit seiner Geliebten vor so vielen wichtigen Leuten gesehen wird.«

»W-was?« Amelia stellte ihr Glas ab und klopfte sich auf die Brust, ihre Kehle schnürte sich unwillkürlich zusammen.

»Oh je.« Miss Wentham schürzte ihre Lippen. »Wussten Sie das gar nicht?«

»Das lügen Sie.« Ihre Stimme schwankte, und sie klang nicht so sicher, wie sie es gerne getan hätte. Schließlich hatte sie sich gerade über die Beziehung zwischen ihm und der schönen Blondine Gedanken gemacht. Wenn sie seine Geliebte war, würde das sicherlich die Spannungen erklären und warum er so verärgert war, wenn sie sich ihnen näherte, während er und Amelia zusammen unterwegs waren.

Vielleicht hatte sie insgeheim befürchtet, genau diese Entdeckung zu machen, auch wenn sie nicht mutig genug gewesen war, es sich einzugestehen.

Ihr wurde flau im Magen. Egal, was sie glauben wollte, ihr Bauchgefühl sagte ihr, dass an Miss Wenthams Behauptung etwas dran sein könnte.

»Wie kommen Sie denn darauf?«, fragte sie.

Miss Wentham hob eine Schulter unter dem rosafarbenen Kleid und ließ sie wieder fallen. »Miss Giles ist eine Cousine mütterlicherseits. Nicht gerade die Art von Verwandten, auf die man stolz ist, aber sie hat dennoch ihren Nutzen. Sie ist eine hervorragende Informationsquelle.«

Amelia schüttelte den Kopf. Sie wollte die Augen zusammenkneifen und darauf bestehen, dass es nicht wahr war. Dass Andrew sie nicht so unverhohlen bloßstellen würde, indem er sich mit seiner Geliebten in der Öffentlichkeit abgab, vor allem nicht, wenn sie ...

Nun, was waren sie denn genau?

Verheiratet, das schon, und sie hatte gedacht, dass mehr zwischen ihnen gewachsen war, aber in Wirklichkeit hatten sie nur ihre Pflichten einander gegenüber erfüllt. Er hatte sie unterstützt und ihrer Karriere nicht im Weg gestanden, und sie hatte ihm die Möglichkeit gegeben, einen Erben und genügend Reichtum zu erlangen, um wieder auf die Beine zu kommen.

Wenn sie mehr in ihre Situation hineininterpretiert hatte, als es gerechtfertigt war, war das ihre Schuld.

Sie wandte sich von Miss Wentham ab und blinzelte schnell, um dem Aasgeier nicht zu zeigen, dass ihr die Tränen kommen wollten. Sie fühlte sich verletzt, konnte aber nicht einmal erklären, warum. Niemand hatte irgendwelche Vereinbarungen gebrochen. Andrew hatte sie nicht verraten. Nicht wirklich.

Dennoch hatte sie das Gefühl, dass er es getan hatte.

Sie holte tief Luft und kämpfte darum, ihre Lungen zu füllen, die von Sekunde zu Sekunde enger wurden. Natürlich würde Andrew eine Geliebte haben. Sie konnte unmöglich mit den schönen und erfahrenen Frauen mithalten, an die er gewöhnt war. Er war mit ihr zusammen, weil er es musste, nicht weil er es wollte.

Amelia raffte sich auf und ging durch den Raum zu Lady Drake.

»Ich fürchte, ich fühle mich nicht wohl«, sagte sie ihr. Es

war die Wahrheit, wenn auch nicht die ganze Wahrheit. »Ich gehe nach Hause.«

»Aber ...«

»Es tut mir leid.« Amelia wartete nicht darauf, ihre Proteste zu hören. Sie eilte die Treppe hinauf, durchquerte das Foyer und ließ den Wagen der Longleys vorfahren. Sobald die Kutsche hielt, stieg sie ein und rief dem Fahrer zu, er solle losfahren.

Sie rumpelten die Straße hinunter, und ihre Gedanken schweiften zurück zu der Intensität, mit der Miss Giles und Andrew sich im Ballsaal der Winstons unterhalten hatten. Sie wollte nicht glauben, dass sie ein Liebespaar waren, aber ehrlich gesagt ... sie konnte es.

Ihr Gespräch war offensichtlich hitzig gewesen, und Miss Giles war genau die Art von Frau, von der sie erwartet hätte, dass er sich zu ihr hingezogen fühlen würde. Viel mehr als zu ihr selbst.

Sie massierte sich die Schläfen. Vielleicht war die Situation nicht das, was sie zu sein schien. Miss Wentham könnte das, was sie gesagt hatte, aus reiner Boshaftigkeit gesagt haben. Das wäre nichts Ungewöhnliches. Vielleicht waren sie aber auch wirklich alte Freunde, und die Freundschaft war im Sande verlaufen. Obwohl das für Amelia nicht ganz stimmig war.

Sie würde Andrew fragen müssen. Aber nicht heute Abend.

Eigentlich wollte sie heute Abend nur dem Kutscher sagen, er solle immer weiterfahren, bis sie die verdammte Aristokratie mit all ihren Regeln und Doppelmoral hinter sich gelassen hatte.

Aber sie konnte es nicht. Er war der Fahrer von Andrew, nicht von ihr. Wäre sie Miss Joceline Davies, wüsste sie vielleicht, wie sie ihn überreden könnte, sie aus dieser elenden Nacht zu retten, aber wenn Amelia ehrlich zu sich selbst war, würde sie niemals Jocelines Mut haben. Es hatte ihr nie etwas ausgemacht, vernünftig zu sein, aber jetzt wünschte sie, sie wäre es nicht. Es wäre furchtbar befriedigend, einfach abzuhauen.

Aber wenn sie das täte, würde sie die Wahrheit niemals herausfinden und sich immer fragen. Sie überlegte kurz, ob sie zu ihren Eltern fliehen sollte, um das Unvermeidliche für ein paar Nächte hinauszuzögern, aber sie konnte den Gedanken nicht ertragen, ihrer Mutter wieder irgendeine Art von Kontrolle über ihr Leben zu geben.

Du machst dich lächerlich, sagte sich Amelia. *Du hast ihn ja nie um Treue gebeten, also darfst du das auch nicht erwarten. Nur weil du dich in ihn verliebt hast, heißt das nicht, dass er dasselbe für dich empfindet.*

Sie hätte es besser wissen müssen, als zu glauben, dass die Sache mit Andrew auf das Geschäftliche beschränkt bleiben würde. Selbst als sie ihm zum ersten Mal begegnet war und seinen Motiven misstraut hatte, war es schwierig gewesen, ihm zu widerstehen.

Sie verlangt zu viel von sich selbst.

Die Kutsche hielt vor Longley House, und sie beeilte sich, an die Tür zu klopfen, bevor der Diener es tun konnte, und wartete darauf, dass Boyden ihr öffnete.

Boydens Stirn war vor Verwirrung gerunzelt, aber er trat zurück, um Amelia eintreten zu lassen.

»Wo sind Lord Longley und Lady Drake?«, fragte er.

»Sie sind noch auf dem Ball. Ich fühle mich nicht wohl und wollte mich eher zurückziehen.« Die Lüge ging ihr leicht über die Lippen.

»Es tut mir leid, das zu hören. Brauchen Sie Hilfe, um ins Schlafgemach zu gelangen?«

»Nein, aber ich wäre Ihnen dankbar, wenn Sie Margaret hochschicken könnten, um mir zu helfen.«

»Natürlich.« Boyden schloss die Tür hinter ihr ab.

Amelia ging die Treppe hinauf, ihr Herz war schwer. Sie betrat ihr Schlafgemach, ging direkt zu der Tür, die ihr

Zimmer mit dem von Andrew verband, und schloss sie von ihrer Seite aus ab.

Margaret kam ein paar Minuten später, um ihr beim Auskleiden zu helfen, und sie sprachen dabei kaum miteinander. Als ihr Kopf das Kissen berührte, hoffte sie, dass sie sofort einschlafen würde, aber sie hatte nicht so viel Glück.

Stattdessen lag sie lange genug wach, um zu hören, wie Andrew sich in seinem Schlafgemach bewegte. Sie hörte, wie er sich der Verbindungstür näherte und den Griff ausprobierte.

Sie hielt den Atem an, als er klopfte, und tat so, als schliefe sie.

Er versuchte es kein zweites Mal.

KAPITEL 21

ANDREW STAND VOR AMELIAS SCHLAFZIMMERTÜR UND WAR bereit, anzuklopfen. Vergangene Nacht war er bereit gewesen zu glauben, dass sie sein Klopfen verschlafen hatte - vor allem, wenn sie sich, wie seine Mutter gesagt hatte, unwohl fühlte. Es war jedoch das zweite Mal, dass er an diesem Morgen klopfte, und noch immer war es still im Zimmer.

Die Tatsache, dass sie ihn ignorierte, ließ ihn befürchten, dass mehr dahinter steckte, als dass sie einfach nur Kopfschmerzen oder ein anderes Unwohlsein hatte. Wenn das alles gewesen wäre, hätte sie ihn sicher aufgesucht, um ihm zu sagen, dass sie den Ball verlassen wollte, doch sie hatte sich davongemacht wie ein Dieb in der Nacht.

Er befürchtete, dass sie ihn mit Florence gesehen hatte. Er wusste bereits, dass sie Fragen über seine frühere Geliebte hatte, und Amelia war keine, die ein Gesicht oder einen Namen vergessen würde. Wenn sie sie zusammen gesehen hatte, hatte sie sich zweifellos an ihre frühere Begegnung erinnert und möglicherweise sogar seine Mutter nach ihrer Beziehung gefragt.

Er hatte Lady Drake gegenüber nie von Florence gesprochen, aber er hatte keinen Zweifel daran, dass sie über sie Bescheid wusste. Seine Mutter wusste viel mehr über sein Leben, als ihm lieb war. Die Frage war nur, ob sie das auch Amelia gegenüber zugegeben hätte.

Er hätte noch am Abend fragen sollen. Er hatte nicht gefragt, weil er hatte vermeiden wollen, die Aufmerksamkeit auf Florence' Anwesenheit zu lenken, falls seine Mutter sie nicht schon bemerkt hatte, und weil er hoffte, dass seine Sorgen eine Überreaktion waren. Nun begann er sich zu fragen, ob er falsch reagiert hatte.

Er klopfte erneut. Als er keine Antwort erhielt, versuchte er es mit dem Knauf. So konnte es nicht weitergehen. Sie mussten die Angelegenheit besprechen.

Doch als die Tür aufschwang, war das Schlafgemach leer. Das Bett war ordentlich gemacht, der Schreibtisch war aufgeräumt, und nur der verweilende Duft von Minze verriet, dass sie vor kurzem noch hier gewesen war.

Verdammt!

Er drehte sich um und eilte hinunter ins Morgenzimmer, in der Hoffnung, sie dort anzutreffen. Auch dieser Raum war leer.

Er schnaufte frustriert. Seine Mutter und Kate schliefen beide noch, also suchte er Mrs. Smythe und fand sie in der Küche, ihre korpulente Gestalt über die Arbeitsplatte gebeugt.

»Haben Sie die Gräfin heute Morgen gesehen?«, fragte er.

Sie richtete sich auf, und ihre Hände flogen zu ihrer Brust. »Mylord, Sie haben mich erschreckt.«

Er zuckte zusammen. »Ich entschuldige mich, Mrs. Smythe. Ich dachte, Sie hätten mich gehört.«

»Macht nichts. Ich habe wohl nicht richtig aufgepasst.« Sie korrigierte ihre Haltung und senkte den Kopf. »Sie suchen die Gräfin?«

»Ja, das stimmt.«

»Sie hat das Haus vor einer Weile verlassen. Vielleicht zwanzig Minuten oder so.«

Doppelt verdammt. Er hatte seine Chance verpasst, mit ihr zu sprechen, bevor sie ihren Tag begann.

»Ich nehme nicht an, dass sie eine Nachricht hinterlassen hat, wohin sie geht?« Unwahrscheinlich, aber einen Versuch war es wert.

Aber Mrs. Smythe schüttelte den Kopf. »Nein, Mylord. Aber sie hat Margaret mitgenommen.«

Wenigstens das war etwas. Nicht, dass er um ihre Sicherheit besorgt gewesen wäre, aber vielleicht war sie aufgebracht, und wenn das der Fall war, war es beruhigend zu wissen, dass sie nicht allein war.

»Ich danke Ihnen. Ich werde heute Morgen das *Regent* aufsuchen. Können Sie mir Bescheid geben, wenn sie vor mir zurückkommt?«

»Natürlich.« Sie runzelte die Stirn. »Ist alles in Ordnung?«

»Alles gut.« Sein Tonfall war so gespielt heiter, dass er bezweifelte, dass sie ihm glaubte, aber sie nickte nur, als er ging.

Er ließ eine Kutsche bereitmachen, schnappte sich seinen Mantel und seinen Hut und ging hinaus.

»Zum *Regent*«, sagte er zu seinem Kutscher und stieg ein, ohne auf den Lakaien zu warten, der ihm helfen wollte.

Er starrte aus dem Fenster. Der Himmel war an diesem Morgen deprimierend grau, genau wie seine Stimmung. Er krallte seine Finger in die Handflächen, um sie zu wärmen, und ließ sich auf seinem Sitz nieder, bis die Kutsche anhielt und der Lakai klopfte, um zu signalisieren, dass sie angekommen waren.

Ein paar Sekunden lang saß er still und stählte sich. Er wusste, dass er sich nach Florence erkundigen und herausfinden musste, was genau sie vorhatte, aber es dürfte verdammt unangenehm werden, das Thema anzusprechen.

»Mylord?«

Mit einem Seufzer forderte er den Lakaien auf, zu öffnen. Er stieg aus dem Wagen und grüßte den Pförtner, der sich tief verbeugte und ihm den Haupteingang aufhielt.

Im *Regent* war es zu dieser Tageszeit ruhig. Viele Nachtschwärmer würden noch zu Hause sein und den einen oder anderen Kater auskurieren. Die Herren, die sich heute Morgen auf den Weg gemacht hatten, waren eher solche wie Ashford. Zumindest hoffte er, dass dies der Fall sein würde. Er selbst kam selten vor Mittag hierher.

»Sind irgendwelche Kartenspiele im Gange?«, fragte er einen der Bediensteten.

»Den Korridor entlang, dritte Tür links«, antwortete der Mann.

»Danke.«

Er nahm seinen Mantel und seinen Hut ab und gab sie dem Mann, dann ging er den Korridor entlang zu der offenen Tür, die der Diener erwähnt hatte. Eine Gruppe von Männern saß um einen Tisch herum und spielte eine Partie, die wie Whist aussah. Andrew zog eine Grimasse, als er Mr. Falvey unter ihnen erkannte. Er hatte angenommen, dass es für den anderen Mann zu früh sein würde.

»Longley«, rief Falvey. »Kommen Sie zu uns.«

Andrew zog einen Stuhl heran. »Wenn es das nächste Mal passt, steige ich mit ein.«

»Natürlich, natürlich.«

Er blickte in die Runde der anderen Gesichter am Tisch. Mr. Chautner, ein süchtiger Spieler, der nach seinen blutunterlaufenen Augen und seinem hängenden Kopf zu urteilen wohl die ganze Nacht hier verbracht haben könnte. Mr. Daniels, ein kluger Kopf, der wahrscheinlich nur kurz vorbeischaute, um Kontakte zu knüpfen, bevor er den Rest des Tages in seiner Bibliothek verbrachte. Baron Winthrop, ein eleganter Gentleman mit einer scharfen Zunge. Und schließlich, Mr. Thompson, der dritte Sohn eines Viscounts.

»Wer gewinnt heute Morgen?«, fragte er und überlegte, wie er das Thema Florence am besten ansprechen sollte.

Mr. Falvey lachte. »Nach den Ereignissen der vergangenen Nacht würde ich vermuten, dass Sie mehr Glück hatten als jeder andere von uns. Wie kommt es, dass Sie hier sind und nicht bei der reizenden Miss Giles?«

Andrew versteifte sich. »Was meinen Sie damit?«

Mr. Falvey war an der Reihe, bevor er antwortete. »Ihre Frau hat den Winston-Ball gestern früh verlassen, und man hat Sie in einem ziemlich intensiven Gespräch mit Miss Giles gesehen. Ich kann nur vermuten, dass Sie sich wieder mit ihr zusammengetan haben, und ich kann es Ihnen nicht verdenken. Sie ist eine Schönheit, das stimmt. Ich habe versucht, sie mit ein bisschen Spaß zu verführen, aber sie hat mir fest gesagt, dass sie noch nicht mit Ihnen fertig ist. Sie Glückspilz.«

Andrew stöhnte. Es war noch schlimmer, als er gedacht hatte. Offensichtlich waren die Klatschmäuler fleißig gewesen. Es war durchaus möglich, dass Amelia die Wahrheit herausfinden würde, wenn sie es nicht schon getan hatte.

»Sie betrügen ihre neue Frau schon, Longley?« Während Mr. Falveys Stimme voller Bewunderung war, klang Mr. Daniels missbilligend. »Die Tinte auf Ihrer Heiratsurkunde ist noch nicht einmal trocken.«

»Nein, das tue ich nicht.« Andrew warf einen Blick auf Chautners halb ausgetrunkenes Brandyglas und fragte sich, ob der es merken würde, wenn der Rest des Inhalts einfach verschwände. Er könnte einen verdammten Drink gebrauchen. »Miss Giles hätte mich in der Öffentlichkeit nicht so ansprechen dürfen. Ich habe weder eine Bindung zu ihr, noch habe ich die Absicht, eine solche aufzubauen. Ich genieße das Eheleben sehr.«

Falvey schnaubte. »Seien Sie lieber vorsichtig, sonst werden Sie so ermüdend korrekt wie Ashford.«

Mr. Thompson gab Andrew seine Karten.

»Ich fasse das als Kompliment auf«, sagte Andrew, geflissentlich ignorierend, dass es sicher nicht als solches gemeint war. »Ashford ist mein engster Freund, und ich bewundere den Mann sehr.«

Falvey schüttelte den Kopf. »Ein weiterer guter Mann ist dem Eheglück verfallen. Sagen Sie nicht, ich hätte Sie nicht gewarnt.«

»Ich glaube nicht, dass irgendjemand hier behaupten kann, Sie hätten ihn nicht gewarnt«, murmelte Winthrop. »Man könnte meinen, dass Sie von kuppelnden Mamas und kichernden Fräuleins belagert werden, so wie Sie sich aufführen.«

Die beiden Männer tauschten ein paar Minuten lang Sticheleien aus, bis sie sich auf das Spiel einließen.

Andrew blieb nur so lange, dass es nicht auffiel, dass er auf einer Informationsbeschaffungsmission war, bevor er sich verabschiedete. Er hatte sich gerade aus einer schlechten finanziellen Lage befreit und hatte keine Lust, das Schicksal durch Wetten auf Kartenspiele herauszufordern.

Als er zu Hause ankam, teilte Mrs. Smythe ihm leise mit, dass Amelia nur wenige Minuten zuvor zurückgekehrt und in der Bibliothek zu finden sei. Er ging direkt dorthin, um ihr die Möglichkeit zu nehmen, unbemerkt zu entkommen.

Graues Licht strömte durch die Fenster herein, und die Luft roch leicht muffig. Er notierte sich in Gedanken, dass er Mrs. Smythe Bescheid sagen sollte, den Raum bei der nächsten passenden Gelegenheit zu lüften.

Amelia hatte es sich auf dem Sofa vor dem Fenster bequem gemacht und las ein Buch, das er noch nicht kannte. Vielleicht war sie in der Buchhandlung gewesen. Als sie ihn sah, schwang sie die Beine vom Kissen und legte ihr Buch mit dem Gesicht nach unten auf den Tisch.

»Mach dir nicht die Mühe, aufzustehen«, sagte er und war sich nur allzu bewusst, wie steif er klang. »Ich werde mich zu dir setzen.«

Sie biss sich auf die Unterlippe. »Ich gehe gern woanders hin. Ich möchte nicht in deine Privatsphäre eindringen.«

»Wenn du woanders hingehen würdest, müsste ich dir folgen«, sagte er ihr. »Ich bin hier, um mit dir zu sprechen.«

»Oh.« Sie schien unsicher zu sein, wie sie reagieren sollte. »Es tut mir leid, dass ich gestern Abend einfach so verschwunden bin. Ich hatte plötzlich Kopfschmerzen und konnte den Lärm nicht mehr ertragen.«

Er pirschte sich an sie heran, bemerkte das leichte Beben ihrer Nasenflügel und das Weiten ihrer Augen. »Ist es das, was passiert ist?«

»Ja.« Sie hob ihr Kinn. »Aber jetzt geht es mir schon viel besser.«

Er setzte sich ans Ende des Sofas und schlug die Beine übereinander. »Ich hatte befürchtet, dass jemand etwas gesagt hat, dir Ihnen Unbehagen bereitet hat.«

Etwas flackerte über ihren Gesichtsausdruck, aber es war so schnell verschwunden, dass er nicht genau sagen konnte, was es war.

»Was hätte jemand sagen sollen, damit ich mich unwohl fühle?«, fragte sie mit einem Anflug von Trotz.

Sein Magen wurde flau. Jemand *hatte* etwas gesagt. Entweder das, oder sie hatte bemerkt, wie er sich mit Florence beschäftigte. Er durfte einfach nie vergessen, wie aufmerksam sie war.

Er überlegte innerlich, was er sagen sollte. Er würde es vorziehen, nicht direkt damit herauszurücken, aber die Angelegenheit zu ignorieren, würde auch nicht helfen. Wenn er ihr nicht sagte, wie die Dinge standen, würde sie sich selbst Gedanken machen, und er wusste bereits, dass sie eine rege Fantasie hatte.

Er griff nach ihrer Hand und war dankbar, als sie sie ihm überließ. »Vielleicht hat jemand meine ... Freundschaft ... mit Miss Giles erwähnt?«

Ihre Mundwinkel spannten sich. »Deine 'Freundschaft' mit Miss Giles geht mich nichts an.«

Sein Magen verkrampfte sich. Glaubte sie das wirklich?

»Du brichst nicht unsere Vereinbarung«, fuhr sie fort und blickte irgendwo an seiner Schulter vorbei. »Du darfst deine Affären so regeln, wie du es für richtig hältst.«

Er fühlte einen Schmerz. Vielleicht brach er nicht ihre Vereinbarung, aber sie brach ihm das Herz. »Würde es dich wirklich nicht stören, wenn ich eine Geliebte hätte?«

Sie zog ihre Hand weg und legte sie mit der anderen in ihren Schoß. »Es ist nicht an mir, dazu eine Meinung zu haben.« Ihre Stimme war voller Emotionen und machte sie zu einer Lügnerin. »Ich würde es allerdings begrüßen, wenn du sie - oder eine künftige Geliebte - nicht vor dem ganzen *ton* zur Schau stellen würdest. Ich habe es nicht verdient, auf diese Weise gedemütigt zu werden.«

Er rang nach Atem und griff instinktiv wieder nach ihr, aber sie zog sich zurück und vergrößerte den Abstand zwischen ihnen.

»Es tut mir leid.« Er wünschte, er könnte sie in seine Arme nehmen. Sie hatte Recht. Sie hatte etwas Besseres verdient als die Szene, die er und Florence gestern Abend gemacht hatten. »Es tut mir so leid. Ich schwöre dir, sie und ich sind nicht mehr zusammen. Ich war nicht mehr mit ihr zusammen, seit ich dich kennengelernt habe, aber sie war verärgert, dass ich Schluss gemacht habe, also schlägt sie um sich, wie sie kann.«

Ihr Atem stockte, und sie hob ihren Blick zu ihm. »Du gehst nicht ...?«

»Nein.« Er schüttelte nachdrücklich den Kopf. »Ich gehe nicht mehr zu ihr, ich will sie nicht. Ich will nur dich.«

Für einen Moment wich die Anspannung von ihr, doch dann wurden ihre Lippen schmaler. »Für wie lange?«

Er runzelte die Stirn. »Wie bitte?«

Ihre Zähne schabten über ihre Unterlippe, und sie strich

sich das Haar hinters Ohr. »Im Moment bin ich eine Neuheit, aber irgendwann wirst du meiner überdrüssig.«

»Ich bezweifle wirklich, dass das passieren wird.« Nicht mit der Besessenheit, die er für seine Frau entwickelt hatte. Der Gedanke, eine andere Frau zu berühren, machte ihn krank. Warum sollte er eine andere wollen oder brauchen, wenn es für ihn noch so viel über Amelia zu entdecken gab? Es gab noch so viele Facetten von ihr zu enthüllen.

»Das wird es.« Ihr Tonfall ließ keinen Widerspruch zu. »Irgendwann.«

Er beugte sich vor. »Ich glaube, du bist nicht gerecht. Du kannst unmöglich wissen, wie ich mich fühle oder was ich will, bevor ich es selbst weiß.«

»Vielleicht nicht.« Sie stand auf und ging zum Fenster, wo sie mit dem Rücken zu ihm im Licht stand. »Aber ich möchte jetzt bitte allein sein.«

DIE UHR TICKTE. AMELIA UMKLAMMERTE IHRE RÖCKE, IHR Herz hämmerte trotz ihres ruhigen Äußeren wie wild. Sie hatte Angst, dass Andrew sich weigern würde, und dann müsste sie sich weiter zusammenreißen, während alles in ihr zusammenbrach.

Zum Glück murmelte er: »Nun gut«, und verabschiedete sich.

In dem Moment, in dem die Tür zufiel, blinzelte sie, und eine Träne rann aus ihrem Augenwinkel über ihre Wange. Eine weitere folgte, und sie atmete zitternd aus. Sie zwang sich, zu schweigen. Wenn sie einen Laut von sich gäbe, war die Chance groß, dass er zurückkommen würde.

Sie ging auf Zehenspitzen zum Sofa, ließ sich darauf fallen, legte den Kopf auf die Armlehne und schloss die Augen, während ihre Tränen weiter flossen.

»Denk nicht darüber nach«, zischte sie sich zu.

Sie sollte nicht so verstört sein. Sie hatte von ihrem Mann nie Liebe erwartet, und schon als sie ihm ihre Vereinbarung vorgeschlagen hatte, hatte sie gewusst, dass er ihr möglicherweise untreu werden würde. Andrew hatte mit einer Sache recht. Es war nicht gerecht, dass sie sich so fühlte. Vor allem, da sie sich nie Illusionen darüber gemacht hatte, was diese Ehe war.

Und gut, vielleicht hatte Andrew die Wahrheit über seine Vereinbarung mit Miss Giles gesagt, und es war wirklich vorbei, aber aus irgendeinem Grund beruhigte sie das nicht.

Miss Giles war wunderschön. Sie war mutig und kühn und viele, viele Dinge, die Amelia nicht war.

Wenn sie die Art von Frau war, auf die Andrew reagierte, dann musste Amelia zugeben, dass all die Leidenschaft und das Verlangen, die sie ihm gegenüber empfunden hatte, niemals vollständig erwidert werden konnten. Weil sie sich so sehr von der Art Frau unterschied, mit der er sich abgab, wenn er nicht durch seine finanziellen Verpflichtungen in die Enge getrieben wurde.

Vielleicht mochte er Amelia wirklich, aber sie würde immer die Frau sein, die er heiraten musste, und nicht die, die er gewählt hatte, weil er sie wollte.

Das tat weh.

»Amelia?«

Sie richtete sich ruckartig auf und wischte sich über ihre tränenverschmierten Wangen. Kate stand in der Tür und legte ihre Stirn in Falten. Amelia war so sehr von Selbstmitleid zerfressen, dass sie das Öffnen der Tür nicht gehört hatte.

»Was ist los?«, fragte Kate, kam herein und schloss die Tür hinter sich. »Warum bist du so durcheinander?«

Amelia stieß einen Atemzug aus. Nach dem, was Kate gerade gesehen hatte, würde sie nie wieder so tun können, als ginge es ihr gut. »Es ist nichts.«

Kate zog eine Augenbraue hoch. Ihr Haar - ein paar

Nuancen heller als das von Andrew - fiel ihr um die Schultern, als sie den Raum durchquerte und sich auf die andere Lehne des Sofas setzte.

»Wenn es nichts wäre, würdest du nicht weinen.«

Amelia atmete heftig aus. »Du bist hartnäckig, nicht wahr?«

Kate kreuzte ihre Knöchel und stützte ihr Kinn auf ihre Hand. »Nur wenn es darauf ankommt.«

»Also gut.« Es ist klar, dass sie Kate nicht loswerden würde, ohne ihr etwas zu sagen. »Aber ich fürchte, du wirst mich entweder für dumm halten oder deinem Bruder böse sein.«

»Ah.« In ihren grauen Augen dämmerte das Verständnis. »Mein Bruder hat sich töricht verhalten.«

»Nicht ganz. Er ...«

»Sag nichts weiter.« Kate hob ihre Hand, um Amelia zu unterbrechen. »Sollen wir einkaufen gehen und ihm die Rechnung schicken?«

Amelias Magen verkrampfte sich. So gut das Angebot auch gemeint sein mochte, es erinnerte sie nur daran, warum Andrew sie geheiratet hatte. Damit seine Schwester und seine Mutter einkaufen konnten, wann immer sie wollten. Damit Kate eine Saison haben konnte. Nicht, weil er plötzlich und unerwartet in ein Mädchen mit tintenbefleckten Fingern verliebt war.

»Ich glaube nicht, dass ich mich dann besser fühlen würde«, gab Amelia zu.

»Hmm.« Kate tippte sich nachdenklich ans Kinn. »Was dann?«

Amelia legte ihren Kopf schief und überlegte. Alles, was mit Andrew zu tun hatte, war tabu, ebenso wie alles, wofür man Geld brauchte. Aber es gab eine Sache, auf die sie sich getrost konzentrieren konnte.

»Möchtest du etwas über das Buch erfahren, an dem ich gerade arbeite?«, fragte sie.

Kate strahlte. »Das zweite über Miss Joceline?«

»Ja.« Sie knabberte an ihrer Lippe, unsicher, wie Kate reagieren würde. Sie liebte Bücher sicher nicht so sehr wie Amelia, aber sie hatte auch keine Verachtung für das Lesen gezeigt, und sie hatte Amelia gerne zugehört, als sie von ihrem ersten Buch erzählt hatte.

»Gerne«, sagte Kate, rutschte auf das Sofakissen und machte es sich bequem. »Erzähl mir alles darüber.«

Das tat Amelia, beginnend mit dem Ende des ersten Buches und weiterführend zu Jocelines neueren Abenteuern.

»Ich kann mich des Eindrucks nicht erwehren, dass dieser wankelmütige Verehrer von Joceline von meinem Bruder inspiriert wurde«, bemerkte Kate, weitaus scharfsinniger, als Amelia erwartet hatte.

Sie errötete, weil es ihr peinlich war, ertappt worden zu sein. Hoffentlich würde das sonst niemand bemerken. »Nicht ganz, aber ...«

Kate tätschelte ihre Hand. »Andrew mag manchmal ein Tölpel sein, aber er ist ein guter Mensch. Wenn du ihm gegenüber ehrlich bist und sagst, was er getan hat, um dich zu verärgern, bin ich sicher, dass er sein Bestes tun wird, um es wieder gut zu machen.«

Amelia zwang sich zu einem Lächeln. »Vielleicht.«

Oder er würde ihr auf tausend kleine Arten das Herz brechen, wenn er herausfände, dass ihre Gefühle für ihn größer geworden waren, als sie sein sollten. Das würde niemals absichtlich geschehen. Er war kein grausamer Mensch. Aber Wunden brannten, unabhängig davon, ob sie absichtlich zugefügt wurden, und ein Herz konnte nur so viel ertragen.

Ihres hatte sich leider an Andrew gehängt. Sie konnte nur hoffen, dass er es nie merken würde.

KAPITEL 22

ALS AMELIA IN DEN SALON TRAT, ERWARTETE SIE, KATE, Brigid und Mrs. Smythe zu sehen, bereit, Pläne für ihren ersten Ball zu schmieden. Stattdessen war Andrew der Einzige, der sie erwartete.

Als sie eintrat, erhob er sich. »Du siehst zauberhaft aus, Amelia.«

Sie blinzelte überrascht. »Was ist los? Ich soll mit deiner Mutter und deiner Schwester die Optionen für unseren Ball durchgehen.«

Er schlenderte zu ihr und küsste sie auf die Wange. »Mutter und Kate sind durchaus in der Lage, selbst daran zu arbeiten. Du und ich gehen auf ein Picknick.«

Sie versteifte sich, weil sie nicht mit ihm allein sein wollte. »Ich sollte wirklich nicht weggehen, wenn sie auf meine Hilfe angewiesen sind.«

»Darüber brauchst du dir keine Sorgen zu machen«, sagte Lady Drake, fegte in den Raum und brachte einen Hauch von Lavendelduft mit sich. »Kate und ich haben alles unter Kontrolle.«

»Bist du sicher?« Vielleicht würde Lady Drake Mitleid mit ihr haben, wenn sie mit ihren Augen flehte.

Leider nicht. Ganz im Gegenteil, Kate glitt hinter Lady Drake mit einer Auswahl an Stoffmustern über dem Arm herein.

»Wir kommen sehr gut zurecht«, versicherte Kate ihr. »Mama und ich haben beide Spaß an solchen Dingen. Du aber nicht. Lass uns das für dich tun.«

Amelia biss die Zähne zusammen. Es gab nicht viele Dinge, die sie weniger gern tat, als Ballvorbereitungen zu treffen, aber Zeit mit ihrem Mann zu verbringen, wenn sich ihr letztes Gespräch unter vier Augen um seine Geliebte gedreht hatte, stand ganz oben auf der Liste.

»Perfekt.« Andrews Handfläche lag warm in ihrem Rücken. »Dann lass uns gehen.«

»Ich brauche einen Umhang«, protestierte sie.

»Margaret wartet mit einem im Foyer, und auch ein Paar Wanderschuhe.«

Er hatte wirklich an alles gedacht. Aber warum? Was hoffte er zu erreichen, indem er sie zu einem Picknick entführte?

Sie seufzte. »Dann sollten wir uns wohl auf den Weg machen.«

Sie könnte ihm einfach sagen, dass sie nicht wollte, aber das wäre unhöflich gewesen, was er nicht verdiente, wie sie sich schon oft gesagt hatte.

Er grinste und begleitete sie zurück durch die Tür. Wie er gesagt hatte, wartete Margaret mit einem über den Arm gelegten Umhang und einem Paar Wanderschuhen auf sie. Andrew ließ Amelia los, und Margaret half ihr in den Umhang und kniete dann nieder, um ihre Pantoffeln auszuziehen und ihre Füße in die Schuhe zu schieben.

Als sie bereit war, loszugehen, nahm Andrew ihren Arm und führte sie zur Tür. »Du reitest gerne, nicht wahr?«

»Das tue ich.« Wohin sollte das führen?

»Wenn wir in Suffolk sind, müssen wir zusammen reiten

gehen. Heute dachte ich, wir könnten meinen Zweispänner nehmen.«

Zu ihrer Verärgerung begann ein Funke der Erregung in ihr zu sprühen. Sie liebte es, zu reisen, ohne in einer geschlossenen Kutsche eingesperrt zu sein. Kutschen erfüllten ihren Zweck und boten bei Bedarf Schutz, aber die eleganten Zweispänner waren viel angenehmere Transportmittel.

»Ich habe deinen Zweispänner noch nie gesehen«, sagte sie, als er ihr die Tür aufhielt. Sie trat hinaus, suchte die Umgebung nach dem Gefährt ab und entdeckte es sofort am Fuß der Treppe.

»Im Herbst und Winter kommt er ja auch nicht oft raus«, sagte Andrew, schloss die Tür und trat neben sie. »Aber heute ist es für die Jahreszeit ungewöhnlich warm, wie eine Vorsehung.«

Amelia blickte in den Himmel. Wolken zogen über sie hinweg, und die Sonne schien nicht besonders hell, aber er hatte Recht, dass die Temperaturen für diese Jahreszeit ungewöhnlich mild waren. Sie gingen gemeinsam zum Wagen, und er reichte ihr die Hand, um ihr hinaufzuhelfen. Sie setzte sich auf die andere Seite, und er kletterte neben sie und nahm die Zügel.

»Wohin fahren wir?«, fragte sie.

Wenn er vorhatte, sie in den Hyde Park zu bringen, würden sie keine Zeit für sich selbst haben, was unter den gegebenen Umständen vielleicht auch gut so wäre.

Er wackelte mit den Augenbrauen. »Das ist eine Überraschung.«

Ihr Herz verkrampfte sich. Warum musste ihr Mann so liebenswert sein?

Das war einfach nicht gerecht.

Andrew trieb die beiden schwarzen Pferde an, und Amelia hielt sich an der Seite des Wagen fest, als sie sanft aus dem Hof und auf die Straße rollten. Er warf ihr einen Blick zu und ermunterte die Pferde, schneller zu laufen - allerdings nicht so schnell, dass sie eine Gefahr für die Umstehenden darstellen würden. Sie konnte das Lächeln nicht unterdrücken.

Sie fragte sich, wie schnell man mit diesem Ding fahren konnte. Es war schlank und gut verarbeitet. Sie konnte sich vorstellen, wie er damit früher mit seinen Freunden um die Wette gefahren war. Sie vermutete, dass die Pferde, wenn er ihnen freien Lauf ließ, sehr schnell laufen konnten. Vielleicht würde sie ihn darum bitten, wenn sie auf dem Land waren.

Sie fegten um Ecken, die Luft strömte ihr ins Gesicht und brannte in ihren Augen. Sie lachte und klammerte sich noch fester an die Seite. Zweifellos war ihr Haar längst zerzaust, aber das war ihr egal.

Der Zweispänner holperte über eine fast leere Straße am Rande von Mayfair und bog in einen Privatweg ein. Sie fuhren mehrere Minuten lang die von Bäumen gesäumte Auffahrt hinunter, bevor sie ins Freie rollten.

Sie waren in einem Garten. Der größte Teil des Geländes war üppig mit Bäumen und Sträuchern bewachsen, zwischen denen sich gepflegte Graswege schlängelten. Es gab nicht viel Farbe, aber sie stellte sich vor, dass der Garten im Frühling und Sommer durch die Blumen wunderbar bunt sein dürfte.

Als sie zum Stillstand kamen, schloss sie die Augen und atmete tief ein. Obwohl sie noch in London waren, konnte sie nur Gras und Bäume riechen. Keinen der üblichen Stadtgerüche.

»Es ist wunderschön«, sagte sie.

Andrew legte die Zügel zur Seite. »Der Garten gehört einem Freund von mir. Er hat uns für den Tag die private Nutzung gestattet. Wir sind die Einzigen hier.«

»Das ist sehr großzügig von ihm.« Leider bedeutete das aber auch, dass sie niemanden hatte, der sie ablenken würde, wenn Andrew ein Thema ansprach, das sie lieber vermeiden wollte.

Er sprang hinunter und streckte seine Hand aus. Sie erhob sich, legte ihre Handfläche auf seine und ließ sich von ihm nach unten helfen.

»Schau dich um«, sagte er. »Ich werde die Pferde ausspannen.«

Ihre Augenbrauen hoben sich. »Werden die nicht weglaufen?«

»Nicht weit. Sie sind gut ausgebildet, und da wir hier die Einzigen sind, gibt es keinen Grund zur Sorge.«

Sie trat von dem geschotterten Parkplatz auf den Rasen. Der Boden war leicht feucht und federnd unter ihren Füßen. Sie schaute sich um und ging den nächsten Grasweg entlang, wobei sie in beide Richtungen schaute, als sie eine Kreuzung erreichte.

Sie keuchte auf. Am Ende des Weges nach rechts spiegelt sich das Licht auf der Oberfläche eines Teiches. Sie eilte den Weg entlang, der in eine Lichtung am Wasser mündete. Weiden säumten die Lichtung, und einige Enten schwammen auf der Wasseroberfläche.

»Ah, du hast also den Teich gefunden.«

Sie zuckte zusammen und schlug sich die Hand vor die Brust. Andrew stand hinter ihr, einen Korb in der einen Hand und eine Decke unter den anderen Arm gesteckt.

»Du hast mich erschreckt«, sagte sie. »Ich habe dich nicht kommen hören.«

»Ah, Entschuldigung.« Er zog eine Grimasse. »Ich habe deinen Namen gerufen, aber du hast dich nicht umgedreht.«

Ihre Wangen wurden heiß. »Ich habe die Aussicht bewundert und war wohl zu sehr abgelenkt, um dich zu hören.«

Er deutete auf eine Grasfläche vor ihr. »Sollen wir hier unser Picknick aufbauen?«

Sie nickte. »Sieht gut aus.«

Er stellte den Korb ab und breitete die Picknickdecke im

Gras aus. Dann stellte er den Korb in die Mitte der Decke und ließ sich zu Boden sinken.

»Setzt du dich zu mir?«

Vorsichtig ließ sich auch Amelia hinunter, streckte ihre Beine aus und ordnete ihre Röcke, um sie nicht zu beschmutzen. Als er den Korb öffnete und eine Flasche und zwei Teetassen herausholte, versuchte sie, nicht verzaubert zu sein, aber es war unmöglich.

»Das ist schön. Ich danke dir.«

Er strahlte. »Ich bin froh, dass es dir gefällt.« Er stellte die Tassen auf das flachste Stück Boden, das er finden konnte, und füllte sie mit Tee aus dem Fläschchen. »Der ist bereits gesüßt. Ich habe Mrs. Baker gebeten, Zucker hineinzugeben.«

»Danke.« Ihr Herz drückte sich zusammen. Er war wirklich sehr rücksichtsvoll. War es da ein Wunder, dass sie sich so leicht in ihn verliebt hatte?

Er holte etwas in ein Tuch Eingewickeltes heraus, das sich als mehrere gebutterte Scones herausstellte. »Möchtest du auch einen?«

»Ja, bitte.« Sie nahm einen Scone entgegen und biss vorsichtig hinein. Er war weich und noch ein bisschen warm.

»Marmelade?«

Sie blickte ihn an. Andrew hielt ein kleines Glas mit Beerenmarmelade und einen Löffel in der Hand. Sie kaute zu Ende und schluckte.

»Worum geht es hier?«, fragte sie.

Irgendetwas war hier im Gange. Sie verspürte dasselbe subtile Unbehagen wie damals, als er ihr unter Vorspiegelung falscher Tatsachen den Hof gemacht hatte. Ihr Instinkt sagte ihr, dass etwas nicht in Ordnung war.

Andrew runzelte die Stirn. »Was meinst du?«

Sie winkte ihm mit ihrem halb gegessenen Scone zu. »Du führst etwas im Schilde.«

Er sah beleidigt aus. »Tue ich nicht. Du verdienst es, gut behandelt zu werden, und das ist es, was ich tue.«

»Aber es ist nicht ...« *Teil unserer Vereinbarung.* Sie brachte es nicht über sich, diesen Gedanken auszusprechen.

»Nicht was?« Er legte den Kopf schief. »Du bist mir sehr wichtig, Amelia, und ich möchte, dass du glücklich bist.«

Schmetterlinge tanzten in ihrem Bauch, aber gleichzeitig wurde ihr flau im Magen.

Sie hatte einen so lieben, freundlichen Ehemann. Das war etwas, wofür sie dankbar sein konnte. Sie hatte Glück, dass sie ihn hatte. Aber Gott, er machte es schwer, ihm zu widerstehen.

Vielleicht ahnte er, dass sie nicht wusste, wie sie darauf reagieren sollte, öffnete das Marmeladenglas und löffelte etwas davon auf einen weiteren Scone.

»Ich habe gehört, wie du Kate neulich abends vorgelesen hast«, sagte er und hob das Gebäck zum Mund.

Sie nahm noch einen weiteren Bissen, um sich einen Moment Zeit zum Nachdenken zu nehmen. »Ich hoffe, es macht dir nichts aus.«

»Ganz und gar nicht.« Er schenkte ihr ein Grinsen. »Sie verdient es zu wissen, dass Frauen ihre eigenen Träume haben können. Zu viele Leute sagen ihnen, dass sie das nicht können. Dass es das Wichtigste ist, einen Ehemann zu finden, und vielleicht sind manche Frauen damit zufrieden, aber ich bin froh, dass du ihr zeigst, dass sie das nicht sein muss.«

Amelias Herz schlug höher. »Wieso bist du so unglaublich?«

Als sie geheiratet hatte, hatte sie erwartet, dass er ihr Schreiben bestenfalls tolerieren würde. Sie hatte mit Spott gerechnet, aber diese unerschütterliche Unterstützung war mehr, als sie sich je hätte erhoffen können.

Sie beugte sich über den Korb und küsste ihn. Er schmeckte nach Beeren und nach der Natur. Sie schloss die

Augen und schmolz dahin, als er ihr Gesicht umfasste und den Kuss vertiefte.

Sie ließ ihr Gebäck fallen. Wohin, war sie sich nicht ganz sicher. Andrew warf seinen Scone zum Teich, und die Vögel schwärmten darum herum. Dann hob er sie über den Korb und auf seinen Schoß. Sie warf ihren Kopf zurück, und ihre Zunge traf auf seine. Sein Atem strömte ihr zwischen die Lippen.

Seine Finger verhedderten sich in ihrem Haar, und er zerrte an ihrem Kopf, damit er ihren Mund besser erreichen konnte. Sie klammerte sich an seine Brust und genoss die Stärke, die er unter Mantel und Hemdsärmeln verbarg. Sie küssten sich weiter, langsam und träge, und es fühlte sich fast betäubend an.

Er machte sich los. »Warte.«

»Was ist denn?«, fragte sie atemlos.

Er knabberte an ihrem Nacken. »Ich erwarte nichts von dir, nur weil ich dich zu einem Picknick mitgenommen habe. Du musst das nicht tun, um die Dinge zwischen uns auszugleichen. Ich weiß, wie du denkst.«

Sie schnaubte. Vielleicht wusste er ein wenig über das, was sie dachte, aber offensichtlich nicht genug, wenn er glaubte, dass sie nur zu seinem Vorteil mitmachte. In Wahrheit hatte sie keine Chance, ihm zu widerstehen, und hatte einfach aufgegeben, es zu versuchen.

»Ich will«, sagte sie ihm.

Ein solcher Kuss am helllichten Tag in der freien Natur verlieh ihr ein seltsames Gefühl der Erregung. Ein solches Verhalten würde sie von einer Geliebten erwarten, nicht von einer Ehefrau, und vielleicht wollte sie Miss Giles einen kleinen gesunden Wettbewerb liefern.

Sie und Andrew hatten sich zwar vertraglich nicht zur Treue verpflichtet, aber jetzt, da sie genau wusste, wieviel er ihr bedeutete, würde sie ihn nicht kampflos gehen lassen. Sie hatte vielleicht keine Erfahrung oder Schönheit zu bieten, aber sie hatte alle Zeit der Welt, ihn für sich zu gewinnen. Miss Giles hingegen nicht.

»Wirklich?« Eine Seite seines Mundes zog sich nach oben, sein Gesichtsausdruck wurde anstößig. »Keine Angst, erwischt zu werden?«

»Du hast gesagt, wir sind hier allein.« Sie küsste ihn. »Ich weiß, dass du auf mich aufpassen wirst.«

»Verdammt richtig, das werde ich.« Er ließ Küsse auf ihr Gesicht rieseln. »Niemand außer mir bekommt deinen wunderschönen Körper zu sehen.«

Hitze stieg in ihr auf. Sicherlich war seine Besitzergreifung ein gutes Zeichen.

»Leg dich zurück«, murmelte er gegen ihre Haut. »Ich möchte, dass du dich gut fühlst.«

Sie versteifte sich. »Nein.«

»Nein?« Er wich zurück und runzelte die Stirn. »Tut mir leid, habe ich das falsch verstanden ...«

»Nein.« Ihre Wangen glühten jetzt regelrecht. »Ich möchte, dass du dich hinlegst. Es gibt da etwas, das ich schon immer mal ausprobieren wollte.«

»Oh.« Er klang neugierig, legte sich aber ohne Aufhebens auf die Decke zurück.

Sie kroch über ihn und hockte sich auf die Fersen. Es gab absolut keine Möglichkeit, dies zu tun, ohne sich wenigstens ein bisschen anzustrengen. Sie schob den Korb beiseite und räumte die Teetassen aus dem Weg, dann sah sie zu ihm hinunter.

Er lächelte träge zu ihr hoch. »Ich bin Ihnen ausgeliefert, Mylady.«

»Das hört sich gut an.« Wenn er ihr ausgeliefert war, würde er sich nicht in die Nähe der grinsenden Miss Giles begeben.

Leider ließ der Mut, der sie zu ihren Worten getrieben hatte, bereits nach. Sie zögerte und war sich plötzlich nicht mehr sicher, ob sie sich nicht zum Narren machen würde.

»Was ist los?«, murmelte er.

»Nichts. Ich bin nur ...« Sie seufzte, verzweifelt über sich selbst. »Ich bin nervös. Was ist, wenn es dir nicht gefällt?«

Er glückste. »Ich versichere dir, dass mir fast alles gefallen wird, was du mit mir machst, und wenn nicht, werde ich es dir sagen.«

Sie knabberte an ihrer Unterlippe. »Versprochen?«

Er legte eine Hand auf sein Herz. »Ich gebe meinen feierlichen Eid ab.«

»In Ordnung.« Sie könnte das tun. Sie hatte nicht gelogen, als sie sagte, sie wolle es versuchen. Seit Andrew das erste Mal seinen Mund auf sie gelegt hatte, war sie neugierig, ob er es genießen würde, wenn sie das Gleiche mit ihm machte.

Sie öffnete seine Hose und fummelte an den Bändern herum, ihre Hände zitterten.

Andrews Daumen und Zeigefinger umschlossen sanft ihr Handgelenk. »Ruhig, mein Schatz. Atmen. Ich verspreche dir, dass du dir absolut keine Sorgen zu machen brauchst.«

Sie atmete aus, lange und langsam, und etwas in ihr entspannte sich. Er hatte Recht. Wenn sie dieses Mal versagten würde, könnte sie es beim nächsten Mal einfach besser machen. Sie hatten ihr ganzes Leben noch vor sich.

Sie zerrte am Bund seiner Hose, und er hob seine Hüften, damit sie sie herunterziehen konnte. Dann folgte seine Unterwäsche. Sie ließ sie um seine Knie hängen und legte sich neben ihm auf den Bauch. Sie stützte sich mit einer Hand auf und legte die andere um seinen Schwanz.

Ihr Atem stockte. Er war bereits hart, aber in ihrem Griff versteifte er sich noch mehr und pulsierte gegen ihre Handfläche wie geschmolzener Stahl. Sie pumpte ein paar Mal und verteilte die Flüssigkeit, die aus der Spitze seines Schwanzes tropfte, mit ihrem Daumen. Er stöhnte, und seine Hüften zuckten.

Sie lächelte vor sich hin und wiederholte die Bewegung.

Sie hatte schon einmal auf diese Weise mit ihm gespielt, obwohl sie nie versucht hatte, ihn dazu zu bringen, seinen Samen zu vergießen. Denn wenn er einen Erben haben wollte, war der ja wohl in ihr am besten aufgehoben. Sie bezweifelte allerdings, dass Mätressen jemals über so etwas Praktisches nachdachten.

Ganz im Gegenteil.

Langsam senkte sie ihren Kopf und leckte an der Spitze seines Schwanzes. Ein salziger, moschusartiger Geschmack erfüllte ihren Mund. Sie würde es nicht als köstlich bezeichnen, aber es war auch nicht unangenehm. Sie leckte ihn erneut, ihre Zunge glitt über seine Haut, kam und ging wieder.

»Lia ...«

Sie hielt inne, und ihr Blick wanderte zu ihm. So hatte er sie noch nie genannt.

»Ist das nicht in Ordnung?«, fragte er.

»Ich mag es.«

Der Name fühlte sich besonders an. Intim. Ähnlich, wie ihr Vater sie nannte, aber anders.

Nur für sie beide.

Sie wirbelte mit ihrer Zunge um seine Spitze und wurde mit mehr salzig-süßem Samen belohnt. Sie schloss ihre Lippen um ihn und saugte.

Seine Hüften bockten, und er gab ein knurrendes Geräusch von sich, das seltsame Dinge in ihrem Körper bewirkte. Sie spürte, wie sie zwischen ihren Beinen feucht wurde. Inzwischen wusste sie, dass das bedeutete, dass sie sich für ihn bereit machte.

Mit offenem Mund küsste sie seinen Schwanz, leckte und saugte an seiner Länge.

»Nimm mich in den Mund«, flehte er.

Ihre Augenbrauen zogen sich zusammen, aber sie saugte seine Spitze in ihren Mund und versuchte, ihn tiefer zu nehmen. Sein Schwanz traf sie hinten im Hals, und sie musste würgen.

»Ruhig.« Er streichelte ihr Haar. »Nimm immer nur ein bisschen.«

Sie blinzelte hastig, ihre Augen tränten, und versuchte es erneut, diesmal nur ein wenig tiefer. Sie zog sich zurück und wiederholte die Bewegung, wobei sie wieder etwas tiefer ging. Immer und immer wieder fuhr sie fort und hörte kurz auf, als sie spürte, dass sie zu würgen begann.

Ihr Kiefer begann zu schmerzen, aber bei den glückseligen Geräuschen, die Andrew immer wieder von sich gab, hatte sie nicht die Absicht, so bald aufzuhören.

»Stopp.« Andrew zupfte sanft an ihrem Haar und zog sie von ihm weg.

»Was?« keuchte sie.

»Ich bin fast da.«

»Ich weiß.« Sie sah da kein Problem.

Er gluckste, und sein Kopf sackte zurück auf die Decke. »Ich möchte in dir sein.«

»Oh.« Die feuchte Hitze zwischen ihren Beinen pochte. »Wie können wir ...«

Er setzte sich auf und schob seine Hose und Unterhose ganz nach unten. »Der Boden ist zu hart, und ich will dir nicht wehtun, also musst du dich auf mich draufsetzen.«

Auf ihm sitzen?

Eine faszinierende Vorstellung.

»Aber zuerst«, fuhr er fort, »möchte ich dich vorbereiten.«

Sie sah auf ihre Hände hinunter, und ihre heißen Wangen verrieten zweifellos ihre Verlegenheit. »Ich bin mir ziemlich sicher, dass ich schon bereit bin.«

Seine Augenbrauen schossen in die Höhe. »Wirklich?«

Mit einem kurzen Blick um sich herum, um sich zu vergewissern, dass sie wirklich noch allein waren, zog Amelia ihre Unterwäsche aus und hob ihren Rock an.

Andrew ließ seine Hand darunter gleiten und streichelte ihre Mitte. Sie erschauderte, als die Lust sie durchströmte.

Er neckte sie mit geschickten Fingern. »Du bist so nass.«

»Du hast diese Wirkung auf mich«, gab sie zu.

Seine Augen verfinsterten sich, und er ergriff seinen Schwanz und richtete ihn gen Himmel. »Gut. Jetzt lass dich auf mich herab.«

Amelias Gesicht stand in Flammen, als sie sich beeilte, der Aufforderung nachzukommen. Sie legte ihre Knie links und rechts von seinen Oberschenkeln und ließ sich nach unten sinken, bis sein Schwanz gegen ihren Eingang stieß. Sie biss sich auf die Lippe und atmete aus, wobei sie sich bemühte, ihre Muskeln zu entspannen. Zentimeter für Zentimeter nahm sie ihn in ihren Körper auf.

Als sie sich an ihn schmiegte, lehnte sie ihren Kopf an seine Schulter und genoss die Verbindung. »Ich wusste nicht, dass es so sein kann.«

Seine Arme legten sich um sie. »Es kann sein, wie wir wollen, meine Lia.« Er stieß zu und führte sie dann mit seinen Händen an den Hüften dazu, dass sie hin und her schaukelte und die Lust sie immer wieder durchzuckte. »Genau so. Verdammt, Liebes. Du machst mich verrückt.«

Ja. Ich möchte, dass er den Verstand verliert, damit er nie wieder eine andere Frau ansieht.

Sie ritt ihn so, wie es ihr am besten gefiel, denn er schien es zu mögen, egal was sie tat. Das Vergnügen wuchs in ihr und wurde immer größer, bis sie es nicht mehr aushalten konnte. Sie warf ihren Kopf zurück und schrie auf, ihre Mitte zog sich um ihn zusammen.

Er packte ihre Hüften und stieß in sie hinein, seine Bewegungen wurden ruppig, dann versteifte er sich und pulsierte tief in ihr. Sie legte ihre Stirn an seine, und ihre Lippen trafen sich zu einem sanften Kuss.

Er umfasste ihr Gesicht und küsste sie erneut. »Das war unglaublich.«

»Das war es wirklich.«

Sie ließ von ihm ab und griff nach ihrer Unterwäsche, aber er gab ihr ein Zeichen zu warten. Er griff in den Korb und holte ein Tuch heraus, mit dem er sie zwischen den Beinen abtupfte.

»Mrs. Baker legt immer ein Reinigungstuch in ihre Picknickkörbe«, erklärte er ihr grinsend. »Obwohl ich bezweifle, dass sie es auf diese Weise verwendet sehen wollte.«

Ein Lachen brach aus ihr heraus, und sie schlug sich die Hand vor den Mund, weil sie sich bei dem Gedanken daran schämte. »Sie wird es nicht erfahren, oder?«

Er schüttelte den Kopf. »Ich werde es selbst entsorgen.«

»Gut.« Natürlich dürfte ihr Hauspersonal über die Aktivitäten Bescheid wissen, die sie ausübten, aber sie würde lieber so tun, als ob das nicht der Fall wäre, und erwartete das auch von ihnen. Sie war zwar bereit, sich lüstern zu verhalten, aber nur, wenn sie und Andrew allein waren.

Sie zog ihre Unterhose hoch, und er wischte sich den Schwanz ab und verstaute ihn in seiner eigenen Unterhose, dann knöpfte er seine Reithose zu.

Sie streckte sich auf der Decke aus und genoss es, wie empfindlich sich ihr Körper anfühlte. »Ich mag Picknicks. Wir sollten mehr davon haben, vor allem im Sommer.« Sie ließ ihren Blick zur Seite gleiten. »Und vor allem, wenn sie so enden.«

Er gluckste. »Dein Wunsch ist mir Befehl.« Er verschränkte seine Finger mit ihren, und seine Miene wurde ernst. »Ich werde alles tun, was ich kann, um für dein Glück zu sorgen.«

Unbehagen machte sich in ihr breit.

Seine Worte sollten zweifellos beruhigend wirken, aber die Art und Weise, wie er sie sagte, ließ sie glauben, dass er Grund zu der Annahme hatte, dass ihr Glück bedroht war.

Und das bedeutete, dass er ihr Dinge verheimlichte.

»Ich bin bald wieder da«, sagte Andrew später an diesem Tag und beugte sich vor, um Amelia auf die Wange zu küssen, die hinter ihrem Schreibtisch saß. »Ich muss mich um etwas kümmern.«

Sie runzelte die Stirn. »Am Abend?«

»Es ist heute die einzige Zeit, in der die Person, die ich treffe, verfügbar ist.« Er konnte sich nicht dazu durchringen, zu lügen und zu sagen, dass es ein Mann war. Er dehnte die Wahrheit ohnehin bereits in einem Maße, dass es ihm unangenehm war.

»Dann komm bald nach Hause.« Sie lächelte ihn an, aber hinter ihren Augen lag etwas Dunkles. »Ich habe Pläne für dich.«

Eine Welle von Schuldgefühlen durchzuckte ihn. Wenn sie wüsste, dass er seine frühere Geliebte besuchte, würde sie ihn nicht so nett necken.

»Ich werde so schnell wie möglich zurückkehren.« Er küsste sie erneut, schloss die Augen und genoss ihren schwachen Minzgeruch. Er wich zurück. »Du wirst so sehr mit dem Schreiben beschäftigt sein, dass du gar nicht merkst, dass ich weg bin.«

Sie lachte nicht, und aus irgendeinem Grund wirkte ihr Lächeln weiterhin nicht ganz echt. »Pass auf dich auf.«

»Immer.« Er fegte hinaus, bevor er es sich anders überlegen konnte. Er hatte seine Wahl getroffen, und es war an der Zeit, seiner Erpresserin zu sagen, was das war.

Eine schlichte Kutsche wartete vor Longley House auf ihn. Er ging an Boyden vorbei, dessen Gesichtsausdruck von Missbilligung geprägt war, und eilte die Treppe hinunter.

Je schneller die Sache vorbei war, desto besser.

Er gab dem Fahrer die Adresse und kletterte hinein. Während sie zu Florence' Wohnung fuhren, überlegte er, wie er seine Botschaft am besten vermitteln konnte, ohne dass es zu Missverständnissen kam.

Er würde unverblümt sein müssen.

Er wollte sie nicht verletzen, aber er konnte auch nicht zulassen, dass sie das Leben, das er sich mit Amelia aufbaute, ruinierte.

Als sie ankamen, bat er seinen Fahrer, in der Nähe zu warten, und ging zur Tür und klopfte. Er spürte, dass er beobachtet wurde, aber derjenige, der ihn beobachtete, schien sich zu verstecken, denn es war niemand zu sehen.

Niemand kam an die Tür, also versuchte er es mit der Klinke. Die Tür war nicht verschlossen. Er biss die Zähne zusammen. Das war nicht sicher, wenn ein Gebäude eine ungeschützte Frau beherbergte. Glücklicherweise kam ihm das zugute, aber er musste sie daran erinnern, vorsichtiger zu sein.

Er stieg zu Florence' Wohnung hinauf und klopfte an. Von drinnen kamen dumpfe Geräusche, und dann öffnete sich die Tür. Florence lehnte sich an den Türrahmen, ihr weizenfarbenes Haar fiel ihr um die Schultern. Sie trug nur einen Morgenmantel, und ihre Lippen waren unnatürlich rot.

»Die Eingangstür war nicht verschlossen«, informierte er

sie. »Sie sollten den Vermieter daran erinnern, die Wohnung abzuschließen, wenn er sie verlässt.«

Sie verschränkte die Arme und blickte finster drein. »Bist du nur hierher gekommen, um mich wie ein Kind zu belehren?«

»Nein. Wir müssen reden.«

»Komm herein.« Sie trat zurück, und ihr Gewand öffnete sich und gab den Blick auf ihren langen Hals und die Wölbung ihrer Brüste frei.

Er kniff die Augen zusammen, bevor sein Blick tiefer sank. »Bitte bedecken Sie sich.«

»Aber würdest du mich nicht gerne sehen?« Ihre Stimme umschmeichelte ihn wie eine Liebkosung. »Du hast schon immer gerne in die Vergangenheit geschaut.«

»Das ist vorbei.« Er weigerte sich, die Augen zu öffnen. »Ich bin nicht mehr interessiert.«

Sie seufzte, dann sagte sie: »Alles ist in Ordnung. Du darfst schauen.«

Vorsichtig lugte er zwischen seinen Wimpern hervor. Als er feststellte, dass sie die Wahrheit sagte, öffnete er seine Augen richtig. »Danke.«

Sie verdrehte die Augen und murmelte etwas vor sich hin. »Bist du gekommen, um mir deine Entscheidung mitzuteilen?«

»Das bin ich.«

Sie griff nach ihm, ein Lächeln umspielte ihre Mundwinkel, aber er wich zurück, und ihre Hand fiel an ihre Seite.

»Sie können Gerüchte verbreiten, wie Sie wollen«, sagte er. »Meine Beziehung zu meiner Gräfin ist mir wichtiger als mein Ruf. Ich werde unsere Affäre nicht wieder aufnehmen.«

Ein Aufflackern von Schmerz ging über ihr Gesicht, aber dann spottete sie. »Mach dich nicht lächerlich. Ich kann dir mehr Aufregung bieten, als es deine langweilige, mausgraue Frau je könnte.« Sie schlenderte näher und packte seine Krawatte, bevor er ausweichen konnte. »Du musst dich nicht verstellen, wenn wir unter uns sind, Liebling. Ich weiß, dass du mich willst.«

Er packte ihr Handgelenk und zog es sanft, aber bestimmt von seiner Krawatte weg. »Ich hatte nie die Absicht, Ihnen wehzutun, Florence. Es tut mir leid, wenn ich das getan habe. Aber Sie müssen diese Kampagne, mich für sich zu gewinnen, endgültig beenden. Sie werden keinen Erfolg haben. Ich bin meiner Frau treu.«

Flink wie eine Füchsin packte sie seinen Schwanz durch die Hose.

Er schnappte vor Schreck nach Luft. Als er sich wieder unter Kontrolle hatte, schlug er ihre Hand weg und brachte die Tür zwischen ihn und sie.

»Fassen Sie mich nie wieder so an«, knurrte er. »Das ist völlig inakzeptabel.«

»Andrew, ich ...«

Er unterbrach sie. »Nein. Ich war aufgrund unserer Geschichte geduldig mit Ihnen, aber lassen Sie mich eines klarstellen. Die einzige Frau, die mich berühren soll, ist meine Frau. Sie mögen daran gewöhnt sein, Ihre Schönheit einzusetzen, um zu bekommen, was Sie haben wollen, aber mich werden Sie nicht bekommen. Nie wieder. Mein Herz, mein Körper und meine Seele gehören ihr.«

»Aber sie ist so ... so ...«, stotterte sie, offenbar unfähig, die Worte zu finden, die sie suchte.

»Sie ist klug«, sagte er, »leidenschaftlich und ehrgeizig, und sie hat das größte Herz. Ich weigere mich, irgendetwas zu tun, was sie verletzt.«

Sie kniff die Augen zusammen. »Du denkst nur, ich würde es nicht durchziehen.«

Er schüttelte den Kopf. »Tun Sie, was Sie für das Beste halten. Das wird meine Meinung nicht ändern.«

Sie schlug ihm die Tür vor der Nase zu.

Er ließ die Schultern sinken und ging, ohne sich des Gefühls erwehren zu können, dass er versagt hatte. Er hatte die richtige Entscheidung getroffen - daran bestand kein Zweifel -, aber wenn Florence Gerüchte über seine Ehe verbreitete, würde das Amelia schaden, und es wäre seine Schuld. Dem würde er nicht entkommen.

Er stieß die Haustür auf, schritt hindurch und ging um die Ecke, wo die Kutsche wartete. Er stieg wortlos ein und vergrub sein Gesicht in den Händen, als die Kutsche vorwärts rumpelte.

Wie besorgt sollte er sein? War Florence' Wunsch nach kleinlicher Rache wirklich so stark, dass sie es riskieren würde, einen Aristokraten zu verärgern?

Er seufzte. Er wusste ganz genau, dass sie keine Konsequenzen von ihm befürchten würde. Sie war die Art von Frau, die ihre Drohungen wahr machte.

Sollte er Amelia warnen?

Wenn er das täte, müsste er ihr sagen, warum, und der Gedanke daran war ekelhaft - vor allem, nachdem sie bereits gezeigt hatte, dass sie in Bezug auf Florence verunsichert war.

Verdammt! Warum musste es so schwer sein, das Richtige zu erkennen?

Als er zu Hause ankam, wollte er sich in sein Schlafzimmer zurückziehen und ein Bad nehmen, um in Ruhe über seine Optionen nachzudenken, aber kaum war er durch die Tür, kam Amelia breit grinsend die Treppe heruntergestürmt.

»Was ist los?«, fragte er, unsicher, was sie so sehr aufgeregt haben könnte, wo er doch nur so kurz weg gewesen war.

Sie hüpfte zu ihm herüber, schlang ihre Arme um seinen Nacken und streckte sich auf die Zehenspitzen, um ihn zu küssen. »Ich habe eine weitere Geschichte fertig, die ich an den Verlag schicken will.«

»Herzlichen Glückwunsch!« Er umarmte sie fest und

atmete Frau und Minze ein. Der Geruch von Zuhause. Er küsste sie. »Ich bin so stolz auf dich.«

Sie begann zu lächeln, aber dann schnupperte sie, und eine Furche bildete sich zwischen ihren Augenbrauen. »Benutzt du ein neues Parfüm?«

Sein Herz setzte einen Schlag aus, und sein Blut wurde kalt. Scheiße. Florence musste eine Spur ihres blumigen Parfüms auf ihm hinterlassen haben, als sie seine Krawatte - oder seinen Schritt - ergriffen hatte.

»Ja«, sagte er so schnell, dass seine Zunge fast über das Wort stolperte. »Ich probiere es aus. Was hältst du davon?«

Sie schnupperte erneut und runzelte die Stirn. »Es ist eher feminin, aber riecht gut, und wenn es dir gefällt, dann gefällt es mir auch.«

Er zog eine Grimasse. Jetzt fühlte er sich wie ein absoluter Schuft. Seine Frau war bereit, den Duft des Parfums einer anderen Frau an ihm zu mögen, nur weil sie glaubte, er hätte es aufgelegt, um sich selbst zu gefallen.

»Hast du schon eine Kopie der Geschichte für die Einreichung vorbereitet?«, fragte er und versuchte verzweifelt, das Thema zu wechseln.

»Ja.« Sie ließ ihn los und winkte die Treppe hinauf. »Die Seiten liegen in meinem Schlafgemach. Ich habe während des Schreibens zusätzliche Kopien der einzelnen Abschnitte vorbereitet, damit sie fertig sind, sobald ich fertig geschrieben habe.«

»Ausgezeichnet.« Seine Frau war brillant. »Boyden!«

Der Butler tauchte aus dem Nichts auf, aber seine abschätzige Miene verriet Andrew, dass er ihr Gespräch über das Parfüm gehört hatte. »Mylord?«

»Bitte sorgen Sie dafür, dass die Geschichte der Gräfin gleich morgen früh an den Verlag geliefert wird. Sie wird Ihnen genauere Anweisungen geben.«

Boyden verbeugte sich vor Amelia. »Es wäre mir eine Ehre, Mylady.«

Mit einem bösen Blick auf Andrew folgte Boyden Amelia die Treppe hinauf. Andrew fragte sich, ob er sich über die offensichtliche Abneigung seines Butlers ärgern sollte, aber er freute sich nur darüber, dass seine Leute Amelia mochten.

Er trottete hinter ihnen die Treppe hinauf und begab sich in sein Schlafzimmer, um sich mit seinem eigenen Eau de Cologne einzuschmieren, um die Spuren zu verwischen, die Florence an ihm hinterlassen hatte, bevor er über den Korridor zu Amelias Zimmer ging.

Seitdem er die Tür zwischen ihren Gemächern ausprobiert hatte und sie verschlossen gewesen war, hatte er sich nicht mehr getraut, diese Klinke noch einmal herunterzudrücken. Er war sich nicht sicher, ob er wissen wollte, ob sie ihn für würdig befand, sofortigen Zugang zu ihr zu bekommen oder nicht. Vielleicht war es feige, aber er zog es vor, in unwissender Glückseligkeit zu leben.

Als er ihr Schlafgemach betrat, war Boyden bereits mit einem Bündel von Papieren in der Hand am Gehen. Er murmelte: »Mylord«, als sie aneinander vorbeigingen, aber es klang seltsam sarkastisch.

Amelia saß auf der Bettkante und schlug die Beine übereinander.

»Was möchtest du heute Abend tun, um zu feiern?«, fragte er, in der Tür stehend, bereit zu gehen, falls sie sagte, sie wolle lieber ein Buch lesen oder Zeit für sich haben, als mit ihm zusammen zu sein.

Sie klopfte auf das Bett. »Als ich die Schlussszene schrieb, in der Joceline in ihrem neuen Zuhause ankommt, fiel mir auf, dass ich nur sehr wenig über dein Zuhause in Suffolk weiß. Willst du mir davon erzählen?«

Er entspannte sich. Das könnte er tun.

Er setzte sich auf die Bettkante und bückte sich, um seine Schuhe aufzuschnüren und auszuziehen. »Darf ich mich hinlegen?«

Sie legte den Kopf schief, offensichtlich überrascht, nickte aber. »Natürlich.«

Er legte sich zurück und hob seine Füße auf das Bett. »Leg dich zu mir.«

Sie zog ihre Pantoffeln aus und legte sich neben ihn. Er legte seine Hand auf ihre Hüfte und drängte sie, sich an ihn zu schmiegen. Sie legte ihre Wange an sein Herz und drückte sich der Länge nach an ihn.

Er küsste sie auf die Stirn und streichelte träge ihre Hüfte. »Ich habe einen Großteil meiner Kindheit in Suffolk verbracht. Es war unser Hauptwohnsitz, als ich jung war.«

»Wie sieht es dort aus?«

Er schloss die Augen und stellte es sich vor. »Der Entwurf wurde von der gotischen Architektur auf dem Kontinent inspiriert. Es ist ziemlich ... dramatisch.«

»Wie das?«

»Es hat Türmchen und eine beeindruckende Fassade. Auch die Gärten sind wunderschön - auch wenn ich das nur ungern sage, denn der Mann, der sie angelegt hat, war Franzose. Er hat eine Engländerin geheiratet, vielleicht ist er deshalb eher Engländer als Franzose? Auf jeden Fall gibt es einen Teich mit einem Springbrunnen, in dem jedes Jahr Tausende von Blumen blühen.«

»Das klingt wunderbar.« Ihr Tonfall war wehmütig.

»Das ist es. Überall sieht man wunderschöne gelbe, rote und violette Farbtupfer. Ich liebte es, Zeit im Garten zu verbringen, auch wenn ich mich einsam fühlte. Ich war ein Junge, der gerne mit anderen zusammen war.«

Sie lachte leise. »Das kann ich mir vorstellen.«

»Als ich anfing, zur Schule zu gehen, brachte ich oft Freunde mit nach Hause, die in den Ferien bei mir blieben. Vor allem Ashford.« Vaughan war immer dankbar gewesen für die Möglichkeit, seinen Eltern für eine Weile zu entkommen. »Was wir früher alles angestellt haben ...«

Amelia hob ihr Kinn und sah zu ihm auf, ihre schönen blauen Augen leuchteten im Kerzenlicht. »Ich glaube nicht eine Sekunde, dass der Herzog Unfug gemacht hat, es sei denn, es geschah auf dein Geheiß.«

»Erwischt«, gab er zu. »Jeder Ärger, den wir verursachten, war normalerweise meine Idee, aber Ashford ist nicht ganz so geradlinig, wie er die Leute glauben machen will.«

»Ich freue mich darauf, ihn besser kennen zu lernen. Ihn und seine Frau.«

»Vielleicht können wir sie an Weihnachten besuchen.« Ihm gefiel der Gedanke, Weihnachten mit seiner und Ashfords Familie zu verbringen, Geschenke auszutauschen, Glühwein zu trinken und Weihnachtslieder zu singen.

»Das würde mir gefallen.« Sie schloss ihre Augen. »Erzähl mir, in welche Schwierigkeiten ihr euch so gebracht habt.«

Er küsste ihren Scheitel und begann zu sprechen. Die Geschichten sprudelten nur so aus ihm heraus, und als er fertig war, war sie in seiner Umarmung eingeschlafen. Er lächelte vor sich hin. Er konnte sich daran gewöhnen, seine Frau zu halten, während sie einschlief.

Mit vorsichtigen Bewegungen löste er sich von ihr, legte ihr ein Kissen unter den Kopf und zog eine Decke über sie. Er würde bald zurückkehren, aber zuerst musste er mit seiner Mutter sprechen.

Er nahm eine Kerze vom Nachttisch und beleuchtete damit den Gang hinunter zum Zimmer seiner Mutter. Er klopfte leise und wartete. Als sich die Tür öffnete, stand sie in einem warmen Bademantel und mit offenem Haar vor ihm, aber ihre Augen waren scharf und nicht trübe vor Müdigkeit, wie er vielleicht erwartet hatte.

Sie richtete sich zu ihrer vollen Größe auf und verschränkte die Arme. »Ich habe gehört, wo du vorhin warst.«

Er zuckte zusammen. »Wer hat dir das gesagt?«

Sie zog eine Augenbraue hoch. »Die bessere Frage wäre,

warum du diese Frau besuchst, wo du doch offensichtlich in Amelia vernarrt bist?«

Er seufzte und rieb sich die Schläfen. »Sie erpresst mich.«

Ihr stand der Mund offen. »Erpressung?«

»Ja, und ich habe ihre Bedingungen nicht erfüllt. Das ist der Grund, warum ich hier bin. Ich muss dich warnen.« Er sollte auch Amelia warnen, aber das wäre ein schwierigeres Gespräch. Das Thema zuerst mit Lady Drake anzusprechen, würde den Weg erleichtern.

»Mich warnen, wovor?«, wollte sie wissen.

»Ich glaube, dass Miss Giles vorhat, unseren guten Namen zu beschmutzen.«

Seine Mutter trat zur Seite. »Am besten, du kommst rein und erzählst mir alles.«

KAPITEL 24

ANDREW BETRAT DAS *REGENT*, SEINE NERVEN LAGEN BLANK. ES war eine Woche vergangen, und bis jetzt hatte Florence ihre Drohung nicht wahr gemacht.

Leider hatte er auch nicht den Mut aufbringen können, mit Amelia über die Tatsache zu sprechen, dass ihr Leben bald Gegenstand öffentlicher Spekulationen werden könnte. Seine Mutter drohte, es selbst zu tun, wenn er sich nicht beeilen würde. Er hatte das Thema am vergangenen Abend ansprechen wollen, aber sie war so gut gelaunt gewesen, dass er sich nicht dazu hatte durchringen können.

Heute hatte er sich allein auf den Weg gemacht, in der Hoffnung herauszufinden, ob am Abend zuvor auf dem ersten Ball seit seinem Gespräch mit Florence ein Schaden entstanden war. Er klammerte sich an den Faden der Hoffnung, dass sie vielleicht beschlossen hatte, ihn nicht zu bestrafen. Wenn sie sich entschlossen hatte, gnädig zu sein, könnte er es vermeiden, Amelia noch einmal zu verletzen.

Ein Diener nahm ihm den Mantel ab, ein anderer bot ihm ein Getränk an. Er nahm das Glas entgegen und ging den Korridor entlang, bis er in den belebtesten Raum kam, in dem Männer an Tischen saßen und Karten spielten.

Als er an einem der Tische Mr. Falvey erblickte, und da er wusste, wie gern der Mann tratschte, zog er ihm gegenüber einen Stuhl heran und setzte sich.

Falvey sah ihm in die Augen. »Sind Sie sicher, dass Sie spielen sollten, alter Knabe? Man sollte nicht verspielen, was man nicht zu verlieren hat.«

Sein Magen wurde flau.

Da hatte er also seine Antwort. Florence hatte die Sache tatsächlich durchgezogen. Sie schien einfach bis zu dem Ereignis gewartet zu haben, bei dem ihr Handeln die größte Wirkung haben könnte.

»Natürlich kann er spielen«, protestierte Mr. White auf dem Stuhl neben Andrew. »Er hat doch das Hart-Mädchen geheiratet, und wir alle wissen, wie hoch ihre Mitgift war.«

Mr. Falvey gluckste. »Wie recht Sie da haben. Ich hätte wissen müssen, dass es einen Grund gibt, warum Sie sich gerne mit jemandem wie ihr niederlassen würden. Aber ich habe die Teile nicht zusammengesetzt. Ich dachte, Sie hätten vielleicht etwas in ihr gesehen, was der Rest von uns nicht gesehen hat.«

Andrew biss die Zähne zusammen. Er war versucht, ihnen allen eine Standpauke zu halten und zu verschwinden, aber das konnte er sich nicht leisten. Er musste genau wissen, was gesagt worden war und zu wem, damit er seine Familie angemessen vorbereiten konnte.

»Ich bin dabei«, sagte er.

Mr. Falvey gab ihm Karten.

»Wie haben Sie von meiner ... Situation erfahren?«, fragte Andrew.

Mr. Falvey zuckte mit den Schultern, als das Spiel begann. »Henry hat es mir gesagt.«

Andrew wandte sich an Mr. White. »Und Sie haben es von ...?«

Er sah unbehaglich aus. »Das kann ich nicht mit Sicherheit sagen. Es war definitiv auf dem Benton-Ball gestern

Abend, aber es hätte sonstwer gewesen sein können, der es mir gegenüber erwähnt hat.«

»Aha.« Andrew glaubte nicht eine Sekunde lang, dass er es vergessen hatte. Die Nachricht von seinem finanziellen Niedergang war so skandalös, dass Mr. White sich sicherlich daran erinnern würde, wer es ihm gesagt hatte, was bedeutete, dass er es aus irgendeinem Grund nicht zugeben wollte.

»Nun, ich kann mich erinnern«, schimpfte Chautner vom anderen Ende des Tisches. Er lehnte sich in seinem Stuhl zurück, gelangweilt von der Unterhaltung und begierig darauf, dass das Spiel ernsthaft beginnen würde. »Einige der Mädchen haben darüber gekichert, darunter auch diese hässliche kleine Blondine, die immer ein Gesicht macht, als hätte sie am nächsten Nachttopf geschnüffelt.«

Die Frauen.

Andrew seufzte. Natürlich würde Florence es vorziehen, Klatsch und Tratsch über junge Debütantinnen zu verbreiten. Es hätte nur ein paar Worte an die Geschwätzigste unter ihnen gebraucht, und die Geschichte wäre innerhalb einer Stunde in Umlauf gewesen. Dank ihrer verstorbenen Mutter hatte sie Beziehungen in den *ton*, also hatte sie vielleicht bei einer von ihnen angefangen. Eine Cousine oder Tante vielleicht.

»Sie haben das ja alles sehr erfolgreich verschwiegen«, bemerkte Mr. Falvey und forderte Andrew mit einer Geste auf, einen Zug zu machen. »Dass es jetzt herauskommt, da müssen Sie wohl eine Frau verärgert haben.«

Er zuckte zusammen, denn er hatte nicht erwartet, dass der Mann das so klar sehen würde. Es war leicht, Mr. Falvey als geschwätzigen Angeber abzutun.

Mr. Falveys Gesicht erhellte sich, als er Andrews Gesichtsausdruck bemerkte. »Tatsächlich«, rief er aus. »War es Ihre Frau? Wusste sie nicht, warum Sie sie geheiratet haben?«

Andrew räusperte sich und ignorierte das Brennen in seiner Brust. »Es war nicht die Gräfin.«

Mr. Falvey beugte sich vor und deckte dabei seine Karten auf, die er anscheinend vergessen hatte, denn er war mehr daran interessiert, welche Leckerbissen Andrew zu erzählen bereit war. »Wie können Sie sicher sein? Sie wissen doch sicher, dass es auf der Welt kein Wesen gibt, das mehr auf Rache aus ist, als eine unglückliche Ehefrau.«

»Und warum genau sollte ihr diese Situation gefallen?«, wollte Andrew wissen. »Unsere Ehe wird zum Gegenstand des Spottes werden. Meine Zuneigung zu ihr wird in Frage gestellt. Sie hat nichts zu gewinnen, wenn sie bösartige Gerüchte verbreitet. Selbst wenn sie es täte, würde sie es nicht tun. Sie ist ein besserer Mensch.«

Alle drei Männer starrten ihn an.

»Lieber Gott.« Mr. Falvey sprach zuerst. »Sie sind in sie verknallt.«

»Warum?« Mr. White wirkte verblüfft. »Sie ist eine …«

Mr. Falvey klatschte mit der Hand über Mr. Whites Mund und starrte ihn an. »Haben Sie Ihre Lektion bei Ashford nicht gelernt? Wenn man schlecht über die Frau eines Mannes spricht, der ein besessener Narr ist, wird man sich nur eine blutige Nase holen.«

Andrew presste die Lippen zusammen. »Danke«, sagte er zu Mr. Falvey. »Ich bin nicht bereit, mir anzuhören, wie jemand meine Frau verunglimpft.«

»Außerdem«, fügte Mr. Falvey leise hinzu, »… Wenn die Gräfin nicht schuld ist, dann ist der Schuldige offensichtlich.«

Andrew schob seinen Stuhl zurück und stand auf, bevor Mr. Falvey fortfahren konnte. »Bitte entschuldigen Sie mich, meine Herren.« Er zögerte. »Wenn ich höre, dass einer von Ihnen von meiner Frau mit weniger als Respekt gesprochen hat, werden Sie feststellen, dass ich nicht immer so gelassen bin.«

Mr. White berührte instinktiv seine Nase.

Mr. Falvey nickte.

Chautner verdrehte die Augen. »Los, Mann. Lassen Sie uns zu unserem Spiel zurückkehren.«

Andrew schritt davon, die Ungewissheit verzehrte ihn. Er hatte sich nun vergewissert, dass Florence ihre Drohung wahr gemacht hatte. Die Frage war nur, wie um alles in der Welt er das Amelia erklären sollte.

DAS MESSER KLIRRTE GEGEN DEN TELLER, ALS AMELIA EIN EI einschnitt und es auf ihre Gabel schöpfte. Sie nahm einen Bissen und blickte über den Frühstückstisch zu Kate, die sich zum Essen zu ihr gesellt hatte. Lady Drake war noch im Bett, und Andrew war schon weg gewesen, als sie aufgewacht war.

Ein Klopfen an der Tür des Morgenzimmers erregte ihre Aufmerksamkeit.

»Mylady.« Boyden trat ein, das Kinn hoch erhoben, in königlicher Haltung. »Mr. und Mrs. Hart sind gekommen, um Sie zu besuchen.«

Amelia sah auf die Uhr. »So früh?«

»Ich kann ihnen sagen, dass Sie nicht zu Hause sind, wenn Sie möchten, Mylady«, bot Boyden an. »Aber Mrs. Hart hat darauf bestanden, dass sie mit Ihnen zu sprechen wünscht.«

»Was glaubst du, worum es geht?«, fragte Kate und legte ihren Kopf neugierig schief.

»Ich habe keine Ahnung.« Aber sie wusste, wenn ihre Mutter etwas wollte, würde sie nicht eher gehen, ehe es bekommen hätte. Sie aß eine weitere Gabel voll Ei, legte ihr Besteck ab und schob den Teller weg. »Boyden, können Sie Mrs. Baker bitte Tee und Scones in den Salon bringen lassen?«

Er verbeugte sich. »Wie Sie wünschen, Mylady. Soll ich Mr. und Mrs. Hart sagen, dass sie dort auf Sie warten sollen?«

»Nein, ich mache das schon.« Wenn sie es hinauszögerte, würde sie sich nur darüber Gedanken machen, was sie hierher gebracht hatte. Hätten sie zu den üblichen Besuchszeiten vorbeigeschaut, wäre sie vielleicht nicht beunruhigt gewesen, aber es war untypisch für ihre Mutter, morgens das Haus zu verlassen, außer zum Einkaufen.

Boden nickte und verließ den Raum.

»Möchtest du, dass ich mitkomme?«, fragte Kate.

Amelia schüttelte den Kopf. »Iss dein Frühstück auf. Ich kann mich gut alleine mit ihnen treffen.«

»Bist du sicher?«

Amelia lächelte sie an. Trotz all ihrer Unterschiede hatte Kate ein großes Herz. »Das tue ich.«

Sie wischte sich Mund und Hände ab, stand auf und ging langsam in Richtung Foyer. Sie war so aufgeregt, dass sie dankbar war, dass sie nicht mehr als ein paar Bissen gegessen hatte, bevor Boyden sie unterbrochen hatte. Das Letzte, was sie brauchte, war eine volle Mahlzeit, die ihr wie ein Bleigewicht im Magen lag, während eines möglicherweise schwierigen Gesprächs.

Sie ging um die Treppe herum, und ihre Eltern kamen in der Nähe des Haupteingangs in Sicht. Ihr Vater trug eine elegante Weste, von der sie bezweifelte, dass er sie selbst ausgesucht hatte, und ihre Mutter war von Kopf bis Fuß in Lavendel gekleidet, als ob sie halb in Trauer wäre.

»Was in aller Welt?«, murmelte sie vor sich hin.

»Amelia!« Mrs. Hart stürzte auf sie zu, und als sie näherkam, bemerkte Amelia, dass ihre Augen rot und geschwollen waren. »Wie konntest du das alles zulassen?«

Sie runzelte die Stirn. »Was zulassen?«

Ein Schluchzen entrang sich der Kehle von Mrs. Hart, und sie hielt sich den Mund zu, ihre Augen weit aufgerissen.

»Warum sprechen wir nicht irgendwo, wo wir ungestörter sind?«, schlug Mr. Hart vor und nickte in Richtung des Salons.

»Bitte, kommt hier entlang.«

Amelia ging voran und setzte sich auf einen der Sessel, während ihre Eltern die Chaise einnahmen. Ihr Vater half ihrer Mutter, sich zu setzen, dann ließ er sich neben ihr nieder und legte seinen Arm um ihre Taille.

»Was ist hier los?«, fragte Amelia und schaute von ihrer Mutter zu ihrem Vater und wieder zurück.

»Ich habe dir doch vertraut, dass du dafür sorgen würdest, dass so etwas nicht passiert«, flüsterte Mrs. Hart. »Wie konntest du nur?«

Amelia begegnete den Augen ihres Vaters, in denen eine stumme Frage lag. »Was habe ich getan?«

Ging es um ihren Roman? Hatten sie entdeckt, dass sie im Begriff war, veröffentlicht zu werden?

Sie hatte gewusst, dass ihre Mutter nicht erfreut sein würde, aber diese Reaktion schien in keinem Verhältnis zu der Situation zu stehen.

»Es hat sich herumgesprochen, dass der Graf dich wegen deiner Mitgift geheiratet hat«, sagte Mr. Hart ruhig.

Mrs. Hart hob den Kopf, ihr schönes Gesicht verzog sich vor Verzweiflung. »Sie sagen, wir haben einen Titel gekauft. Dass wir das Adelsgeschlecht des Grafen besudeln.«

Amelias Magen verkrampfte sich, aber auch wenn sie es vorgezogen hätte, dass niemand die Wahrheit über die Situation wüsste, konnte ihre Mutter von diesen Behauptungen kaum überrascht sein - nicht, wenn sie eigens zu diesem Zweck auf einer so großen Mitgift bestanden hatte. Vielleicht hatte der Klatsch nach Wochen glücklicher gesellschaftlicher Akzeptanz härter zugeschlagen, als es sonst der Fall gewesen wäre.

»Das ist ja nicht unwahr«, betonte sie. »Du wusstest doch sicher, dass die Möglichkeit besteht, dass so etwas passiert.«

Ein Dienstmädchen eilte mit einem Teetablett ins Zimmer. Sie stellte es auf den Tisch und huschte wieder hinaus. Amelia stand auf und schenkte Tee ein, wobei sie den Tee für beide Elternteile schwarz und ungesüßt ließ und ihren eigenen Tee mit Zucker versetzte. Sie reichte ihrer Mutter die erste Tasse, machte sich aber nicht die Mühe, ihr einen Scone anzubieten, da sie wusste, dass sie den gar nicht annehmen würde.

Mrs. Hart nahm die Tasse und hob sie automatisch an ihre Lippen. Amelia reichte ihrem Vater die zweite Tasse und ein Gebäckstück und nahm die dritte Tasse und ein weiteres Gebäckstück für sich selbst. Sie setzte sich wieder hin und knabberte an dem Scone, dankbar, dass sie noch etwas zu essen hatte. Trotz ihres unruhigen Bauchgefühls war sie ein wenig hungrig, da sie nicht richtig gefrühstückt hatte.

Ihre Mutter warf Amelia einen finsteren Blick zu. »Das Schlimmste hast du noch gar nicht gehört.«

Plötzlich fühlten sich die Krümel wie Asche in ihrem Mund an. Sie hatte das Gefühl, dass ihr das nicht gefallen würde.

»Sag es mir«, drängte sie.

Mrs. Hart holte tief Luft. »Ich war gestern Abend auf dem Benton-Ball und konnte das Gerücht bis zu seinem Ausgangspunkt zurückverfolgen.«

Amelia zwang sich, zu schlucken. »Und der war?«

»Die Hure, mit der dein Mann schläft.«

Das Gebäck kratzte innen in Amelias Kehle und schien dort festzukleben. Tränen brannten in ihren Augen.

»Was hast du gesagt?«, flüsterte sie, unfähig, lauter zu sprechen.

»Der Earl war mit einer Frau namens Florence Giles zusammen. Anscheinend ist sie diejenige, die im ganzen *ton* herumerzählt hat, dass er pleite ist und dich geheiratet hat, um seine Kassen aufzufüllen.«

Amelia setzte ihre Tasse ab. Das Gebäck auch. Ihre Hände

zitterten heftig, also ballte sie sie zu Fäusten und hoffte, dass es niemand bemerken würde. Der Schmerz in ihrer Kehle verschlimmerte sich.

Warum tat das so weh?

Sie hatte gewusst, dass Andrew eine Geliebte gehabt hatte, bevor er sie geheiratet hatte. Sie hatte sogar gewusst, wer das war. Er hatte ihr versichert, dass er sich nicht mehr mit ihr traf, aber wenn das so war, wie konnte Miss Giles dann wissen, warum sie geheiratet hatten?

»Mia, geht es dir gut?«

Sie blinzelte heftig und schluckte die Gefühle herunter, die sie zu überwältigen drohten. Den Spitzname zu hören, den ihr Vater ihr gegeben hatte, erinnerte sie nur an den ihres Mannes, der ihr jetzt albern und falsch vorkam.

»Bist du sicher?«, fragte sie ihre Mutter.

»Ziemlich sicher.« Mrs. Hart ärgerte sich über die Frage. Aber sie war ja schon immer gut darin gewesen, Geheimnisse zu erschnüffeln.

»Was ist denn hier los?«

Ihr Blick flog zur Tür, wo Andrew sich als Silhouette von der Düsternis des Foyers abhob. Sobald sie sich in die Augen sahen, veränderte sich sein Ausdruck.

»Du hast es gehört«, sagte er.

»Was gehört, Mylord?« Sie hatte nicht vor, es ihm leicht zu machen. Was auch immer geschehen war, er hatte es verursacht, und sie würde ihn dazu bringen, das zuzugeben.

»Vielleicht sollten wir euch beiden etwas Zeit geben, um das alleine zu besprechen.« Mr. Hart stand auf und zupfte an der Hand seiner Frau.

Sie wehrte sich. »Aber ...«

Mr. Hart neigte seinen Kopf in die Nähe ihres Ohrs und murmelte etwas, das Amelia nicht verstehen konnte.

»Also gut«, schnaubte Mrs. Hart schnaubte. »Aber glaube nicht, dass die Sache damit erledigt ist.«

Ihr Vater warf ihr einen entschuldigenden Blick zu, als er ihre Mutter aus dem Salon begleitete.

Amelia stand auf. Sitzen fühlte sich zu verletzlich an, wenn Andrew stand.

»Triffst du dich immer noch mit Miss Giles?«, fragte sie und war stolz auf sich, als ihre Stimme nicht schwankte.

»Nein.« Er machte einen Schritt nach vorne. »Nein, das tue ich nicht. Ich schwöre es. Ich will nur dich.«

Sie hob ihr Kinn. »Woher wusste sie dann, dass du pleite warst und mich wegen meiner Mitgift geheiratet hast?«

Ein Muskel in seinem Kiefer zuckte. »Weil ich unsere Beziehung in jener Nacht beendete, in der ich erfuhr, dass ich mein Vermögen verloren hatte, und ich sagte ihr, dass ich beabsichtigte, mir eine Frau mit einer großen Mitgift zu suchen.«

KAPITEL 25

AMELIAS SICHT VERSCHWAMM, UND SIE WANDTE SICH VON ihrem Mann ab. Sie konnte nicht mehr klar denken. Nicht, solange er genau dort stand.

Jetzt, wo sie darüber nachdachte, ergab es Sinn, dass er seine Beziehung zu Miss Giles beendet hatte, als er sein Geld verloren hatte. Sie hatte nur nie über die genauen Umstände nachgedacht und darüber, wie und wann ihre Beziehung beendet worden war.

Ehrlich gesagt, war es einfacher und angenehmer gewesen, sich nicht damit zu befassen. Und warum sollte sie auch, wenn es keine Rolle zu spielen schien?

Erst jetzt stellte sich heraus, dass es vielleicht doch eine Rolle spielte.

Sie schloss die Augen und tat ihr Bestes, um ihre Atmung zu kontrollieren. »Hättest du deine Vereinbarung mit Miss Giles auch beendet, wenn Geld nie ein Problem geworden wäre?«

Es gab ein kurzes Einatmen, als ob er sofort zu antworten begonnen hätte, gefolgt von einem Zögern. Sie packte ihren Rock mit den Händen und kämpfte gegen den Drang an, zu schreien.

»Ich ... verstehe.«

Das tat sie wirklich.

Wenn Andrew sein Vermögen nicht verloren hätte, hätte er seine Affäre mit Miss Giles fortgesetzt.

Florence.

Geld war alles, was zwischen ihnen stand.

Nun, Geld und Amelia.

Florence war die Frau, die er eigentlich wollte. Die, die er sich ausgesucht hatte, als er noch die Möglichkeit gehabt hatte, sich jemanden auszusuchen. Amelia war nur die Frau, die die Umstände in sein Leben gezwungen hatten. Im Moment war sie ein Novum, aber wie lange würde das so bleiben?

Wenn der Reiz des Neuen verblasst wäre, würde sie sich damit abfinden müssen, dass, selbst wenn es nicht Florence Giles war, die in Andrews Leben zurückkehrte, es jemand anderen wie sie geben würde.

Andrew griff nach ihrer Hand, aber sie wich ihm aus.

»Du bist mir wichtig«, sagte er. »Ich verspreche, du bist alles, was ich will.«

»Du weißt nicht ...«

»Deshalb habe ich der Erpressung von Miss Giles nicht nachgegeben«, unterbrach er sie.

Ihre Lippen öffneten sich. »Was?«

Erpressung? Wovon in aller Welt redete er?

Er kam näher. Sie blieb an Ort und Stelle und war erleichtert, dass er nicht mehr versuchte, sie zu berühren.

»Hör mir gut zu, bevor du dich entscheidest, was du denken sollst«, sagte er leise.

»In Ordnung.« Sie nahm an, dass sie ihm das schuldete. Er war gut zu ihr gewesen.

Seine Finger zuckten, und er krümmte sie in seiner Handfläche. »Wie ich schon sagte, habe ich meine Affäre mit Miss Giles beendet, als ich das mit Mr. Smith herausfand. Ich habe ihr die Gründe erklärt, weil wir uns damals nahe standen und ich sie nicht ohne Erklärung verletzen wollte.«

Amelia biss die Zähne zusammen. Natürlich hatte er das. Selbst wenn er versagte, tat Andrew immer sein Bestes, um die Gefühle der anderen zu schützen.

»Nachdem ich dich geheiratet hatte, machte sie mir ... Avancen.«

»Sie wollte dich zurückhaben«, sagte sie unverblümt.

Er nickte. »Ja. Als ich sie abwies, wurde sie ziemlich hartnäckig. Auf dem Winston-Ball hat sie mich bedroht. Sie sagte mir, wenn ich unsere Affäre nicht wieder aufnehme, würde sie allen mitteilen, wie dumm ich mein Vermögen verloren habe. Es tut mir leid. Ich hatte gehofft, sie würde es nicht durchziehen.«

»Also ...« Sie zog das Wort in die Länge, während ihre Gedanken wirbelten. »Du hast nicht kapituliert.«

»Natürlich nicht«, sagte er ungläubig. »Das würde ich nie tun.«

Sie konnte sich nicht entscheiden, was sie davon halten sollte. Einerseits freute sie sich, dass ihm seine Treue zu ihr wichtiger war als sein Ruf. Andererseits hatte er eine Entscheidung getroffen, die sie beide - und auch Kate und Lady Drake - betraf, ohne sie zu fragen.

Sie knabberte an ihrer Unterlippe und fragte sich, wie es jetzt weitergehen sollte. »Danke, dass du ehrlich zu mir bist.«

»Immer.« Das war ein Gelübde.

»Es bedeutet mir sehr viel, dass du dich so sehr um mich sorgst, dass du ehrlich sein willst.« Sie verrieb an einem kleinen Tintenfleck auf ihrem Rock. »Aber wenn du mich wirklich respektieren würdest, hättest du mir schon viel früher gesagt, was los ist, und es mit mir besprochen, bevor du gehandelt hast.«

»Es war mein Problem, das ich lösen musste«, protestierte er und kam auf sie zu. »Es war meine Schuld, dass wir in diese Situation geraten sind.«

»Vielleicht«, gab sie zu und umrundete den Stuhl, um mehr Platz zwischen ihnen zu schaffen. Es war schwierig, klar zu denken, wenn er so nah war. »Aber ein Mann und eine Frau sind doch Partner, oder nicht?«

Er nickte kurz und ruckartig. »In gewisser Weise.«

Sie kniff die Augen zusammen. »Wir haben uns darauf geeinigt, in allen Bereichen, die wichtig sind, Partner zu sein. Und deshalb hättest du mich wie eine Gleichgestellte behandeln sollen und nicht wie eine zerbrechliche Blume, die vor den Härten des Lebens geschützt werden muss.«

Er schnaubte. »'Zerbrechlich' ist nicht das Wort, das ich verwenden würde.«

»Ich auch nicht.« Sie bewegte sich auf die Tür zu. »Es ist nett, dass du mich beschützen wolltest, aber vielleicht hätte ich dir helfen können. Vielleicht hätten wir gemeinsam einen besseren Weg finden können. Stattdessen hast du es mir so lange vorenthalten, bis du es nicht mehr konntest.«

Er presste die Lippen zusammen, unfähig, die Behauptung zu widerlegen. »Also, Partner. Was machen wir jetzt?«

Sie seufzte, plötzlich müde. »Ich fahre mit der Kutsche raus. Ich muss nachdenken.«

»Willst du nicht bleiben und darüber reden?«

»Ich komme später wieder. Gib mir nur etwas Zeit.«

Sie verließ den Salon und eilte die Treppe hinauf, um sich umzuziehen, damit sie aus dem Haus gehen konnte. Nachdem sie Mantel und Straßenschuhe angezogen hatte, schlich sie sich auf Zehenspitzen zurück in den Salon und ließ sich eine Kutsche kommen.

Sie war sich noch nicht ganz sicher, wo sie hinwollte, also bat sie den Fahrer, in Richtung Hyde Park zu fahren, bis sie es herausgefunden hatte. Ein Lakai half ihr hinein und schloss die Tür. Sie machte es sich bequem und schaute aus dem Fenster, als sie sich langsam in Bewegung setzten.

Sie rollten durch die Straßen von Mayfair. Es war noch

relativ früh für einen Samstag, sodass nur wenige Menschen unterwegs waren.

Sie fuhren an einem Straßenmarkt vorbei, und sie überlegte, ob sie anhalten sollte, beschloss aber, dass sie das ohne ein Dienstmädchen besser nicht tun sollte. Man konnte sich nie darauf verlassen, wie sicher man an einem solchen Ort sein würde. Besser wäre es, zu zweit zu gehen.

Als sie sich dem Eingang des Parks näherten, ließ Amelia ihre Gedanken schweifen. Zunächst in die Zukunft, die sie sich so sehr wünschte. Sie und Andrew, glücklich verheiratet, vielleicht mit einem kleinen Kind. Tagsüber würde sie schreiben und nach dem Baby schauen, abends würde sie lesen, und nachts war sie mit ihrem Mann beschäftigt.

Aber das war doch nur ein Hirngespinst, oder?

Es war wahrscheinlicher, dass sie am Ende ihre ganze Liebe in das Baby steckte, dann schrieb und las, bevor sie sich in ein kaltes, leeres Bett zurückzog, während ihr Mann anderswo Trost fand.

Vor ein paar Monaten wäre selbst das noch wie ein Traum gewesen, aber jetzt wollte sie mehr.

»Entschuldigung«, rief sie durch das offene Fenster nach vorne. »Ich habe mich entschieden, wohin ich möchte.«

ALS SIE LOSFUHR, ÜBERLEGTE ANDREW, OB ER AMELIA hinterherlaufen sollte, entschied aber, dass es besser sei, ihr Zeit zu geben, sich zu beruhigen. Leider hatte er keine Ahnung, wohin sie sich auf den Weg machte.

Würde sie in Sicherheit sein?

Er hasste den Gedanken, dass sie jemandem begegnete, der grausam sein könnte. Sie wäre nicht zu ihren Eltern gegangen, da war er sich sicher. Nicht nach der Art, wie ihre Mutter mit ihr gesprochen hatte. Aber sie hatte keine engen

Freundinnen, an die sie sich wenden konnte, und auch keine Geschwister.

Wo würde sie hinfahren?

Verdammt, er hätte fragen sollen, bevor sie aufgebrochen war. Jetzt würde er sich Sorgen machen, bis er sie wiedersah.

»Was ist los?«

Sein Blick wanderte zur Tür, wo Kate stand und die Hände rang.

»Ist Amelia gegangen?«, fragte sie.

»Ich fürchte ja.«

Sie sah sich um. »Was ist mit ihren Eltern? Boyden sagte, sie seien hier.«

Er seufzte und fuhr sich mit der Hand durch die Haare. »Sie sind auch weg.«

Sie runzelte die Stirn. »Was ist los? Amelia und ich frühstückten gerade zusammen, als ihre Eltern eintrafen. Ich konnte sehen, dass sie sie nicht erwartete, und es war noch zu früh für einen Besuch. Es muss etwas passiert sein.«

Er überlegte, wie viel er ihr sagen sollte. Er konnte seiner jüngeren Schwester gegenüber nicht guten Gewissens von seiner Geliebten sprechen, aber sie musste über die Situation informiert werden.

»Es hat sich herumgesprochen, dass ich unser Geld verloren und Amelia geheiratet habe, um ihre Mitgift zu bekommen«, gab er zu.

Kates Gesicht verzog sich. »Oh, nein. Weiß das jeder?«

Er überlegte. »Die Männer in meinem Club wissen es, und auch Amelias Eltern, also nehme ich an, dass die meisten Mitglieder des *ton* davon gehört haben dürften.«

Ihre Schultern sanken in sich zusammen. »Sie werden über uns tratschen, und das nicht auf eine gute Art und Weise.«

»Es tut mir leid.« Sein Inneres verdrehte sich. Wäre er ein verantwortungsbewussterer Mann gewesen, wären sie nie in diese Lage geraten. Aber andererseits hätte er dann Amelia auch nie geheiratet, also war er sich nicht sicher, ob er es bereuen sollte.

Sie keuchte auf, und ihre Augen weiteten sich. »Die arme Amelia.« Sie biss sich auf die Lippe. »Die Leute wissen doch sicher, dass du sie magst und dies nicht nur eine Zweckehe ist?«

Er schüttelte bereits den Kopf. »Ich habe die Erfahrung gemacht, dass die Menschen dazu neigen, die Geschichte zu glauben, die am überzeugendsten ist. Zweifellos wird man sagen, dass sie sich einen unwilligen, aber verarmten Ehemann gekauft und bezahlt hat.«

Es war nicht völlig unwahr, aber es war auch nicht die ganze Geschichte.

»Ist sie deshalb gegangen? Sie war verärgert?«

»Ja.«

Sie ballte und löste ihre Fäuste. »Aber wohin sollte sie gehen?«

»Ich weiß es nicht.« Er zögerte und fragte dann: »Kannst du bitte Mutter holen? Wir müssen entscheiden, wie wir damit umgehen wollen.«

Lady Drake hatte mehr Erfahrung mit den Launen der feinen Gesellschaft als er. Sie dürfte diejenige sein, die am besten in der Lage war, über die nächsten Schritte zu entscheiden.

»Natürlich.« Kate verließ rückwärts den Raum. »Kann ich sonst noch etwas tun?«

»Im Moment nicht. Nun, vielleicht könnten wir noch etwas Tee gebrauchen«, ergänzte er. Wenn sie etwas zu tun hätte, würde sie sich besser fühlen, selbst wenn es nur darum ginge, ein weiteres Teetablett anzufordern.

Kate nickte und schwebte davon.

Andrew setzte sich aufs Sofa. Er schlug die Beine über-einander und tippte mit einem Fuß auf den Boden, während er darauf wartete, dass seine Mutter und seine Schwester wieder auftauchten.

Als seine Mutter eintrat, warf sie einen Blick auf ihn und zog eine Grimasse. »Kate sagte, du hättest schlechte Nachrichten für mich.«

»Setz dich.« Er tätschelte das Kissen neben sich. »Du erinnerst dich sicher, dass ich dich gewarnt habe, dass Mrs. Giles Ärger machen könnte?«

»Ja.« Sie legte die Hände in den Schoß. »Hat sie angefangen, Gerüchte zu verbreiten, wie sie es angedroht hat?«

»Ja, leider. Mrs. Hart hat sich heute Morgen danach erkundigt, und die Herren in meinem Club wissen es auch. Es lässt sich nicht länger vermeiden.«

Kate betrat den Raum zusammen mit Mrs. Smythe. Sie winkte mit der Hand in Richtung des Tisches. »Bitte stellen Sie das Teetablett dorthin, Mrs. Smythe.«

Ein Dienstmädchen räumte das andere Tablett ab, und Mrs. Smythe stellte das neue an derselben Stelle ab. »Möchten Sie, dass ich einschenke?«

»Nein«, sagte Lady Drake. »Ich kümmere mich darum.«

Mrs. Smythe knickste, und sie und das Dienstmädchen verließen den Raum.

Kate setzte sich auf einen der Stühle, die der Liege am nächsten waren. »Also, wie sollen wir vorgehen?«

Andrew räusperte sich, als Lady Drake aufstand und den Tee zubereiten wollte. »Du, meine Liebe, wirst in deine Gemächer zurückkehren, während Mutter und ich darüber entscheiden.«

»Aber das ist nicht gerecht«, protestierte Kate. »Das betrifft mich genauso wie euch. Warum kann ich nicht helfen?«

»Weil einige der Dinge, über die wir sprechen müssen, nicht für empfindliche Ohren bestimmt sind«, sagte er.

Kate sah zwischen den beiden hin und her. »Was verschweigt ihr mir?«

Andrew seufzte. »Nur, dass es einen Grund gibt, warum dieses Gerücht jetzt verbreitet wird. Du brauchst dich nicht mit den Einzelheiten zu befassen, aber Mutter hat Erfahrung, die nützlich sein könnte, und ihre Ohren sind nicht so unschuldig wie deine.«

Kate schmollte. »Mutter, kann ich nicht bleiben? Ich bin alt genug. Nächste Saison werde ich mein Debüt haben.«

Lady Drake kniff sich in den Nasenrücken. »Ich fürchte, dein Bruder hat recht. Er und ich haben Dinge zu besprechen, die man einander am besten unter vier Augen sagt. Wir werden dir so bald wie möglich mitteilen, wie wir uns entscheiden. Du brauchst keine Angst zu haben, dass du ausgeschlossen wirst.«

»Also gut«, schnaubte Kate. »Ich hoffe, ihr sagt mir dann auch die Wahrheit.« Sie stand auf und verließ zögernd den Raum.

Lady Drake reichte Andrew eine Tasse Tee. »Hier, bitte«, sagte sie. »Ich habe viel Zucker hinzugefügt. Ich weiß, du magst es süß.«

»Danke.« Er nahm ihr die Tasse ab, blies über die Oberfläche des Tees und hob die Tasse an seine Lippen, um einen Schluck zu nehmen. »Genau wie ich es mag.«

»Erzähl mir mehr darüber, was mit Miss Giles passiert ist«, sagte Lady Drake. »Du hast mir die allgemeinen Details genannt, aber ich möchte genau verstehen, warum sie meint, dich bestrafen zu müssen.«

Also erklärte Andrew, wie er seine Vereinbarung mit Florence beendet hatte, als er die Nachricht von der Veränderung seiner finanziellen Situation erhalten hatte. Er erzählte seiner Mutter, wie sie gehofft hatte, dass ihre Beziehung nach seiner Heirat mit Amelia wieder aufgenommen werden würde, und wie er sie enttäuscht hatte, indem er sie zurückwies.

Als er fertig war, betrachtete ihn seine Mutter über den

Rand ihrer Teetasse hinweg, während ihre Gedanken in ihren Augen wirbelten.

»Ich kann den Standpunkt von Miss Giles verstehen«, sagte sie. »Ihr Stolz wurde verletzt. Aber es war falsch von ihr, etwas zu tun, das andere Menschen verletzt, nur weil sie selbst verletzt worden ist. Es ist ja nicht so, dass du sie mutwillig verärgern oder beleidigen wolltest. Ihr beide hattet eine finanzielle Vereinbarung, die du nicht mehr fortsetzen konntest. Sie hat es persönlich gemacht.«

»Es kann schwierig sein, die Dinge nicht persönlich zu nehmen, wenn man bedenkt, welche Art von Beziehung wir hatten«, gab Andrew zu. »Aber ich werde nicht dulden, dass sie Amelia nicht respektiert. Amelia ist unschuldig. Das hat sie nicht verdient.«

Lady Drakes Augenwinkel kräuselten sich, als sie lächelte. »Du magst diese Frau sehr, nicht wahr?«

»Das tue ich.« Ihm war das nicht peinlich. »Also, zurück zum eigentlichen Thema. Was schlägst du vor, um den Schaden, der dem Ruf unserer Familie zugefügt wurde, zu bekämpfen?«

Lady Drake lehnte sich gegen die Liege und schürzte nachdenklich die Lippen. »Wir planen bereits einen Ball, also schlage ich vor, dass wir den größten und aufwändigsten Ball aller Zeiten veranstalten, um der Welt zu zeigen, dass wir uns nicht verstecken. Wir schämen uns nicht. Und wenn wir das geschafft haben, ziehen wir uns zu Weihnachten ins Landhaus zurück.«

Er runzelte die Stirn. »Aber das würde unsere Zeit in London verkürzen.«

»Ich weiß.« Sie tippte sich ans Kinn. »Aber wenn wir den Ball veranstalten und dann gehen, gehen wir zu unseren eigenen Bedingungen. Der *ton* wird sich an unseren Ball erinnern und nicht an das, was danach kommt. Denn wir können sicher sein, dass wir ein heißes Gesprächsthema im *ton* sein werden, sobald der Ball vorbei ist. Dafür ist es am besten, weg zu sein.«

Er stimmte zu, war sich aber auch nicht sicher, ob die Flucht aufs Land eine Lösung sein würde.

Lady Drake, die seine Unsicherheit zu bemerken schien, fügte hinzu: »Ich weiß nicht, wie es dir geht, aber ich würde Amelia lieber von hier wegbringen, bevor sie sich mit einer zweiten Runde Klatsch und Tratsch herumschlagen muss.«

Sie hatte ein gutes Argument. Er wollte auch nicht, dass Amelia noch mehr leiden musste, als sie es bereits getan hatte.

»Bist du sicher, dass sie nicht sagen werden, dass wir weglaufen?«, fragte er.

Sie zuckte mit den Schultern. »Ich bin sicher, dass einige das tun werden. Aber wenn wir uns mit wehenden Fahnen verabschieden, dann werden sie sich hoffentlich in der nächsten Saison daran erinnern. Bevor wir nach London zurückkehren, wird es einen neuen Skandal geben, der ihr Gedächtnis trüben wird, was uns betrifft. Vielleicht heiratet ein anderer Herzog die Zwillingsschwester seiner ehemaligen Verlobten.«

Andrew lachte. »Wäre das nicht schön? Aber haben wir überhaupt noch Zwillinge im *ton*?«

»Das bezweifle ich, aber ich schweife ab. Wir müssen nur die Saison mit erhobenem Haupt überstehen, und dann können wir uns auf dem Land erholen, wo kein weiteres Gerede deine Frau verstören kann. Vergessen wir nicht, dass es möglich ist, dass sie schwanger ist, nicht wahr?«

Andrew erschrak. Das stimmte wohl. Warum war es ihm nicht in den Sinn gekommen, dass Amelia in diesem Moment sein Kind tragen könnte?

Er hatte abstrakt über die mögliche Geburt seines Erben nachgedacht, aber es war ihm nie in den Sinn gekommen, dass sich sein Sohn oder seine Tochter schon jetzt entwickeln könnte. Er und Amelia hatten sicherlich oft genug miteinander geschlafen, dass es bereits passiert sein könnte.

»Hat Amelia etwas zu dir gesagt?«, fragte er und fragte sich, ob sie seiner Mutter einen Hinweis darauf gegeben hatte, dass sie schwanger sein könnte.

Lady Drake schüttelte den Kopf. »Ich bin sicher, wenn sie es erfährt, wirst du der Erste sein, dem sie es erzählt. Aber sie ist neu auf diesem Gebiet, also weiß sie vielleicht nicht, auf welche Symptome sie achten muss.«

Und sie war dort draußen auf sich allein gestellt, ohne seinen Schutz.

Er hasste den Gedanken. Er hasste es, dass seine Vergangenheit ihr Kummer bereitete. Er hätte sie nie gehen lassen dürfen. Er hätte sie in seine Arme nehmen und festhalten sollen, bis sie sich beruhigt hätte.

»Wo ist Lady Longley?«, fragte Lady Drake.

Andrew vergrub sein Gesicht in seinen Händen. »Ich weiß es nicht. Sie ist weggefahren. Sie sagte, sie müsse nachdenken. Aber ich weiß nicht, wo sie hingegangen wäre.«

»Hat sie dir irgendwann mal gesagt, wo sie gerne hingeht, um ihren Kopf frei zu bekommen?«, fragte Lady Drake.

»Nein. Ich habe bereits über die Optionen nachgedacht. Sie dürfte nicht zu ihren Eltern gegangen sein, und sie hat nie irgendwelche besonderen Freundinnen erwähnt.«

»Was ist mit Orten, die sie gerne besucht?« Lady Drake richtete sich auf. »Vielleicht im Park. Oder gibt es einen Ort, an den sie gerne geht, um zu schreiben oder zu lesen?«

Andrew schnippte mit den Fingern. »Die Buchhandlung! Dorthin habe ich sie nach unserer Heirat mitgenommen. Babbles, nicht wahr? Nein ... Babbington Books. Sie liebt es dort. Ich sollte dort nach ihr suchen.«

Er stand auf.

»Nein«, sagte sie scharf. »Lass mich gehen.«

»Was?« Er verstand nicht. »Ich bin derjenige, der sie in

die Flucht geschlagen hat, also bin ich derjenige, der sie verfolgen sollte.«

Sie verzog das Gesicht. »Was sie betrifft, bist du derjenige, der ihr wehgetan hat. Oder zumindest ist es teilweise deine Schuld, dass sie leidet. Sie dürfte eher bereit sein, sich mir zu öffnen.«

Er verbiss sich einen Laut der Frustration. Er verstanden, aber es musste ihm nicht gefallen. »Bitte bring meine Frau nach Hause.«

KAPITEL 26

AMELIA NAHM DAS BUCH IN DIE HAND UND BLÄTTERTE DURCH die Seiten, wobei sie zu spät erkannte, dass es sich um einen Liebesroman handelte. Der süße Dialog verschwamm vor ihren Augen.

Selbst hier, an einem Ort, der ein Zufluchtsort sein sollte, konnte sie der Liebe nicht entkommen.

»Entschuldigen Sie, Mylady«, sagte die Besitzerin, Mrs. Babbington und berührte Amelias Schulter. »Geht es Ihnen gut? Sie wirken verstört.«

»Mir geht es gut«, sagte Amelia. »Ich glaube, ich habe etwas Staub in mein Auge bekommen.«

»Es tut mir sehr leid, das zu hören.« Mrs. Babbington zögerte. »Ich finde, wenn ich Staub im Auge habe, geht es mir manchmal besser, wenn ich mit jemandem darüber spreche. Glauben Sie, dass das auch bei Ihnen der Fall sein könnte?«

Amelia schniefte. »Es gibt nichts zu besprechen.«

»Hmm. Das mag sein. Wie geht es mit Ihrem Buch voran?«

Amelia tupfte sich die Augenwinkel ab. »Ich habe eine weitere Geschichte beendet.«

»Sehr gut. Ich freue mich darauf, es zu lesen. Haben Sie es an den Verlag geschickt?«

Amelia nickte.

Mrs. Babbingtons Lippen spitzten sich. »Wurde es etwa abgelehnt?«

»Ich habe noch keine Antwort erhalten.« Sie musste sich allerdings fragen, ob die Verleger auf Gerüchte hörten. Würde dieser Schlag gegen ihren Ruf ihre Fähigkeit beeinträchtigen, ihre Geschichten zu veröffentlichen?

Sicherlich nicht. Viele Schriftsteller waren umstrittene Figuren oder gehörten nicht zur feinen Gesellschaft.

»Vielleicht ist es also Ärger mit einem Mann, der Sie hierher führt?«, schlug Mrs. Babbington vor.

Instinktiv wollte Amelia nein sagen, aber ein Teil von ihr dachte, dass es schön wäre, jemanden zu haben, der zuhörte.

»Ja«, flüsterte sie.

Mrs. Babbington schnalzte mit der Zunge. »Warum kommen Sie nicht mit mir ins Hinterzimmer? Wir können ein Glas Sherry trinken, und Sie können mir sagen, was Sie auf dem Herzen haben.«

Amelia lachte unerwartet auf. »Sherry?«, fragte sie. »Um diese Zeit?«

Mrs. Babbington lächelte warmherzig. »Wenn es um Herzensangelegenheiten geht, ist es nie zu früh für Sherry.«

»Das ist eine Philosophie, mit der ich mich anfreunden kann.«

»Dann kommen Sie mit mir.«

Amelia folgte ihr durch die Bücherreihen und atmete den Geruch von altem und neuem Papier ein. Irgendetwas an diesem Duft erinnerte sie an Möglichkeiten. Es gab so viele Geschichten, die darauf warteten, gelesen zu werden, Geschichten, die darauf warteten, erzählt zu werden, und sie wollte sie alle entdecken.

Mrs. Babbington führte sie um den Tresen herum und durch eine Tür, die in den hinteren Teil des Ladens führte.

An einer Wand befand sich ein Schreibtisch, eine kleine Ofenplatte zum Erhitzen von Teewasser und ein Paar bequeme Sessel auf der anderen Seite des Raumes.

»Setzen Sie sich.« Mrs. Babbington wies auf die Sessel. »Ich schenke uns nur schnell etwas ein.«

Amelia durchquerte den Raum und ließ sich auf einen der Sessel sinken. Die Polsterung war weich, und obwohl der Stoff einen leicht muffigen Geruch verströmte, konnte sie sich vorstellen, es sich hier stundenlang mit einem Buch gemütlich zu machen.

Mrs. Babbington holte eine Flasche Sherry aus einer Schublade unter dem Schreibtisch, zusammen mit zwei kleinen Gläsern. Sie füllte die Gläser jeweils zur Hälfte, drückte den Korken wieder in die Sherryflasche und verstaute sie an ihrem Platz unter dem Schreibtisch.

Sie trug die Gläser zu den Sesseln und bot Amelia eines an, die das Glas dankbar annahm und das süße Aroma einatmete. Mrs. Babbington trank, und Amelia tat vorsichtig dasselbe.

»Der ist in Ordnung«, sagte sie und genoss das leichte Brennen. »Besser als das letzte Mal, als ich es mit dem Trinken versucht habe.«

»Ich mag ihn.« Mrs. Babbington setzte sich in den anderen Sessel und schlug die Beine übereinander. »Möchten Sie darüber reden, was passiert ist, oder wollen Sie lieber über Männer im Allgemeinen lästern?«

Amelia konnte sich ein Lächeln nicht verkneifen. »Ich hatte noch nie eine Freundin, mit der ich über Männer hätte reden können. Ich habe nicht viel Zeit mit Frauen in meinem Alter verbracht. Ehrlich gesagt, das, was einer Freundin am nächsten kommt, ist wahrscheinlich die Schwester meines Mannes, und mit ihr kann ich meine Probleme nicht wirklich besprechen.«

»Nein.« Mrs. Babbington gluckste. »Ich glaube nicht.«

Amelia nippte am Sherry und zog eine Grimasse. »Mein

Mann hat mich wegen des Geldes geheiratet. Darauf läuft es hinaus.«

»Also, warum hat Sie das heute so aufgeregt? Es schien ja kein Schock für Sie gewesen zu sein, und nach dem, was ich von Ihrem Umgang mit dem Grafen gesehen habe, kommen Sie beide gut miteinander aus.«

»Das tun wir«, stimmte Amelia zu. »Ehrlich gesagt, das ist die Hälfte des Problems. Es ist meine Schuld. Ich habe mich irgendwann in ihn verliebt, aber er hat nicht dasselbe getan.«

Stockend erzählte sie von den Anfängen ihrer Beziehung zu Andrew, von ihrer Ehe und, ohne zu sehr ins Detail zu gehen, von allem, was seitdem geschehen war. Mrs. Babbington hörte zu, ohne dass ihr Gesichtsausdruck ein Urteil verriet.

Als Amelia endete, nippte Mrs. Babbington wieder an ihrem Sherry und fragte: »Möchten Sie meine Meinung hören?«

Amelia schwankte einen Moment lang. Es war schön, einfach nur angehört zu werden, und sie befürchtete, dass, wenn Mrs. Babbington ihre Meinung kundtun würde, diese Amelia nicht gefallen würde. Aber vielleicht war Ehrlichkeit das, was sie brauchte, und so nickte sie.

Mrs. Babbington straffte die Schultern. »Was ich in den Jahren meiner Ehe gelernt habe, ist, dass Männer, egal wie gut sie es meinen, dumm sind, wenn es um die Frauen geht, die ihnen wichtig sind. Ich glaube, dass Sie dem Earl wirklich etwas bedeuten. Ich konnte es sehen, als Sie gemeinsam meine Buchhandlung besuchten. Ich habe auch keinen Zweifel daran, dass er es gut meint. Er hat nur ... na ja, er hat alles ein bisschen durcheinander gebracht, nicht wahr?«

Ein dumpfer Schlag vorn im Laden lenkte ihre Aufmerksamkeit auf sich, und dann klopften Schritte auf dem Holzboden. Sie waren leicht - möglicherweise die einer Frau - und näherten sich in schnellem Tempo dem Tresen.

Mrs. Babbington kippte den Rest ihres Sherrys hinunter und erhob sich. »Ich sollte besser nachsehen, wer das ist.«

Amelia wollte ebenfalls aufstehen, aber die Besitzerin wies sie an, sitzen zu bleiben.

»Ich bin gleich wieder da«, sagte sie. »Bleiben Sie hier. Wenn ich eine Weile brauche, finden Sie im Schrank unter dem Schreibtisch Bücher, mit denen Sie sich beschäftigen können.«

Amelia schaute sich um, als Mrs. Babbington gegangen war. Sie musste zugeben, dass sie ein wenig eifersüchtig auf die andere Frau war. Amelia mochte zwar eine unglaublich privilegierte Erziehung genossen haben, was Geld betraf, aber sie hatte ihrer Liebe zu Büchern nie so offen frönen dürfen, wie sie es gerne getan hätte.

Mrs. Babbington hingegen war jeden Tag von Büchern umgeben.

Sie fragte sich, ob die Buchhandlung einem Mr. Babbington gehörte oder ob das alles ganz allein Mrs. Babbingtons Reich war. Viele Frauen waren berufstätig - das wusste sie schon, wenn sie sich in ihrem eigenen Haushalt umsah -, aber niemand sprach jemals über Ladenbesitzerinnen oder Händlerinnen. Frauen waren nicht dazu »bestimmt«, Unternehmen zu besitzen. Ihre Ehemänner waren es.

Sie hörte Stimmen durch die offene Tür und spitzte die Ohren, um zu verstehen, was gesagt wurde. Sie konnte die einzelnen Worte nicht entziffern, aber sie konnte erkennen, dass es sich bei dem Kunden tatsächlich um eine Frau handelte.

Es kam zu einem weiteren Wortwechsel, dann näherten sich Schritte. Eine Frau in einem dunkelblauen Tageskleid betrat den Raum hinter dem Tresen, ihre haselnussbraunen Augen suchten bereits nach Amelia.

Sie schoss hoch. »Brigid?«

Lady Drakes scharfer Blick fiel auf die Sherrygläser, und

ihre Lippen schürzten sich. »Das sieht nach einer guten Zeit aus. Darf ich mich zu euch beiden setzen?«

Amelia wusste, dass sie aufstehen sollte, aber ihre Beine zitterten. Sie fühlte sich wie ein kleines Mädchen, das bei etwas erwischt worden war, was es nicht hätte tun sollen.

»Es tut mir leid«, stotterte sie. »Ich weiß, dass das nicht anständig ist. Ich ...«

»Papperlapapp«, sagte Lady Drake unverblümt. »An manchen Tagen sind ein Sherry und freundliche Gesellschaft die beste Lösung für unsere Probleme. Also, darf ich mich dazusetzen?«

»Natürlich dürfen Sie das«, sagte Mrs. Babbington. »Darf ich Ihnen ein Glas einschenken?«

»Bitte.«

Lady Drake ließ sich in den Sessel sinken, den Mrs. Babbington gerade verlassen hatte. Die Besitzerin verließ den Raum und kam einen Moment später mit einem Holzstuhl zurück. Den stellte sie vor Amelia und Lady Drake hin und eilte dann zum Schreibtisch, um die Flasche Sherry zu holen und ein weiteres Glas einzuschenken.

»Es kommt nicht oft vor, dass ich die Ehre habe, zwei aristokratische Ladys in meinem Geschäft begrüßen zu dürfen«, sagte Mrs. Babbington und reichte das Glas an Lady Drake. »Ich hoffe, Sie haben nichts dagegen, wenn ich das heute Abend meinem Mann gegenüber erwähne. Ich werde nicht über Ihre persönlichen Angelegenheiten sprechen, aber ich denke, er wird sehr erfreut sein zu hören, welch gehobene Gesellschaft ich unterhalten habe.«

Amelia schüttelte den Kopf. »Ich habe kein Problem damit, wenn Sie ihm sagen, dass wir hier waren. Lady Drake?«

Lady Drake war gerade dabei, einen Schluck Sherry zu trinken, also nickte sie nur und zeigte mit einer Geste, dass ihr Mund anderweitig beschäftigt war. Als sie getrunken hatte, setzte sie das Glas ab und schaute zu Mrs. Babbington.

»Gehe ich recht in der Annahme, dass meine Schwiegertochter sich Ihnen anvertraut hat?«, fragte sie.

Mrs. Babbington antwortete nicht, sondern schaute Amelia um Rat suchend an.

»Das habe ich. Sie kennt die meisten Details«, sagte Amelia. »Du kannst vor ihr frei sprechen.«

Lady Drake stellte ihr Glas ganz weg und ergriff Amelias Hand. »In diesem Fall möchte ich mich für den emotionalen Schmerz entschuldigen, den du erlitten hast, weil meine Familie dich als finanzielle Ressource benutzt hat. Du hast uns geholfen, und wir hätten dich besser schützen müssen.«

Amelia schaute auf ihre verbundenen Hände und zuckte mit den Schultern. »Ich war es doch, die eine Scheinehe vorgeschlagen hat. Ich habe kein Recht, mich darüber aufzuregen, dass Andrew früher eine Geliebte hatte. Selbst wenn er es immer noch täte, ich habe ihn ja nie um Treue gebeten.«

Lady Drake drückte ihre Hand. »Du bist eine starke Frau. Aber auch starke Frauen können sich emotional verstricken, wenn sie es nicht erwarten. Deine Erwartungen und Wünsche müssen nicht immer gleich bleiben. Sie können sich ändern. Ein ganzes Leben lässt sich nicht vorhersehen oder in einem einzigen unterzeichneten Vertrag zusammenfassen.«

»Örgs.« Amelia vergrub ihr Gesicht in ihren Händen. »Ich weiß. Aber ich bin es gewohnt, vernünftig zu sein. Ich weiß nicht, wie ich damit umgehen soll.«

»Mit mehr Sherry?«, schlug Mrs. Babbington vor.

Lady Drake schnaubte. »Eine ausgezeichnete Idee. Wenn du mich fragst, Amelia, ich glaube nicht, dass mein Sohn dir untreu war - und auch nicht, dass er es jemals sein wird.«

Amelia hob den Kopf und blinzelte, ihre trübe Sicht klärte sich langsam. »Ich weiß nicht, was ich tun soll«, flüsterte sie. »Ich bin dabei, mich in ihn zu verlieben, aber ich habe Angst, dass er sich mit mir langweilt.«

»Erwarten Sie, dass Sie sich mit ihm langweilen

werden?«, fragte Mrs. Babbington, hob ihr Sherryglas auf und betrachtete die Reste der Flüssigkeit darin.

Amelia runzelte die Stirn. »Nein.«

Mrs. Babbington sah ihr in die Augen. »Warum erwarten Sie dann, dass er Ihrer überdrüssig werden sollte?«

Überrumpelt starrte Amelia sie an. Die Inhaberin hatte da ein gutes Argument. Sie versuchte, die Zukunft vorherzusagen, aber ihre Annahmen waren fehlerhaft.

»Ich weiß es nicht«, gab sie zu. »Ich werde darüber nachdenken. Vielleicht sollte ich mehr Vertrauen in die Verbindung zwischen uns haben.«

»Gut.« Lady Drake stützte ihren Unterarm auf die Armlehne des Sessels. »In der Zwischenzeit möchte ich dir von unserem Plan erzählen, wie wir den Schaden, den Miss Giles angerichtet hat, minimieren können.«

Amelia und Mrs. Babbington hörten ihr zu, als sie ihren Plan erläuterte, einen extravaganten Ball zu veranstalten und sich dann aufs Land zurückzuziehen, wo Amelia die nötige Zeit und den nötigen Freiraum haben würde, um mit Andrew ins Reine zu kommen.

Abgesehen von dem Ball, an dem sie nur zu gern überhaupt nicht teilnehmen würde, gefiel Amelia der Plan. Am liebsten würde sie mit ihrer neuen Familie faulenzende Tage auf deren Landsitz verbringen.

»Keine Sorge.« Lady Drake ließ Amelias Hand los und klopfte sanft darauf. »Ihr beide seid weit davon entfernt, eines der skandalösesten Paare der letzten Zeit zu sein. Hat Andrew dir von der Hochzeit des Herzogs von Ashford erzählt?«

»Ein wenig.« Damals hatte sie viel darüber gehört, denn es hatte so viele Gerüchte gegeben.

»Oh, die Herzogin von Ashford ist eine reizende Frau«, sagte Mrs. Babbington und beugte sich vor, um sich besser an dem Gespräch beteiligen zu können. »Sie kam ein paar Mal hierher, um Bücher zu kaufen, und der Herzog hat jedes

Mal, wenn er in dieser Saison in die Stadt kam, Bestellungen in ihrem Namen aufgegeben und abgeholt.«

»Ich bin gespannt, sie kennenzulernen.« Amelia trank ihren Sherry aus und stellte das Glas auf den Boden. »Ich habe noch nie eine Frau getroffen, die so gerne liest wie ich - obwohl ich zugeben muss, dass das vielleicht daran liegt, dass ich nicht besonders gesellig bin und nicht mit vielen anderen Ladys ausführlich gesprochen habe.«

»Du wirst die Herzogin mögen«, versicherte Lady Drake ihr. »Wie Mrs. Babbington schon sagte, sie ist ein süßes Mädchen.«

Süß. Kein Wort, von dem Amelia glaubte, dass es jemals auf sie selbst angewendet werden könnte. Aber wenn die süße Herzogin von Ashford gerne las, dann war sie sicher, dass sie gut miteinander auskommen würden.

Die drei Frauen unterhielten sich noch eine Weile, doch schließlich seufzte Amelia und räumte ein, dass sie und Lady Drake wahrscheinlich nach Hause gehen sollten, bevor Andrew sich zu große Sorgen machte.

Sie verabschiedeten sich von Mrs. Babbington, und Amelia versprach, sich wieder zu melden, ehe sie gemeinsam den Laden verließen. Die Kutsche, in der Amelia gekommen war, war verschwunden, aber die von Lady Drake wartete, und ein Lakai stand davor. Als sie sich näherten, öffnete er die Tür.

»Ich habe deinen Fahrer nach Hause geschickt«, sagte sie. »Ich sah keinen Grund, warum wir zwei getrennte Kutschen haben sollten.«

»Ich ... verstehe.« Amelia vermutete, dass ihre Schwiegermutter damit auch versucht hatte, sicherzustellen, dass sie nicht fliehen würde, bevor sie die Gelegenheit hatten, miteinander zu sprechen.

Lady Drake schenkte ihr ein wissendes Lächeln. »Steig ein.«

Amelia erlaubte dem Lakaien, ihr zu helfen. Währenddessen sprach Lady Drake mit dem Fahrer. Als Lady Drake sich zu ihr gesellte, setzte sie sich Amelia gegenüber statt neben sie, um ihren Blick während des Gesprächs besser festhalten zu können.

»Wir machen auf dem Heimweg noch einen kurzen Zwischenstopp«, sagte Lady Drake. »Ich hoffe, es macht dir nichts aus.«

Amelia legte ihren Kopf schief. »Wo?«

»Bei Madame Baptiste. Wir werden Kleider in Auftrag geben, die dem Ball angemessen sein werden. Etwas, das geschmackvoll ist, aber auffällt.«

»An welche Farben hast du gedacht?«, fragte Amelia. Sie hatten sich noch gar nicht auf die Dekorationen geeinigt. Ihre Pläne waren über den Haufen geworfen worden, als Lady Drake und Kate krank geworden waren.

»Ich mag die Vorstellung von kühnen Farben.« Lady Drake schenkte ihr ein Grinsen. »Keine faden Pastellfarben. Vielleicht tiefe Grün- und Blautöne.«

Amelia nickte. »Blau steht mir, und grün steht dir gut.«

»Das ist wohl wahr.«

Amelia betrachtete Lady Drake. Es war ihr noch nie in den Sinn gekommen, aber für eine Witwe mit erwachsenen Kindern war sie ziemlich jung.

»Haben Sie jemals vor, wieder zu heiraten?«, fragte sie.

Sie war sich sicher, dass Lady Drake, wenn sie es täte, eine Menge Verehrer haben würde.

Lady Drake schürzte ihre Lippen. »Vielleicht eines Tages, wenn meine Kinder glücklich sesshaft geworden sind. Bis dahin bin ich zufrieden, so wie ich bin.«

Sie fuhren bei der Modistin vor, und Lady Drake wartete, bis die Tür geöffnet wurde, bevor sie ausstieg.

Sie drehte sich zu Amelia um. »Sorgen wir dafür, dass mein Sohn die Augen nicht von dir lassen kann.«

KAPITEL 27

London,
Dezember 1820

»Freust du dich auf den Ball?«, fragte Kate, die im Schneidersitz auf Amelias Bett saß.

Amelia zog eine Grimasse. »Ungefähr so sehr, wie ich mich auf den nächsten Besuch meiner Mutter freue«, murmelte sie vor sich hin.

Kate runzelte die Stirn. »Was war das?«

»Ich sagte, ich kann es kaum erwarten«, erklärte Amelia voller vorgetäuschter Freude.

Kate kniff die Augen zusammen. »Warum glaube ich dir das nicht?«

Amelia gluckste. »Weil du außergewöhnlich klug bist.«

Kate errötete. »Bin ich nicht.«

Amelia kämpfte gegen den Drang an, darauf zu bestehen, dass sie es war. Ihre Schwägerin war in bestimmten Dingen sehr klug. Sie kannte sich mit der neuesten Mode aus und war eine begabte Künstlerin, aber sie hielt sich nicht für intelligent, weil sie nicht akademisch veranlagt war.

»Mylady, es wäre viel einfacher, wenn Sie stillhalten würden«, sagte Margaret, die gerade versuchte, Amelias Haar zu einer kunstvollen Lockenpracht zu ordnen.

»Tut mir leid, Margaret«, sagte sie, gebührend gezüchtigt.

»Nun, ich freue mich für dich.« Das Bett quietschte. Vielleicht hüpfte Kate auf der Matratze herum. »Der Blauton, den du zusammen mit Mutter ausgewählt hast, steht dir sehr gut. Ich wünschte, du hättest dich bereit erklärt, eine Schleife in demselben Farbton im Haar zu tragen.«

»Ich habe dem Ball und dem Kleid zugestimmt. Das ist genug.«

»Mit dir ist es nie lustig. Wenn ich meine Saison habe, werde ich die exquisitesten Kleider in Rosa-, Blau- und Grüntönen tragen.« Ihre Stimme wurde verträumt. »Meine Schuhe werden dazu passen, und ich werde die ganze Nacht tanzen.«

»Daran zweifle ich nicht. An Verehrern wird es dir nicht mangeln.«

Kate war nicht dazu bestimmt, ein Mauerblümchen wie Amelia zu sein. Im Spiegel lächelte Margaret. Kate war nicht die einzige, die sich auf ihre Saison freute. Auch ihre Zofe war eifrig dabei. Es würde Amelia nicht überraschen, wenn Kate und Margaret bereits geübt hätten, wie sie ihr Haar für ihren Auftritt bei Hofe frisieren würden.

Margaret beugte sich über Amelia, um ein paar Haarnadeln zu befestigen. Sie zuckte zusammen, als eine davon etwas zu stark an ihrer Kopfhaut kratzte. Margaret murmelte eine Entschuldigung und rückte die Nadel zurecht.

»Fertig.« Sie trat zurück. »Ist es zu Ihrer Zufriedenheit, Mylady?«

Amelia betrachtete sich im Spiegel. Ihr Haar war zwar

aufwändiger frisiert, als sie es normalerweise tun würde, aber sie musste zugeben, dass es gut aussah. »Das ist es.«

»Nun zum Kleid.« Kate setzte sich aufrecht hin und klatschte aufgeregt. »Ich habe mir vorhin auch das von Mutter angeschaut. Mir gefällt, dass es einen ähnlichen Stil hat wie deines, aber deines ist eindeutig moderner und für eine jüngere Frau gedacht.«

Amelia schüttelte den Kopf. »Ich finde es erstaunlich, dass man so viel erkennen kann, wenn man sie nur ansicht. Ich weiß nur, dass sie einander ähnlich sind, ohne gleich zu sein.«

Kate schmollte.

Margarete holte das Kleid aus dem Kleiderschrank. Amelia öffnete ihren Gürtel und ließ den Morgenmantel, den sie trug, von den Schultern gleiten und zu Boden fallen. Ihre Unterwäsche hatte sie bereits angezogen.

»Wenn Sie bitte so hineinsteigen würden.« Margaret zeigte ihr, wo sie ihre Füße hinsetzen sollte. Sobald sie richtig stand, zog das Dienstmädchen das Kleid an ihr hoch. »Ein Arm hier rein, der andere da rein, dann umdrehen.«

Amelia schob ihre Arme in die Ärmel und drehte sich um, damit Margaret ihre Knöpfe schließen konnte. Sie hatte den Ausschnitt fast erreicht, als es an der Tür klopfte und eine tiefe Stimme erklang.

»Darf ich reinkommen?« Es war Andrew.

»Ja«, rief sie zurück. »Ich bin fast fertig.«

Sie hörte, wie die Tür geöffnet wurde, und schaute hinüber. Ihr Mann sah spektakulär aus in einem schwarzen Frack über einem goldgemusterten Hemd, das die goldenen Flecken in seinen Augen hervorhob, und einer Weste, die zur Farbe ihres Kleides passte.

»Meine Damen, ich würde gerne einen Moment mit meiner Frau allein sein«, sagte er und wippte auf seinen Fußballen.

»Ich bin fast fertig«, antwortete Margaret.

»Ich kann den letzten Knopf auch schließen.« Er kam herüber und nahm Margarets Platz hinter Amelia ein.

Sie schloss die Augen, als seine Fingerspitzen über die empfindliche Haut zwischen ihren Schulterblättern strichen. Aufgrund des Raschelns von Stoffen nahm sie an, dass Kate und Margaret das Zimmer verließen.

»Du hast gut gewählt.« Seine Stimme grollte in der Nähe ihres Ohrs.

Sie neigte ihren Kopf, um ihm besseren Zugang zu verschaffen, und er fuhr mit seinen Lippen ihren Hals entlang und knabberte an der Haut direkt unter ihrem Ohr.

»Du darfst mich nicht vor unserem allerersten Ball verführen«, erinnerte sie ihn, als die Tür zufiel.

Sein Glucksen war sündhaft. »Wir sind die Gastgeber. Es ist ja nicht so, dass es ohne uns anfangen würde. Aber wie du willst.« Er wich zurück, und sie erschauerte, enttäuscht über den Verlust seiner Nähe.

»Ist alles fertig?«, fragte sie und drehte ihm ihren Körper zu.

»Mm-hmm.« Er strich mit seinen Lippen über ihre. »Aber ich habe noch eine Überraschung für dich.«

Zwischen ihren Brauen bildete sich eine falte. »Eine Überraschung?«

Er griff in seine Hosentasche und holte einen schwarzen Samtbeutel heraus. »Die sind für dich.«

Neugierig nahm sie ihm den Beutel ab und löste den Kordelzug. Sie griff hinein und spürte, wie Metall und polierter Stein ihre Fingerspitzen berührten. Irgendein Schmuck.

Sie zog eine Halskette heraus und keuchte, als sie mindestens ein Dutzend blaue Saphire in goldenen Fassungen enthüllte. Der Stein, der an ihrer Kehle sitzen sollte, war der größte, und die Saphire wurden immer kleiner, je weiter sie den Nacken umkreisten.

»Die ist wunderschön«, sagte sie und konnte ihren Blick

nicht davon abwenden. Sie trug nicht oft Schmuck, weil sie es nicht mochte, wie damit Reichtum zur Schau gestellt wurde, aber sie konnte erkennen, dass er das hier gekauft hatte, weil er wusste, dass es ihr gefallen würde, und nicht aus irgendeinem anderen Grund.

»Da ist noch mehr.« Seine Stimme war heiser.

Sie tauchte ihre Finger wieder ein und zog ein Paar Ohrringe mit dazu passenden Saphiren und kunstvoll gesponnenem Gold heraus. »Die sind auch für mich?«

»Ja.« Er streckte seine Hand aus, und sie legte die Ohrringe auf seine Handfläche. »Ich habe sie mit der ersten Auszahlung aus unseren neuen Investitionen gekauft. Das Geld kam erst neulich an.«

Vorsichtig steckte er einen Ohrring ein und drehte sie dann um, um das Gleiche auf der anderen Seite zu tun. Sie reichte ihm die Kette, und er legte sie ihr um den Hals und verschloss sie hinten, wobei seine Berührung über ihren Nacken flüsterte und eine Gänsehaut hinterließ.

»Das ist keine besonders vernünftige Anschaffung«, flüsterte sie.

Sein Vermögen musste erst noch wiederhergestellt werden. Hätte er wirklich Geld für ein teures Geschenk für sie ausgeben sollen?

»Vielleicht nicht«, stimmte er zu. »Aber es ist wunderschön, und du hast es verdient.«

Ihr Herz flatterte. Sie schlang ihre Arme um seinen Nacken und küsste ihn. »Danke.«

»Gern geschehen.« Seine Stirn legte sich an ihre, und einen Moment lang atmeten sie einfach nur zusammen. Doch dann schlug unten im Foyer eine Tür zu, und die Realität brach wieder über sie herein. »Wir sollten gehen und unsere Gäste begrüßen.«

»Ja, das sollten wir.« Sie hakte sich bei ihm unter und ließ sich aus dem Schlafgemach führen.

Lady Drake wartete bereits am oberen Ende der Treppe.

Ihr Haar war ähnlich frisiert wie das von Amelia, und sie strahlte in einem sattgrünen Gewand. Ihr Blick fiel auf Amelias neuen Schmuck, und ihre Augen weiteten sich.

»Umwerfend«, sagte sie, wobei sich ihre Augenwinkel verzogen. »Perfekt für dich.«

»Danke, Brigid.«

Gemeinsam stiegen die drei die Treppe zum Foyer hinunter. Der Haupteingang stand weit offen, und eine dunkelhaarige Gestalt erschien in der Eingangshalle und schüttelte sich das Regenwasser aus dem Haar.

»Ashford!« Andrew strahlte und ging mit mehreren schnellen Schritten auf ihn zu, um die Hand seines Freundes zu ergreifen und ihn in eine Umarmung zu ziehen. »Wie schön, dass du gekommen bist.«

Amelia blinzelte ihn überrascht an. »Ich wusste nicht, dass Sie hier sein würden, Euer Gnaden.«

Der Herzog schenkte ihr sein übliches halbes Lächeln. »Ich wollte meine Unterstützung zeigen. Ich werde morgen nach Hause zurückkehren.«

Sie nahm seine Hand und hielt sie ein paar Sekunden lang. »Ich danke Ihnen. Es bedeutet viel, dass Sie sich die Mühe gemacht haben, obwohl Ihre Familie auf dem Land auf Sie wartet.«

Sein Gesichtsausdruck wurde weicher. »Ich bin wieder dort, bevor sie überhaupt merken, dass ich weg gewesen bin.«

»Irgendwie bezweifle ich das.« Ein Mann, der seiner Frau und seiner Tochter so treu ergeben war, würde doch sicherlich die gleiche Hingabe zurückerhalten.

Lady Drake winkte hinter ihnen. »Die Gäste treffen ein. Wir sollten eine Empfangslinie im Ballsaal bilden.« Sie tätschelte die Wange des Herzogs. »Es ist schön, dich zu sehen, Vaughan.«

Sie machten sich auf den Weg in den Ballsaal, wo sich der Herzog schnell an den Erfrischungstisch begab. Amelia vermutete, dass er zu den Menschen gehörte, die vielleicht ein paar Gläser Champagner brauchten, um den Abend zu überstehen.

Sie, Andrew und Lady Drake stellten sich direkt vor dem Ballsaal auf. Als die Gäste nach und nach eintrafen, begrüßten sie jeden von ihnen herzlich. Amelia hatte die Gästeliste im Vorfeld studiert, um sicherzugehen, dass sie alle Teilnehmer kannte. Bei jeder Person, die sie richtig erkannte, beglückwünschte sie sich selbst.

Jeder, mit dem sie sprachen, war höflich, aber als die Menschenmenge immer größer wurde, wurde sie des Flüsterns und der verstohlenen Blicke gewahr. Eine Gruppe von Debütantinnen wandte sich von ihr ab, als sie zu ihnen hinübersah, und die lauteste der drei kicherte hinter ihrer Hand.

Amelia wurde es flau im Magen, und ihre Schultern zogen sich bis zu den Ohren hoch.

Es funktionierte nicht.

Der Ball sollte die Dinge in Ordnung bringen, aber alles, was sie damit erreichten, war, die Tatsache zu betonen, dass die Familie des Grafen jetzt Geld hatte und sie der Grund dafür war.

Es war offensichtlicher denn je, dass sie sich einen Platz unter ihnen erkauft hatte.

Normalerweise würde sie dieses Wissen nicht stören, aber sie hasste es, Gegenstand all dieser öffentlichen Spekulationen zu sein. Es war furchtbar.

»Der erste Tanz beginnt gleich«, sagte Andrew und nahm ihre Hand. »Tanz mit mir.«

Sie begaben sich auf die Tanzfläche, und während die anderen sich um sie scharten, zog Andrew sie näher zu sich heran.

»Ignoriere sie.« Seine Stimme umhüllte sie wie eine Umarmung, aber sie konnte das heimtückische Flüstern um sie herum nicht übertönen.

»So einfach ist das nicht«, sagte sie.

Er wirbelte sie herum, als die erste Geige zu spielen begann, und ihr Rock flatterte um sie herum und schimmerte im Licht des Kronleuchters wie ein Mitternachtshimmel. »Nichts, was sie sagen, kann uns davon abhalten, noch diese Woche abzureisen und Weihnachten auf dem Lande zu verbringen. Das ist alles irrelevant.«

Amelia glaubte nicht, dass für den *ton* irgendwas jemals irrelevant war, aber sie schätzte es, dass er versuchte, sie zu beruhigen, und es half, sich vorzustellen, wie sie die kühlen Winternächte vor einem gemütlichen Feuer in Suffolk verbringen könnten.

»Wir können das aushalten«, sagte Andrew. »Und ich verspreche dir, dass ich dir das schönste Weihnachten aller Zeiten schenken werde, um das wieder gutzumachen.«

Amelia zog eine Augenbraue hoch. »Dieses Versprechen kannst du gar nicht geben. Du weißt ja nicht, wie schön meine Weihnachtsfeste in der Vergangenheit waren.«

»Nun, dann werde ich mein Bestes tun.« Er drückte sie fester an sich. »Und ich werde dir keinen Anlass geben, noch einmal an mir zu zweifeln.«

Sie wollte ihm glauben, aber sie war sich nicht sicher, ob sie es konnte. Vielleicht meint er es jetzt ernst, aber niemand konnte die Zukunft vorhersagen.

»Danke«, flüsterte sie trotzdem. Diese Zusicherung war das Beste, was er anbieten konnte.

Der Tanz endete, und er begleitete sie von der Tanzfläche. Eine Bewegung in ihrem Augenwinkel zog ihren Blick dorthin. Lady Drake eilte auf sie zu. Doch bevor sie sie erreichte, tauchte Mrs. Hart vor Amelia auf.

Sie sah nicht glücklich aus.

Amelias Schultern sanken in sich zusammen. Sie war immer davon ausgegangen, dass dieser Ball für ihre Mutter der Moment des Triumphes sein würde, mehr noch als ihre

Hochzeit. Es sah jedoch nicht so aus, als ob dies der Fall wäre.

Mrs. Hart packte Amelia am Arm und zerrte sie von Andrew weg. »Der Klatsch und Tratsch hat nicht aufgehört.« Sie schaute sich um, als erwarte sie, dass alle Anwesenden ihnen zuhörten. »Du solltest das in Ordnung bringen. Warum sollte ich mir solche Respektlosigkeiten gefallen lassen? Es war eine Sache, als wir noch nicht Teil einer aristokratischen Familie waren, aber jetzt sind wir es. Das sollte nicht passieren. Hast du überhaupt versucht, es aufzuhalten?«

Amelia starrte sie verblüfft an. »Ich tue mein Bestes.«

»Na, dann ist dein Bestes nicht gut genug«, zischte Mrs. Hart. »So habe ich nicht erwartet, behandelt zu werden, als wir in die Aristokratie eintraten.«

Amelia warf einen Blick über ihre Schulter und sah ihren Vater auf sich zukommen. Sie senkte ihre Stimme. »Sag mir, was hast du denn erwartet, wie du behandelt werden würdest? Du hast mir eine hohe Mitgift mitgegeben. Nur deshalb sind wir jetzt Teil der Aristokratie.«

Mrs. Hart schnaubte. »Wenn du gesellschaftlich geschickter wärst, wären wir nicht in dieser Situation, denn dann hättest du bereits mächtige Freunde im *ton* gefunden.«

Das tat weh. Amelia blieb der Mund offen stehen. Sie wusste nicht, was sie sagen sollte. Wie konnte ihre Mutter nur so grausam sein?

»Außerdem«, fuhr Mrs. Hart fort, »... wenn du deinen Mann zufrieden gestellt hättest ...«

»Das reicht jetzt«, unterbrach Mr. Hart sie und nahm seine Frau am Arm. »Dies ist nicht der richtige Ort für dieses Gespräch.«

Amelias Augen brannten. Sie fühlte sich, als hätte man sie geohrfeigt. Ihre Mutter gab ihr die Schuld an allem. Sagte ihr unverhohlen, dass sie nicht gut genug sei.

Jahrelang hatte sie diese Behandlung akzeptiert. Aber das brauchte sie jetzt nicht mehr.

»Ich glaube nicht, dass dieses Gespräch überhaupt geführt werden muss«, sagte sie und sah sich um, um zu sehen, wo Andrew geblieben war. Warum war er nicht hier bei ihr?

Sie sah ihrem Vater in die Augen und hasste es, dass er wusste, wie das schmerzte, aber trotzdem zuließ, dass ihre Mutter so mit ihr sprach. Schließlich hatte er nicht gesagt, dass Mrs. Hart solche Dinge nicht zu Amelia sagen sollte, sondern nur, dass das Gespräch woanders stattfinden sollte.

Enttäuscht kehrte sie ihm den Rücken zu und ging davon.

Sie wusste nicht, wohin sie wollte, nur, dass sie Platz brauchte. Sie beschloss, etwas zu trinken und etwas frische Luft zu schnappen, und machte sich auf den Weg zum Erfrischungstisch. Doch bevor sie den erreichte, stieß sie direkt mit Miss Wentham zusammen.

»Hallo, Gräfin.« Miss Wentham schmunzelte. »Es scheint, dass Ihr erster Ball ein voller Erfolg ist. Obwohl es möglich ist, dass das genauso viel mit dem hervorragenden Klatsch zu tun hat wie mit Ihren Fähigkeiten als Gastgeberin.«

»Was wollen Sie?«, fragte Amelia. »Ich habe heute Abend keine Geduld für Spielchen.«

Vielleicht sollte sie einem ihrer Gäste gegenüber nicht so unverblümt sein, aber Miss Wentham hatte sie nie mit etwas anderem als Verachtung behandelt, und sie war es leid, zu versuchen, die bessere Person zu sein.

Miss Wenthams Lächeln wurde breiter. »Ich habe Sie gewarnt, dass das passieren würde. Ich habe Ihnen gesagt, dass der Graf nur Ihr Geld will.«

Amelia schaute finster drein. »Ist Ihnen jemals in den Sinn gekommen, dass ich das bereits wusste? Ich bin nicht ganz so dumm, wie manche Leute glauben wollen.«

Miss Wenthams Stirn runzelte sich. Sie öffnete den

Mund, als wolle sie etwas sagen, aber bevor sie es tun konnte, ging Amelia weg.

Alles, was sie im Moment wollte, war, allein zu sein. Sie hatte immer gewusst, dass sie im *ton* fehl am Platze war, aber wenn sie sich jemals etwas vorgemacht hatte, dann hatte dieser Abend den Beweis geliefert, den sie brauchte.

Sie gehörte nicht zu ihnen.

Sie glaubte nicht einmal, dass sie eine von ihnen sein wollte.

Als sie zum Balkon eilte, kam ihr Atem in flachen Stößen. Ihre Kehle schnürte sich zu, und Tränen brannten in ihren Augen. Sie hielt ihren Kopf gesenkt und drängte sich an den Gästen vorbei.

Gerade als sie die Tür erreichte, ging ein Raunen durch die Menge. Verwirrt drehte sie sich um. Der Duke of Ashford stand vor ihr und versperrte ihr die Sicht.

»Ignorieren Sie sie«, sagte er. »Das sind alles Aasgeier. Sie haben keine Bedeutung.«

Das Gemurmel wurde lauter. Amelia versuchte, um ihn herumzusehen.

»Was, zum Teufel, macht sie hier?« Das war die Stimme von Lady Drake.

Amelia stellte sich auf die Zehenspitzen und spähte zum Eingang, wünschte aber sofort, sie hätte es nicht getan. Hitze stieg in ihrem Nacken auf, und das Blut rauschte in ihren Ohren.

Dort, in der hohen Eingangstür, stand Miss Giles.

KAPITEL 28

 zu glauben. Sie stürmte hocherhobenen Hauptes in den Raum. Wenn er sie in diesem Moment nicht so sehr hassen würde, könnte er ihren Mut bewundern, aber so konnte sie nur aus einem Grund hier sein.

Um ihn zu verletzen und Amelia zu demütigen.

Amelia.

Er sah sich nach seiner Frau um und geriet in Panik, als er sie nicht sofort fand. Ihre Mutter hatte sie vorhin weggezogen, aber seither hatte er Mrs. Hart wieder gesehen, er wusste also, dass sie nicht mehr zusammen waren.

Sie war doch nicht weggegangen, oder?

Er biss die Zähne zusammen. Er hätte nicht zulassen dürfen, dass Mrs. Hart mit ihr unter vier Augen sprach. Er hätte es besser wissen müssen. Aber wenn sie nicht hier war, müsste sie das wenigstens nicht persönlich miterleben.

Leider entdeckte er sie in diesem Moment, wie sie mit Ashford und seiner Mutter an der Balkontür stand.

Verdammt!

Er zögerte und war hin- und hergerissen, ob er zu Amelia

gehen oder Florence abfangen sollte. Er blickte von einer Frau zur anderen.

Amelia war nicht allein. Sie hatte Unterstützung.

Würde er jetzt gerne zu ihr gehen? *Ja.* Aber vielleicht wäre es noch besser, erst einmal die Person, die ihr Kummer bereitete, loszuwerden.

Also bahnte er sich einen Weg durch die versammelten Gäste in Richtung Florenz. Ihr Blick begegnete seinem, und sie lächelte.

»Diese ganze Aufregung wegen mir?«, fragte sie.

»Sie waren nicht eingeladen«, sagte er kalt. »Warum sind Sie hier?«

Sie lachte. »Warum sollte ich den ganzen Spaß verpassen?«

»Sie halten das hier für einen Spaß?«, wollte er wissen, und in seinem Inneren brodelte es. »Macht es Ihnen Spaß, unschuldige Frauen zu quälen?«

Sie verdrehte die Augen. »Es gibt keinen Grund für deine selbstgerechte Empörung. Ich habe dich vor die Wahl gestellt. Du hast dich entschieden. Deine Frau hätte das wissen müssen, als sie dich heiratete. Wenn nicht, dann ist das ihr Problem.«

Andrew bemerkte, dass sie die Aufmerksamkeit auf sich zogen, und nahm sie am Arm.

»Kommen Sie mit mir. Lassen Sie uns unter vier Augen reden.«

»Ich bin immer froh, mit dir unter vier Augen zu sein«, gurrte sie und schürzte anzüglich ihre Lippen.

»Behalten Sie Ihre Hände bei sich.« Er zerrte sie aus dem Ballsaal und den Korridor hinunter in sein Arbeitszimmer.

Sie kicherte. »So begierig darauf, mich ganz allein zu haben.«

»Wie kommen Sie darauf, dass Sie hier willkommen sind?«, fragte er und ließ sie los, als ob er sich an ihr verbrannt hätte.

Sie zuckte mit einer Schulter. »Ich war bisher immer willkommen in deiner Nähe.«

Er verschränkte die Arme. »Diese Zeit ist vorbei. Du machst dich und mich lächerlich.«

»Die Aufmerksamkeit stört mich nicht«, sagte sie, und in ihrem Tonfall lag nichts als Wahrheit.

»Ich weiß.« Aufmerksamkeit hatte ihr nie etwas ausgemacht. Ob positiv oder negativ, sie genoss das. »Und wenn nur wir betroffen wären, wäre das in Ordnung. Dem ist aber nicht so. Sie haben Ihre Drohung wahr gemacht. Es ist vorbei. Ich werde nicht zulassen, dass Sie noch etwas tun, was meine Frau verstört.«

Sie seufzte. »Du bist heutzutage nicht mehr lustig. Die ganze Zeit so ernst. So besorgt um deine mausgraue Frau. Warum vergisst du sie nicht einfach für eine Weile und tanzt mit mir?«

»Wenn Sie glauben, ich würde mit Ihnen tanzen, dann sind Sie verrückt geworden.«

Draußen ertönten Schritte, und beide drehten sich zur Tür um. Amelia tauchte im Türrahmen auf, mit Ashford in ihrem Rücken.

Andrews Brustkorb drückte sich zusammen. Dies war das erste Mal, dass Amelia Florence von Angesicht zu Angesicht gegenüberstand, seit sie herausgefunden hatte, wer sie für ihn gewesen war. Instinktiv streckte er die Hand nach ihr aus, wollte sie vor dem Schmerz oder dem Unbehagen schützen, das ihr die Situation bereiten könnte, aber sie war zu weit weg.

»Ich wollte sie wegschicken«, sagte er. »Hier passiert nichts, worüber du dir Sorgen machen müsstest.«

Aber Amelia wirkte nicht unsicher oder eingeschüchtert, wie er es vielleicht erwartet hätte. Stattdessen straffte sie die Schultern und blickte Florence an.

»Sie haben keine Einladung zu diesem Ball erhalten«,

sagte sie zu seiner ehemaligen Geliebten. »Und deshalb sollten Sie jetzt gehen.«

Florence hob ihr Kinn und starrte Amelia an. »Es ist an Andrew, zu entscheiden, ob ich gehen sollte, nicht an Ihnen.«

Er verdrehte die Augen. Wie sie alle wussten, war er gerade dabei gewesen, genau das zu tun, als Amelia und Ashford aufgetaucht waren.

Dennoch schrumpfte Amelia nicht und schwankte nicht. Sie schaute Florence von oben herab an. »Eigentlich ist es nicht allein Andrews Sache, das zu entscheiden. Dies ist auch mein Zuhause. In Anbetracht der Gerüchte, die Sie verbreitet haben, sind Sie in keinem der Anwesen der Familie Longley willkommen, auch nicht in diesem. Keiner von uns will Ihr Gesicht wiedersehen.«

Florence schnaubte und drehte sich zu Andrew um. »Willst du sie so mit mir reden lassen?«

Andrew ging hinüber und stellte sich neben Amelia. »Ja«, sagte er schlicht. »Das will ich.«

Stolz schwoll in seiner Brust an. Er nahm die Hand seiner Frau. Sie war stark, und er bewunderte sie zutiefst. Sie hatte sich nicht nur geweigert, sich von ihren Unsicherheiten überwältigen zu lassen, sondern sie stand endlich für sich selbst ein und kämpfte für das, was sie wollte und verdiente.

»Aber ich habe doch nur die Wahrheit gesagt«, protestierte Florence und stemmte die Hände in die Hüften.

»Nein«, sagte Amelia. »Sie haben auf dem Benton-Ball die Wahrheit gesagt, und obwohl ich denke, dass das kleinlich von Ihnen war, kann ich verstehen, warum Sie es getan haben. Sie haben Andrew verloren. Ich weiß, wie traurig ich wäre, wenn ich ihn verlieren würde. Aber als Sie heute hierher kamen, ging es nicht darum, die Wahrheit zu verbreiten. Es ging darum, eine Szene zu machen. Dafür gibt es keine Entschuldigung. Gehen Sie jetzt, oder ich lasse Sie vom Herzog hinausbegleiten.«

Eine Seite von Florence' Mund verzog sich, und grausame Belustigung füllte ihre Augen. »Der Herzog nimmt doch keine Befehle von Ihnen entgegen.«

»Vielleicht nicht«, stimmte Ashford zu. »Aber ich betrachte die Gräfin als eine enge Freundin, also werde ich meine Freundin unterstützen, indem ich Sie zur Tür begleite.«

Er drängte sich an Amelia vorbei und blieb neben Florence stehen, wo er sie mit einer Handbewegung zum Gehen aufforderte. Als sie sich nicht rührte, wollte er nach ihr greifen, aber sie wich schnell aus.

»Fassen Sie mich nicht an«, spuckte sie.

Sie drängte sich an ihnen vorbei, rempelte dabei Andrew an und trat auf Amelias Rock, aber sie ging weiter, und er kommentierte das nicht, sondern war nur erleichtert, sie von hinten zu sehen. Ashford folgte ihr dicht auf den Fersen, zweifellos um sicherzustellen, dass sie das Grundstück auch wirklich verließ.

Andrew zog Amelia ganz ins Arbeitszimmer und schloss die Tür. Sie hielt sich starr, als ob sie nicht sicher war, wie er darauf reagieren würde, wie sie mit Florence gesprochen hatte.

Er hob ihre Hand an seine Lippen und küsste sie. »Es tut mir so leid, dass du da durchmusstest. Ich hätte nie erwartet, dass sie die Dreistigkeit haben würde, auf unserem Ball aufzutauchen.«

»Ich weiß, das konnte niemand erwarten.«

Er konnte ihren Tonfall nicht ganz deuten. Sie klang nicht unbedingt verärgert, aber ihre Stimme war voller Emotionen.

»Vielleicht war es so am besten«, fuhr sie fort und zog ihre Hand aus seiner heraus. »Irgendwann mussten wir einander ja gegenüberstehen, und jetzt wird sie mich nicht mehr als jemanden betrachten, den sie einfach übergehen kann.«

Er konnte nicht glauben, wie ruhig sie war. »Ich nehme an, das ist wahr.«

»Außerdem.« Ein kleines Lächeln umspielte ihre Lippen. »Ich muss meinen Dämonen in die Augen sehen und sie besiegen. Aber so etwas solltest du mir besser nicht noch einmal zumuten. Ich verdiene etwas Besseres.«

»Besser?« Er schüttelte den Kopf. »Nein. Du verdienst alles.«

Und er würde dafür sorgen, dass sie es bekommen würde.

Er zog sie in seine Arme, bewegte sich langsam und ließ ihr Zeit, sich zu wehren, wenn sie das nicht wollte. Sie schmiegte sich an seine Brust und hob ihr Gesicht zu ihm. Er küsste sie.

Zuerst war es nur ein leichtes Berühren der Lippen, aber dann entkam ihr ein köstliches Wimmern, und sie drückte sich näher an ihn heran und vertiefte den Kuss.

Er brummte zustimmend und streichelte ihren Hintern, wobei er sich wünschte, er könnte mehr von ihr durch den Stoff ihres Rocks spüren. Er fuhr mit der Zunge an ihrem Mund entlang und schmeckte den schwachen Hauch von Champagner. Ihre Zunge wartete auf die seine, und sie umschlangen einander und glitten sinnlich aneinander vorbei.

Seine Hand schloss sich um ihren Nacken. Die Haut war unter seinen Fingern glatt wie Seide. Er warf ihren Kopf zurück, und ihre Lippen verließen seine. Ihre Augen flatterten auf, das Blau der Augen war wie ein Teich, in dem er schwimmen könnte. Sie waren ein wenig glasig, getrübt von der Lust. Die schönsten Augen, die er je gesehen hatte.

»Wie konnte ich nur so viel Glück haben?«, fragte er und strich mit der Daumenkuppe über ihren Wangenknochen.

Sie errötete. »Ich glaube, ich bin hier die Glückliche.«

Das war sie nicht, aber er wusste, dass es Zeit und Geduld kosten würde, ihr das zu beweisen. Er küsste sie erneut, diesmal mit Leib und Seele, und hielt nichts zurück. Sie ließ sich von ihm in einen Strudel der Lust ziehen. Schließlich zog sie sich zurück.

»Unser Ball findet immer noch statt, am anderen Ende des Korridors«, sagte sie. »Wir sollten zu unseren Gästen zurückkehren.«

Andrew blieb standhaft. »Das ist mir egal. Die meisten der Leute hier sind mir egal. Abgesehen von meiner Familie und Ashford, können alle von mir aus zur Hölle fahren.«

Sie lachte, verbarg es aber schnell wieder. »Sogar meine Eltern?«

»Vor allem deine Eltern.« Er küsste sie auf die Stirn. »Ich weiß es zu schätzen, dass dein Vater mir hilft, mein Vermögen wiederherzustellen, aber er hat dich nicht richtig behandelt. Er scheint das Leben als eine Art Herausforderung zu sehen, die du bewältigen musst, und vielleicht hat dich das stärker gemacht, aber es ist die Aufgabe eines Vaters, da zu sein, wenn seine Tochter ihn braucht, und er hat dich im Stich gelassen.«

Ihre Augen waren groß. »Und meine Mutter?«

Er schnaubte. »Komm schon, Amelia. Du siehst doch das Gleiche wie ich, wenn es um sie geht. Ihre Prioritäten sind verzerrt. Du solltest ihr wichtiger sein als Klatsch und Tratsch, Gerüchte oder gesellschaftlicher Status. Du bist ihre Tochter. Eine talentierte, intelligente und freundliche Frau. Du hast vorhin gesagt, dass du etwas Besseres verdienst, und das tust du auch wirklich.«

Sie blinzelte heftig, und ihre Augen funkelten. »Als wir heirateten, hätte ich nie erwartet, dass du so sein würdest. Du hast mir so viel mehr gegeben, als ich mir je vorstellen konnte.«

Er blickte auf sie hinunter und ließ die ganze Kraft seiner Zuneigung durchscheinen. »Du bist es, die mir alles gegeben hat. Ich liebe dich, Amelia. So viel mehr, als ich jemals für möglich gehalten hätte. Mein Herz ist voll davon. Ich spüre diese Liebe mit jedem Atemzug. Es ist mir egal, was die anderen denken, aber du musst mir glauben.«

»D... Du liebst mich?«, stammelte sie. »Wirklich?«

»Das tue ich.« Er hielt ihre Hände in den seinen. »Mehr als alles andere.«

Sie schien fassungslos zu sein. »Aber ... Du hast mir nie einen Hinweis gegeben.«

Er zog eine Grimasse. »Mir ist aufgefallen, dass wir beide trotz unserer Bemühungen nicht immer in der Lage sind, unsere Gefühle auszudrücken. Ich sage es dir jetzt, damit es keine Missverständnisse gibt. Ich liebe dich, Amelia Drake. Mein Herz schlägt für dich. Ich werde nicht sagen, dass ich froh bin, dass meine Familie fast alles verloren hat, aber ich bin froh, dass diese schreckliche Situation mich zu dir geführt hat.«

Sein Herz raste wie wild. Schmetterlinge flatterten in seinem Bauch. Es war ihm nicht entgangen, dass Amelia seine Erklärung noch nicht erwidert hatte. Genaugenommen hatte sie gar nichts gesagt.

Fühlte sie dasselbe?

Er war sich sicher, dass sie etwas spürte. Aber vielleicht war es eher Zuneigung oder Freundschaft als die alles verzehrende Liebe, die er für sie empfand.

»Liebes«, sagte er in flehendem Ton. »Sag etwas.«

»Oh.« Ihre Wangen färbten sich. Ihre Mundwinkel hoben sich. »Es tut mir leid, ich ...«

»Ja?«

Sie knabberte an ihrer Unterlippe. »Es ist so seltsam, dass wir aus so unromantischen Gründen geheiratet haben, und jetzt liebst du mich. Du liebst mich. Ich kann es fast nicht glauben. Sicherlich wird das auch niemand sonst glauben.«

»Dann sollen sie alle zum Teufel gehen«, sagte Andrew. »Wichtig ist nur, dass du mir glaubst. Tust du das?«

KAPITEL 29

Sie glaubte ihm.

Soweit sie wusste, hatte Andrew sie nie angelogen. Er hatte vielleicht manchmal um die Wahrheit herumgeredet, aber er hatte nie gelogen. Wenn er also jetzt sagte, dass er sie liebte, hatte sie keinen Grund, an ihm zu zweifeln. Wenn sie sich weiterhin aus einem fehlgeleiteten Bedürfnis heraus zurückhielt, um sich selbst zu schützen, würde sie nicht nur sich selbst, sondern auch ihn verletzen.

»Ich glaube dir«, flüsterte sie und hielt seinen Blick fest. In den Tiefen seiner Iris blitzten goldene Flecken. Sie waren magisch. Genau wie er. »Und ich liebe dich auch.«

Sein Gesicht erhellte sich. »Ist das dein Ernst?«

»Natürlich ist es das.« Sie küsste ihn sanft. »Wie könnte ich nicht? Du hast die ganze Zeit an mich geglaubt. Du hast mich ermutigt und unterstützt. Du siehst mich wirklich auf eine Art und Weise, wie es noch niemand getan hat. Ich hatte nie eine Chance gegen dich.«

Er nahm ihr Gesicht zwischen seine Hände. »Ich werde immer für dich da sein und alles in meiner Macht stehende tun, um mich deiner würdig zu erweisen.«

»Das tust du bereits.«

Er drückte ihr einen Kuss auf die Lippen und dann auf die Stirn. Sie schloss die Augen und genoss die sanfte Liebkosung, die sie mit einem Gefühl von Wärme und Behaglichkeit erfüllte.

»Also.« Sie öffnete die Augen und versuchte, ihre Gedanken zu ordnen. »Willst du immer noch nach Suffolk reisen? Du weißt, dass es nicht viel bringen wird, dem Klatsch auszuweichen, wenn man bedenkt, dass sie hier aufgetaucht ist.«

Andrew lachte. »Meine vernünftige Gräfin. Denkt immer voraus.«

Ihre Lippen verzogen sich. »Du liebst mich. Das hast du gerade gesagt.«

»Das habe ich«, stimmte er zu. »Und ich würde dich nicht anders haben wollen. Ja, mein Schatz, ich möchte dich nach Suffolk mitnehmen und dir zeigen, wo ich aufgewachsen bin. Ich möchte mit dir über die Wiesen gehen, auf denen ich als Kind gespielt habe, und dir die Menschen vorstellen, die mich schon mein ganzes Leben lang kennen.«

Ihr Herz schlug in einem schnellen Rhythmus. »Das würde mir gefallen.«

»Ich weiß.«

Sie wollte gerade den Mund öffnen, um dagegen zu protestieren, dass er sie vorhersehbar nannte, aber er hielt sie mit einem Finger an den Lippen auf.

»Du bist immer so begierig darauf, neue Orte zu entdecken«, fuhr er fort. »Deine Faszination für die Welt um dich herum ist eines der Dinge, die ich an dir liebe.«

Sie wurde weicher. »Nun, ich liebe deine Freundlichkeit und Großzügigkeit.«

Einen langen Moment lang blickten sie einander in die Augen. Dann wies Andrew mit dem Daumen auf die Tür.

»Willst du wirklich den Abend auf unserem Ball verbringen?«, fragte er.

Sie kniff die Augen zusammen. »Nein. Ich habe Bälle noch nie besonders gemocht, und schon gar nicht nach dem, was gerade passiert ist. Sie sind bestimmt schon am Tratschen. Aber meine Eltern sind hier, und deine Mutter auch. Ganz zu schweigen von der Hälfte aller Mitglieder des *ton*. Wir können nicht einfach gehen.«

»Können wir nicht?« Seine Augen funkelten. »Es ist unser Ball. Das bedeutet, dass uns alle Entscheidungen offenstehen. Ich schlage vor, dass wir die Pflichten des Gastgebers an meine Mutter übergeben - oder an deine, die zweifelsohne von der Verantwortung begeistert sein dürfte - und uns dann ins Schlafgemach zurückziehen und richtig feiern.«

Sie klemmte ihre Unterlippe zwischen die Zähne. Sein Angebot war so verlockend, aber es wäre sicher falsch, darauf einzugehen, wo dieser Ball doch ihre gesellschaftliche Rettung sein sollte.

»Ich möchte es«, gab sie zu, beugte sich näher zu ihm und atmete ihn ein. »Aber das wäre unverantwortlich.«

»Dann sei eben unverantwortlich«, flüsterte er ihr ins Ohr. »Du und ich, wir haben zu viele Entscheidungen zum Wohle anderer getroffen. Dieses Mal könnten wir egoistisch sein.«

Sie wich zurück und sah zu ihm auf. Aufregung brodelte in ihrem Bauch. »Wirklich?«

Er nickte, seine Miene war trotz des Funkelns in seinen Augen ernst. »Wirklich.«

Sie atmete tief ein. »Dann komm.«

Er küsste ihren Scheitel und verschränkte seine Finger mit ihren. »Wenn wir jetzt mit meiner Mutter sprechen, können wir in ein paar Minuten einfach entkommen. Nimm mit niemandem Augenkontakt auf und bleib nicht stehen, wenn dein Name gerufen wird. Wir befinden uns auf einer Mission. In Ordnung?«

Sie kicherte und fühlte sich so leicht wie seit Wochen

nicht mehr. »Ich habe einen Tunnelblick. Ich werde niemanden außer deiner Mutter sehen und hören.«

»Ausgezeichnet.«

Hand in Hand schlenderten sie aus dem Arbeitszimmer. Weder der Herzog noch Miss Giles waren im Foyer, also nahm Amelia an, dass sie bereits gegangen und er in den Ballsaal zurückgekehrt war.

Sobald sie die Tür erreichten, wurden die Gäste still. Die Musik spielte weiter, und die Tänzer tanzten weiter, aber alle anderen Gäste schauten auf sie.

Amelia zitterte. Das war nicht gerade ein angenehmes Gefühl - vor allem, da sie bezweifelte, dass sie etwas Gutes im Sinn hatten. Aber sie hielt ihr Kinn erhoben, hatte ihre Hand mit Andrews verschränkt und suchte die Versammelten nach Lady Drake ab.

»Links von den Tänzern«, murmelte sie. »Sie steht beim Herzog.«

»Ich sehe sie«, antwortete er. »Vergiss nicht, was ich gesagt habe.«

»Das werde ich nicht.«

Als sie den Raum betraten, teilte sich die Menge. Amelia hörte, wie jemand ihren Namen sagte, aber sie ging nicht darauf ein. Ein Herr in einer roségoldenen Weste trat vor sie, aber Andrew zog sie um ihn herum. Als sie an der Seite von Lady Drake ankamen, löste sich die Stille, und es kam zu Gesprächen im Raum.

»Mutter.« Andrew lehnte sich nahe heran, damit niemand sie belauschen konnte. »Würdest du an unserer Stelle als Gastgeberin fungieren, während Amelia und ich uns zurückziehen? Es war ein besonders anstrengender Abend. Du kannst die Aufgabe auch gern an Mr. und Mrs. Hart weitergeben, wenn dir das lieber ist.«

Lady Drake blickte zwischen ihnen beiden hin und her, ihre Augenbrauen gerunzelt, ihre Besorgnis offensichtlich. »Geht es euch gut?«

Sein Griff um ihre Hand wurde fester. »Das wird es.«

Sie nickte. »Gut. Ich werde gern für euch einspringen, und ich bin sicher, die Harts sind bereit, mir dabei zu helfen.«

Das sollten sie auch, dachte Amelia, *wenn man bedenkt, dass Mutter diejenige war, die diesen Ball überhaupt wollte.*

Ja, die Veranstaltung war praktisch, um den Gerüchten entgegenzuwirken, aber ohne die Ermutigung von Mrs. Hart und Andrew hätte sie trotzdem nie einen Ball geplant.

Amelia wandte sich an den Herzog. »Danke, dass Sie mich unterstützt haben, Euer Gnaden.«

Er verbeugte sich. »Ich werde gerne Ihr Sekundant sein, wann immer Sie einen brauchen.« Seine Lippen zuckten. »Obwohl es mir lieber wäre, wenn wir Duelle vermeiden würden. Meine Frau würde mir den Kopf abreißen, wenn ich verletzt wäre.«

Sie lachte. »Ich habe nicht vor, Miss Giles im Morgengrauen zu einem Pistolenkampf herauszufordern, also denke ich, dass Sie in dieser Hinsicht sicher sind.«

»Wir werden uns von dir verabschieden«, sagte Andrew. »Ashford, ich weiß, wie sehr du diese Angelegenheiten verabscheust. Bitte, es ist unnötig, allein unseretwegen zu verweilen. Wir wissen es sehr zu schätzen, dass du dir die Mühe gemacht hast, überhaupt hierher zu kommen.«

Der Herzog neigte den Kopf, und seinem Gesichtsausdruck nach zu urteilen, würde es nicht lange dauern, bis er sich verabschiedete.

Andrew begleitete Amelia zurück zum Eingang. Diesmal schenkten ihnen weniger Leute Aufmerksamkeit, obwohl sie einigen Gästen ausweichen mussten, die versuchten, sie für ein kurzes Gespräch anzuhalten.

Als sie in der Tür standen, legte Andrew einen Arm um Amelias Taille und zog sie zu sich heran. Ihr Atem stockte, und in ihrem Nacken kribbelte es. Niemand verhielt sich jemals im öffentlichen Rahmen eines Balls so intim.

»Darf ich?«, fragte er, schob seine Hand zwischen ihre Schulterblätter und neigte sie zurück.

»Ja«, hauchte sie, ihre Augen in seine gerichtet.

Er küsste sie.

Genau hier, vor den Augen aller.

Ihre Lippen öffneten sich, und er schluckte ihr Keuchen hinunter und vertiefte den Kuss. Seine Zunge strich über ihre.

Wie skandalös.

Jemand pfiff, und sie traten auseinander. Ihre Wangen brannten, und sie wusste, dass sie knallrot sein dürfte, aber sie konnte sich nicht dazu durchringen, den Kuss zu bereuen. Jetzt wussten all diese Leute, dass er sie begehrte. Sie mussten erkennen, dass der Earl und die Countess of Longley verheiratet und sehr verliebt ineinander waren.

Es war berauschend.

Sie war wie betäubt, als Andrew sie aus dem Ballsaal in den Korridor führte. Er wollte gleich weiter zur Treppe, aber ihr kam eine Idee, und sie hielt ihn auf.

»Was ist los, meine Liebe?«, fragte er.

Mit einem verschmitzten Grinsen blickte sie in Richtung seines Arbeitszimmers. »Es könnte schwierig sein, aus diesem Kleid herauszukommen, und ich bin zu ungeduldig, um zu warten.«

»Jetzt hast du mich neugierig gemacht.« Er zog ihre Fingerknöchel an seine Lippen. »Was möchtest du damit andeuten?«

Sie sah sich um und flüsterte, als sie sicher war, dass niemand mithörte: »Du und ich in deinem Arbeitszimmer.«

Seine Augenbrauen schossen in die Höhe. »Und du wirst dich nicht unwohl fühlen?«

Sie zögerte. »Schließt du die Tür ab?«

Sie liebte die Vorstellung, mit ihm intim zu sein, während sich so viele Adlige ganz in der Nähe tummelten, aber sie wollte nicht, dass jemand sie dabei erwischte.

»Natürlich. Wenn es das ist, was du willst?«

Ihre Schultern entspannten sich. »Das ist es.«

Die Entscheidung war gefallen, und sie eilten ins Arbeitszimmer. Sie trat zuerst ein, und er drückte sie gegen die Tür. Sie schlug zu, und er drehte den Schlüssel um und drückte ihren Körper fester gegen das Holz.

Ihr Atem kam in kurzen Stößen. Aus irgendeinem Grund erregte das Gefühl, dass sein kräftiger Körper sie an Ort und Stelle festhielt, etwas in ihr. Sie winkelte ihre Hüften an und suchte nach Reibung. Er drückte seine Erektion gegen sie und sandte einen köstlichen Strom der Lust durch ihre Nerven.

Er vergrub sein Gesicht in der Beuge ihrer Schulter, seine Lippen strichen über die empfindliche Haut. Sie erschauderte.

»So süß«, murmelte er, bevor er sanft in das Fleisch biss.

Sie stöhnte. Ein Teil von ihr wollte, dass er fester zubeißen und sie markieren würde. Ein solcher blauer Fleck konnte abgetan werden, denn er war, was er war: ein Beweis für sein Verlangen nach ihr.

»Gefällt dir das?«, fragte er, während er mit seinen Zähnen über die zarte Haut ihres Nackens strich und in den Rand ihres Kiefers kniff.

»Mm-hmm.« Sie presste sich gegen seinen harten Schwanz und wünschte sich, die Stoffschichten ihres Kleides und seiner Hose wären verschwunden.

Seine Lippen kitzelten sie, als sie sich zu einem Lächeln verzogen. »Meine lüsterne Frau.«

»Nur für dich«, flüsterte sie. Es gab niemanden, dem sie jemals genug vertraut hätte, um so etwas zu tun. Mit niemandem sonst würde sie so intim sein wollen.

»Ja.« Er saugte an ihrem Puls. »Meine.«

Sie wimmerte, dann drehte sie sich herum, sodass er mit dem Rücken an der Tür stand und sie vor ihm. Sie küsste die Seite seines Halses, dann saugte sie an der Haut dort - und sah mit Vergnügen zu, wie ein roter Fleck aufblühte. Ein Zeichen, dass er auch ihr gehörte.

Nur ihr.

»Richtig«, murmelte er, und sie merkte, dass sie es laut gesagt hatte.

Sie wurde rot, nahm es aber nicht zurück.

»Meine Gräfin.« Er umfasste ihr Gesicht und küsste sie. »Ich werde dich auf den Schreibtisch setzen, deine Röcke hochschieben und dich ganz und gar in Besitz nehmen. Irgendwelche Einwände?«

Sie blinzelte ihn an, kaum in der Lage, über den dichten Nebel des Hungers hinweg zu denken, der sich über sie gelegt hatte. »Nein.«

»Nein?« Er runzelte die Stirn.

»Keine Einwände.«

»Gott sei Dank.«

Er beugte sich über sie und nahm sie in die Arme, wobei sein Griff durch die Weite ihrer Röcke erschwert wurde, aber er ließ sich davon nicht abhalten. Er trug sie zum Schreibtisch und setzte sie vorsichtig ab. Sie bewegte ihren Hintern, bis sie sicher war, dass sie nicht herunterfallen würde, und spreizte ihre Schenkel.

Seine Augen blitzten auf, das Gold leuchtete heller als je zuvor. »Falls es dir noch nicht klar geworden ist: Wir ändern gerade unsere Vereinbarung. Wenn ein anderer Mann dich jemals auch nur ansieht, wird es im Morgengrauen Pistolen geben.«

Sie grinste. »Solange die gleiche Regel für dich gilt, sehe ich kein Problem darin.«

»Mit diesem Kuss binde ich dich an mich.« Er zögerte gerade lange genug, damit sie ihm widersprechen könnte.

Als sie das nicht tat, küsste er sie.

Sie fuhr mit ihren Fingern über seine Brust. »Mit dieser Berührung bete ich dich an.«

Ein Schauer durchfuhr ihn, und er sank auf die Knie. Er

hob ihren Rock an und schob sich darunter. Einen Moment später flüsterte sein Atem über ihre intimste Stelle. Sie spürte, wie er nach dem Bund ihrer Unterwäsche griff und sie nach unten zog; dann drückte er ihr einen Kuss auf.

Sie lehnte sich zurück und stützte sich mit den Handflächen auf dem Holz des Schreibtischs ab. Da sie Andrew nicht sehen konnte, hatte sie keine Ahnung, was er als nächstes tun würde. Als sich sein Mund über sie legte und seine Zunge sanft ihr Inneres erkundete, zuckte sie zusammen und keuchte.

»Hm. So süß.« Er reizte sie mit seinen Lippen und seiner Zunge, kreiste um ihre Knospe, zog sie immer fester an sich, gab ihr aber nie ganz genug.

Sie wimmerte, stieß ihre Hüften nach vorne und bettelte leise um mehr. Schließlich war da ein leichter Druck, und dann glitt einer seiner Finger in sie hinein. Seine Zunge fuhr fort, sie zu umkreisen und um den Verstand zu bringen. Er krümmte seinen Finger, und sie schrie auf.

»Pst«, murmelte er. »Wir wollen doch nicht, dass uns jemand hört.«

Er kam unter ihren Röcken hervor, und bei seinem Anblick stieg ihr die Hitze in die Glieder. Die Lippen feucht, die Augen leuchtend, das Haar zerzaust. Er sah herrlich zerknittert aus.

»Willst du das immer noch?«, fragte er und kam näher, wobei seine Hände auf den Schreibtisch fielen, als er sie einschloss.

»Ja. Mehr als alles andere.«

Seine Pupillen weiteten sich und verschluckten die Iris, bis nur noch ein dünner Streifen Farbe übrig war. »Ich liebe dich so sehr.«

Die Emotionen schnürten ihr die Kehle zu. »Ich liebe dich auch.«

Mit zitternden Händen öffnete er seinen Gürtel und ließ seine Hose herunter. Seine Unterwäsche folgte, und er stieg aus ihr heraus, dann packte er die Lagen ihres Rocks und raffte den Stoff um ihre Taille. Er schob sich vorwärts, die Haare auf seinen Schenkeln kratzten an den zarten Innenseiten ihrer Beine, als er sich seinen Weg zu diesem heißen, gierigen Teil von ihr bahnte.

»Tu es«, murmelte sie und spreizte ihre Schenkel, um sich ihm zu zeigen. »Ich brauche dich.«

»Verdammt.« Ein Schauer durchlief ihn. »Ruhig, Liebes. Zu viel davon, und ich werde es nicht lange aushalten.«

Sie grinste. »Dann nicht. Wir haben die ganze Nacht Zeit.«

Sie wusste nicht, was sie so dreist machte, aber sie wollte nicht, dass es jemals aufhörte.

Er drückte sich an sie. Ihre Augen weiteten sich, als er sie ausfüllte, und sie atmete langsam aus, damit sich ihre Muskeln entspannen konnten. Er hielt ihren Blick die ganze Zeit über fest.

Als er tief in ihr war, begann er zu wippen. Zuerst nur kleine Bewegungen, dann drang er tiefer und stieß immer wieder gegen ihre Knospe.

Mit einer Hand hinter sich, um das Gleichgewicht zu halten, packte sie ihn mit der anderen und zog ihn zu sich heran. »Mehr.«

Seine Lippen verzogen sich. »Wenn du darauf bestehst.«

Er zog sich in einer gleichmäßigen Bewegung zurück und stieß so heftig zu, dass ihre Sicht fast verschwamm.

»Oh«, rief sie.

Sie brauchte mehr davon. Jetzt.

Sie schlang ihre Beine um ihn und forderte ihn auf, es noch einmal zu tun.

Er tat es, und ihr Kopf fiel zurück, ihr Mund stand offen, als Farben vor ihren Augen explodierten.

Sie war so nah dran. So nah dran. Am Rande des Abgrunds schwankend. Nur noch einmal und ...

Er drang erneut in sie ein, und sie brach auseinander und

rief seinen Namen. Ein Vergnügen, wie sie es noch nie erlebt hatte, ließ ihre Glieder erschlaffen, während sie vor der überwältigenden Intensität zitterte, völlig ohne Kontrolle über ihren eigenen Körper.

»Verdammt.«

Seine Hände glitten unter ihren Hintern, und er zog sie an sich. Sie umklammerte seine Schultern, während er unablässig in sie stieß, dann stöhnte sie auf, und Entzücken stahl sich über sein Gesicht, als er sich in ihr entlud.

Zum Glück setzte er sie ab, bevor seine Beine unter ihm nachgaben und er auf dem Schreibtischstuhl zusammensackte, die Hose immer noch um die Knöchel.

»Wow.« Er klopfte auf seinen Schoß. »Komm her.«

Amelia ließ ihre Füße zu Boden sinken, tappte zu ihm hinüber und setzte sich. Er schlang seinen Arm um ihre Taille und hielt sie fest. Sie lehnte ihren Kopf an seine Schulter und schloss die Augen, als die Zufriedenheit sie überflutete.

Sie schwiegen, aber es war friedlich und perfekt. Amelia lächelte vor sich hin. Als sie Andrew einen Heiratsantrag gemacht hatte, hätte sie sich nie träumen lassen, dass sie mit ihm so glücklich sein würde - und dann auch noch mit ihrem Schreiben.

So hatte sie sich die Zukunft ganz und gar nicht vorgestellt, aber ausnahmsweise konnte sie nicht zufriedener sein, dass nichts nach Plan gelaufen war.

KAPITEL 30

Suffolk,
Dezember 1820

WÄHREND DIE KUTSCHE DIE SCHMALE LANDSTRAßE entlangrollte, steckte Kate den Kopf aus dem Fenster.

»Wir sind fast da«, rief sie. »Vielleicht noch eine Meile oder so.«

Amelias Bauch kribbelte vor Aufregung und Nervosität. Sie war begierig darauf, ihr neues Zuhause zu sehen. Andrew hatte ihr so schöne Geschichten darüber erzählt. Aber sie war auch gespannt darauf, wie das Hauspersonal auf ihre Anwesenheit reagieren würde.

Andrew war unter diesen Menschen aufgewachsen. Die Haushälterin, der Butler und die Köchin hatten alle schon für die Longleys gearbeitet, als er ein Kind gewesen war, und sie wollte, dass sie sie mochten.

Lady Drake lächelte ihr in der Kutsche zu. »Sie werden dich lieben«, sagte sie, als hätte sie Amelias Gedanken gelesen.

Amelia nahm an, dass sie besser als jeder andere wissen dürfte, was gerade in ihr vorging. Sie hatte einst in Amelias Schuhen gesteckt, als sie zum ersten Mal in dieses Haus gekommen war. Aber immerhin war sie schon vor ihrer Heirat Mitglied der Aristokratie gewesen.

»Das werden sie«, bestätigte Andrew und beugte sich vor, um sie auf die Wange zu küssen.

Wärme durchflutete ihre Brust. Sie war so glücklich, ihn zu haben. Sie schätzte sich glücklich, *sie alle* zu haben. Sie würde ihre Eltern immer lieben, aber sie hatte seit dem Ball nicht mehr mit ihnen gesprochen, und sie war sich nicht sicher, wie viel Zeit und Energie sie ihnen in Zukunft widmen wollte. Brigid und Kate hatten sie viel mehr akzeptiert und sich um sie gekümmert, als es ihre eigene Familie je getan hatte.

»Da ist es!« Kate hing praktisch aus dem Fenster und deutete auf etwas in der Ferne.

»Du weißt, dass Amelia nichts sehen kann, wenn du im Weg bist«, sagte Andrew.

Kate ließ sich auf ihren Sitz zurückfallen und streckte ihm die Zunge heraus - eine mädchenhaftere Geste als alles, was Amelia bisher von ihr gesehen hatte. Vielleicht war es die Rückkehr in ihr Haus auf dem Lande, die sie wieder zu einem kleinen Mädchen machte.

Amelia rückte näher und schaute durch das Fenster. Sie konnte nicht viel sehen, aber die Silhouette der Türme vor dem Himmel war unverkennbar. Die Dachziegel waren dunkel, vielleicht grau oder schwarz, aber leicht verblasst.

Sie behielt das Herrenhaus im Auge, als sie sich ihm näherten und es deutlicher zu sehen war.

Es war atemberaubend.

Es war hauptsächlich aus orangefarbenen und gelben Steinen und Ziegeln gebaut, und die Fassade hatte über ein Dutzend Bogenfenster, sowie ein Kuppeldach in der Mitte. Eine kurze Treppe führte zum Haupteingang, und die Hausangestellten standen sich entlang der gepflasterten Fläche am oberen und unteren Ende der Treppe aufgereiht.

Ein streng aussehender älterer Mann und eine kleine, dünne Frau mit dichtem grauen Haar standen am Fuße der Treppe und warteten auf den Wagen. Amelia war bereits über das Hauspersonal informiert worden und wusste daher, dass es sich um Alfred, den Butler, und Harden, die Haushälterin, handeln dürfte.

Die Kutsche kam vor ihnen zum Stehen, und sie warteten darauf, dass ein Lakai die Tür öffnete. Andrew stieg zuerst aus und half dann Amelia herunter. Sie drückte den Rücken durch, erinnerte sich an die Lektionen ihrer Mutter über gute Körperhaltung und lächelte Alfred und Harden höflich an.

Andrew reichte Lady Drake und dann Kate die Hand. Nachdem alle ausgestiegen waren, nahm er Amelias Hand in seine Ellenbeuge und begleitete sie zur Begrüßung des Personals. Harden machte einen Knicks, und Alfred verbeugte sich.

»Willkommen zu Hause, Mylord«, sagte Harden, die Hände vor sich verschränkt.

»Danke, Harden. Es ist schön, wieder da zu sein.«

»Mylord.« Alfred senkte respektvoll den Kopf.

»Guten Tag, Alfred.« Andrew erhob seine Stimme. »Ich möchte Ihnen allen die neue Gräfin vorstellen. Das ist Lady Amelia Drake. Meine Frau.«

Amelia nickte Alfred und Harden zu. »Es ist mir ein Vergnügen, Sie kennenzulernen.«

Hardens Mundwinkel hoben sich. »Das Vergnügen ist ganz auf unserer Seite, Mylady. Wir fürchteten schon, der Graf würde nie heiraten.«

Andrew lachte. »Na nun aber. Es ist ja nicht so, dass ich uralt bin.«

»Natürlich nicht, Mylord«, versicherte ihm Harden und grinste verschmitzt.

Lady Drake räusperte sich. »Sollen wir der Gräfin von Longley den Haushalt vorstellen?«

»Oh, ja.« Harden richtete ihr Kleid und strich es glatt. »Wenn Sie erlauben.«

Die Haushälterin begleitete Amelia und Andrew durch die Reihe der Bediensteten und stellte jeden mit Namen und Position vor. Amelia tat ihr Bestes, um sich die Namen und Gesichter einzuprägen, aber sie wusste, dass es eine Weile dauern würde, bis sie sich alle merken könnte. Es waren einfach zu viele.

Sie war froh, dass ihre Mitgift dafür gesorgt hatte, dass all diese Menschen in Beschäftigung bleiben konnten. Das Geld würde zwar nicht auf unbestimmte Zeit reichen, aber es verschaffte ihnen etwas Zeit, und wenn Andrew und ihr Vater es weiterhin gut verwalten würden, könnte es sie auf jeden Fall in Zukunft unterstützen.

Als sie das obere Ende der Treppe und das Ende der Reihe der Bediensteten erreicht hatten, bot Harden ihr an, ihr das Innere des Anwesens zu zeigen.

»Das würde mir gefallen«, sagte Amelia.

»Ich werde dich begleiten«, sagte Andrew. »Ich bin sicher, Mutter und Kate möchten sich vor dem Abendessen noch ein wenig in ihre Zimmer zurückziehen.«

»Ja, bitte«, sagte Kate zur gleichen Zeit, als Lady Drake protestierte.

»Ich werde mit euch kommen«, beharrte Lady Drake. »Ich werde später viel Zeit zum Ausruhen haben, aber nur eine Gelegenheit, meine neue Tochter in unser geliebtes Zuhause einzuführen.«

Amelias Herz wurde warm. »Danke.«

Als sie Andrew geheiratet hatte, hätte sie sich nie vorstellen können, dass sie als Teil des Arrangements eine neue Mutterfigur bekommen würde, aber sie war so dankbar, dass es so gekommen war.

Harden ließ die Bediensteten abtreten, und kaum hatten

sie das Herrenhaus betreten, verschwand Kate durch einen Korridor und um eine Ecke.

»Alle Gemeinschaftsräume befinden sich im Erdgeschoss«, sagte Harden und deutete auf die Flure links und rechts. »Der Ballsaal befindet sich direkt hinter uns, und die Salons, das Musikzimmer und der formelle Speisesaal liegen zur Linken. Die Küche und das Familienzimmer befinden sich weiter hinten in diesem Flur. Auf der rechten Seite befinden sich das Arbeitszimmer des Grafen, die Bibliothek und die Porträtgalerie.«

»Es gibt eine Porträtgalerie?« Sie hatte schon von so etwas gehört, aber noch nie eine solche Familiengalerie gesehen.

Harden nickte. »Dort gibt es Porträts von mehr als sieben Generationen der Drake-Ahnen.«

»Das ist unglaublich.« Amelia wusste nicht einmal, wer ihre Urgroßeltern waren, geschweige denn, wer noch früher gelebt hatte.

Harden lächelte. »Die Familie ist stolz auf ihre Vergangenheit.« Sie neigte den Kopf. »Bald auch Ihre Familie.«

Amelia erschrak. Es war ihr nicht in den Sinn gekommen, dass sie oder ihre Kinder eines Tages gemalt und in der Galerie der Familie ausgestellt werden könnten.

»Die Gemächer der Familienmitglieder befinden sich oben links und die Gästezimmer rechts«, sagte Harden weiter. »Kommen Sie. Fangen wir im Ballsaal an.«

Sie folgten der Haushälterin, die sie durch das Foyer in den Ballsaal führte. Er hatte hohe Decken und war geschmackvoll eingerichtet, mit einem Holzfußboden, weißen Wänden und vergoldeten Verzierungen über dem Kaminsims.

Harden führte sie als Nächstes in den Salon, gefolgt vom Musikzimmer, wo die schiere Größe des Flügels ihr den Atem raubte. Der Speisesaal war weitaus prunkvoller dekoriert als der Ballsaal, mit riesigen Kristalllüstern an der

Decke und goldgerahmten Gemälden einiger Meister an den Wänden.

Amelia schüttelte den Kopf. Wenn ihre Mutter dieses Zimmer sehen könnte, würde sie im Himmel sein.

Das Morgenzimmer und der kleinere Essbereich der Familie waren zwar ebenfalls elegant eingerichtet, aber viel wärmer und einladender.

Sie gingen in umgekehrter Richtung den Korridor entlang. Sie gingen nicht ins Arbeitszimmer, aber Amelia wusste, dass Andrew sie sich jederzeit dort umschauen lassen würde. Sie hielten jedoch an der Bibliothek an.

Und oh, wie schön die war.

Amelia bedeckte ihren Mund, als sie eintraten. Ihre Augen wurden so groß wie Untertassen. »Das ist ... perfekt.«

Noch nie in ihrem Leben war sie in einer so schönen Bibliothek gewesen. Sie erstreckte sich über zwei Stockwerke, und an jeder Wand außer der mit den Fenstern zum Innenhof standen Bücherregale. Eine Treppe führte in den zweiten Stock, und in den Ecken standen bequeme braune Ledersessel.

Andrew küsste sie auf die Wange. »Ich bin froh, dass es dir gefällt. Du kannst lesen, was dir gefällt, und kannst die Sammlung auch gern erweitern. Wir haben mehr als genug Platz.«

Sie konnte sich kein besseres Geschenk vorstellen. »Danke.«

»Leider müssen wir weiterziehen«, murmelte er. »Du kannst ja später wiederkommen und alles in Ruhe erkunden.«

Zögernd ließ sie sich von ihm wegziehen. Der letzte Ort, den sie im Erdgeschoss aufsuchten, war die Porträtgalerie. Wieder einmal war Amelia beeindruckt. Porträts säumten die Wände. Das älteste Bild befand sich direkt vor ihnen, das neueste am weitesten entfernt.

Während sie an den älteren Gemälden vorbeischlenderten, von denen viele vom Alter abgenutzt waren, betrachtete sie die Gesichter. Einige der Drakes waren streng, während andere freundlich aussahen. Viele hatten das gleiche kastanienbraune Haar wie Andrew. Und viele, so stellte sie fest, trugen ein ziemlich verspieltes Funkeln in den Augen. Sie fragte sich, ob guter Humor ein Familienmerkmal war.

»Hier gibt es so viel Geschichte«, hauchte sie.

»Du wirst ein Teil davon sein.« Lady Drake deutete auf die leere Wand an der Stirnseite des Raumes. »Dieser Platz ist für dich, Andrew und eure gemeinsamen Kinder.«

Andrew neigte seinen Kopf neben Amelias Ohr. »Hast du das Porträt meiner Eltern gesehen?«

Sie studierte das letzte Bild vor der leeren Wand. Eine Frau, bei der es sich offensichtlich um Lady Drake handelte, wenn auch viel jünger, neben einem gut aussehenden Gentleman mit dunkel rotbraunem Haar, der einige Jahre älter war als sie.

»Es ist wunderschön.« Sie sahen so glücklich aus.

»Sein Name war George«, murmelte Andrew.

»Du hast sein Lächeln.« Es klang abgedroschen, aber es war nun einmal so.

Lady Drake schnaubte. »Er hat von seinem Vater viel mehr als das geerbt. Drake-Männer sind geborene Charmeure. Sie sind hervorragend darin, sich selbst in Schwierigkeiten zu bringen, aber genauso gut darin, sich selbst wieder herauszuholen.« Ihre Stimme klang liebevoll. Sie wandte sich an Harden. »Sollen wir der Gräfin ihr Schlafgemach zeigen? Ich bin sicher, dass sie sich vor dem Abendessen gerne noch etwas ausruhen würde.«

»Jawohl, Mylady.«

Sie gingen die Treppe hinauf, vorbei an den Gästezimmern und direkt in den Familientrakt. Harden deutete auf eine Tür nach der anderen und zählte einzelnen Familienmitglieder auf, die in den Zimmern dahinter residierten, aber sie und Lady Drake ließen sie stehen, nachdem sie die Tür zu den Gemächern der Gräfin aufgeschlossen hatte.

Amelias neues Schlafgemach war unbestreitbar feminin, mit cremefarbenen Wänden, einem rosa Teppich und einem weißen Himmelbett mit goldenen Vorhängen.

Andrew schloss die Tür hinter ihnen, ein unanständiges Glitzern in seinen Augen. Sie fiel ihm in die Arme, lehnte sich an seine Brust und küsste ihn.

»Lass mich dich gebührend willkommen heißen«, murmelte er und streifte ihren Ärmel herunter, um ihre Schulter freizulegen.

Sie schloss die Augen und lächelte. Eines war sicher, sie würde nie wieder die Tür zwischen ihren Schlafzimmern abschließen.

～

Norfolk,
Dezember 1820

EIN PAAR WOCHEN SPÄTER WACHTE ANDREW MIT SEINER FRAU an seinen Körper geschmiegt auf. Er küsste ihren Nacken und streichelte ihren Bauch, wobei er sich fragte, ob sein Baby jetzt schon in ihr wuchs. Der Gedanke gefiel ihm.

»Wach auf, meine Liebe«, flüsterte er.

Sie murmelte schläfrig und kuschelte sich enger an ihn.

Er grinste. »Schatz, es ist Weihnachten.«

Daraufhin flatterten ihre Augen auf. »Wirklich?«

»Ja. Wir sind in Ashford Hall, schon vergessen?« Sie waren hierher gereist, um Weihnachten mit Ashford, Emma und ihrer Familie zu verbringen.

Amelia rollte auf ihn zu, und er lockerte seinen Griff um sie. »Frühstück?«

Er schaute auf die Uhr und blinzelte im schwachen Licht, um die Zeit zu erkennen. »Wir haben eine halbe Stunde Zeit.«

Leider nicht lange genug, um mit ihr zu schlafen, was eine seiner neuen Lieblingsmethoden war, um den Tag zu beginnen.

Sie seufzte. »Ich rufe besser ein Dienstmädchen. Ich werde jede einzelne Minute brauchen, um mich vorzeigbar zu machen.«

Er knabberte an ihrer Schulterbeuge. »Das ist nicht nötig. Ich werde dich anziehen.«

Sie lächelte ihn an. »Du bist sehr gut darin, mich auszuziehen, aber ich bin mir nicht sicher, ob du das auch umgekehrt kannst.«

Er küsste sie auf die Nasenspitze. »Ich werde es dir beweisen.«

»Also gut.«

Er warf die Decke zurück und schwang seine Beine über die Bettkante, ohne auf ihren Protest zu achten. »Hoch mit dir, mein Schatz.«

Sie grummelte etwas Unverständliches, kroch aus dem Bett und rieb sich die Augen. Eine ihrer Wangen war vom Kissen zerknittert.

Hinreißend.

Sein Herz war voller Liebe, er schlang seine Arme um sie und überhäufte sie mit Küssen. »Was möchtest du denn anziehen?«

Sie schürzte die Lippen. »Vielleicht das hellgrüne Kleid. Wenn ich mir eine rote Schleife ins Haar stecke, wird es sehr festlich aussehen.«

»In der Tat.«

Er holte das Kleid, das sie erwähnt hatte, und half ihr hinein. Die Knöpfe waren zugegebenermaßen schwieriger zu schließen als zu öffnen, aber er schaffte es.

Nachdem dies geschehen war, ließ er sie Platz nehmen,

während er ihr das Haar bürstete. Sie drehte es zu einem einfachen Knoten, und er schlang einen Streifen roten Satin darum und band eine Schleife. Es war etwas schief, aber alles in allem nicht allzu schlimm.

Sie spritzten sich kaltes Wasser ins Gesicht, trockneten sich ab, und dann zog er sich schnell an, bevor sie zum Frühstück hinuntergingen.

Sie teilten ein behagliches, herzhaftes Essen mit Ashford und Emma, ihrer Tochter Lilian, Lady Drake, Kate, Emmas Eltern und ihrer jüngeren Schwester Sophie. Emmas Zwillingsschwester Violet und ihr Ehemann waren nicht anwesend, was in Anbetracht der ehemaligen Verlobung zwischen Ashford und Violet auch nicht weiter verwunderlich war.

Nach dem Frühstück zogen sie sich in das Morgenzimmer zurück, wo in der Ecke ein Weihnachtsbaum stand. Der Duft von Kiefernholz lag in der Luft, und die Möbel waren um den Baum herum aufgestellt worden, sodass sie sich dort bequem versammeln konnten.

Als Andrew sich setzte und Amelia ein Zeichen gab, sich zu ihm zu gesellen, hörte er zu, wie sie sich mit Emma unterhielt. Amelia hatte Emma ein handgeschriebenes Exemplar ihres ersten Miss-Joceline-Davies-Romans geliehen, der nächstes Jahr gedruckt werden sollte, und die Herzogin hatte den Abend davor mit Lesen verbracht.

Emma schwärmte davon, wie sehr sie die Geschichte genossen hatte, und Amelias Wangen waren vor Freude gerötet.

»Ich werde Ihnen sicher ein signiertes Exemplar für Ihre Bibliothek schicken, sobald es im Druck ist«, sagte Amelia.

»Das würde mir sehr gefallen.« Emma lächelte strahlend, und Amelia lächelte zurück.

Andrew tauschte einen Blick mit Vaughan aus und freute sich, dass ihre Frauen gut miteinander auskamen. Keine von ihnen hatte enge Freundinnen, und es war offensichtlich, dass sie sich bereits über ihre Liebe zu Büchern miteinander verbunden fühlten. Er vermutete, dass sie nach dem Ende des Weihnachtsfestes regelmäßig Briefe austauschen würden.

»Ich bekomme erst in zwei Jahren eine Saison«, beschwerte sich Sophie und lenkte seine Aufmerksamkeit von seiner Frau ab.

»Du bist zu jung, um nächstes Jahr deine erste Saison zu haben«, erinnerte Lady Carlisle, Emmas Mutter, sie.

»Es ist schon in Ordnung.« Kate setzte sich neben Sophie und tätschelte ihr das Knie. »Ich werde in der nächsten Saison alles lernen, was ich kann, und wenn du mich dann besuchen kommst, kann ich dir sagen, mit wem du dich anfreunden und wen du meiden solltest.«

Lady Drake runzelte die Stirn. »Ich dachte, du wolltest in deiner ersten Saison heiraten, Liebes? Planst du plötzlich, mehr als eine Saison zu haben?

Kate zuckte mit den Schultern. »Es könnte schön sein, eine Saison mit einer Freundin zu verbringen, und selbst wenn ich heirate, kann ich sie doch unterstützen, oder?«

»Ich denke schon.« Ihre Mutter schien nicht zu wissen, was sie davon halten sollte.

Ehrlich gesagt, Andrew auch nicht, außer dass er hoffte, dass sich seine Investitionen weiterhin auszahlen würden, damit sie sich eine weitere Saison leisten könnten.

Emma klatschte in die Hände und unterbrach damit das Gespräch. »Danke, dass ihr alle gekommen seid«, sagte sie mit erhobener Stimme, damit alle sie hören konnten. »Wir sind so dankbar, dass wir an einem so glücklichen Tag von unserer Familie umgeben sind. Wir sind gesegnet, hier zu sein und mit euch teilen zu können.«

Ashford stellte sich hinter sie, seine Hand ruhte auf ihrer Taille.

»Jetzt ist endlich die Zeit des Schenkens gekommen. Sollen wir mit den Jüngsten anfangen und uns nach oben vorarbeiten?«

»Ja«, drängte Sophie, wohl wissend, dass das bedeutete,

dass sie ihre Geschenke bekommen würde, sobald Lilian fertig war.

Andrew verschränkte seine Finger mit denen von Amelia. Sie legte ihren Kopf auf seine Schulter, und sein Herz schwoll vor Freude an. Das Gefühl der Zufriedenheit und des Wohlbefindens der Menschen um ihn herum wuchs noch, als die jüngsten Mädchen aufgeregt über ihre Geschenke jubelten.

Als Amelia an der Reihe war, überreichte er ihr ein elegantes schwarzes Kästchen und beobachtete, wie sie es ihm neugierig abnahm und über die Kanten strich, bis sie herausfand, wie man es öffnete. Der Deckel klappte auf, und sie keuchte und sah ihn mit funkelnden Augen an.

»Der ist wunderschön.« Sie küsste ihn, ohne auf die Umstehenden zu achten. »Der schönste Federkiel, den ich je gesehen habe.«

Er spürte, wie ein albernes Grinsen sein Gesicht überzog. »Ich hoffe, du schreibst damit noch viele Abenteuer für Miss Joceline.«

Ihr Gesichtsausdruck war glückselig. »Das werde ich.«

Als er an der Reihe war, trat Amelia vor und bot ihm einen Beutel aus Baumwolle an. Er berührte es und runzelte die Stirn. Was auch immer darin war, es war weich. Er hatte keine Ahnung, was es sein könnte. Ein Kleidungsstück, vielleicht? Aber es war furchtbar klein.

»Mach es auf«, drängte sie.

Er löste die Kordel und schaute in den Beutel, wobei sich seine Verwirrung noch vergrößerte. Er griff hinein, berührte etwas Wolliges und Gestricktes und zog es heraus.

Es war ein Babystiefelchen.

Mit rasendem Herzen zog er ein dazu passendes Exemplar aus sonnengelber Wolle hervor.

Er begegnete ihrem Blick, seine Kehle war zugeschnürt. Er musste sich räuspern. »Bedeutet das ...« Er holte tief Luft. »Bedeutet das, was ich denke, was es bedeutet?«

Amelia nahm seine Hand und legte sie auf ihren Bauch. »Ich bin schwanger. Der Arzt hat es bestätigt, bevor wir Suffolk verlassen haben, aber ich wollte dich überraschen.«

Er zog sie in eine Umarmung, wobei er darauf achtete, nicht gegen ihren Bauch zu stoßen. Er gab ihr einen lang anhaltenden Kuss und atmete ihren vertrauten Minzeduft ein.

»Das ist die schönste Überraschung, die du mir machen konntest.« Er küsste sie auf die Stirn, dann auf die Mundwinkel, und konnte sich nicht überwinden, sie loszulassen.

»Ich werde Großmutter?«

Mit einem zufriedenen Seufzer ließ Andrew sie los, und beide drehten sich zu Lady Drake um. Ihre Augen schimmerten, ihre Fingerspitzen an die Lippen gepresst.

»Das wirst du«, sagte Amelia zu ihr.

Lady Drake stieß einen leisen Schrei aus und eilte zu den beiden, um sie in eine Umarmung zu ziehen. Kate stürzte sich ebenfalls auf sie, und Andrew musste lachen.

Das war wirklich das beste Weihnachten, das er je erlebt hatte.

Schließlich kehrten sie zu ihren Plätzen zurück und setzten die Geschenkübergabe fort, aber Andrew konnte nicht darauf achten. Er schlang seinen Arm um Amelia und streichelte ihren Bauch, weil er sein Glück kaum fassen konnte. Noch vor wenigen Monaten hatte er befürchtet, dass das Leben, wie sie es kannten, vorbei war.

Und das war es auch.

Aber das Leben, das an seine Stelle getreten war, hatte ihm mehr Glück gebracht, als er sich je erträumt hatte.

Als alle Geschenke verteilt und der Boden unter dem Baum frei geworden war, nahm er Amelia bei der Hand und führte sie zurück in ihr Gästezimmer.

»Wie geht es dir?«, fragte er, setzte sich auf das Bett und zog sie in seine Arme.

Sie schmiegte sich an ihn, warm und voller Vertrauen.

»Mir geht es gut. Ein bisschen müde, aber ich fühle mich nicht krank. Vor allem sind meine Sinne einfach, nun ja, besonders empfindlich. Mir wurde gesagt, dass das nicht ungewöhnlich ist, aber jetzt, wo Emma und Lady Drake es wissen, kann ich es mit ihnen besprechen, um sicher zu sein.«

Er hielt sie fest. »Bist du glücklich?«

Ihre leuchtenden Augen zeigten nicht die geringste Sorge. »Sehr sogar. Und du?«

»Mehr als je zuvor.« Er fuhr mit den Fingern durch ihr Haar, und seine Lippen trafen auf die ihren in einem Kuss, der zu lange anhielt, um ganz keusch zu sein. »Danke, meine Liebe.«

Sie zog die Augenbrauen zusammen. »Wofür?«

Er küsste sie erneut. »Dafür, dass du mir alles gegeben hast, von dem ich nie wusste, dass ich es gesucht habe.«

EPILOG

Suffolk,
Etwa ein Jahr später

»Pa-pa?«, rief George, der auf Amelias Hüfte saß.

»Papa ist bei Onkel Vaughan«, sagte Amelia und drehte ihr Gesicht in die Sonne. Obwohl ihnen die Sonne warm auf den Rücken schien, war die Luft recht kühl, sobald der Abend hereinbrach.

»Pa-pa«, beharrte er.

Amelia seufzte. »Emma, hast du eine Ahnung, wo unsere Ehemänner sein könnten?«

Emma blickte herüber, ihre Handfläche ruhte auf ihrem runden Bauch. »Das Letzte, was ich gesehen habe, war, dass sie im Vorgarten waren.«

Amelia lachte. »Natürlich.«

Die Blumen blühten, und der Vorgarten von Longley Manor war eine leuchtende Decke aus Lila, Rot und Gelb.

Gemeinsam gingen die Frauen zum Garten, wobei sie ab und zu innehielten, damit Emma Luft holen konnte. Das Baby war noch nicht so bald fällig, aber sie hatte Amelia anvertraut, dass diese Schwangerschaft nicht besonders angenehm war. Ihr Rücken tat oft weh, und ihr war den ganzen Tag über immer wieder übel, aber sie hatte darauf bestanden, nicht allein drinnen zu bleiben, während die anderen die Sonne genossen.

Andrew kam zuerst ins Blickfeld. Er hockte vor einem Blumenbeet und forderte Lilian auf, zu ihm zu kommen. Das kleine Mädchen stürzte auf ihn zu, ihr Gang unsicher. Als sie etwa auf halbem Weg zwischen ihm und Vaughan war, stolperte sie und fiel auf die Knie.

Innerhalb von Sekunden hatte Vaughan sie in seine Arme genommen. Er küsste ihren Bauch, und Lilian kreischte und kicherte. Emma beschleunigte ihr Tempo und gesellte sich zu ihnen. Sie gurrte und machte viel Aufhebens um Lilians Bemühungen. Ihr kleines Mädchen wurde von Tag zu Tag selbstbewusster.

»Pa-pa!

Andrew blickte auf, und ein Lächeln erhellte sein hübsches Gesicht. »Hallo, kleiner Mann.«

Er richtete sich auf, wischte sich die Hände an den Oberschenkeln ab und kam zu Amelia. Er begrüßte sie mit einem Kuss. »Soll ich ihn für eine Weile nehmen?«

»Das wäre wunderbar.« Sie liebte es, ihren Sohn zu halten, aber es schien, als würde er jeden Tag größer und schwerer werden.

Sie lächelte. Er würde ein starker, gesunder Junge werden.

In einer inzwischen dutzendfach geübten Bewegung schoben sie George von ihrer Hüfte auf die seines Vaters. Amelia fühlte einen leichten Schmerz über den Verlust, aber als Andrew den Scheitel von Georges flaumigem Kopf küsste, schwoll ihr Herz vor Liebe an.

»Was soll dieses Lächeln?«, fragte Andrew und blinzelte in die Sonne.

Sie zuckte mit den Schultern. »Ich denke nur daran, wie viel Glück ich habe.«

Sein Mund verzog sich zu einem schiefen Grinsen. »Ich bin der Glückliche. Ich habe eine Frau, die ich vergöttere, und einen kleinen Jungen, der noch zu jung ist, um Unfug zu treiben.«

Sie lachte. »Warte nur ab. Das kommt noch.«

Das hatte sie bei Lilian selbst gesehen.

»Und wenn es so weit ist, werden wir bereit sein. Denk doch nur an die Abenteuer, die wir erleben können.«

Sie kuschelte sich enger an ihn und George. »Ich habe bereits mein perfektes Abenteuer.«

In der Tat hatte sie alles.

Eine blühende Karriere, ein entzückender Sohn und ein Mann, der ihr jeden Tag einen Grund zum Lächeln gab.

Tränen brannten in ihren Augen. Sie hatte nie zu hoffen gewagt, dass ihre Zukunft so rosig sein würde, aber sie wollte all das um nichts in der Welt wieder aufgeben.

ENDE

ÜBER DEN AUTOR

Jayne Rivers liebt Liebesromane aus der Zeit des Regency, besonders die von Sarah MacLean und Julia Quinn. Sie schreibt Wohlfühlgeschichten mit Heldinnen, mit denen sie sich gerne anfreunden würde, und mit Helden, von denen sie sich mit Begeisterung verführen lassen würde - wenn sie nicht verheiratet wäre, versteht sich.

www.ingramcontent.com/pod-product-compliance
Lightning Source LLC
Chambersburg PA
CBHW021411310726
48971CB00005B/1287